La Cité Des Temples

TOME 1

L'Eveil

Cloé Cabusat

Edité par Cloé CABUSAT, 12400 Montlaur
Dépôt légal : Mai 2026
ISBN : 979-10-9814-460-8

« Homme, connais-toi toi-même
et tu connaîtras l'univers et les Dieux »
Socrate

N
O
E
S
Andran
Le Désert
de l'Oubli
Cintar
La Dorsale Noire
Le Gouffre sans fond
Le tunnel de l'inconscience
Temple des
Eléments
Alendulire
Forêt Sombrale
L'Océan
sans fin
Natilan
Plateau du
Cadran Solaire
Grande
Porte
La Cité des
Temples
Champ des
Echos
Arrivé des
Premiers Hommes
Bosquet des
Murmures
Jardin des
Lumières
Plaine des
Mystères
Montagne
du Feu
Le Lac des
Reflets
Royaume
d'Abydosia

Prologue

6 000 ans plus tôt.

La guerre faisait rage. Les soldats de l'Empereur étaient arrivés jusqu'à la ville et saccageaient tout sur leur passage. Le bruit des sabots martelait les pavés, les cris des enfants, le fracas des épées et des boucliers résonnaient dans l'air, tandis que les maisons et les fermes brûlaient. Une épaisse fumée noire obscurcissait le ciel et les habitants fuyaient comme ils le pouvaient, leurs visages marqués par la terreur et la douleur.

Zatarix rassemblait les dernières affaires sur son bureau. Les parchemins anciens étaient éparpillés, leurs pages jaunies par le temps et l'usage. L'odeur âcre du papier calciné envahissait la pièce alors qu'il prenait les manuscrits les plus importants et incinérait ceux qui ne devaient pas tomber aux mains de l'Empereur fou.

Quelqu'un frappa à la porte.

Deux petits coups secs suivis d'un troisième plus fort. C'était le signal.

Le jeune homme alla ouvrir. Le battant en bois craqua sous ses doigts tremblants. Son maître, le vieux mage de la citadelle, se tenait sur le perron. Son visage éclairé par la lueur vacillante des flammes au loin était empreint de gravité.

— C'est l'heure. Tout est prêt, nous devons partir.

Zatarix acquiesça d'un signe de tête et partit dans sa chambre. Sa femme, Amarinis, était assise sur le lit conjugal et tenait dans ses bras leur nourrisson d'à peine six mois. Le bébé dormait paisiblement, insensible au chaos environnant.

— Amarinis… Nous devons y aller mon amour, maintenant.

La voix de Zatarix se brisa légèrement, chargée de tristesse et de résignation. La jeune femme se leva, se vêtit d'une cape sombre et suivit son époux jusqu'à l'entrée, saluant rapidement le mage.

Zatarix prit le sac qu'il avait préparé pour leur fuite et alluma la mèche présente sur le sol. En quelques secondes, leur demeure partit en fumée. Les flammes jaillissaient des fenêtres, dévorant tout sur leur passage. Une perle d'eau coula discrètement sur la joue d'Amarinis et son mari la prit tendrement par le bras.

— Nous devons nous hâter, dit-il affectueusement à sa femme.

— Les bateaux sont à quai. Ce sont des navires sans énergie élémentaire, ils ne pourront donc pas vous rattraper lorsque tout sera détruit, indiqua le mage à l'adresse du couple.

Ils coururent à travers la ville en proie au carnage. Leurs yeux les piquaient, leurs gorges les grattaient à cause de la fumée étouffante. Leur fils commença à pleurer et Amarinis couvrit son visage d'un lange afin qu'il soit protégé des émanations du feu qui faisait rage. L'air était lourd, saturé de cendres et de poussière. Ils s'efforcèrent de ne pas regarder autour d'eux au risque de vouloir venir en aide aux habitants qu'ils savaient ne pouvoir sauver. Les cris de désespoir et les gémissements des blessés résonnaient dans leurs oreilles, mais ils devaient rester concentrés sur leur objectif.

Arrivés au port, le vieux mage retint Zatarix par le bras alors qu'Amarinis montait à bord avec leur fils.

— Je ne viens pas avec vous. C'est à toi de mener cette expédition. Tu ne peux pas échouer.

— Quoi ? Mais pourquoi ? Nous avons besoin de toi !

— Il faut que je reste afin de mettre un terme à tout ça. Je suis vieux, Zatarix, et je suis l'un des rares à pouvoir accéder à la salle de l'Alliance dans la citadelle pour rompre le lien avec les divinités.

— Mais nous avons besoin de ta sagesse pour nous guider sur le chemin de l'Harmonie.

— Je t'ai transmis tout ce dont tu as besoin pour cela. Amarinis est une magicienne puissante et pleine de sagesse. Fie-toi à elle lorsque tu auras un doute. Je compte sur toi, Zatarix, l'humanité et les Dieux comptent sur toi.

Les yeux de l'homme se brouillèrent et il baissa la tête afin de ne pas céder au chagrin qui l'assaillait. Le vieux mage reprit :

— Va et souviens-toi de tous mes conseils. Tu as pris tous les manuscrits nécessaires pour réactiver l'alliance une fois que vous serez arrivés ?

— Oui.

— Et les quatre pierres ?

— Oui.

— Bien. Alors prends ceci, c'est une prophétie sur la prochaine ère de notre civilisation. Tu devras trouver un moyen afin qu'elle soit transmise telle quel au fil des ans jusqu'à son accomplissement. Tu comprends ?

— Je comprends, maître.

— Maintenant, monte à bord et partez tout de suite. Le temps vous est compté, vous ne devez plus être à portée de tir lorsque les soldats arriveront. Adieu, Zatarix. Que les éléments te soient favorables. Je crois en toi.

— Merci, Astiud, je ne vous décevrai pas.

Le mage prit son élève dans les bras et laissa couler une larme seulement lorsque ce dernier fut à bord et que le navire commença à s'éloigner. Le bois du pont craquait sous les pas des réfugiés et le vent marin caressait le visage de Zatarix. Avec un dernier coup d'œil, Astiud se détourna et partit en direction de la citadelle.

*

Astiud poussa les grandes portes, en bois sculpté. À l'intérieur du bâtiment, plus personne. Ce lieu habituellement animé à toute heure de la journée était à présent désert. La plupart avaient fui à bord des bateaux prévus pour le sauvetage, les autres avaient péri en défendant leurs convictions.

— Je me doutais que tu ne serais pas parti avec les autres.

Une femme d'âge mûr aux cheveux blancs apparut dans l'entrebâillement d'une porte. Malgré les traits du temps qui marquaient son visage, Astiud la trouvait toujours aussi charmante que lorsqu'ils s'étaient rencontrés.

— Que fais-tu là, Trixan ? Tu devrais être sur les navires avec les autres ! Ils sont déjà partis !

— Oui, bien sûr, mon aimé, et te laisser seul pour rompre l'alliance ? Nous avons commencé ensemble, nous finirons ensemble.

La gorge nouée par l'émotion, il fut incapable de répondre à son épouse. Alors elle continua :

— Bien, allons-y maintenant. Nous devons mettre fin à tout cela.

Elle lui tendit une main, chaude et rassurante malgré la situation désespérée. Ils marchèrent ensemble jusqu'à la salle de l'alliance, dont l'accès n'était accordé qu'aux plus hauts initiés. Ils entrèrent et contemplèrent une dernière fois les flammes qui brillaient dans la pénombre.

Avec le cœur déchiré, ils éteignirent une à une les bougies, les yeux mouillés par le chagrin. Le crépitement s'atténuait peu à peu, laissant place à un silence lourd et menaçant. Puis ils se retrouvèrent au centre de la pièce, dans la pénombre presque totale. Astiud tenait dans sa main la dernière chandelle encore allumée.

— Tu es prête, ma bien-aimée ?

— Je l'ai toujours été, lui répondit-elle avec un sourire aimant.

Leurs regards traversaient respectivement leurs âmes et après une dernière déclaration d'amour silencieuse, Astiud souffla la bougie et ils se retrouvèrent dans le noir complet. L'obscurité enveloppa les murs de la salle et les deux amants.

Quelques secondes plus tard, la lumière réapparut alors qu'Astiud faisait danser le Feu, tourbillonnant autour d'eux dans toute la pièce. Des brasiers rougeoyants projetaient des ombres mouvantes sur les murs. Une douce brise s'éleva, et devint de plus en plus forte telle une tempête. Trixan élevait les flammes vers le ciel et dans toutes les directions avec l'Air. Une fois que le Feu fut présent partout autour d'eux dans un déchaînement impétueux, ils se contemplèrent une dernière fois, se comprenant silencieusement.

Il était temps.

Ils étaient prêts.

Simultanément, ils se baissèrent et touchèrent le sol de la pièce afin d'invoquer la Terre. Le bâtiment se mit à trembler sous leurs doigts en réponse à leur appel.

*

Le navire n'était plus à portée de tir. Si la deuxième partie du plan se déroulait correctement, ils seraient saufs.

Zatarix regardait vers le continent et fixait le dôme de la citadelle. À cet instant, il y eut une gigantesque explosion. Le plancher trembla sous l'impact et un grondement sourd se fit entendre. Le toit du dôme partit dans les airs et un champignon de feu géant s'éleva au-dessus de l'édifice. Une onde de choc suivit, soulevant débris et poussière. L'explosion avait emporté tout le bâtiment, et avec lui le générateur d'énergie élémentaire inventé par les scientifiques de l'Empereur. Cette innovation qui avait été le commencement de la chute de l'Empire. Toutes les lumières de la ville s'éteignirent, et avec elles, l'alliance qu'ils avaient avec les divinités. Un silence pesant s'abattit sur le continent, brisé seulement par le crépitement des flammes lointaines.

Zatarix ferma les yeux. Une larme coula sur sa joue. Astiud avait réussi. Il les avait tous sauvés.

Sa femme, Amarinis, se tenait à ses côtés et pleurait également en observant la scène, leur enfant dans les bras, sa main libre lovée dans celle de son époux. Leurs larmes se mêlaient à la cendre sur leurs visages, témoins silencieux de la fin d'une ère. Zatarix mit alors la main à sa poche et en sortit la prophétie que son maître lui avait transmise.

« Lorsque la dernière feuille sera tombée, la neige aura fondu, le bourgeon aura fleuri et le fruit sera tombé de l'arbre six mille trois cents fois, l'Humanité se retrouvera de nouveau devant le choix entre Chaos et Harmonie.

Quand les Huit seront dans la faiblesse et que le Un aura chuté, deux chemins seront possibles à emprunter. Si les Quatre sont réunis, ils pourront l'emporter, mais l'un devra se sacrifier pour rétablir l'Harmonie. Si le Un vainc les Quatre, il devra alors tous les sacrifier pour la naissance du Chaos. »

Zatarix sortit de sa poche les quatre pierres de l'alliance et les regarda. L'Améthyste scintillait d'un violet profond, la jade néphrite d'un vert apaisant, l'aigue-marine d'un bleu clair comme le ciel, et le cristal de roche brillait d'une lumière pure et limpide. Chacune correspondait à un élément. Leur texture était lisse et froide au toucher, mais une énergie palpable émanait de chacune d'elles.

Il les rangea soigneusement dans sa poche avec le manuscrit de la prophétie et se détourna du continent pour plonger ses yeux sur l'étendue d'eau sans fin qui se tenait devant eux.

— Mes amis, cria-t-il afin de se faire entendre, nous partons pour reconstruire une civilisation dans l'Harmonie. Le voyage risque d'être long et votre volonté sera mise à rude épreuve. Mais je crois en vous et je sais que nous allons réussir notre mission.

Le vent emportait ses mots vers l'horizon et l'écho de sa voix résonnait sur les flots, porteur d'espoir.

- 1 -

De nos jours.

Ignisiel avait encore les yeux clos lorsqu'il sentit une main le pousser doucement, puis le secouer avec de plus en plus de conviction.

— Réveille-toi, Ignisiel !

Le jeune homme ouvrit d'abord un œil, puis l'autre. L'image devant lui passa peu à peu du brouillard au net. Il reconnut un des orphelins avec qui il s'était lié d'amitié et dont il prenait soin comme il le pouvait.

— Dépêche-toi, on doit partir, sinon on va se faire prendre ! En plus, c'est le marché aujourd'hui, viens !

Ignisiel grogna, puis se leva et s'étira. Il remarqua des brins de paille sur ses habits, alors il se frotta pour les faire tous tomber. Le fourrage grattait sa peau et ajoutait une sensation désagréable à son réveil brusque. Avant de sortir de la ferme, il aperçut un livre défraichit sur le sol. Il l'attrapa et soupira d'agacement. Les enfants ne prenaient pas soin de ce qu'il leur offrait. Pourtant, il essayait de leur donner un minimum d'éducation afin qu'ils ne passent pas leurs vies dans la rue. Mais voyant l'état de l'ouvrage qu'il avait volé un mois plus tôt il se dit que c'était peine perdue avec ces garnements. Il rangea le livre dans la doublure de sa veste et partit de ce refuge.

Cette vieille bâtisse était en périphérie d'Alendulire. Un lieu ouvert où seuls les animaux y dormaient. Le propriétaire, quant à lui ne s'y rendait qu'une fois le soleil levé. Les orphelins avaient donc le champ libre pour passer une bonne nuit de sommeil à l'abri sur les bottes de foin. L'odeur de la paille mélangée à celle du bétail lui emplissait les narines, une odeur terreuse et familière qui lui rappelait tous les matins passés ici.

En sortant de la ferme, Ignisiel essaya de recoiffer ses cheveux. Les enfants étaient déjà tous partis pour ne pas louper le début du marché. Le jeune homme marcha en baillant, une partie de lui restée dans le sommeil. Le froid du matin mordait légèrement sa peau, ajoutant une sensation vivifiante à son état de semi-éveil.

Il arriva dans les premières rues d'Alendulire et tomba sur un rassemblement d'habitants. Ces derniers étaient autour d'un homme debout sur un chariot en bois. Il faisait de grands gestes pour imager ses propos. Ignisiel décida d'aller écouter ce que cet individu, aux habits exotiques, était en train de raconter. La voix de l'orateur résonnait dans l'air frais et tranchait, avec son enthousiasme débordant, le silence matinal.

Le jeune homme se plaça légèrement en retrait. Cela faisait trop longtemps qu'Ignisiel vivait en reclus et n'osait plus approcher quiconque. Depuis au moins trois ans, il n'avait pas eu d'emploi stable, son dernier patron l'ayant renvoyé après l'incident. Depuis, il tentait de rester à l'écart de la plupart des habitants d'Alendulire. Il chassa ce souvenir et grimpa sur des caisses empilées près d'une échoppe.

Une fois bien installé, il tendit l'oreille.

— Voyez, Mesdames et Messieurs, notre cher Roi Soach Ier nous permet de vivre à Andran avec ce que l'on appelle « Technologie ». Dans la capitale d'Abydosia, nous avons des engins volants qui nous permettent de nous déplacer comme avec des calèches, mais sans chevaux. Les cultures ont de meilleurs rendements grâce au système d'irrigation inventé par les techniciens du royaume. Ils inventent toujours de nouveaux dispositifs qui fonctionnent à l'énergie élémentaire. Nous vivons beaucoup mieux et avec beaucoup plus de confort grâce à cela ! Ça ne tente personne ?

Un homme dans la foule lui répondit, mécontent :

— Nous suivons les coutumes de la Cité des Temples depuis toujours et nous n'avons pas besoin des inventions du roi ! Nous vivons simplement, et cela nous convient très bien. Rentre chez toi !

La Cité des Temples, un lieu aussi célèbre que mystérieux, abritait la majorité des prêtres et prêtresses des éléments. Bien que cette renommée fût connue de tous, Ignisiel n'en savait pas grand-chose, car il n'avait pratiquement jamais quitté les bas quartiers d'Alendulire. Seulement une fois mais il ne voulait pas repenser à ce souvenir.

L'étranger fit mine de ne rien avoir entendu et poursuivit.

— Voyez ! Je vous ai ramené le dernier modèle pour que vous compreniez à quel point ce mode de vie est génial !

Il révéla l'objet dissimulé sous la couverture dans sa charrette. Ce que l'on y découvrit n'était autre que… un poisson en métal. Ignisiel se pinça les lèvres pour retenir son rire.

À peine le crieur avait-il exposé cet engin qu'un homme à la carrure imposante monta sur le chariot à ses côtés. Il l'attrapa par le col et le souleva du sol. Puis il se mit à lui hurler dessus :

— On t'a déjà dit qu'on ne voulait pas de ce genre de chose ici ! Retourne dans ta chère capitale et emporte ton engin de technologie avec toi ! Nous ne vivons pas comme cela alors cesse de vouloir nous l'imposer et va-t'en. Tout de suite !

Les personnes aux alentours se mirent à crier et à vociférer toutes sortes d'injures à l'encontre de l'étranger, lui lançant des légumes, voire des pierres. L'homme qui le tenait par le col esquiva les projectiles et le repoussa violemment en arrière. L'Andranais atterrit recroquevillé au fond de son chariot. Il saisit les rênes et les fit claquer. Son cheval s'élança au galop et l'emporta loin de ses assaillants.

Chacun reprit ses occupations. Ignisiel, après avoir assisté à ce spectacle, leva les yeux au ciel et partit en direction du marché. Au fond de lui, il restait indifférent à ces récits, car il savait qu'il ne verrait probablement jamais ces merveilles technologiques dont les gens de l'extérieur parlaient avec tant de fascination. Ce qui lui importait avant tout, c'était de survivre. De trouver de quoi manger pour la journée.

Son ventre gargouilla à cette pensée.

Il avait faim.

Cela faisait maintenant deux jours entiers qu'il n'avait rien mangé. Les rares repas qu'il avait réussi à trouver, il les avait donnés aux enfants de la rue. Ces orphelins, comme lui, qui se cachaient ou avaient fui une autre ville inhospitalière pour se réfugier ici. Alendulire était réputé pour accueillir toutes les âmes qui cherchaient un refuge, mais ses infrastructures étaient également limitées et la vie n'y était pas gratuite.

Chaque fois qu'il les voyait, Ignisiel ne pouvait s'empêcher de se rappeler son enfance passée dans la rue, suite à la disparition brutale de ses parents. Il était tellement jeune qu'il ne se souvenait pas de leurs visages. Il n'a jamais su pourquoi ils étaient partis. Durant cette période, il aurait tant souhaité que quelqu'un l'aide à trouver un peu de nourriture. Alors maintenant, il préférait jeûner plutôt que de laisser ces enfants souffrir de la faim.

Toutefois, aujourd'hui était un jour spécial : il y avait le marché. Une opportunité qu'Ignisiel attendait avec impatience chaque semaine. La place bourdonnait d'activités, avec une myriade de commerçants qui vendaient toutes sortes de denrées alimentaires. En cette journée bénie, tout le monde pourrait avoir la chance de savourer un vrai repas. Les enfants, malins et débrouillards, savaient comment tirer profit de cette manne providentielle ; le jeune homme ne devait donc se préoccuper que de lui-même.

Le marché d'Alendulire était un véritable tableau de couleurs et de senteurs. Des rangées d'étals remplis de produits frais s'étendaient à l'horizon : des fruits juteux et colorés, des légumes croustillants, des épices au parfum envoûtant ainsi que des viandes et poissons soigneusement agencés. Les marchands, habillés de vêtements chatoyants, s'efforçaient d'attirer les passants avec enthousiasme. Le sol en terre était recouvert de paille et l'agitation des acheteurs créait une atmosphère vibrante. Au loin, les toits pittoresques des maisons qui bordaient la place se dessinaient et contrastaient avec le ciel bleu.

Ignisiel escalada avec habilité le mur d'une habitation jouxtant l'espace des commerçants. Il était à la fois invisible et agile tel un félin. Une fois sur le toit de la petite maison, il pouvait observer le marché avec une vue d'ensemble et examiner le contenu des différents étals. Cela l'aidait à réfléchir à un plan d'action et à choisir sa cible. L'odeur des épices et des produits frais lui monta au nez et son ventre gargouilla de plus belle.

Il regarda les enfants, déjà à l'œuvre, qui passaient inaperçus grâce à leur taille, se faufilant à travers la foule. Il sourit, nostalgique. Cependant, son attention fut détournée par une voix qui se démarqua du brouhaha général.

— Une Constellation d'or le kilo de tomates !

Une constellation d'or ? Le prix avait considérablement augmenté. Il y a moins d'un mois, un kilo de tomates ne valait pas plus de 50 pièces de Terre. Cela représentait plus du double de leur valeur. Comment pouvaient-ils augmenter les prix aussi rapidement ?

Le jeune homme se recentra. L'heure de pointe était arrivée et la place était bondée. C'était l'occasion parfaite pour lui d'utiliser ses talents de voleur à l'étalage. Son œil aiguisé avait repéré un stand qui vendait du poulet rôti et des fruits frais. Sa bouche se mit à saliver et il descendit discrètement du toit sur lequel il était perché. Il désescalada la façade lisse de la maison jusqu'à poser le pied sur la chaussée d'une ruelle adjacente à la place. Discrétion et invisibilité étaient ses maîtres mots depuis des années. Comme d'habitude, personne ne sembla le remarquer. Dans son excitation, il s'élança et se fondit dans la foule de clients. Il avança vers l'étal sélectionné pour effectuer son habituel tour de passe-passe.

Arrivé à proximité du stand, il observa attentivement la scène et calcula le meilleur moment pour agir. Il attendit patiemment qu'au moins trois personnes se pressent devant le marchand. C'était le moment parfait pour passer inaperçu. Le vendeur était débordé par la frénésie de ses clients et trop occupé pour remarquer quoi que ce soit.

Il prit une grande inspiration pour calmer ses nerfs avant de se lancer. Il feignit de passer à côté du stand sans s'y intéresser, frôla l'étal et glissa discrètement un morceau de poulet juteux et une orange parfaitement mûre dans la doublure secrète de sa veste. Le parfum des aliments diffusa une odeur alléchante qui éveilla ses sens.

Il continua sa route avec une nonchalance délibérée tandis que son cœur battait la chamade dans sa poitrine. Il tenta de dissimuler sa nervosité, imitant les habitants qui déambulaient entre les allées, comme si de rien n'était. Du moins, c'était ce qu'il croyait.

Il n'avait pas fait plus de quelques mètres qu'il entendit quelqu'un crier derrière lui.

— Eh toi ! Reviens ici, espèce de sale petit voleur !

- 2 -

D'un geste vif, Ignisiel tourna la tête pour jeter un coup d'œil par-dessus son épaule. Son regard accrocha le visage du marchand dont les traits se déformaient sous l'effet de la colère. Les jointures de l'homme blanchirent lorsqu'il agrippa fermement un bâton, long d'environ un mètre, avant de s'élancer à la poursuite du jeune voleur.

Son sang ne fit qu'un tour. Son instinct de survie prit immédiatement le dessus. Sans réfléchir, il se mit à courir aussi vite que ses jambes pouvaient le supporter. Ses pieds martelaient le sol et résonnaient à travers les étroites ruelles d'Alendulire. Les cris du marchand furieux perçaient ses oreilles comme des aiguilles. Le souffle court, il sentit l'odeur âcre de la sueur se mêler à celle des épices, des poissons et du cuir provenant des étals du marché qu'il esquivait habilement. Il se faufila entre les tables, évita les passants et bifurqua brusquement en direction d'une artère étroite.

Ignisiel connaissait bien les rues d'Alendulire. Les murs des allées semblaient le protéger et chaque pierre des pavés était familière à ses pieds agiles. Ayant grandi ici, il savait exactement où se cacher et comment échapper à une poursuite. S'il parvenait à cette ruelle, il serait sauvé. Après cela, le marchand n'aurait aucune chance de le rattraper.

Toutefois, quelque chose semblait différent aujourd'hui.

Les rues lui paraissaient plus hostiles. Il prit un virage serré pour semer ses poursuivants, mais des hommes apparurent à l'autre bout de la place et bloquèrent l'allée par laquelle il voulait s'enfuir. Ignisiel se retrouva piégé. Une fine couche de sueur perla sur son front et coula le long de ses tempes pour se mêler à la poussière collante. Il chercha désespérément une issue, mais les hommes se rapprochaient. Leurs visages étaient marqués par la haine et leurs voix graves se répercutaient comme un écho sinistre autour d'eux.

C'était fini.

Il n'avait plus d'échappatoire.

— Arrêtez-le ! Ce voyou m'a volé ! Arrêtez-le ! C'est lui le voleur du marché ! cria de nouveau le marchand en première ligne à ses confrères. Sa voix rauque tremblait d'indignation.

Ignisiel balança frénétiquement sa tête de droite à gauche pour essayer de trouver une issue. Déconcentré, il ne les vit pas arriver. Telles des ombres menaçantes qui surgirent de nulle part.

Un premier homme se jeta sur lui, et voulu l'immobiliser avec une force colossale. Il sentit émaner de son assaillant une odeur de poisson et de sueur qui lui donna la nausée. Cependant, grâce à ses réflexes et sa vivacité, il tourna sur lui-même dans une pirouette magistrale et parvint à esquiver l'assaut de justesse. L'adrénaline courait dans ses veines comme un torrent sauvage. Lorsqu'un deuxième adversaire entra en jeu, la chance ne fut pas de son côté. Avec une habileté surprenante, l'homme, d'un pied adroitement placé, réussit à déséquilibrer Ignisiel et le fit tomber tête la première. Son visage atterrit brutalement dans la terre meuble et un goût de sang envahit sa bouche. Ses victuailles, précieusement conservées dans la doublure de sa veste, s'envolèrent dans un tourbillon de poussière et de désarroi, éclaboussant ses narines d'un parfum de misère et de détresse.

Les sons du marché, autrefois familiers et rassurants, devinrent une cacophonie oppressante. Ignisiel se releva sur ses bras avec peine, la respiration haletante. Ses pensées embrouillées par la douleur et la panique, il resta un moment à quatre pattes afin de reprendre ses esprits et baissa la tête en direction du sol en signe de résignation.

À cet instant, une certitude glaciale s'ancra en lui : cette fois, il n'y dérogerait pas.

Deux hommes, forts comme des bœufs, l'attrapèrent par les aisselles et le trainèrent sur plusieurs mètres. Ils le tenaient fermement, tel un trophée qu'ils allaient présenter à leur chef, ledit marchand. Une fois le voleur impuissant devant lui, ce dernier le dévisagea avec rage, les deux poings sur ses hanches.

— Te voilà enfin, espèce de sale petit voyou ! Tu ne t'échapperas pas impunément cette fois, tu sais combien d'argent tu m'as fait perdre ce mois-ci ? Je vais te donner une leçon dont tu te souviendras ! lui cracha-t-il au visage, son haleine chargée d'un mélange âcre de vin bon marché et de friture.

— Que penses-tu pouvoir me faire de pire que la vie que je mène déjà ? répondit Ignisiel d'un ton à la fois dépité et sarcastique, sentant la bile remonter dans sa gorge.

Le marchand lui jeta un regard empli de mépris.

— Tu as la langue bien pendue, jeune homme, peut-être devrait-on t'en délester ? Ou bien peut-être qu'une main en moins te coupera l'envie de voler ?

— Oui la punition des voleurs d'autrefois ! Ça lui donnera une bonne leçon, cria un autre vendeur dans la foule, sa voix tranchante comme un couperet.

À présent, une dizaine de commerçants s'étaient regroupés autour d'Ignisiel et formaient un cercle hostile et implacable. Le marchand qui l'avait pris en flagrant délit s'éloigna du groupe. Il semblait appliquer son idée initiale sous l'approbation de ses confrères.

Ignisiel, les prunelles noyées de désespoir, balayait la foule pour trouver une issue, un signe de pitié, mais il comprit rapidement la fatalité de sa situation. Il n'y avait aucune ouverture envisageable, aucun chemin de fuite ne s'offrait à lui. Il baissa la tête et ses épaules s'affaissèrent sous le poids de l'inévitable. Il accepta intérieurement le sort cruel que ces hommes allaient lui infliger.

Le vendeur qu'il avait dérobé revint alors, un sabre bien aiguisé à la main, qui luisait d'une sinistre promesse. Autour de lui, les voix des hommes s'élevaient en un tumulte chaotique. Ils parlaient fort et criaient des sentences variées, allant de la main coupée au rouage de coups. Le jeune homme crut même entendre, parmi le vacarme, quelqu'un proposer la mort… Le mot glacial transperça le brouhaha jusqu'à ses oreilles et le pétrifia sur place.

Il savait qu'il ne servirait à rien de résister : ils étaient trop nombreux. Il s'était juré de ne plus perdre le contrôle, de ne plus blesser qui que ce soit, quelles qu'en soient les conséquences.

Ignisiel redoutait par-dessus tout de revivre un scénario semblable à son dernier emploi. Ce souvenir le hantait encore. Ce jour-là, emporté par sa colère, il avait déclenché un incendie qui avait réduit la boutique de son patron en cendres, laissant derrière lui un sillage de destruction et de regrets. Et pire encore, il ne pouvait oublier cette première fois tragique, le moment où il avait découvert cette malédiction qui avait depuis lors jeté une ombre sur son existence...

Au moment où il se préparait à subir leur jugement sans lutter, il entendit une voix dans l'assemblée qui transperça la cacophonie.

— De toute façon, il ne devrait même pas vivre à Alendulire. Un voyou pareil. Pas étonnant que ses parents l'aient abandonné à la naissance, cracha un homme avec mépris.

L'impact de ces paroles sur Ignisiel fut immédiat, comme un coup de tonnerre dans un ciel sans nuage. À l'instant où elles atteignirent ses oreilles, il sentit une chaleur grandissante envahir ses paumes. C'était un symptôme qu'il connaissait bien, un prélude à une explosion de rage qu'il aurait du mal à contrôler.

Il essaya de repousser les mots, de les enfermer dans une boîte au fond de son esprit, mais ils se répétaient sans cesse, tel un écho qui amplifiait sa colère. Il fit un énorme effort pour essayer de se calmer et réprimer cette chaleur qui ne faisait que grandir. Elle se propageait à l'image d'une vague de lave à travers ses veines, engloutissant petit à petit son corps tout entier.

Calme.

Il se répétait intérieurement « *Calme* », mais son corps lui criait « *Angoisse* ».

Angoisse.

À peine quelques secondes passèrent, des secondes qui semblèrent durer une éternité, avant que les deux hommes qui le maintenaient ne le lâchent subitement. Ils reculèrent comme s'ils venaient de se bruler. Leurs visages exprimaient un grand étonnement mêlé de peur. Ils se décalèrent de plusieurs mètres, consternés par ce qui était en train de se passer devant eux.

— Regardez ses mains ! Elles sont en feu ! cria l'un des assaillants, les yeux écarquillés, pointant Ignisiel de l'index.

Des flammes tournaient et léchaient le bout des doigts du jeune homme. La chaleur intense déformait progressivement l'air autour de lui, créant un mirage qui distordait les visages horrifiés des hommes. L'odeur âcre de la combustion emplissait l'air, une senteur piquante qui irritait les narines et les gorges.

Ignisiel ressentit la vibration dans ses paumes se transformer en une source de puissance. La sensation était à la fois terrifiante et exaltante, comme si un feu liquide coulait dans ses veines. L'énergie qu'il libérait brilla plus intensément. De petites étincelles s'échappèrent, illuminant la figure des hommes autour de lui. Ils reculèrent, encore plus effrayés. La peur imprégnait leurs cris et leurs murmures.

Certains, débordant de frayeur, choisirent de fuir l'étrange spectacle pour préserver leur vie. Le bruit de leurs pas précipités retentit sur la terre, et le tumulte se mélangea aux crépitements du feu. D'autres, cependant, se mirent en position de combat, leurs muscles tendus et leurs yeux fixés sur Ignisiel, prêts à en découdre.

Le jeune homme commença à paniquer. Il sentait la

sueur couler le long de son dos. La terreur et la confusion dansaient dans ses pupilles.

— N'approchez pas, je ne veux pas vous faire de mal, supplia-t-il, la voix tremblante alors qu'il essayait de reprendre ses esprits et de calmer cette colère qui ne faisait que croître en lui, incontrôlable.

— Tu ne crois pas que tu vas nous échapper aussi facilement, voyou ! cria le commerçant en colère, sa voix chargée de rancune.

Ignisiel observa le bras de son bourreau s'élever au-dessus de sa tête, la lame métallique toujours présente dans sa main. Une menace imminente qui allait s'abattre sur lui. Il rassembla toutes ses forces mentales pour ne pas se défendre contre l'attaque de son agresseur. C'était un défi de taille, mais il était résolu à ne pas répéter les erreurs du passé.

Calme.

Cette fois, son corps s'était résigné et ne le contredit pas. Les flammes s'éteignirent, la sensation de brûlure s'estompa, laissant place à un vide étrange. Il baissa la tête en signe de reddition, ses épaules se détendirent légèrement. Il était prêt à accepter son sort.

À sa grande surprise, le coup ne vint pas. Après quelques secondes d'immobilité, il leva la tête dans un ultime sursaut de désespoir, s'attendant à croiser un regard habité de fureur. Mais ce qu'il vit le laissa interdit : une main ferme retenait le bras de son agresseur, stoppant avec une force déconcertante l'attaque qui s'apprêtait à s'abattre sur lui. Ignisiel sentit un soupir de soulagement lui échapper, emportant avec lui l'air chargé de poussière et les effluves du marché environnant.

C'était la première fois qu'il la vit...

- 3 -

La scène semblait figée dans le temps. Chaque personne retenait son souffle. Tous les yeux étaient rivés sur cette femme, attendant avec appréhension la suite des événements. L'air était chargé d'une tension qui s'accrochait à la peau à la façon d'une brume épaisse et moite.

Son allure était atypique pour une habitante d'Alendulire. Elle était habillée d'une longue robe rouge qui brillait tel un rubis sous les rayons du soleil. La soie lisse glissait doucement avec chacun de ses mouvements et produisait un léger chuchotement. Autour de sa taille, une ceinture en tressage doré resserrait sa tunique, soulignant sa silhouette gracieuse. À son cou, elle portait un pendentif qui scintillait faiblement, comme s'il possédait une vie propre. Le médaillon en or était orné de symboles mystérieux qu'Ignisiel ne sut interpréter. De longs cheveux blonds cascadaient jusqu'à sa taille et s'échappaient de la capuche qui dissimulait son visage. Sous les rayons du soleil, leurs reflets dorés formaient un halo lumineux autour d'elle. D'un geste lent et maîtrisé, elle abaissa sa capuche, révélant une fine tresse d'or qui ornait le sommet de sa tête et apportait une élégance presque royale à son apparence déjà saisissante.

Dès que son visage apparut, le silence devint plus écrasant. Les spectateurs, troublés, firent un pas en arrière, comme si sa seule présence exposait la gêne de leurs actions. On aurait dit que chacun ressentait instinctivement la grandeur de cette femme et la déférence qu'elle imposait. L'atmosphère se fit plus dense.

En l'observant, Ignisiel fut envahi par une profonde admiration. La peur lisible dans les yeux des autres lui échappait complètement. Sa beauté semblait irréelle, empreinte d'une douceur naturelle qui le touchait profondément. Une étrange familiarité émanait d'elle, un écho de quelque chose de connu qui résonna en lui. Le parfum subtil du jasmin imprégna l'air, lui apportant une sensation de calme et de réconfort, semblable au souvenir flou d'un temps plus paisible.

Il remarqua alors que, derrière elle, se tenaient trois jeunes femmes vêtues de manière presque identique, arborant des robes blanches rehaussées de touches rouges. Leurs apparences différaient toutefois par certains détails : certaines étaient dépourvues de tresses dorées, tandis que d'autres ne portaient aucun pendentif. Leurs présences conféraient une allure chorégraphique à la scène, évoquant les vestales d'une déesse.

Son attention revint à la jeune femme aux cheveux d'or et au marchand dont elle venait de libérer le bras. Il remarqua que l'homme, visiblement nerveux, affichait un air embarrassé, comme s'il faisait face à une puissance qui le dominait. Les yeux écarquillés, les lèvres légèrement tremblantes et une goutte de sueur glissant sur son front témoignaient de son trouble.

— Madame, veuillez m'excuser pour cette malheureuse situation en votre présence, mais ce jeune homme m'a volé et ce n'est pas la première fois. Il doit être puni ! essaya de s'expliquer le commerçant d'un ton plaintif. Sa voix chevrotait légèrement, contrastant avec l'assurance qu'il tentait d'afficher.

Elle resta silencieuse. Ce n'est qu'après un long moment, durant lequel elle le fixa d'un regard sombre et impénétrable, qu'elle consentit enfin à répondre. Ses pupilles, noires de jais, semblaient percer jusqu'à son âme, explorant chaque recoin de sa conscience.

— Ton acte s'arrête là, marchand. Je prends en main la suite des événements, dit-elle d'une voix autoritaire, chaque mot résonnant avec une finalité indiscutable.

Son ton, bien que ferme, laissait transparaître une douceur sous-jacente, semblable à celle d'une mère qui réprimandait son enfant. Son autorité imposait le respect, et sa façon d'affirmer son pouvoir ne souffrait d'aucune contestation. Pourtant, malgré cette aura de calme, le plaignant, emporté par sa colère et son indignation, s'emporta brusquement :

— Madame, je pense être le mieux placé pour infliger la punition que mérite ce voyou. C'est moi qu'il a volé, c'est mon droit, vociféra-t-il, sa voix s'élevant dans les aigus dans un cri presque hystérique. Son visage s'était empourpré et ses poings serrés trahissaient son irritation.

Un silence oppressant retomba, comme si tous retenaient leur souffle dans l'attente que la foudre s'abatte sur le commerçant. Les traits de la jeune femme se crispèrent peu à peu, reflétant un agacement croissant.

— Ton droit, dis-tu ? Et en vertu de quelle loi exactement ? Je tiens à te rappeler que tu te trouves actuellement à Alendulire, qui est dans l'enceinte sacrée de la Cité des Temples. Ici, la juridiction est strictement sous l'autorité de la prêtrise. Par conséquent, ton soi-disant « droit » se limite à accepter le jugement rendu par un membre de cet Ordre. En d'autres termes, la loi ici n'est pas celle des hommes ordinaires, mais celle des prêtres et des Dieux. Si cela ne te convient pas, si tu trouves cela inacceptable ou injuste, tu es tout à fait libre de quitter Alendulire et de retourner dans le monde profane d'où tu viens, énonça-t-elle d'une voix implacable.

La douceur qui émanait de son ton avait complètement disparu, remplacée par une impatience et une sévérité tranchante. Sa force de caractère imposait le respect. Cette femme n'était pas quelqu'un que l'on souhaitait contrarier.

L'impact de ses paroles fut tel que le marchand baissa les yeux. Il fixa le sol et se retrouva soudainement sans voix.

Il savait qu'il s'était laissé emporter et avait dépassé les bornes devant un membre de l'Ordre et se tut pour ne pas aggraver sa situation. Les mages sortaient si rarement de l'enceinte de la Cité des Temples qu'il en avait oublié ses manières.

Durant cette interaction, Ignisiel aperçut une opportunité de s'échapper. Avec des mouvements silencieux, il commença à ramper pour se faufiler entre les jambes des nombreux participants. Cette assemblée, dont le nombre semblait augmenter à chaque instant, était captivée par la scène étrange qui se déroulait devant eux. Ils ne faisaient pas attention à lui, ce qui était à son avantage. Le bruissement des vêtements et le murmure des voix se mêlaient à la clameur lointaine du marché.

— Je n'ai pas dit que tu pouvais t'en aller. Tu vas me suivre et sans discuter, dit soudainement la prêtresse, sa voix coupant le brouhaha ambiant à l'image d'une lame aiguisée.

Elle se tenait droite, immobile, mais ses mots semblaient émaner de partout à la fois, enveloppant Ignisiel.

Il se retourna subitement et remarqua que la jeune femme avait parlé sans détourner son regard. Ses orbes sombres, lourdes de sous-entendus, étaient toujours fixées sur le marchand, mais son intonation transmettait un message clair : il ne devait pas protester davantage. Ignisiel se releva alors lentement, un peu chancelant, ses jambes engourdies par la tension et l'effort.

Lorsqu'elle tourna la tête dans sa direction, il vit une transformation étonnante. Ses iris, précédemment noir de jais, s'éclaircirent dans un violet intense, une couleur qu'il n'avait jamais vue pour des yeux humains. C'était fascinant, presque surnaturel. Comme s'il était hypnotisé, attiré par ce mystérieux changement, il s'approcha d'elle sans dire un mot. L'éclat de ses prunelles semblait pénétrer au plus profond de son être, éveillant en lui des émotions et des souvenirs qu'il ne pouvait identifier.

Sans un coup d'œil en arrière, elle s'éloigna, laissant une foule stupéfaite dans son sillage.

Ignisiel, dans une grande incompréhension de la

situation, la suivit. Il était incapable de résister à l'attrait mystérieux de cette femme, comme s'il était entraîné par une force invisible. Le reste des jeunes femmes se retirèrent lentement en un cortège coloré à la suite de celle qui paraissait être leur supérieure. Elles laissaient derrière elles les vendeurs affairés, les étals débordant de marchandises, et le souvenir de tout ce qui venait de se passer.

Le parfum des fleurs fraîches se mélangeait à l'odeur persistante des épices, formant une fragrance envoûtante qui flottait derrière elles. La lumière du soleil qui caressait leurs robes, les teintant de nuances dorées et orangées. Elles s'éloignaient, tandis que les bruits de la ville reprenaient lentement leur cours. Leur départ semblait marquer la fin d'un chapitre, et le début d'un autre, encore inconnu.

- 4 -

Ignisiel suivait toujours cette mystérieuse jeune femme, hypnotisé par le mouvement fluide de ses cheveux qui dansaient au rythme de ses pas. Chaque fois qu'elle avançait, il pouvait presque sentir le léger parfum fleuri qui émanait d'elle et se mélangeait avec l'air frais du matin.

Après un certain temps, elle s'arrêta brusquement, se retourna avec une grâce féline et plongea ses yeux perçants dans ceux d'Ignisiel. Il sentit un frisson lui parcourir l'échine sous la puissance de son regard. Elle leva la main d'un geste délicat, l'invitant à marcher à ses côtés.

Toujours ébahi par cette femme énigmatique dont il ignorait tout, il obéit sans hésiter.

Une fois à ses côtés, la jeune femme entama la conversation d'une voix douce et apaisante

— Comment t'appelles-tu ? demanda-t-elle, son ton mêlant curiosité et bienveillance.

— Ignisiel, répondit-il, et vous êtes ?

La jeune femme, d'une beauté renversante, tourna lentement son visage vers lui. Elle l'observa, un sourcil délicatement arqué en signe d'étonnement. Puis, un sourire amusé se dessina sur ses lèvres, dévoilant une lueur de malice. Son ignorance semblait l'intriguer.

Le jeune homme, de son côté, ne comprenait pas ce qui

provoquait cette légère moquerie et l'observa avec perplexité.

Après un moment d'hésitation, réalisant qu'il ne plaisantait pas, elle laissa échapper un soupir. Sa surprise laissa place à une légère irritation et elle répondit d'une voix où perçait une pointe d'agacement :

— Comment se fait-il que tu habites à Alendulire, la ville annexe à la Cité des Temples sans en connaître les coutumes ?

Ignisiel baissa les yeux, sentant la chaleur de l'embarras monter à ses joues. Les souvenirs de son enfance, froide et solitaire, lui revinrent en mémoire.

— Je suis désolé. J'ai grandi dans la rue, sans personne pour m'enseigner les coutumes et les traditions. Mais je fais de mon mieux pour survivre et respecter les règles de la cité. Je sais que le vol est punissable mais je n'ai plus d'autres choix à présent, avoua-t-il, avec une certaine honte.

La jeune femme le scruta un instant, son visage s'adoucissant peu à peu. Elle hocha lentement la tête, comme si elle pesait le poids de ses mots.

— Je vois. C'est surprenant à ton âge, mais je vais t'expliquer.

Elle prit une longue inspiration, ses yeux se perdant un instant dans le lointain.

— Je m'appelle Eludia. Je suis une Grande Prêtresse de l'Ordre, associée à l'élément Feu. C'est un rôle respecté et crucial dans notre société. Nous sommes les gardiennes de l'alliance et du savoir ancien.

Elle désigna d'un geste les jeunes filles qui l'accompagnaient.

— Les femmes avec moi sont également des prêtresses, ou des mages si tu préfères. Elles partagent cette association avec le Feu. C'est pourquoi nous portons toutes des vêtements rouges, symbolisant notre dévouement à cet élément.

Ignisiel connaissait vaguement le rôle de Grande Prêtresse. Il savait que c'était le rang le plus élevé dans la hiérarchie de l'Ordre des prêtres et que pour chaque élément, il n'y avait qu'un homme et une femme pouvant atteindre ce titre. En général, ces individus étaient plutôt âgés, accumulant une grande connaissance et une riche expérience. Leur sagesse les rendait capables de diriger avec compétence et autorité.

Cependant, cette fois-ci, il était face à une énigme. Une Grande Prêtresse si jeune et pleine de vie, parcourant les quartiers d'Alendulire, c'était du jamais vu.

— Vous êtes la Grande Prêtresse du Feu ? Mais vous paraissez si jeune, s'étonna Ignisiel, après un moment de réflexion.

Eludia sourit, une étincelle d'amusement dans ses yeux.

— C'est exact, j'ai récemment accédé au statut de Grande Prêtresse. Les initiations au sein de l'Ordre sont difficiles et laborieuses, mais je les ai passées très jeune. Ce n'est pas un grade accessible à tous. Il faut avoir la volonté de gérer les responsabilités associées à ce statut.

Elle le regarda intensément, comme pour évaluer son esprit.

— Par exemple, empêcher un jeune homme qui maîtrise les éléments de ravager le marché d'Alendulire par le feu parce qu'il ne sait pas contrôler ses émotions. Depuis quand sais-tu que tu as ce pouvoir ?

Ignisiel, perdu dans ses pensées, remarqua un détail qui lui avait échappé jusqu'à présent : le pendentif en or autour du cou d'Eludia. C'était une représentation élégante du feu, avec trois flammes finement sculptées qui semblaient danser à chaque mouvement. Fasciné, il resta silencieux un instant avant de reprendre ses esprits, sentant le poids de l'attente de la jeune femme sur lui.

— Euh… Je le sais depuis que je suis très jeune, mais j'essaie de contrôler cette malédiction du mieux que je peux, dit-il en fixant ses pieds.

Derrière eux, des rires moqueurs commencèrent à résonner. Eludia pivota lentement sur elle. Son œillade sévère fit taire les jeunes femmes instantanément. Elle reporta ensuite son attention sur lui, une lueur de compassion traversa ses traits avant de reprendre :

— Ce n'est pas une malédiction, même si je comprends

que vivre sans contrôler ce pouvoir puisse le sembler.

Ses yeux se perdirent avant de revenir à lui, plus intense.

— Tu sais, tout le monde sur cette terre a la capacité de développer le pouvoir de contrôler les éléments. Comme tout dans la vie, certaines personnes sont naturellement douées, possédant des prédispositions, tandis que d'autres doivent travailler plus dur pour réussir. Tout est une question de volonté. Tu es une personne avec des prédispositions, Ignisiel. Malheureusement, personne n'a repéré ton don assez tôt, ce qui t'a condamné à des années de souffrance et de solitude. Sache maintenant que cette période de ta vie est désormais révolue, tu vas pouvoir suivre ton véritable chemin.

Ignisiel écoutait attentivement, ses pupilles plongées dans celles d'Eludia. Son esprit ressemblait à un tourbillon d'émotions contradictoires : soulagement, confusion, joie et peur. Ses sourcils se froncèrent, témoignant de l'intensité de ses réflexions. Il cherchait dans les yeux de la jeune femme une lueur d'espoir, une confirmation de la véracité de ses paroles.

— Je ne suis pas sûr de comprendre ce que vous essayez de me dire… Vous insinuez que je ne suis pas maudit ? Que je peux apprendre à contrôler ce feu ? murmura-t-il, hésitant entre espoir et scepticisme.

Eludia resta silencieuse un moment. Ses prunelles violettes brillaient de douceur et de compréhension, bien que son visage demeurât inexpressif. Elle jouait distraitement avec son pendentif et observa Ignisiel avec attention. Puis, elle lui adressa un sourire délicat et laissa son regard glisser vers l'horizon. D'un léger mouvement de tête, elle l'encouragea à tourner la tête.

— Voilà, nous sommes arrivés, annonça-t-elle.

- 5 -

Devant eux se dressait une imposante entrée en bois sombre, aux teintes profondes et élégantes, magnifiée par des ferronneries dorées. Les motifs complexes en métal échappaient à la compréhension d'Ignisiel, mais il ne pouvait nier la beauté captivante de cette œuvre d'art. L'ouverture majestueuse semblait marquer un passage vers un autre monde, un seuil entre le profane et le sacré.

Une muraille colossale s'étendait à perte de vue, encerclant cette enclave mystique. Ces remparts, protecteurs des temples et de leurs résidents, délimitaient un sanctuaire inviolable. La Cité des Temples, ainsi nommée, évoquait à la fois grandeur et mystère. Bien qu'elle fût proche d'Alendulire, le jeune homme la percevait comme lointaine et presque irréelle. Le nom seul suffisait à inspirer respect et fascination, et les récits qui l'entouraient parlaient de miracles divins et de prouesses spirituelles.

Ignisiel avait souvent entendu parler de cet endroit, mais jamais il n'aurait imaginé s'y trouver. Maintenant qu'il était là, face à cette structure grandiose, il se sentait encore plus insignifiant. Tout en admirant l'entrée monumentale, une pensée traversa son esprit : il se tenait à la frontière de deux mondes, celui qu'il connaissait et un autre, totalement inconnu. Même dans ses rêves les plus audacieux, il n'avait jamais imaginé qu'il y entrerait un jour. En tant qu'humble résident d'Alendulire, l'intérieur de la Cité des Temples restait pour lui un mystère inaccessible.

Allait-il vraiment pénétrer dans cette enceinte sacrée ? Il n'osait y croire.

Alors que les portes s'ouvraient dans un silence solennel, Eludia lui adressa un sourire serein. Elle l'invita d'un geste léger à avancer. Ignisiel sentit son cœur s'emballer. L'instant était à la fois exaltant et intimidant. Il se sentait tel un enfant prêt à découvrir un univers merveilleux, un lieu hors du temps. Prenant son courage à deux mains, il fixa la jeune femme, dont les yeux hypnotiques lui intimaient silencieusement de continuer.

Alors qu'il avançait, une étincelle jaillit de ses doigts, le surprenant et le ramenant brusquement à la réalité. Ce rappel de ses pouvoirs incontrôlés le troubla, mais la Grande Prêtresse, toujours souriante, commenta avec légèreté :

— Il va falloir que tu sois rapidement formé pour maîtriser tout ça.

Rougissant, il obéit et franchit enfin l'entrée. De l'autre côté, la Cité des Temples s'offrait à lui. Cette enclave, inaccessible au commun des mortels, se dévoilait comme un univers à part entière. Derrière ces remparts, un microcosme s'étendait, baignant dans une sérénité presque divine. Le contraste avec la vie agitée d'Alendulire était saisissant. Ici, tout semblait figé dans une tranquillité intemporelle, un havre où le tumulte du monde extérieur n'avait pas sa place.

Après quelques pas, il entendit les portes se refermer derrière eux et Eludia se retourna afin de s'adresser à lui.

— Attends-moi ici, je reviens dans un instant.

Ignisiel acquiesça et la regarda s'éloigner. Elle se dirigea vers un homme qui portait un gilet de couleur jaune et commença à discuter avec lui. Ce dernier jeta un coup d'œil dans sa direction avant de faire un signe de tête à Eludia et de l'inviter à entrer dans un bâtiment adjacent.

Le jeune homme remarqua que le groupe de prêtresses qui les suivait, s'était miraculeusement évaporé et qu'il se retrouvait tout seul. Alors, il commença à observer la scène qui se déroulait devant lui, contemplant ce lieu spectaculaire avec les yeux d'un enfant. À l'intérieur, la cité était semblable à une oasis luxuriante, un véritable paradis terrestre à l'écart du chaos de la ville. On pouvait presque sentir la paix et l'harmonie qui imprégnaient l'air, flottant délicatement telle une caresse pour l'esprit et les sens. Le parfum enivrant des fleurs exotiques arrivait jusqu'à ses narines et le chant des oiseaux créait une mélodie douce et apaisante à ses oreilles.

La place centrale où il se trouvait était embellie par une végétation foisonnante qui ornait chaque recoin, créant un contraste de couleurs vives avec le gris de la ville environnante. Des sentiers, délimités soigneusement par de petits galets, serpentaient à travers ce jardin d'Éden. Une fontaine naturelle en pierre trônait au centre de cette place. Son eau turquoise regorgeait de poissons qui sautillaient et de nénuphars sur lesquels croissaient de petites grenouilles. Le bruit de l'eau qui ruisselait ajoutait une dimension sonore à la tranquillité environnante.

Chaque personne croisée semblait être dans un état de sérénité absolue. Les conversations étaient douces et respectueuses, presque murmurées, comme pour préserver la quiétude du lieu. Les femmes étaient vêtues de longues robes aux couleurs éclatantes, évoquant toute la palette d'un arc-en-ciel. Certaines arboraient des vêtements verts, d'autres jaunes, bleues ou encore rouges. Chaque nuance semblait vibrer d'une énergie unique. Les jupons flottaient élégamment avec chaque mouvement, comme si elles étaient imprégnées de magie.

Ignisiel ne put s'empêcher de penser que ces teintes n'étaient pas choisies au hasard. « *Ces différentes teintes sont sûrement en fonction de l'élément auquel elles sont associées* », se dit-il, intrigué par ce spectacle coloré.

Quant aux hommes, ils arboraient une tenue plus sobre mais tout aussi significative. En général, ils portaient des vêtements en lin, agrémentés d'un gilet de couleur, d'une ceinture ou d'une longue écharpe.

Il fut émerveillé par la bienveillance qui régnait parmi les individus devant lui. Chacun avait une place précise, un rôle à jouer, créant une magnifique symbiose. Une sorte de magie émanait de chaque petite tâche accomplie avec joie et humilité. Ce spectacle unique, se déroulant devant lui, surpassait même ses rêves les plus fous.

Tout était si parfait, si harmonieux, qu'il ne pouvait s'empêcher de se sentir un peu mal à l'aise. Ce milieu lui était totalement étranger. Il se laissa emporter par ses rêveries, absorbé dans l'observation de son environnement, jusqu'à ce qu'une voix le ramène à la réalité. Eludia était de retour.

— Je viens de m'entretenir avec Riel, un prêtre de la terre qui a pour responsabilité l'organisation et l'attribution des logements au sein de la Cité. J'ai encore quelques détails à régler et je reviens te chercher.

Elle avait prononcé ces mots avec une douceur inégalée, mais l'information, lourde de conséquences, était montée au cerveau d'Ignisiel telle une flèche. Ses quartiers ? Ici, dans ce lieu ? Il allait rester ici, dans cet endroit magnifique ? C'était impensable.

Le jeune homme se retrouvait dans une situation précaire ; il n'avait pas les moyens de se payer une chambre simple à Alendulire, alors comment pourrait-il même envisager un logement dans un endroit aussi luxueux et magnifique que celui-ci ? L'incertitude le rongeait, créant un tourbillon d'émotions et de pensées dans son esprit.

— Madame Eludia, je ne peux pas rester ici. Je n'ai ni biens ni revenus. Je ne pourrais pas habiter dans ce lieu car je n'ai pas d'argent.

— Appelle-moi simplement Eludia, s'il te plaît. Nous avons pratiquement le même âge, dit-elle avec gentillesse mais aussi une certaine insistance. Ne t'inquiète pas pour le loyer. La Cité des Temples fonctionne différemment d'Alendulire. Ici, nous payons notre logement en prenant soin de ce lieu, en réalisant les cérémonies et différentes offrandes aux Dieux. Nous n'utilisons pas d'argent comme dans le reste du monde. Ta place est ici, où tu pourras apprendre à utiliser ton pouvoir avec l'aide d'enseignants.

— Mais… je ne sais rien faire, je ne suis qu'un danger pour les gens qui sont proches de moi.

Elle eut un regard compatissant pour ce jeune homme complètement perdu face à la maîtrise de ses pouvoirs. Son traumatisme était palpable, alors elle essaya de le rassurer.

— Tu sais, il est rare que des individus non identifiés comme toi survivent jusqu'à ton âge. En général, une émotion trop intense prend souvent le dessus chez les enfants, et ils ne parviennent pas à la contrôler, ce qui les mène à leur perte. Ne te méprends pas, le pouvoir des éléments peut naître de l'amour comme de la colère, mais les résultats ne sont pas les mêmes. Un feu destructeur diffère grandement d'un feu d'amour et de douceur. Ce ne sont pas les mêmes dieux et entités en jeu, et cela peut être mortel. C'est ce que nous allons t'apprendre ici. Le fait que tu sois encore en vie démontre une grande capacité en toi, et je pense que tu as un potentiel important dans l'Ordre, mais seule ta progression, ta volonté et l'avenir nous le diront.

— Très bien. Alors je ferai de mon mieux.

- 6 -

Ignisiel était en proie aux doutes. Serait-il à la hauteur ? Ses yeux fixaient le sol, il ne voulait pas que la Grande Prêtresse remarque son trouble.

Lorsqu'il sentit une main sur son épaule, il ne put s'empêcher de relever la tête. Eludia portait dans ses mains un modeste encas. Ses lèvres esquissèrent un léger sourire lorsqu'elle entendit le grondement du ventre du jeune homme à l'approche de la nourriture. Cette simple attention le toucha plus qu'il ne l'aurait cru. C'était rare que quelqu'un pense à ses besoins, et cela éveilla en lui une émotion confuse, un mélange de gratitude et de gêne.

— Tiens, mange ça, dit-elle simplement en lui tendant la nourriture. Tu as besoin de forces.

Il la remercia d'un hochement de tête, trop embarrassé pour répondre autre chose, et se mit à dévorer ce qu'elle lui avait donné. Les saveurs simples mais réconfortantes apaisèrent son estomac vide. La Grande Prêtresse, observa son empressement et haussa un sourcil, mais ne fit aucun commentaire.

— Suis-moi, maintenant, ordonna-t-elle.

Elle le guida à nouveau à l'intérieur du bâtiment où elle avait passé un long moment et le mena jusqu'à une salle austère occupée par plusieurs hommes et femmes vêtus de vêtements d'un blanc immaculé par-dessus lesquels ils portaient un simple gilet de couleur jaune. Ignisiel sentit immédiatement une tension dans l'air. Ils le regardaient tous avec une intensité qui le mettait mal à l'aise.

L'un d'entre eux, à l'air sévère et à la calvitie prononcée, prit la parole d'une voix posée mais impérieuse :

— Bien, jeune homme. Nous allons te poser quelques questions pour mieux comprendre qui tu es, d'où tu viens et comment tu as atterri ici.

— C'est simplement pour un aspect purement administratif, ajouta Eludia qui se tenait derrière lui.

Ignisiel déglutit. Les questions s'enchaînèrent, rapides et précises, mais il était incapable d'y répondre. Qui étaient ses parents ? D'où venait-il exactement ? Comment avait-il survécu seul ? À chaque fois, il ne pouvait offrir que des réponses hésitantes ou des silences gênés. Les prêtres notaient méticuleusement chacune de ses paroles, mais leur frustration devenait palpable.

Le jeune homme, déjà mal à l'aise, se recroquevilla sur lui-même, cherchant à disparaître. Il avait l'impression d'être jugé, pesé, et trouvé indigne. Dans son esprit, une seule pensée tournait en boucle : *Ils vont me renvoyer. Je ne suis pas à ma place ici.*

C'est alors qu'Eludia, jusque-là silencieuse, souffla bruyamment d'exaspération. Elle s'avança et posa brusquement une main sur le bureau, se penchant légèrement en avant pour faire face à l'homme qui posait les questions.

— Arman, tu ne vois pas que ça ne mène nulle part ? grogna-t-elle.

L'homme releva les yeux vers elle, visiblement agacé.

— C'est la procédure, répliqua-t-il d'un ton glacial.

— Et bien la procédure est barbante, rétorqua-t-elle avec un sourire crispé. Ignisiel est un cas particulier, tu le vois aussi bien que moi. À quoi bon insister ? Son logement est déjà prêt. Alors, sauf ton respect, je vais le conduire là-bas avant que nous ne perdions toute la soirée dans ce bureau. On ne va pas rester juste parce que tu manques de compagnie, ajouta-t-elle avec un rictus espiègle.

Le prêtre marmonna quelque chose dans sa barbe, mais finit par acquiescer, agacé. Eludia ne lui laissa pas le temps de protester davantage. Elle saisit délicatement le bras du jeune homme et l'invita à se lever.

— Viens, on s'en va, dit-elle d'une voix douce mais ferme.

Une fois dehors, Ignisiel respira profondément, soulagé de quitter cette atmosphère oppressante. Le soleil déclinait déjà. *Combien de temps étaient-ils restés là-dedans ?* Il ne formula pas sa question à voix haute et suivit la Grande Prêtresse. Ils marchèrent en silence pendant un moment, traversant les ruelles sinueuses de la ville. Le jeune homme observait tout avec curiosité. Les bâtiments, faits de pierres blanches, renvoyaient la lumière du crépuscule avec une douce élégance. L'air était chargé de parfums mêlés : celui des fleurs d'oranger et de la terre encore humide après une récente pluie.

Eludia s'arrêta finalement devant une petite maison modeste mais charmante.

— Voici ton logement, déclara-t-elle en désignant l'édifice.

Ignisiel examina la demeure avec attention. Les murs de pierres blanches scintillaient sous les derniers rayons du soleil. Trois marches en pierre, usées par le temps et les passages menaient jusqu'au perron. Une petite vasque en terre cuite était placée près de la porte d'entrée en chêne massif, patinée par les années. Deux plantes verdoyantes encadraient l'entrée. L'une dégageait un parfum de lavande, l'autre arborait des fleurs éclatantes qui semblaient attirer des papillons. Cela donnait une touche de couleurs et de vie à la scène.

Il s'attarda un instant sur la coupelle d'eau claire, plissant le front, pour chercher à comprendre son utilité, mais avant qu'il ne puisse s'y attarder, Eludia le sortit de sa contemplation.

— Cette vasque sert à te purifier avant d'entrer, expliqua-t-elle en voyant son expression interrogative. C'est une tradition ici : on lave ses mains et ses pieds pour respecter l'espace sacré d'un foyer.

Ignisiel hocha la tête et enregistra cette information avec sérieux.

— Oh, j'allais oublier, ajouta Eludia en se tournant légèrement. Je te présente Altaïr.

Un homme d'une quarantaine d'années approchait. Sa stature imposante témoignait de sa force, mais ses mouvements étaient empreints d'une légèreté et d'une souplesse qui trahissaient une grande agilité. Il portait un gilet vert par-dessus une tenue simple de lin bien ajustée, et un parfum subtil de cèdre et de sauge semblait flotter autour de lui.

— Voici ton premier instructeur, continua-t-elle. Altaïr est un prêtre de l'élément Air. Il t'enseignera comment maîtriser tes émotions, un point essentiel pour pouvoir entamer ton apprentissage.

L'homme salua la Grande Prêtresse avec respect avant de poser son regard pénétrant sur lui.

— Bonjour Ignisiel. Eludia m'a rapidement expliqué ta situation. J'ai organisé des sessions d'entraînement de sept heures à onze heures le matin et de treize heures à dix-huit heures l'après-midi, sauf les jours où nous pratiquons nos rites. Je t'expliquerai tout cela en temps voulu. Je te propose de commencer ta formation dès demain, rendez-vous au camp d'entraînement. Ne sois pas en retard.

Ignisiel acquiesça rapidement. Il ne voulait pas paraître irrespectueux.

— C'est parfait pour moi, je serai à l'heure. Merci, répondit-il, même s'il n'avait aucune idée d'où se trouvait le camp d'entraînement.

Altaïr, avec une expression satisfaite, fit un signe de tête à Eludia et, sans dire un mot de plus, s'éloigna.

À nouveau seul avec la jeune femme, Ignisiel se tourna vers elle et hésita à poser les nombreuses questions qui lui brûlaient les lèvres. Cependant, sous l'intensité de ses prunelles, il se sentit attiré dans un abîme sans fond. Les nuances de violet créaient un océan dans lequel il plongeait.

Avant qu'il ne se reprenne et ne puisse parler, elle prit les devants.

— Je te laisse t'installer, dit-elle en désignant la maison d'un geste. N'oublie pas, sois ponctuel demain. Altaïr est strict sur ce point. Si tu as des questions, n'hésite pas à demander aux autres prêtres, ils sont là pour t'aider.

Elle lui adressa un sourire chaleureux, mais son regard était empreint d'une intensité qui le troubla.

— Tu as ta place ici. Ne l'oublie pas, ajouta-t-elle avant de s'éloigner.

Sur ces mots, elle exécuta un demi-tour gracieux et commença à s'éloigner. Se retournant une dernière fois avec un sourire éclatant, elle lui fit un geste de la main. Ignisiel tenta de répondre, mais aucun son ne sortit de sa bouche. Seuls les mots : « *Merci, bonne journée* », parvinrent à franchir timidement ses lèvres, et il sourit maladroitement.

L'amusement d'Eludia s'agrandit face à la réponse gauche du jeune homme, et une lueur légèrement moqueuse traversa ses traits. Elle se détourna et continua sa marche. Ses pas étaient si légers qu'on entendait à peine de bruissement des galets. Sa longue robe rouge effleurait le sol, laissant entrevoir ses pieds nus qui semblaient insensibles à la rugosité des pierres.

Une fois la Grande Prêtresse hors de sa vue, Ignisiel secoua la tête et leva les yeux au ciel. Il marmonna un « *Bonne journée* » tout en se maudissant intérieurement pour sa propre stupidité. Il aurait souhaité lui dire tant d'autres choses, partager les pensées et questions qui submergeaient son esprit, mais rien n'était sorti. La beauté d'Eludia éclipsait presque le soleil, et son aura intimidante restait gravée dans son esprit.

Ignisiel se dirigea donc vers son nouveau logement, décidé à s'y installer. Devant l'entrée, il s'arrêta un instant et observa la vasque en terre cuite placée près de la porte. Il s'accroupit, trempa ses mains dans l'eau fraîche et les passa sur ses pieds nus, suivant avec soin la coutume de purification qu'Eludia lui avait expliquée. Bien qu'il ne comprenne pas encore pleinement la signification de ce rituel, il ressentit une étrange satisfaction à le respecter.

Il poussa la porte et entra. Une douce odeur de bois et de plantes séchées l'accueillit aussitôt, apaisant ses sens. L'intérieur était simple mais chaleureux, bien loin des lieux austères qu'il avait pu arpenter. Le sol, fait de larges dalles de pierres polies, était frais sous ses pieds. Au-dessus, les poutres apparentes du plafond ajoutaient une touche rustique au lieu. Les murs blanchis à la chaux reflétaient la lumière naturelle et rendaient l'espace lumineux.

Il s'avança dans la pièce principale, composé d'un salon et d'une petite cuisine ouverte. Un poêle en fonte occupait un coin, et près de lui, une table en bois brut avec deux chaises attendaient. Sur la table, un bol et une carafe d'eau étaient posés. Simples mais accueillants. Une étagère accrochée au mur contenait quelques ustensiles en cuivre et des pots en terre cuite, remplis d'épices et d'herbes séchées qui imprégnaient l'air de leurs parfums subtils.

Une porte attira son attention. Il l'ouvrit pour découvrir une chambre modeste. Au centre, un lit simple était recouvert d'une couverture soigneusement pliée. À sa gauche, étaient disposées une table de chevet et une lampe à huile. De l'autre côté de la pièce, se trouvait une commode en bois avec trois tiroirs, sur laquelle il y avait une pile de vêtements en lin, dégageant une légère odeur de lavande. Ses doigts passèrent sur l'étoffe. Il y avait deux ensembles de pantalons et de chemises sur lesquelles était brodé un étrange motif, discrètement, au niveau du col. Il souleva le tout, mais aucun gilet ou écharpe n'était présent. Il supposa que ces articles seraient acquis plus tard, une fois qu'il aurait progressé dans son apprentissage.

Bien qu'il ait accumulé quelques connaissances, il réalisa qu'il ne savait pas grand-chose. Les pratiques, les nuances, et ce qu'ils appelaient « Entrainement » étaient encore des concepts flous pour lui. Il aurait eu l'occasion de poser toutes ses questions à Eludia avant son départ, mais il avait laissé son esprit vagabonder, se perdre dans des rêveries sans fin plutôt que de saisir cette opportunité.

Il s'assit sur le lit et testa son confort. Il n'avait jamais eu son propre espace, encore moins un lit rien qu'à lui. Une sensation étrange l'envahit : ce lieu, aussi simple soit-il, était désormais le sien.

Il s'allongea, les mains croisées sur son ventre, et fixa le plafond en bois. Les événements de la journée tournaient en boucle dans son esprit. L'arrivée à la Cité, la rencontre avec Eludia, son futur apprentissage avec Altaïr... Tout s'enchaînait si vite qu'il avait du mal à tout saisir.

Son esprit dériva vers ses flammes incontrôlées. Ce feu, qui lui avait toujours apporté douleur et peur, pourrait-il un jour devenir une force qu'il maîtriserait comme l'avait suggéré la Grande Prêtresse ?

Il inspira profondément et laissa l'atmosphère paisible de la maison le gagner. Pour la première fois depuis longtemps, il se sentit en sécurité. Un endroit à lui, un espace où il pouvait enfin respirer. Son cœur, qui battait souvent avec anxiété, retrouva un rythme apaisant. Et tandis que le sommeil le gagnait, il se surprit à murmurer doucement :

— Peut-être que c'est ici que tout commence.

Un nouveau chapitre de sa vie s'ouvrait, et, pour la première fois, il osa espérer.

- 7 -

« Andran incarne l'équilibre parfait entre grandeur et modernité. Capitale du royaume d'Abydosia, elle se distingue par ses avancées technologiques audacieuses et ses découvertes scientifiques, tout en préservant un lien profond avec ses traditions ancestrales.

Au centre de cette métropole fascinante s'élève le palais royal, véritable chef-d'œuvre architectural qui domine l'horizon avec une élégance inégalée. Ce monument imposant est un symbole éclatant de pouvoir et de raffinement. À proximité, le temple sacré, lieu essentiel de la vie spirituelle, incarne la ferveur religieuse des habitants. Ce sanctuaire demeure un repère intemporel de foi et de dévotion.

La ville prospère sous la direction éclairée du roi Soach Ier. Monarque visionnaire, il gouverne avec une justice exemplaire et place le bien-être de son peuple au centre de ses préoccupations. Grâce à ses décisions avisées, Andran s'illustre comme un modèle de progrès et d'harmonie, où technologie avancée et respect des éléments naturels s'entrelacent pour former une société durable et innovante.

Les avenues de la ville, bordées d'édifices ornés de sculptures minutieuses, reflètent l'excellence des artisans, héritiers d'un savoir-faire transmis depuis des générations. À chaque coin de rue, traditions et innovations se rencontrent dans une dynamique harmonieuse qui confère à Andran une identité unique.

Les marchés, hauts en couleur et en effervescence, regorgent de trésors issus des différentes régions du royaume. Produits rares, épices exotiques et objets d'art sophistiqués s'y échangent dans une atmosphère joyeuse et animée, témoignant de la richesse et du dynamisme économique de la cité.

Sous la surface vibrante de la ville, une autre Andran s'active. Les habitants, ingénieux et déterminés, exploitent les ressources du royaume avec une maîtrise remarquable. Machines à énergie élémentaire, vaisseaux volants et systèmes d'irrigation ultramodernes illustrent l'ingéniosité et l'innovation qui définissent cette civilisation tournée vers l'avenir.

Chaque aspect de la vie quotidienne révèle une fusion unique entre patrimoine et innovation. Andran est un exemple d'efficacité et de sérénité, où tradition et modernité s'unissent pour créer une société véritablement exceptionnelle.

Au-delà de sa splendeur, Andran incarne des valeurs fondamentales de paix et de coexistence harmonieuse. Sous le règne équilibré de Soach Ier, les principes de justice et d'équité assurent à ses habitants une existence sereine et sécurisée. Fier de son héritage culturel et historique, le peuple andranien vit dans la confiance et l'harmonie, porté par la vision éclairée de son souverain.

En définitive, Andran s'impose comme un lieu d'exception, une cité où il fait bon vivre et qui inspire tous ceux qui la découvrent.

15 mai 6 310 – 6ème siècle de l'Âge Céleste
Votre bien-aimé Roi Soach 1er »

Isaïs poussa doucement la porte de la taverne de la T'Air de Feu, un lieu qu'elle fréquentait depuis plusieurs mois sans que quiconque ne remarque sa présence. La lumière tamisée des chandelles oscillait au rythme du courant d'air qui s'infiltrait par les fissures des murs en bois et enveloppait la pièce d'une atmosphère chaleureuse. Elle hésita un instant sur le seuil et laissa ses yeux s'ajuster à l'obscurité ambiante avant de s'avancer avec assurance vers le comptoir.

Elle s'approcha et ramassa un prospectus parmi la pile négligemment entassée. Le papier, jauni et légèrement abîmé, portait des mots imprimés en lettres noires qui frappaient l'œil par leur agressivité. La lecture rapide de ces quelques phrases déclencha en elle un mélange de colère et de frustration. Isaïs plia la feuille d'un geste mécanique et la glissa dans la poche intérieure de sa cape. Un frisson désagréable la traversa tandis qu'elle s'éloignait vers une table reculée, nichée dans un coin sombre de la salle. Ce refuge lui offrait l'avantage d'observer sans être vue, de se perdre dans le flux des conversations tout en restant à l'abri des regards indiscrets.

Elle s'installa en silence. Ses doigts glissèrent machinalement sur le bord rugueux de la table. Le bois portait les marques du temps et des innombrables clients qui l'avaient utilisé avant elle : des entailles laissées par des couteaux, des traces circulaires de chopes trop pleines, et même quelques mots gravés maladroitement. Tout dans cette taverne semblait avoir une mémoire propre, une âme qui résonnait avec celle de ses occupants.

Enveloppée dans sa cape sombre, sous laquelle elle portait une tenue terne de domestique, Isaïs se fondait parfaitement dans le décor. Sa capuche abaissée projetait une ombre sur son visage, la rendant méconnaissable. C'était ce qu'elle cherchait : l'anonymat. Ici, elle n'était qu'une silhouette parmi tant d'autres, une âme solitaire venue se réchauffer dans l'atmosphère vibrante de la T'Air de Feu. Ce contraste la rassurait étrangement. Loin de l'attention pesante, elle pouvait exister sans l'écrasante pression qui accompagnait son quotidien.

La taverne, bien que modeste, débordait de vie. Les rires s'élevaient sporadiquement au-dessus des murmures, se mêlant aux chocs des chopes et au grincement des planches sous les pas des serveurs. L'odeur de bière, de ragoût épicé et de pain fraîchement cuit s'entremêlait à celle du bois brûlé qui créait un parfum lourd mais réconfortant. Isaïs inspira profondément, cherchant à calmer le tumulte intérieur qui semblait l'habiter en permanence.

Elle aimait ces moments volés à une vie qui n'était pas la sienne. Ici, elle n'était pas enfermée entre des murs dorés, prisonnière d'un rôle imposé. Elle pouvait être une femme ordinaire, même si ce n'était qu'une illusion temporaire. Pourtant, une partie d'elle ne pouvait s'empêcher de scruter les conversations autour, à la recherche de fragments de vérité sur l'état du peuple.

C'est alors qu'elle entendit les voix de deux hommes au comptoir, légèrement en retrait des autres discussions.

— C'est une honte ! Les tracts, tu les as lus ? Ces mensonges pour attirer du monde dans cette maudite ville d'imposteurs, s'indigna le premier, sa voix grondante de colère.

— Chut, baisse d'un ton, répliqua son compagnon d'un air inquiet, regardant autour de lui. On pourrait t'entendre.

— Ici ? Allons donc. C'est l'un des derniers endroits où les traditions sont encore respectées. Nous sommes entre gens de confiance.

— Pas tant que ça. Tu te souviens de Théophane ? Il a tenu des propos similaires, et il s'est fait arrêter la semaine dernière…

Isaïs pinça les lèvres, attentive. Elle nota mentalement le nom de ce Théophane. Qui était-il, et pourquoi avait-il été arrêté ? Une vague de culpabilité monta en elle à la pensée qu'encore un parmi tant d'autres, avait souffert sous le poids des injustices qu'elle ne parvenait pas à combattre. Peut-être pourrait-elle en apprendre davantage en rentrant.

Elle baissa la tête pour contempler sa chope et remarqua que le liquide avait légèrement perdu sa mousse. Un mouvement involontaire fit glisser une mèche argentée devant son visage. Les yeux écarquillés, elle replaça précipitamment ses cheveux sous la perruque brune qui camouflait leur teinte trop distinctive. Elle scruta la pièce, rassurée de constater que personne ne semblait l'avoir remarquée. Nerveuse, elle porta machinalement la main à son collier. Son pouce caressa le pendentif, seul souvenir de sa défunte mère. Chaque soir passé loin des intrigues de la cours était un rappel de cette femme de justice et de compassion, qui l'avait inspirée à poursuivre un idéal de paix et d'équité.

La salle se remplissait peu à peu. Les conversations

animées, les éclats de rire et les murmures conspirateurs s'entremêlaient et créaient une atmosphère chaotique mais étrangement chaleureuse. Chaque visage qu'elle croisait, chaque histoire qu'elle entendait, lui permettait de renouer avec la réalité de ceux qu'elle chérissait en secret et lui rappelait l'ampleur de la tâche qui l'attendait. La cité d'Andran, autrefois joyau du royaume, avait sombré dans une lente déchéance. Les injustices s'étaient multipliées, la richesse s'était concentrée dans des mains avides, et le peuple souffrait en silence. Pourtant, Isaïs refusait de se laisser abattre. Les récits qu'elle entendait ici, dans cette taverne, étaient plus qu'un simple divertissement. Ils étaient des fragments de la réalité brute, une fenêtre sur ce que le peuple vivait réellement. Elle espérait y trouver des indices, des pistes qui pourraient l'aider à inverser le cours des choses.

Elle avala une gorgée de bière et plissa le nez sous l'amertume, puis reporta son attention sur les discussions alentours.

Le pamphlet que critiquaient les hommes était une initiative qu'elle jugeait aussi déplacée qu'eux. Depuis quelque temps, ses avis n'avaient plus de poids au palais. Entouré de conseillers intéressés, le roi se complaisait dans des décisions détachées des besoins du peuple, transformant un lieu autrefois vivant en une forteresse froide et oppressante. Andran était plongée dans une crise profonde, mais Isaïs rêvait d'une renaissance, d'une cité où les valeurs de solidarité remplaceraient l'avidité et la violence.

Les histoires traditionalistes qu'elle entendait à la taverne de la T'Air de Feu la ramenaient également à des souvenirs précieux, notamment son passage à la Cité des Temples, où elle avait côtoyé Eludia, la Grande Prêtresse du Feu. Sous sa tutelle, elle avait appris à respecter les rituels sacrés et à comprendre les dieux des éléments, un monde de mystères et de magie qui l'avait fascinée. Ce séjour était un rite initiatique que devait réaliser chaque membre de sa famille afin d'éveiller des talents latents liés aux éléments. Mais ses capacités étaient restées dormantes. Déçu, son père l'avait fait rappeler, préférant concentrer ses attentes sur son frère cadet, Elias, qui n'était encore qu'un enfant.

Malgré son jeune âge, il portait déjà un poids immense sur ses épaules. Isaïs s'efforçait de lui transmettre des valeurs plus humaines, espérant qu'il grandirait loin des ambitions froides de leur père. Elle craignait néanmoins que, si des dons se manifestaient chez lui, il devienne un simple outil dans ses projets.

Ses pensées furent brusquement interrompues par une voix proche.

— Voulez-vous autre chose, mademoiselle ?

Isaïs sursauta et releva la tête. La serveuse attendait poliment sa réponse, visiblement inconsciente de la véritable identité de cette femme au regard préoccupé, qui n'était autre que la fille du roi Soach Ier, la princesse d'Andran.

- 8 -

Isaïs était si absorbée par ses pensées qu'elle en avait presque oublié où elle se trouvait. Ce fut la voix de la serveuse qui la ramena brusquement à la réalité. Clignant des yeux, elle jeta un coup d'œil à l'horloge en laiton patiné accrochée au mur de la taverne de la T'Air de Feu. La nuit s'était étirée bien plus qu'elle ne l'avait prévu. Une pointe d'anxiété s'insinua en elle. Si elle ne partait pas sur-le-champ, elle risquait de croiser les patrouilles du palais.

— Non merci, madame. Je dois y aller, dit-elle en réprimant le tremblement dans sa voix.

Elle glissa quelques pièces sur la table, rabattit sa cape autour de ses épaules et se dirigea vers la sortie. Son pas était léger, calculé, et seul le bruissement de son manteau se perdait dans le brouhaha de la taverne. Une fois sur le perron, elle s'arrêta un instant et inspira l'air nocturne qui mordit ses joues. La rue baignait dans une obscurité paisible, troublée seulement par le vacillement sporadique des lanternes suspendues, telles des lucioles fatiguées.

Mais Isaïs n'était pas dupe. Cette apparente sérénité était une illusion. Andran bouillonnait sous la surface, minée par des tensions croissantes. Les rumeurs de soulèvement se faisaient de plus en plus persistantes, portées par un peuple à bout de souffle. Elle sentait ce malaise planer sur la cité comme une menace latente, prête à exploser à la moindre étincelle.

La princesse savait qu'elle devait faire quelque chose pour aider son peuple, pour apporter un changement réel et significatif.

Alors qu'elle traversait la chaussée, perdue dans ces sombres réflexions, une ombre surgit sur sa droite. Un vrombissement assourdissant l'arracha à sa torpeur, et elle recula juste à temps pour éviter d'être percutée par un engin volant. Son cœur tambourina contre sa poitrine tandis que le conducteur, excédé, levait les bras au ciel.

— Faites attention, bon sang ! grommela-t-il avant de disparaître dans la nuit.

Isaïs serra les dents. Elle détestait ces machines de mort. Ces monstres de métal avaient envahi Andran depuis une dizaine d'années, et elle ne les avait jamais supportés. Elles avaient été mises en service après qu'un chercheur du palais ait trouvé le moyen de faire fonctionner un moteur avec de l'énergie élémentaire, lui permettant de faire voler le métal ou encore de l'animer. Au lieu de trouver une utilité pour tous à cette innovation, son père, sous l'influence de ses conseillers avides, avait décidé d'en faire commerce. Ils avaient vu en eux une manne financière plutôt qu'une opportunité d'amélioration sociale. Des fermes avaient été réquisitionnées et transformées en usines, la production d'énergie élémentaire érigée en monopole. Les paysans, expropriés, s'étaient retrouvés sans terre ou écrasés sous des taxes insoutenables.

Au départ, ces engins volants prenaient des formes fantaisistes, inspirées de la faune marine ou insectoïde, mais l'enthousiasme avait cédé place à la désillusion. La demande s'était effondrée à mesure que l'énergie devenait rare et chère à produire. La surexploitation des ressources naturelles épuisait la terre plus vite qu'elle ne pouvait se régénérer. Aujourd'hui, la plupart de ces mécanismes, autrefois symbole de progrès, n'étaient plus que des carcasses rouillées abandonnées dans les ruelles.

Le déclin d'Andran s'était joué là, à travers ces erreurs stratégiques dictées par l'avidité. Autrefois vibrante et colorée, la cité avait depuis perdu son éclat. Isaïs se souvenait encore des marchés qui regorgeaient de fruits juteux, des rires enfantins qui résonnaient dans les ruelles, des tissus chamarrés qui flottaient sous la brise… Tout cela était balayé par une monotonie grisâtre et un silence pesant.

Elle repensa aux veillées de son enfance, lorsque sa mère lui racontait les histoires d'une Andran florissante, pleine de chants et de lumières. Ces souvenirs, si précieux, s'effilochaient peu à peu, emportés par le vent du changement.

Sa mère n'aurait jamais permis cela.

Elle détestait son père pour ça.

La rage monta en elle, brûlante et acérée. Elle expira lentement et ravala son amertume. Il était inutile de s'attarder sur des regrets. Ce qui comptait, c'était d'agir.

Elle accéléra le pas et s'enfonça dans le dédale des ruelles sombres, jusqu'à atteindre le rempart qui cernait le palais. Elle attendit patiemment que les gardes qui faisaient leurs rondes passent à proximité, puis, elle longea discrètement le mur avant de s'arrêter près d'une trappe dissimulée entre deux blocs de pierre. Son passage secret.

Elle avait découvert ce tunnel par hasard, en rangeant un vieux recueil d'histoires que sa mère lui lisait autrefois. En poussant l'étagère, elle avait senti une pierre bouger et déclencher un mécanisme dissimulé. Depuis, ce passage était devenu son échappatoire. Il menait directement à la bibliothèque du palais, un endroit déserté par tous, sauf elle.

Une fois à l'intérieur du tunnel, elle avança à pas mesurés. L'air était froid et saturé d'humidité. Des gouttes glaciales tombaient du plafond et s'écrasaient sur son front. Arrivée à une alcôve, elle y dissimula ses vêtements de domestique et remit ses habits de princesse. Elle écouta attentivement derrière l'étagère pour s'assurer de l'absence de vie dans la pièce. Après s'être assurée que la bibliothèque était vide, elle déverrouilla le passage et se faufila à l'intérieur.

Personne.

Un soupir lui échappa en retrouvant l'odeur familière du vieux papier et du cuir usé qui la rassura quelque peu.

Soulagée, elle accéléra le pas jusqu'au couloir. Mais son répit fut de courte durée. Une voix enfantine l'interpella.

— Pourquoi t'as un truc bizarre sur la tête, Isaïs ?

Son cœur manqua un battement et ses épaules se crispèrent. En reconnaissant la voix de son petit frère, Elias, ses muscles se détendirent. Elle se tourna vers le jeune garçon et porta une main à sa perruque pour la retirer en vitesse.

— C'était pour jouer, Elias ! Je voulais voir si tu allais me reconnaître, improvisa-t-elle avec un sourire.

Il fit une moue de suspicion et plissa les yeux comme s'il essayait de sonder sa grande sœur.

— Menteuse. Je ne te crois pas, mais d'accord.

Elle rit doucement et l'attira vers elle dans une étreinte chaleureuse. Son petit frère était adorable. D'une innocence pure et attendrissante qu'elle voulait protéger.

— Viens Elias, allons dormir avant de nous faire gronder si l'on se fait prendre.

Après avoir attendu que son petit frère s'endorme, Isaïs se glissa dans sa propre chambre. Elle ne dormit pas. Allongée dans l'obscurité, elle réfléchit à son prochain pas. Les idées se bousculaient dans sa tête comme les feuilles tourbillonnantes d'un arbre en automne.

Elle commencerait par tenter de convaincre son père de la gravité de la situation à Andran, bien que ses tentatives précédentes n'aient pas vraiment été fructueuses. Elle allait se renseigner sur ce fameux Théophane et au vu des crimes qu'il avait commis, peut-être pourrait-elle faire quelque chose pour cet homme. Si cela échouait, elle chercherait d'autres moyens d'aider son peuple. Peut-être en rejoignant un des mouvements de résistance qui commençait à se former.

Alors que le soleil n'allait pas tarder à se lever, Isaïs sombra dans le sommeil, épuisée mais déterminée. Peu importe les obstacles qui se dresseraient sur son chemin, elle savait qu'elle se battrait pour le bien de sa cité, pour l'avenir d'Andran.

Car elle était la princesse Isaïs, et elle ne laisserait pas sa cité sombrer dans l'obscurité.

- 9 -

Eludia était profondément troublée. Ignisiel était un mystère qu'elle n'arrivait pas à percer. Comment un jeune homme de son âge avait-il pu survivre si longtemps sans maîtriser le moindre fragment de ses pouvoirs ? Une telle situation défiait tout ce qu'elle connaissait des lois de leur Ordre. C'était inconcevable. Sa curiosité était piquée, mais pas seulement. Une étrange compassion s'était insinuée en elle, un sentiment inhabituel qu'elle peinait à ignorer.

Eludia avait toujours gardé ses distances. Avec les novices, par principe, avec les hommes, par précaution. Depuis une relation passée qui l'avait profondément ébranlée, elle s'était jurée de ne plus laisser ses sentiments prendre le dessus. Elle se montrait polie, respectueuse, mais froide. Sa réserve naturelle et l'autorité silencieuse qu'elle dégageait suffisaient à tenir les autres à l'écart. Peu cherchaient à la connaître vraiment, et cela lui allait très bien. Cette solitude, elle ne la subissait pas, elle l'avait choisie.

Elle avait tourné le dos aux émotions pour se consacrer entièrement à ses devoirs. Chaque jour, elle servait les Dieux avec une rigueur sacrée, veillant à maintenir l'équilibre que son Ordre protégeait depuis des générations. Elle n'avait ni le temps, ni l'envie de se perdre dans des amitiés fragiles ou des attachements inutiles. Son cœur était en retrait, enfermé derrière une volonté de fer, et c'était plus simple ainsi.

Alors pourquoi ce jeune homme, ignorant de surcroit, l'intriguait-il tant ? Pourquoi ressentait-elle ce besoin presque instinctif de le protéger ? Elle lui avait même apporté à manger en voyant qu'il n'avait pas dû se sustenter depuis des jours. Qu'est-ce qu'il lui prenait ? Peut-être voyait-elle en lui un reflet d'elle-même, de l'enfant qu'elle aurait pu être si l'Ordre ne l'avait pas recueillie après la mort tragique de ses parents. Ce souvenir douloureux, soigneusement enfoui dans les replis de sa mémoire, refit surface avec une intensité déconcertante. Eludia chassa l'image avec violence, refusant de se laisser submerger par des émotions inutiles.

Elle avait passé sa vie à refouler ses sentiments. C'était sa manière de survivre, d'éviter la douleur et la vulnérabilité. Pourtant, son mentor lui avait souvent répété qu'elle ne pourrait jamais véritablement maîtriser ses pouvoirs et atteindre son plein potentiel tant qu'elle ne ferait pas face à son propre chaos intérieur. « *Dominer ses émotions ne signifie pas les fuir, Eludia,* » lui disait-il avec une patience infinie. Mais elle préférait ignorer ses conseils, construisant autour d'elle une forteresse qu'elle croyait imprenable.

Son esprit agité après avoir laissé le jeune homme dans son nouveau logement, elle n'avait pas réussi à tenir en place chez elle et avait décidé d'aller se promener dans la nature. Habituellement cela l'aidait à reprendre le contrôle.

Perdue dans ses pensées, Eludia s'aperçut qu'elle avait inconsciemment suivi le chemin qui menait au jardin suspendu, un lieu qu'elle affectionnait particulièrement. Ce havre de paix, niché au cœur de la montagne, offrait une vue imprenable sur la Cité des Temple. Les remparts s'étendaient jusqu'à Alendulire, la ville scintillante au loin. Plus haut encore se dressait le grand Temple des Éléments, perché au sommet de la montagne face à elle. Derrière lui, l'immensité de l'océan sans fin s'étalait à perte de vue.

Le jardin lui-même était un chef-d'œuvre de la nature. Les roses écarlates y côtoyaient les campanules bleues profondes, tandis que les pivoines blanches ajoutaient une touche de pureté à ce tableau enchanteur. Sous la lumière douce de la lune, les plantes devenaient bioluminescentes et éclairaient le sentier de pierre qui semblait presque briller. Ce lieu était une oasis de sérénité pour Eludia, un sanctuaire où elle venait régulièrement se recentrer.

Elle s'assit sur un rocher recouvert de mousse et laissa ses sens s'imprégner de l'atmosphère paisible qui l'entourait. Le chant mélodieux des oiseaux nocturnes se mêlait au bruissement des feuilles caressées par le vent. Une chouette poussa un cri qui brisa le silence avec une élégance poétique. Sous ses pieds nus, la fraîcheur de la rosée se mêlait à l'odeur terreuse des fougères. Tout semblait vibrer d'une harmonie profonde, comme si le jardin lui-même respirait doucement.

Malgré ce cadre idyllique, ses pensées revenaient toujours à lui. Ignisiel. Que ressentait-il en cet instant, seul dans son logement ? Était-il accablé par le poids des révélations de la journée ou simplement soulagé de ne plus avoir à errer dans les rues ? Lors de leur rencontre, elle avait aperçu les enfants cachés derrière les étals. Leurs visages marqués par la peur, leurs yeux fixés sur le jeune homme comme s'ils le connaissaient et savaient ce qui allait lui arriver. Avait-il pris soin d'eux ? Était-ce pour eux qu'il avait volé ce fruit et ce morceau de viande qui avait roulé de sa veste ? Elle en avait le pressentiment. Cette idée lui noua l'estomac. Mais ce qui l'avait vraiment bouleversée était la résignation dans son regard. Il n'avait pas crié, pas protesté. Il aurait pu se défendre. Il aurait même pu blesser, brûler, détruire ses assaillants. Mais il n'avait rien fait. Il avait accepté la sentence sans violence, comme s'il préférait souffrir plutôt que de faire du mal à quelqu'un.

Pourquoi ? Pourquoi cette douceur dans un monde si dur ? Pourquoi cette force tranquille ? Il semblait avoir trop vécu pour son âge. Trop vu. Trop encaissé. Et ça la troublait. Parce qu'en lui, elle reconnaissait une part d'elle-même. Un pincement au cœur la ramena brusquement au présent. Elle grimaça, chassa ses pensées d'un geste bref. Elle ne pouvait pas se laisser distraire. Pas maintenant.

Avec un soupir, elle se releva et reprit le sentier qui menait au Temple du Feu. La montée était escarpée, mais elle connaissait chaque pierre, chaque détour. Le chemin, bordé de fougères et d'arbres noueux, dégageait une odeur familière. À mesure qu'elle progressait, la végétation se faisait plus rare et laissait place à un paysage rocailleux.

À son arrivée, un frisson glacial parcourut son échine. Le temple, d'ordinaire illuminé par la lueur rougeoyante du feu, était plongé dans l'obscurité. Une odeur de cendres froides flottait dans l'air et accentuait l'atmosphère lugubre.

Un sentiment d'inquiétude l'envahit.

Quelque chose n'allait pas.

Eludia sentit son cœur s'emballer et ses mains devinrent moites. La flamme éternelle, symbole de leur alliance avec les Dieux, ne s'éteignait jamais. Pourtant, en entrant dans la grande salle, elle constata avec horreur le spectacle qui se présentait à elle.

Les mèches des trois flotteurs étaient éteintes.

L'endroit, qui vibrait habituellement de chaleur et de lumière, semblait soudain froid et hostile.

Un cri muet se forma dans sa gorge, incapable de franchir ses lèvres. La scène était si irréelle que son esprit refusait de l'accepter. Ses genoux fléchirent et menacèrent de la laisser tomber, mais elle se força à rester debout, agrippant la poignée de la porte pour se stabiliser. Elle sentit une sueur glacée couler le long de son dos, et fit preuve d'une énorme volonté pour se ressaisir.

Il fallait qu'elle agisse.

Un instant, elle resta figée, incapable de bouger ou de penser. Mais son instinct finit par prendre le dessus. Elle se précipita dans l'arrière-salle, où des bougies de secours étaient conservées pour les situations d'urgence. Un soupir de soulagement lui échappa en constatant qu'elles étaient toujours allumées.

Avec précaution, elle en prit une et retourna dans la grande salle. Ses mains tremblaient légèrement tandis qu'elle utilisait la flamme vacillante pour rallumer les flotteurs principaux dans la grande vasque remplit d'huile. Peu à peu, la chaleur familière envahit la pièce. Les fresques anciennes qui ornaient les murs, représentant les exploits des premiers prêtres, reprirent vie sous les jeux d'ombres et de lumières.

Une fois la flamme ravivée, Eludia s'agenouilla devant l'autel, émotionnellement épuisée mais soulagée. Elle fixa le feu et chercha à comprendre ce qui avait bien pu provoquer cet incident. Était-ce une négligence ? Ou était-ce le signe de quelque chose de plus grave ?

Alors qu'elle méditait, un bruissement derrière elle la fit sursauter. Elle se retourna brusquement et scruta la pénombre, mais ne vit rien. Pourtant, une sensation étrange persistait, comme si une présence invisible l'observait.

Son cœur, à peine calmé, recommença à battre à tout rompre. Quelque chose avait changé dans l'air. Le murmure des flammes semblait différent.

Eludia resta immobile, tous ses sens en alerte. Ce qui venait de se passer n'était pas une simple coïncidence. Quelque chose, ou quelqu'un, avait perturbé l'équilibre sacré de ce lieu.

- 10 -

Eludia mit quelques instants à retrouver son calme après l'intense vague d'émotions qui avait failli la submerger. Elle, d'ordinaire si maîtresse d'elle-même, avait frôlé la perte de son sang-froid, une faute qu'elle ne pouvait se permettre. Bien qu'elle ait réussi à se ressaisir à temps, cette perte de contrôle inhabituelle la perturba profondément.

Une fois sa maîtrise complètement revenue, la Grande Prêtresse se releva lentement et commença un rituel de purification du Temple du Feu. Elle dispersa du sel consacré sur les dalles de pierre tout en murmurant des prières destinées aux Dieux. Ses gestes étaient précis, empreints de respect et de dévotion. La flamme éternelle crépitait doucement et projetait sur les fresques anciennes des ombres qui semblaient raconter elles-mêmes l'histoire des premiers hommes et l'importance du culte du feu. Une chaleur enveloppante émanait du brasier et diffusait dans l'air une odeur réconfortante.

Une fois la purification achevée, Eludia s'approcha de l'autel. Elle commença à préparer les offrandes avec soin, sélectionnant des herbes parfumées et des fruits mûrs dont les arômes se mêlaient harmonieusement à l'air chargé de cendres et de résine. Ses doigts effleuraient les textures variées des offrandes : la rugosité des écorces, la douceur des pétales, la fraîcheur des feuilles encore perlées de rosée.

Chaque élément avait sa signification, et elle s'assura que rien ne soit négligé.

Mais son esprit était ailleurs. L'extinction soudaine de la flamme éternelle ne pouvait être ignorée. Depuis qu'elle était devenue Grande Prêtresse, un tel événement ne s'était jamais produit. Un frisson d'inquiétude parcourut son échine. Était-ce un signe des Dieux ? Un avertissement ? Un présage de malheur ? Elle devait comprendre.

Déterminée, elle s'agenouilla devant l'autel et ferma les yeux. Elle laissa son esprit s'ouvrir et se concentra sur la lueur dansante devant elle. Chaque battement de son cœur résonnait à l'unisson avec le feu, chaque respiration s'accordait à son mouvement fluide et hypnotique. Peu à peu, elle sentit son être glisser dans un état second.

Elle plongea dans la flamme.

Elle était dans la flamme.

Elle était la flamme.

Un monde incandescent s'étendit autour d'elle, vibrant de teintes ardentes. Rouge éclatant, orange brûlant, jaune lumineux… Les couleurs se mêlaient et se tordaient dans une danse infinie. La chaleur l'enveloppait, douce et réconfortante, comme une étreinte maternelle.

Mais soudain, l'équilibre fut rompu.

Une masse obscure jaillit devant elle, brisant l'harmonie de la lumière. Brumeuse, mouvante, elle grandissait à vue d'œil et avalait peu à peu la clarté éclatante du feu. Une odeur métallique, âcre et étrangère, emplit l'air. Son cœur se serra. Ce n'était pas un simple déséquilibre. C'était une menace.

Puis, une voix. Froide, déshumanisée, résonna dans l'immensité enflammée.

— J'arrive…

Eludia frissonna. Ce murmure n'avait rien de divin. Il portait en lui une étrangeté glaciale, une menace sourde qui s'insinuait dans son esprit tel un poison.

La chaleur familière devint soudain oppressante. La lumière vive se teinta de carmin, puis d'un noir malsain, comme si la flamme se corrompait. C'était impossible. L'air devint lourd et irrespirable. Chaque bouffée lui coûtait un effort, chaque battement de son cœur retentissait dans ses tempes.

La masse sombre se mouvait avec une fluidité et une rapidité cauchemardesque, ses contours se tordaient et se reformaient sans cesse. Des chuchotements s'élevaient, indistincts mais omniprésents. Une cacophonie de voix moqueuses et malveillantes l'assaillait de toute part. Eludia sentit ses jambes trembler et une sueur froide perla sur sa tempe.

Puis, un bras se détacha de l'ombre.

Long, décharné, ses doigts étaient semblables à des serres. Il s'étendit vers elle avec une lenteur calculée, comme pour savourer sa peur. Une vague de froid intense la frappa de plein fouet et trancha net la chaleur protectrice du feu. Lorsqu'il effleura son poignet, une douleur aiguë la traversa, une morsure glaciale qui fit hurler son esprit, comme si la mort elle-même venait de la toucher.

Un cri déchira l'espace. Le sien.

Cette plainte de douleur se perdit dans le vacarme des voix autour d'elle.

Elle voulut reculer, mais son corps était figé. Ses pieds semblaient ancrés au sol, incapable de bouger. Chaque seconde qui passait semblait s'étirer à l'infini, la plongeant plus profondément dans cet enfer brûlant et glacial. Une nausée violente la prit, sa vision se brouilla. Elle tenta de hurler une prière, mais aucun son ne franchit ses lèvres. L'air était devenu si épais qu'il semblait vouloir l'étouffer.

— J'arrive…

La voix était plus proche, presque à son oreille. Chaque syllabe tonnait tel un coup de glas, une promesse funeste.

Rassemblant le peu de force qu'il lui restait, Eludia se concentra sur la magie liée à sa volonté pour chasser les entraves invisibles qui l'empêchaient de bouger. Lorsqu'elle sentit la mobilité de son corps lui revenir, elle canalisa son énergie et, d'un geste brusque, tendit ses paumes vers la masse obscure. Une vague de flammes jaillit de ses mains qui illumina l'espace d'une lueur aveuglante. Le bras spectral recula sous l'impact. La brume émit un cri distordu, un son qui semblait à la fois furieux et terrifié. La lueur vacilla un instant avant de regagner en intensité, se nourrissant de sa volonté farouche. Elle sentait son lien avec le feu, sa propre essence vibrait en harmonie avec lui. Mais l'ombre n'avait pas disparu. Elle tourbillonna et se reforma rapidement, plus menaçante encore.

Le bras squelettique se refermait autour d'elle, son emprise glaciale lui volait la chaleur vitale de son corps. Elle savait qu'elle devait faire quelque chose, n'importe quoi, pour échapper à cette horreur. Eludia lutta contre la terreur, puis, dans un éclair de lucidité, elle se força à réagir. D'un mouvement vif, et précis elle esquiva le bras spectral. Ses années d'entraînement avec Altair ne lui avaient finalement pas été inutiles. Elle comprit qu'elle ne pouvait lutter contre cette force obscure. Elle devait fuir.

Elle ferma les paupières et força son esprit à regagner la réalité avant le prochain assaut.

Un battement de cœur.

Deux.

Trois.

Elle rouvrit les yeux.

Le temple du Feu l'accueillit de nouveau. Le sol en pierre froide sous ses pieds, la lueur vacillante du brasier devant elle, les murs immobiles ornés de fresques. Mais son corps tremblait. Son front était couvert de sueur.

Elle fixa la flamme, son souffle encore saccadé.

Qu'avait-elle vu ?

La peur et l'incompréhension se mélangeaient en elle. Elle caressa son poignet où la douleur était encore présente. Ce qui voulait dire que cette chose l'avait atteint jusque sur le plan physique. Ce n'était pas un simple songe. C'était un message. Une mise en garde. Et elle devait comprendre sa signification avant qu'il ne soit trop tard.

Eludia redescendit vers le cœur de la Cité des Temples, là où se dressaient les habitations et les bâtiments essentiels à la vie quotidienne des prêtres et des initiés. D'ordinaire, la ville bruissait encore à cette heure tardive, avec les chuchotements de quelques mages ou le murmure du vent entre les arcades. Pourtant, ce soir, une étrange lourdeur flottait dans l'air, un calme oppressant qui amplifiait son malaise. Était-ce dans sa tête ? Une conséquence de ce qu'elle venait de vivre et qui lui faisait voir le mal partout ?

Elle passa devant le logement d'Ignisiel. Aucune lumière ne filtrait des fenêtres, signe qu'il dormait déjà ou qu'il s'efforçait au moins de trouver le sommeil. Son esprit dériva un instant vers lui. Elle se demanda encore pourquoi elle se sentait aussi concernée par son sort, mais elle n'eut pas le temps de s'attarder sur cette pensée. Quelque chose d'autre capta son attention.

Lorsqu'elle atteignit la grande porte menant à Alendulire, une silhouette se détacha dans l'obscurité.

Lituriel, le Grand Prêtre du Feu.

Il avançait d'un pas mesuré, son manteau sombre dissimulait en partie son visage. Eludia sentit une bouffée d'étonnement la traverser. Lituriel ne quittait jamais la cité sans raison et encore moins en pleine nuit. Ce qu'elle voyait était étrangement déplacé, et son intuition lui soufflait que ce départ nocturne n'était pas anodin.

Elle l'observa refermer la porte avec une précaution inhabituelle, comme s'il souhaitait ne pas être vu. Son regard chercha autour d'elle une explication, mais la ville était endormie, personne d'autre ne semblait assister à cette scène. Eludia fronça les sourcils. Lituriel n'avait jamais eu besoin de se cacher. C'était un homme respecté, sage et inébranlable. Pourquoi agir ainsi ?

Elle fit un pas vers lui, hésitante. Devait-elle l'interpeller ? Lui demander des explications ?

Mais elle se ravisa aussitôt. Il était son mentor, l'homme en qui elle avait le plus confiance. Pourquoi remettrait-elle en question ses agissements ? Il devait avoir une raison légitime de partir ainsi.

Pourtant, un doute insidieux s'insinua en elle. Quelque

chose clochait. Cette pensée ne la quittait plus alors qu'elle se détournait pour regagner sa demeure. Le silence de la nuit ne parvenait pas à chasser l'inquiétude qui grandissait dans son esprit.

Elle inspira profondément pour chasser ces préoccupations. Elle aurait l'occasion de parler à Lituriel au matin. Il y aurait sûrement une explication rationnelle. Avec cette pensée, elle se concentra sur le réconfort de son foyer.

Une fois chez elle, elle se débarrassa de sa cape et alluma une lampe à huile qui projeta sa lumière sur les murs gravés. Elle alla préparer une tisane avec les herbes qu'elle avait cueillies plus tôt dans le jardin suspendu. L'odeur boisée embauma la pièce et dissipa légèrement la tension accumulée dans ses muscles. Elle s'installa devant la cheminée, l'alluma d'un geste souple de la main et laissa la chaleur du feu apaiser son esprit.

Tandis que les flammes dansaient devant elle, ses pensées revinrent sur les événements marquants de la journée : la rencontre avec Ignisiel, sa vision dans le temple du Feu, et maintenant, Lituriel qui quittait la cité en pleine nuit. Ces coïncidences lui semblaient de plus en plus liées, mais comment ?

Elle souffla bruyamment et se massa les tempes, fatiguée de toutes ces questions. Cherchant du réconfort, elle se dirigea vers la pièce où se trouvait son autel personnel. Elle alluma soigneusement plusieurs bougies et regarda leur lueur illuminer l'espace sacré. L'odeur d'encens se répandit dans la pièce et apporta une sensation de paix bienvenue.

S'agenouillant, elle murmura des prières aux Dieux. Leurs noms glissaient sur ses lèvres avec ferveur. Elle demandait des réponses, un signe, un apaisement. Elle resta ainsi longtemps, les yeux clos et se laissa envelopper par la présence invisible des divinités.

Lorsqu'elle rouvrit les paupières, elle se sentait plus calme. Son esprit n'était pas libéré de ses doutes, mais elle savait qu'elle trouverait des réponses en temps voulu. Une à une, elle raccompagna les flammes, laissant l'obscurité reprendre ses droits.

Elle retourna dans la pièce principale, l'odeur persistante de la tisane encore présente dans l'air. Elle s'installa dans son fauteuil préféré, une couverture douce enroulée autour d'elle et savoura les dernières gorgées de sa boisson. La chaleur se répandait dans son corps et chassa peu à peu sa nervosité.

Enfin, elle posa la tasse et s'abandonna au sommeil, son esprit bercé par les ombres et le brasier dans l'âtre. Demain serait un jour nouveau, porteur de réponses qu'elle devait encore chercher.

- 11 -

Isaïs n'avait pas fermé l'œil de la nuit. Allongée sur son lit, elle ressassait les paroles qu'elle avait entendues à la taverne il y a quelques jours. L'histoire de ce fameux Théophane l'obsédait. L'idée qu'un homme puisse être condamné simplement pour avoir exprimé ses idées lui était insupportable. Si elle voulait agir, elle devait se renseigner davantage.

Au petit matin, Elle s'habilla et savoura ces instants de tranquillité avant l'arrivée de ses servantes. Elle détestait qu'on la traite comme une enfant incapable de prendre soin d'elle-même. Par esprit de rébellion, et parce qu'elle appréciait cette autonomie, elle prenait un malin plaisir à les devancer avant qu'elles ne franchissent le seuil de ses appartements. Comme à leur habitude, les domestiques entrèrent et la trouvèrent déjà apprêtée. L'une pinça discrètement les lèvres, l'autre laissa échapper un soupir résigné, mais aucune ne fit de commentaire. Après tout, Isaïs restait une princesse, et personne n'oserait remettre en question ses habitudes. Sans un mot, elle les congédia avant de se diriger vers sa longue et fastidieuse journée de leçons.

Les heures s'étiraient entre cours de politique, diplomatie, histoire et étude de l'ancienne langue. L'ennui était si pesant qu'elle eut l'impression de sombrer dans la somnolence une dizaine de fois. Les légers coups de bâton de ses instructeurs et leurs regards réprobateurs n'avaient que peu d'effet sur elle. Ces leçons étaient d'une monotonie accablante, et elle ne faisait guère d'effort pour masquer son désintérêt.

Elle se surprenait souvent à regretter le temps où elle était autorisée à suivre des entraînements au combat. Sa mère avait su convaincre son père qu'une future souveraine devait savoir se défendre. Mais depuis sa disparition et la perte de son statut d'héritière, ces leçons avaient été jugées inappropriées. Son père avait tranché : une dame de son rang n'avait nul besoin d'apprendre à manier une lame. Pourtant, ces entraînements étaient les seuls enseignements qui la passionnaient vraiment, et chaque jour, elle ressentait plus vivement le manque de cette liberté disparue.

Le soir arriva et Isaïs se retrouva enfin seule. Elle s'affala un instant sur le canapé de ses appartements. Pourtant elle n'y resta que quelques minutes. Avec un large sourire aux lèvres elle se redressa enthousiaste et partit se préparer. Ayant récupéré son déguisement dans les souterrains plutôt dans la journée, elle enfila la tenue sombre et sobre, semblable à celles des domestiques du palais. Elle rabattit une cape sur ses épaules et enfila sa perruque brune avant de quitter ses appartements discrètement. Se promener dans les geôles du palais n'était pas bien vu par son père, et elle ne pouvait pas risquer d'attirer l'attention.

Elle se dirigea d'abord vers les cuisines, première étape de son plan. À cette heure, elle savait que l'agitation y serait à son comble, ce qui lui permettrait de passer inaperçue. Descendant les quelques marches qui menaient à une modeste porte en bois, elle l'entrouvrit légèrement et glissa un regard à l'intérieur. Comme elle s'y attendait, c'était un véritable chaos : des domestiques allaient et venaient en tous sens, jonglant entre plats fumants et ordres aboyés.

Son œil fut aussitôt attiré par une imposante silhouette. Un colosse, vêtu d'un tablier maculé de farine et d'une toque de travers, brassait vigoureusement une immense marmite avec une cuillère en bois, créant des volutes dans un bouillon épais. Une forte odeur amère lui piqua les narines, et elle plissa le nez, ce qui ne manqua pas d'attirer l'attention du chef cuisinier. Il lui lança un regard noir, son expression frôlant l'exaspération.

— Qu'est-ce que tu veux, toi ? grogna-t-il. Si c'est encore pour un changement de menu exigé par les conseillers, je démissionne !

Isaïs écarquilla les yeux, cherchant ses mots, mais ne réussit qu'à ouvrir et refermer la bouche, à l'image d'un poisson hors de l'eau.

— Eh bien, parle ! Tu ne vois pas qu'on est débordé ici ?

— Je… euh… On m'a demandé d'apporter des restes aux gardes des geôles. Apparemment, ils n'ont pas mangé depuis un moment.

Le cuisinier roula des yeux avant de lâcher un soupir exaspéré.

— Allons bon ! Comme si je n'avais pas déjà assez de travail avec la royauté, il faut maintenant que je m'occupe aussi de ces fainéants ! Bon, tiens, prends donc ce pain rassis et un peu de vin. Il y a aussi des restes de viande séchée là. J'allais les jeter de toute façon.

Sans demander son reste, Isaïs s'empara rapidement des différents mets, posa le tout sur un plateau, puis tourna les talons. Son échange avec le cuisinier l'avait presque prise au dépourvu. Elle ne pouvait pas se permettre de répéter la même erreur devant les gardes. Cette fois, elle devait conserver son calme et rester crédible.

Elle traversa le couloir désert. À cette heure, le palais semblait figé dans une chape muette, seuls quelques soldats patrouillaient discrètement. Arrivée aux abords de l'escalier menant aux cachots, elle s'arrêta un instant, inspira profondément et se fondit dans l'ombre afin de guetter le moment opportun pour descendre.

Son cœur battait à un rythme effréné tandis qu'elle réajustait ses habits et vérifiait une dernière fois que sa perruque brune cachait bien sa véritable chevelure argentée. Elle ne pouvait pas se permettre d'être reconnue

D'un pas mesuré, elle emprunta les couloirs sombres qui descendaient vers les cellules. L'air y était froid et chargé d'humidité, imprégné d'une odeur de moisissure et de pierre trempée. Les torches accrochées aux murs projetaient des ombres mouvantes qui donnaient aux lieux une atmosphère oppressante. Un frisson lui parcourut l'échine alors que le bruit du métal rouillé et le goutte-à-goutte de l'eau sur la roche rompaient le silence.

Devant elle, deux gardes discutaient nonchalamment près des cellules, leurs voix graves résonnaient dans l'espace exigu. Isaïs porta le plateau de nourriture devant elle, veillant à capter leur attention sur ce dernier. Lorsqu'elle arriva à leur hauteur, l'un d'eux haussa un sourcil, visiblement surpris.

— Tiens donc, on nous apporte enfin de quoi manger ? Ce n'est pas trop tôt ! lança-t-il en attrapant un morceau de pain.

— J'ai pensé que vous apprécieriez un peu de réconfort en cette nuit glaciale, répondit-elle d'un ton léger qui masquait son appréhension.

Le second soldat, plus méfiant, la scruta un instant avant de se saisir d'un morceau de viande séchée.

— Je ne t'ai jamais vu dans le coin. Nouvelle ?

Isaïs esquissa un sourire humble.

— Pas vraiment. La cuisine était trop agitée, alors on m'a envoyé ici pour me rendre utile. Vous devez vous ennuyer à rester postés ici chaque nuit… Il ne se passe jamais rien d'intéressant ?

Le premier garde ricana en mastiquant bruyamment.

— Oh, détrompe-toi ! Il y a toujours un imbécile pour nous divertir. Comme ce gamin, là. Lui, il a cru pouvoir jouer les héros.

Isaïs fit mine de s'intéresser en posant le plateau sur un tonneau proche.

— Ah bon ? De qui parlez-vous ?

— Un certain Théophane, récupéré dans une taverne,

répondit l'autre en haussant les épaules.

— Et qu'a-t-il fait ? demanda-t-elle d'un ton détaché.

L'officier, amusé, poursuivit sans se méfier.

— Un ivrogne qui a trop bu et s'est mis à insulter le roi, appelant même le peuple à se soulever. Tu imagines la scène ? Un homme titubant sur une table, proclamant qu'il allait renverser le pouvoir. Ridicule ! À trop boire, on finit par trop parler.

Isaïs mordit distraitement dans un morceau de pain, feignant l'indifférence.

— Il voulait vraiment fomenter une révolte ?

— Pfff, qui sait ? Il débitait toutes sortes d'âneries, mais son sort était déjà scellé dès qu'il a osé insulter Sa Majesté. Son exécution servira d'exemple, histoire de calmer les ardeurs de ceux qui voudraient l'imiter.

Une vague de rage monta en elle, mais elle se força à garder son calme.

— Il est toujours ici ?

— Plus pour longtemps, répondit sombrement le second soldat. Le roi ne plaisante pas avec ce genre d'affaire.

— Je vois, souffla-t-elle en baissant les yeux. Après tout, on ne peut pas laisser les fauteurs de troubles impunis.

Les gardes acquiescèrent et retournèrent à leur repas. Satisfaite des informations obtenues, la princesse trouva un prétexte pour s'éclipser.

— Je dois retourner en cuisine. Bon courage pour votre veille, messieurs.

Ils lui adressèrent un salut de tête qu'elle leur rendit avant de rebrousser chemin. Mais, en réalité, son esprit était déjà en train de tisser un plan. Elle ne pouvait pas laisser le jeune homme mourir ainsi.

Durant le chemin du retour, ses pensées tourbillonnèrent sur un potentiel plaidoyer. Elle devait trouver le plus d'arguments possible et espérer que cela soit suffisant pour faire acquitter le prisonnier.

- 12 -

Isaïs repassa par ses appartements, le cœur encore battant de son échange avec les gardes. Elle devait désormais se présenter devant son père, et pour cela, elle ne pouvait pas se permettre la moindre négligence.

Se dirigeant vers sa coiffeuse, elle retira rapidement ses vêtements sombres pour revêtir une tenue digne de son rang. Elle choisit une robe élégante aux broderies raffinées, aux couleurs bleues et argentées qui mettaient en valeur la noblesse de sa lignée. Son reflet dans le grand miroir lui renvoya l'image d'une jeune femme à l'expression déterminée, bien loin de l'enfant insouciante qu'elle avait été autrefois.

Elle prit un soin méticuleux à discipliner ses cheveux rebelles et tressa avec habileté quelques fines mèches dans son chignon sophistiqué, avant de poser sur sa tête le diadème qui symbolisait son statut princier. L'argent délicatement ciselé scintillait sous la lumière des chandeliers et renforçait son apparence d'autorité.

Elle savait à quel point son père attachait de l'importance à l'apparence de ses enfants. Chaque détail comptait. Rien ne devait trahir une quelconque faiblesse ou négligence. Prenant une profonde inspiration, elle ajusta une dernière fois sa tenue, lissant le tissu de sa robe avant de redresser les épaules. Elle devait être impeccable, non seulement pour plaire à son père, mais surtout pour imposer sa présence lorsqu'elle plaiderait la cause de Théophane.

Le cœur battant, Isaïs quitta ses appartements d'un pas décidé. Son plaidoyer était prêt, et elle savait qu'elle n'avait pas une seconde à perdre. Elle devait convaincre son père avant qu'il ne soit trop tard. Dirigeant ses pas vers la grande salle de banquet, elle savait que ce ne serait pas une tâche aisée. Son père ne prenait pas à la légère les décisions de justice, et les conseillers qui l'entouraient n'hésiteraient pas à l'influencer contre elle. Elle ignorait encore comment se déroulerait cet échange, mais une chose était certaine : elle ne reculerait pas.

Lorsqu'elle arriva devant les portes massives de la salle, les gardes s'inclinèrent mais hésitèrent à la laisser entrer.

— Sa Majesté est en plein dîner avec ses conseillers, murmura l'un d'eux.

— J'ai une affaire urgente à lui soumettre, répondit-elle d'un ton assuré.

Après un instant d'hésitation, l'un des soldats ouvrit la porte, et Isaïs pénétra dans la pièce. Une longue table était dressée, recouverte de plats somptueux. Le roi Soach Ier était assis à son extrémité, dans une chaise au dossier plus haut que les autres, et écoutait distraitement les paroles d'un conseiller tout en découpant un morceau de viande. Les conversations s'atténuèrent à son entrée, et les yeux se tournèrent vers elle. Un instant, elle sentit sa détermination vaciller. Une boule d'angoisse se forma dans sa gorge, mais elle n'en montra rien.

— Isaïs, que fais-tu ici ? demanda le roi, posant son couteau sur la table.

— Père, je dois vous parler d'une affaire de la plus haute importance, répondit-elle en avançant jusqu'à la table.

Un murmure parcourut les conseillers. L'un d'eux, un homme à la barbe taillée de façon méticuleuse, prit la parole avant même que le roi ne réponde.

— Votre Majesté, nous étions en pleine discussion sur les affaires du royaume. Peut-être la princesse pourrait-elle attendre que nous ayons terminé ?

— Non, cela ne peut pas attendre, rétorqua-t-elle. Il

s'agit d'un homme injustement condamné.

Le roi soupira d'exaspération et lui fit signe de continuer.

— Le dénommé Théophane, reprit-elle, a été arrêté pour avoir critiqué votre règne après avoir trop bu. Il ne représentait aucun danger, et son exécution serait une grave erreur.

Un autre conseiller, un homme au visage sévère et aux tempes grisonnantes, intervint immédiatement.

— Cette décision a été prise pour envoyer un message clair. La dissidence ne peut être tolérée, sinon nous ouvrons la porte à l'insubordination.

— Au contraire, répondit Isaïs en soutenant son regard. En l'exécutant, vous en ferez un martyr. Le peuple le verra comme un homme puni pour avoir osé parler. Son exécution pourrait attiser la colère des citoyens et provoquer des troubles bien plus graves.

Le roi se renfonça dans son siège et croisa les bras sur son torse.

— Et si nous le relâchons ? Quel message cela enverrait-il ? Que nous acceptons que l'on me dénigre ouvertement ?

— Sire, si vous relâchez cet homme, il recommencera, appuya un autre membre de la tablé. Il est dangereux.

— Il n'est pas dangereux, répliqua la princesse avec fermeté. C'est un homme du peuple, un simple citoyen qui a trop bu et a parlé sans filtre. Son arrestation a suffi à lui donner une leçon. Mais en l'exécutant, vous ne ferez que nourrir le ressentiment du peuple.

— Votre Majesté, elle exagère, intervint un homme au visage pincé. Les citoyens ne se soulèveront pas pour un ivrogne.

— C'est ce que vous croyez, riposta-t-elle. Mais l'injustice, même lorsqu'elle touche un seul homme, peut embraser une nation. Les murmures deviendront des cris. Si vous le tuez, vous offrirez un symbole à ceux qui rêvent de rébellion.

Le roi pinça les lèvres, manifestement contrarié.

— Et que proposes-tu, Isaïs ? Que nous le laissions

libre de ses actes ?

— Offrez-lui une alternative, suggéra-t-elle. Condamnez-le à des travaux d'intérêt public. Montrez que vous êtes un souverain qui écoute son peuple et sait distinguer l'erreur de la véritable menace.

— Un châtiment allégé pourrait être perçu comme une faiblesse, grogna un conseiller.

— Ce n'est pas de la faiblesse, c'est de la sagesse, répliqua-t-elle. Gouverner, ce n'est pas seulement punir. C'est aussi savoir pardonner quand il le faut.

Un silence pesant s'installa. Le roi tapota lentement ses doigts sur la table, réfléchissant aux paroles de sa fille. Finalement, il expira lourdement.

— Quand tu parles ainsi, je jurerai entendre ta mère.

Le roi ne parlait jamais de sa défunte épouse et cela coupa le souffle de la princesse. Cependant, le geste que le souverain adressa à ses conseillés pour les faire taire la ramena à la réalité.

— Très bien, Isaïs. Tu as gagné. J'ordonne que le jeune homme soit relâché. Mais ne viens plus troubler mon dîner avec ce genre de requêtes.

Un sourire soulagé éclaira le visage de la princesse.

— Merci, père. Vous ne le regretterez pas.

Le roi fit signe à un serviteur d'écrire la missive officielle qui ordonnait la libération du prisonnier. L'homme s'exécuta rapidement, traça chaque mot à l'encre sombre sur le parchemin avant d'y apposer le sceau royal dans un claquement sec. Isaïs suivait chacun de ses gestes avec une attention fébrile, sa respiration légèrement retenue. Lorsque le document lui fut tendu, elle sentit sous ses doigts la texture granuleuse du papier scellé. Elle s'en empara avec une précaution mêlée d'urgence.

Son cœur battait encore sous l'émotion alors qu'elle quittait la salle d'un pas rapide et traversa les longs couloirs du palais aux murs tapissés de tentures brodées. Le martèlement feutré de ses pas résonnait dans l'immensité silencieuse et contrastait avec le tumulte intérieur qui l'animait.

Lorsqu'elle atteignit les geôles, l'odeur de pierre humide et de métal rouillé la frappa aussitôt. Elle s'arrêta un instant et raffermit sa prise sur le parchemin avant d'approcher des gardes.

— Ordre du roi, déclara-t-elle d'une voix assurée en tendant la missive.

Les soldats échangèrent un regard surpris et hésitèrent un bref instant avant de s'exécuter. L'un d'eux s'empara du parchemin, l'ouvrit d'un geste précis et parcourut rapidement son contenu. Un hochement de tête plus tard, ils s'activèrent sans poser de questions. Le prisonnier releva la tête pour croiser le regard de la jeune femme sous ses cheveux gras qui tombaient devant ses yeux. Un rictus bravache étira ses lèvres et il hocha la tête.

Isaïs, déstabilisée, ne voulut pas rester pour le voir franchir les grilles de sa cellule. Elle n'avait pas besoin d'être témoin de la suite pour savoir qu'elle avait réussi. Un soulagement profond envahit son être et effaça une partie de la tension qui crispait ses épaules. Alors qu'elle remontait les marches qui menaient aux couloirs supérieurs, un sourire discret étira ses lèvres.

Ce soir, elle avait prouvé que la parole pouvait être aussi puissante qu'une lame. Elle venait de changer un destin, et avec lui, peut-être, d'amorcer quelque chose de plus grand. Pour la première fois depuis longtemps, un espoir nouveau s'épanouit en elle.

- 13 -

Dans la lueur pâle de l'aube, Ignisiel se réveilla en sursaut, le cœur battant à tout rompre. Il cligna des yeux et tenta de s'acclimater aux contours encore flous de son environnement.

Non, ce n'était pas un rêve. Il était bien là, dans une maison qui lui appartenait, un refuge qu'il pouvait enfin appeler « chez lui ». L'odeur apaisante de lavande flottait encore dans l'air et imprégnait les draps en lin qui l'enveloppaient. Il était dans la Cité des Temples. Rien que cette pensée le fit frémir d'excitation. La veille, il s'était endormi en savourant cette nouvelle réalité, et même au réveil, il peinait à y croire.

Les premiers rayons du soleil filtraient à travers les volets de bois et projetaient des motifs sur le sol de pierre. Au loin, le chant mélodieux des oiseaux s'élevait, une symphonie douce et réconfortante qui renforçait la magie du moment.

Il ouvrit les volets et laissa entrer la lumière dorée du matin. Inspirant profondément l'air frais, il sentit son cœur s'apaiser un instant. Son regard se posa ensuite sur le cadran solaire suspendu au-dessus de son lit, l'un des rares objets présents dans la pièce. Les gravures minutieuses indiquaient six heures quarante-cinq.

Un frisson d'excitation parcourut son échine. Aujourd'hui marquait le début de sa nouvelle vie, le premier jour de son apprentissage.

Puis, l'information le frappa de plein fouet.

Six heures quarante-cinq ?!

Son estomac se contracta. Il était censé être au camp d'entraînement à sept heures. Or, il ignorait totalement où ce dernier se trouvait.

Le visage d'Eludia lui revint en mémoire. Elle lui avait clairement expliqué que son maître, Altaïr, ne tolérait aucun retard. L'idée de contrarier son premier instructeur, avant même d'avoir commencé son entraînement, lui donna un coup d'adrénaline.

Dans un élan de panique, Ignisiel se précipita et attrapa un ensemble en lin. Il enfila précipitamment la tenue, appréciant malgré lui la douceur du tissu contre sa peau tendue par l'anxiété.

Il se dirigea vers le bassin d'eau près de la fenêtre et y plongea les mains pour s'asperger le visage. Le contact glacé lui arracha un frisson et chassa instantanément les dernières traces de sommeil. Il prit une seconde pour reprendre son souffle, mais le tic-tac invisible du temps qui s'écoulait lui fit presser le pas.

D'un geste rapide, il ouvrit la porte et sortit en trombe, laissant derrière lui la quiétude de son logis. La porte en bois claqua dans la ruelle silencieuse. Il dévala les marches et manqua de trébucher sur la dernière. Son affolement était à son paroxysme alors qu'il s'élançait dans les ruelles encore désertes de la cité. Sa tête pivota frénétiquement de gauche à droite, alarmé, cherchant désespérément une âme éveillée qui pourrait lui indiquer le chemin du camp d'entraînement. Il parcourut les pavés inégaux pieds nus, sans prêter attention aux légères piqûres du froid sous ses pas précipités.

C'est alors qu'un bruit attira son attention. Un rire. Cristallin, léger, porté par la brise matinale. Familiarité et amusement s'en dégageaient. Ignisiel s'arrêta net, le souffle court. Il connaissait ce son.

C'était celui d'Eludia.

Assise sur un banc, elle riait à pleins poumons, trouvant

manifestement la situation des plus amusantes. Ses éclats retentirent dans l'air, telle une douce mélodie qui brisait le silence paisible de l'aube.

— Je me doutais que tu serais un peu perdu pour ton premier jour, mais je ne m'attendais pas à un spectacle aussi divertissant !

Elle se leva avec une grâce naturelle. Son corps semblait effleurer le sol tandis qu'elle s'approchait de lui. Arrivée à sa hauteur, elle s'arrêta, son expression mêlait amusement et sévérité. Autour d'elle flottait un léger parfum de jasmin. Avec une douceur inattendue, elle ajusta distraitement le col de la chemise du jeune homme avant de déclarer :

— Le camp d'entraînement n'est pas loin, ne t'en fais pas. Suis simplement les panneaux comme celui-là. Tu y seras en cinq minutes, sans avoir besoin de courir comme un dératé.

— Merci, Eludia, répondit-il en déglutissant avec difficulté face à cette proximité.

Il marqua une pause et chercha ses mots.

— Je réalise que je n'ai même pas pris le temps de te remercier pour hier. Ton aide a été une véritable bénédiction. Je veux que tu saches combien je te suis reconnaissant.

Un sourire attendri illumina les traits de la Grande Prêtresse.

— Tu n'as pas vraiment le temps pour ça. Altaïr t'attend dans moins de cinq minutes et crois-moi, tu ne veux pas être en retard à ton premier cours avec lui.

Il hésita et lutta contre l'envie soudaine de lui poser mille questions.

— Mais… j'ai tellement de choses à apprendre sur la vie ici, je ne sais même pas comment me comporter, j'ai l'impression que je vais tout faire de travers.

Il tira nerveusement sur le col de sa chemise afin de regarder le motif qu'il avait aperçu la veille.

— Je ne sais même pas ce que signifie ce symbole brodé sur mes vêtements.

Eludia tapa sur ses doigts, qui venaient de défaire son

ouvrage, et le fixa avec sévérité. Puis elle se rapprocha encore et entreprit de remettre en place son habit en soupirant. Ignisiel sentit l'air lui manquer un court instant.

— Ce n'est que ton premier jour, patience, murmura-t-elle avec malice.

Elle sembla remarquer leur proximité car elle s'éloigna soudainement et baissa le regard avant de reprendre contenance, tout en restant crispée. Le jeune homme sentit une vague de froid le parcourir, sans pour autant en comprendre l'origine.

— Pour apaiser ta curiosité, sache que ce symbole signifie simplement à quel grade de l'Ordre tu es, c'est-à-dire apprenti pour toi.

Elle lissa sa robe et releva le menton, les traits plus détendus. Décidément, Ignisiel avait du mal à cerner les réactions de cette femme, qui le déconcertait complètement.

— Si nous nous recroisons, je répondrai à certaines de tes questions, ajouta-t-elle, mais souviens-toi que les autres habitants de la Cité peuvent aussi t'aider.

Un silence s'installa entre eux, un moment suspendu où leurs yeux se croisèrent. Dans les prunelles d'Ignisiel brillait une lueur d'attente.

— Alors j'espère que nous nous recroiserons bientôt, souffla-t-il.

Les lèvres d'Eludia frémirent imperceptiblement et une lueur d'intérêt s'alluma dans ses iris pourpres.

— Tu devrais vraiment y aller.

— Bonne journée, Eludia. À plus tard.

Il se détourna, mais après quelques pas, il ne put s'empêcher de jeter un regard derrière lui pour chercher à croiser une dernière fois les yeux de la jeune femme.

Personne. Elle avait disparu.

Un frisson le parcourut. Était-ce une illusion ? Un rêve éveillé ? Comment avait-elle pu s'évaporer aussi vite ? L'espace d'un instant, il se demanda s'il n'avait pas imaginé cette rencontre. Il secoua la tête. Il n'avait pas le temps de s'attarder sur ce mystère.

Sans plus attendre, il s'engagea sur le chemin indiqué. Ses pas, d'abord hésitants, se firent plus rapides alors qu'il suivait les panneaux qui jalonnaient la cité. L'air frais du matin lui emplissait les poumons, tandis que l'odeur des fleurs en éveil chatouillait ses narines. L'excitation et l'adrénaline le poussaient à avancer sans réfléchir.

Lorsqu'il atteignit enfin le « camp d'entraînement », il fut frappé par l'ampleur du lieu. Rien à voir avec ce qu'il avait imaginé. Devant lui s'élevait une structure magistrale, son architecture massive inspirait puissance et discipline. À quelques mètres, une silhouette imposante l'attendait.

Altaïr.

Ignisiel sentit une pression peser sur ses épaules et une boule se former dans son ventre. Son cœur s'emballa. Il inspira profondément pour chercher à calmer l'appréhension qui montait en lui.

Son apprentissage commençait maintenant.

- 14 -

Légèrement essoufflé après sa marche rapide, Ignisiel prit une profonde inspiration. Une brise portant des effluves de terre humide et de résine de pin apaisa légèrement son esprit. Il s'approcha lentement de son instructeur, espérant qu'Altaïr ne remarque pas son souffle encore irrégulier.

Le prêtre de l'Air lui tournait le dos, les yeux fixés sur un cadran solaire. Ignisiel l'observa un instant, captivé par la façon dont les rayons matinaux jouaient sur ses cheveux poivre et sel.

Avant d'aller plus loin, il ajusta rapidement sa tunique, soucieux d'être présentable. Le tissu neuf qui glissa contre sa peau lui rappela l'importance de cette journée. Il s'apprêtait à le saluer lorsque la voix grave et autoritaire d'Altaïr fendit l'air.

— Tu as failli être en retard, jeune homme. Fais un effort pour te lever plus tôt aux prochains cours.

Il se retourna lentement vers Ignisiel et le scruta de son regard perçant pendant un bref instant. Il écarquilla les yeux, puis les leva au ciel dans un soupir las.

— Et veille à te laver et à t'habiller convenablement avant de quitter ta maison. Je fais preuve d'indulgence parce que c'est ton premier jour et que tu ne connais pas encore nos coutumes, mais d'ici une semaine, j'attends de toi un comportement exemplaire. Si tu veux devenir l'un des nôtres, commence par apprendre à respecter nos règles de vie.

L'apprenti se redressa instinctivement, sa voix, bien que légèrement tremblante, se voulait assurée.

— Très bien, Monsieur. Je me renseignerai pour être au fait des pratiques à respecter. Si je puis me permettre, où se trouve le camp d'entraînement ? Je ne vois ici que ce bâtiment et la forêt avoisinante.

Un sourire énigmatique s'esquissa sur les lèvres d'Altaïr.

— Justement. Le bâtiment derrière nous est la grande bibliothèque. C'est un véritable trésor de savoir qui renferme des salles remplies d'ouvrages anciens. C'est ici que tu apprendras la théorie de la maîtrise des éléments. Bien sûr, certaines salles sont dédiées à la pratique, mais l'essence même de notre enseignement se fait en pleine nature. C'est là que l'on comprend véritablement les éléments : en étant entouré de la terre, de l'eau, de l'air et du feu. Et nous allons commencer dès maintenant.

Sans attendre de réponse, il se mit en marche vers la forêt. Ignisiel lui emboîta le pas, son esprit bouillonnait d'interrogations, mais il choisit de garder le silence, concentré sur l'instant.

Ils avancèrent ainsi pendant un moment. Ils empruntèrent des sentiers qui semblaient choisis au hasard, mais qui visiblement, pour Altaïr, révélaient un itinéraire soigneusement tracé. Le novice se contenta de le suivre, les sens en éveil. Il sentait sous ses doigts la rugosité des écorces qu'il frôlait, percevait le léger bourdonnement des insectes dans l'air. Chaque détail de cet environnement lui paraissait plus intense, plus vivant, comme si la forêt elle-même s'apprêtait à lui révéler ses secrets.

Après avoir suivi un dernier chemin sinueux, ils débouchèrent sur une vaste clairière. Circulaire et parfaitement délimitée, elle donnait l'impression d'avoir été sculptée par la nature elle-même. Comme si le bosquet, dans un acte conscient, s'était retirée pour offrir cet espace aux hommes.

Au centre, un cercle de pierres se dressait, imposant et

immuable, tel un gardien silencieux de ce sanctuaire. Hautes et majestueuses, ces roches couvertes d'une fine couche de mousse formaient un monument sobre mais empreint de puissance. Attiré, Ignisiel effleura l'une d'elles du bout des doigts. Elle était froide, ancrée dans le temps, portant en elle des siècles de secrets enfouis.

Le paysage qui s'étendait devant eux semblait irréel, chargé d'une aura mystique. Chaque arbre, chaque brin d'herbe paraissait vibrer d'une énergie ancienne. Ici, l'absence de son n'était pas un vide, mais un murmure vivant, une mélodie subtile chantée par la forêt.

Absorbé par cette beauté envoûtante, le jeune homme ne remarqua pas immédiatement la petite étincelle qui jaillit du bout de ses doigts. Une chaleur soudaine parcourut sa main, et, stupéfait, il observa la lueur dansante, minuscule mais indéniable. Il espéra que ce détail passe inaperçu, mais Altaïr le remarqua. Il tourna légèrement la tête et analysa son élève d'un œil avisé.

— Mmh… Je comprends mieux pourquoi Eludia a tant insisté pour que je sois ton formateur.

Il marqua une pause, puis ajouta d'un ton plus grave :

— Ton entraînement commence ici. Tes émotions sont le déclencheur de ton pouvoir, et c'est précisément sur cet aspect que nous allons nous concentrer. Ce cercle de pierres génère une barrière invisible pour contenir l'énergie libérée à l'intérieur de son périmètre. Il empêche toute manifestation incontrôlée de s'échapper et offre ainsi un lieu sûr pour l'apprentissage. Donc ne t'inquiète pas, tu ne risques pas de réduire toute la forêt en un tas de cendre. C'est pour cette raison qu'on l'appelle le camp d'entraînement.

Ignisiel écoutait avec attention, buvant les paroles de son enseignant.

— Si tu es prêt, franchis son seuil, poursuivit Altaïr. Mais avant cela, une chose essentielle : purifie tes mains et tes pieds. Cet espace est sacré.

D'un pas assuré, Il s'approcha du cercle de pierres, son apprenti sur ses talons. À l'entrée, une vasque d'eau claire trônait, semblable à celle qu'il avait devant sa maison.

Les paroles d'Eludia lui revinrent en mémoire. Sans hésitation, il s'empara de la cruche en terre cuite posée à côté de la vasque, la remplit et versa l'eau fraîche sur ses pieds, puis sur ses mains. Le contact glacé de l'eau le fit frissonner, mais au lieu d'un désagrément, il ressentit une sensation de renouveau, comme si chaque goutte emportait avec elle le poids du passé.

Une fois ce geste accompli, il leva les yeux vers Altaïr qui se tenait à côté de l'entrée et, sans attendre, franchit le seuil du cercle de pierres. Dès qu'il posa le pied à l'intérieur, une légère vibration parcourut le sol, comme si la terre réagissait à sa présence. Il resta immobile un instant, imprégnant chaque détail de cet endroit hors du temps.

Puis, dans un souffle, il se tourna vers son instructeur, une nouvelle assurance ancrée dans sa voix.

— Je suis prêt.

- 15 -

Eludia avançait d'un pas mesuré dans les rues de la Cité des Temples, portée par l'effervescence matinale. Le soleil, encore bas à l'horizon, étirait les ombres sur le sol, tandis que sa lumière caressait délicatement la peau de la Grande Prêtresse et lui procurait une douce chaleur.

Elle n'avait que très peu dormi, son esprit agité par tous les évènements de la veille. Elle ne trouvait plus le sommeil et s'était donc levée aux aurores. Sans trop savoir pourquoi, elle s'était retrouvée près du logement d'Ignisiel. Sa rencontre avec le jeune homme lui revint en mémoire, ce qui étira légèrement ses lèvres. Sa naïveté, empreinte d'une sincérité touchante, l'amusait autant qu'elle l'attendrissait. Elle espérait que sa première journée d'entraînement ne le découragerait pas, car elle percevait en lui un potentiel rare, une étincelle qui ne demandait qu'à s'embraser.

Bien vite, ses pensées revinrent vers des préoccupations plus graves. Résolue, elle prit la direction du bâtiment des prêtres du feu. Elle devait parler à Lituriel des événements troublants de la veille. À mesure qu'elle approchait, l'atmosphère lui semblait plus solennelle.

Lorsqu'elle franchit la lourde porte de bois, un frisson la parcourut. L'odeur familière de pierre ancienne et de parchemins vieillis imprégnait l'air et réveillait en elle des souvenirs d'heures interminables passées à classer des documents administratifs. Tâche, qu'elle avait toujours jugée rébarbative. Chaque mage disposait d'un bureau dédié, mais le sien restait presque intact, son attachement à la nature la poussait à fuir cet environnement confiné dès que possible.

Le bureau de Lituriel, en revanche, était un véritable capharnaüm. Des parchemins, des grimoires et divers objets encombraient chaque surface disponible, formant un désordre organisé dont seul le vieux prêtre semblait comprendre la logique. L'accumulation oppressante de papiers et de reliques accentuait l'air stagnant de la pièce, ce qui rendait l'atmosphère presque suffocante. Malgré son envie de quitter ce lieu, elle n'avait pas le choix : il fallait qu'elle lui parle.

Il était assis derrière son bureau, plongé dans ses écrits, de petites lunettes de travers reposant sur son nez. Il ne prit même pas la peine de lever les yeux lorsqu'elle entra.

— Toi, ici ? Il doit vraiment s'être passé quelque chose de grave, fit-il d'une voix légèrement nasillarde, tout en poursuivant sa lecture.

Eludia s'avança et resta debout face à lui, la tension perceptible dans ses muscles.

— Oui, Lituriel. Tu sais que je ne viens jamais ici sans raison, mais j'ai quelque chose d'important à te dire.

— Eh bien, parle, répondit-il, toujours absorbé par ses parchemins.

Elle prit une profonde inspiration et chercha les mots justes. L'odeur d'encre fraîche et de papier ancien la fit légèrement tressaillir, renforçant son malaise. Comme à son habitude elle choisit d'être directe.

— La flamme éternelle s'est éteinte hier.

Un craquement sec retentit. La plume que tenait le vieux mage venait de se briser sous la pression de ses doigts. Il leva lentement les yeux vers elle et chassa d'un revers de main la tâche d'encre qui s'étendait sur le parchemin.

— Que s'est-il passé ? demanda-t-il, les sourcils froncés, soudain pleinement attentif.

— En arrivant sur place hier soir, j'ai trouvé les trois

flotteurs éteints. Heureusement, les flammes de secours dans l'arrière-salle étaient toujours allumées, ce qui nous a permis d'éviter un véritable désastre. Mais lorsque j'ai cherché à comprendre le message caché derrière cet événement, j'ai eu une vision… une vision particulièrement inquiétante.

Elle frissonna, rien qu'en y repensant. Lituriel scruta son visage avec plus d'intensité, visiblement surpris par une telle hésitation de la part de la jeune femme.

— Continue, ordonna-t-il, sa voix plus grave que jamais.

Eludia lui raconta en détail son expérience dans le feu : la sphère noire et brumeuse qui avait surgit de nulle part, le bras spectral qui avait cherché à l'atteindre, la douleur lancinante et l'oppression suffocante qu'elle avait ressentie. Elle se frotta le poignet en y repensant. Chaque mot qu'elle prononçait semblait alourdir l'atmosphère, comme si la menace qu'elle décrivait prenait lentement corps dans la pièce.

Le Grand Prêtre du Feu, le visage fermé, se caressa le menton, absorbé dans ses pensées. Un silence pesant s'installa tandis qu'il fixait un point invisible devant lui.

— C'est une vision des plus inquiétantes, finit-il par dire d'une voix grave. Je n'ai pas d'explication immédiate à te donner, mais nous devons redoubler de vigilance. À partir de maintenant, nous nous rendrons au temple du feu trois fois par jour pour veiller au maintien de l'alliance, en attendant d'en savoir plus.

Eludia hocha lentement la tête. Cette précaution était nécessaire, mais elle n'apportait aucune réponse aux questions qui la tourmentaient. Elle détestait l'incertitude et n'aimait pas laisser des mystères en suspens. Son inquiétude grandissait, mais avant qu'elle ne puisse exprimer ses doutes, Lituriel reprit la parole.

— D'ailleurs… Pourquoi n'es-tu pas venue me voir immédiatement après l'incident ?

Elle avait voulu éviter ce sujet, se persuadant que cela ne la concernait pas. Pourtant, les mots franchirent ses lèvres avant qu'elle ne puisse les retenir.

— Parce que lorsque j'ai cherché à te voir, je t'ai aperçu

quitter la Cité des Temples discrètement, encapuchonné, comme si tu voulais éviter d'être vu, lança-t-elle, son ton teinté d'accusation, malgré la curiosité et la frustration qu'elle tentait de masquer.

Le vieux prêtre serra imperceptiblement la mâchoire. Il retira ses lunettes et se frotta lentement le coin des yeux, dans un geste qui trahissait fatigue et résignation.

— Je vois… murmura-t-il pensivement.

Eludia attendit. Elle espérait qu'il poursuivrait de lui-même, mais il se contenta de fixer ses parchemins pour lui faire comprendre que le sujet était clos. Elle n'était pas dupe. Il savait quelque chose et elle comptait bien obtenir des réponses.

— Qu'allais-tu faire à Alendulire en pleine nuit, Lituriel ? demanda-t-elle d'une voix plus tranchante.

Un long soupir s'échappa des lèvres du vieil homme, comme s'il portait un fardeau invisible.

— Je ne comptais pas t'en parler tout de suite, mais…

Il hésita, cherchant ses mots.

— J'ai entendu des rumeurs inquiétantes venant d'autres villes du continent. Je voulais vérifier leur véracité par moi-même.

Elle plissa les paupières, son intuition lui soufflait qu'il ne lui disait pas tout.

— Et alors ? Ces rumeurs étaient-elles fondées ?

— Je n'ai pas encore assez d'éléments pour le confirmer, répondit-il, évitant son regard. Eludia, je t'en prie, laisse-moi enquêter seul. Je te tiendrai informé dès que j'en saurai davantage.

— Mais tu ne penses pas que cela pourrait être lié à ce qui s'est passé hier au temple du feu ? insista-t-elle, l'angoisse perçant dans sa voix.

— Ne te précipite pas sur des conclusions hâtives, coupa-t-il. Pour l'instant, je ne sais même pas si ces rumeurs ont un fondement réel ou s'il ne s'agit que de simples racontars. Fais-moi confiance. De ton côté, concentre-toi sur la flamme éternelle. C'est notre priorité absolue.

Eludia pinça les lèvres, mécontente. Elle avait le sentiment que son mentor lui cachait quelque chose, mais elle savait aussi qu'il ne céderait pas à ses questions pour l'instant.

— Très bien, finit-elle par dire d'un ton mesuré. Je vais m'occuper de cette tâche.

Sans un mot de plus, elle tourna les talons et quitta le bureau après un bref salut. La porte se referma dans un claquement sec qui résonna dans le couloir vide.

Lorsqu'elle émergea à l'extérieur, elle inspira profondément et accueillit l'air frais, telle une bouffée de clarté après l'atmosphère oppressante du bureau de Lituriel. Pourtant, elle sentait toujours un poids dans son cœur. Au lieu de dissiper ses inquiétudes, cette conversation n'avait fait que les renforcer.

Malgré cela, elle suivrait ses instructions.

Après tout, préserver la flamme éternelle était sa mission la plus sacrée. Même si, au fond d'elle, elle ne pouvait s'empêcher de ruminer les événements étranges de la veille… et le sentiment grandissant qu'un danger invisible se rapprochait.

- 16 -

La princesse Isaïs errait sans but dans les couloirs dorés du palais, un ennui pesant enserrait son cœur. Une semaine s'était écoulée depuis qu'elle avait obtenu la grâce du jeune homme, et depuis, aucune occasion ne s'était présentée pour qu'elle puisse à nouveau agir en faveur de son peuple.

De retour dans ses appartements, elle s'assit devant sa coiffeuse et fixa son reflet sans vraiment le voir. Ses doigts jouaient distraitement avec une mèche de ses cheveux argentés. Elle était si absorbée par ses pensées qu'elle n'entendit pas la porte s'ouvrir discrètement.

— Princesse.

Elle sursauta et se tourna brusquement vers l'origine de la voix.

— Mia ! Tu m'as fait une de ces frayeurs, je ne t'avais pas entendue entrer.

Cette jeune domestique au visage rond et au regard doux, était sans doute la seule personne que la princesse pouvait considérer le plus comme une amie. La solitude de son statut rendait toute amitié sincère difficile. Bien que respectant scrupuleusement les convenances, Mia était toujours là pour elle. C'était elle qui lui avait procuré la tenue de servante et la perruque pour ses escapades nocturnes. Elle comprenait le besoin impérieux d'Isaïs de se rapprocher du peuple.

— Pardonnez-moi, princesse, je ne voulais pas vous déranger.

La jeune femme roula des yeux, exaspérée.

— Est-ce qu'un jour tu accepteras de m'appeler par mon prénom, comme je te l'ai demandé ? Nous sommes seules, personne ne nous entendra.

Mia secoua la tête, implacable.

— Vous savez bien que je ne peux pas m'affranchir de l'étiquette, princesse. Et puis, je vous respecte bien trop pour cela.

Isaïs soupira avant de se reconcentrer sur sa coiffeuse.

— C'est déjà l'heure du dîner ? Je n'ai pas vu le temps passer.

— Non, princesse. Je suis venue vous apporter quelque chose.

Intriguée, elle haussa un sourcil en se tournant de nouveau vers Mia.

— J'ai remarqué que vous n'aviez pas le moral ces derniers jours, expliqua-t-elle rapidement. Alors, quand j'ai reçu cette invitation, j'ai tout de suite pensé à vous.

Elle tendit un morceau de papier jauni à la princesse, qui le parcourut du regard. L'encre était épaissie par la mauvaise qualité du papier, mais elle parvint à déchiffrer les quelques mots imprimés :

« Soirée de fête à la taverne de la T'Air de Feu Venez nombreux ! »

Isaïs releva les yeux vers Mia, une moue sceptique sur le visage.

— Tu crois vraiment que c'est une bonne idée ?

— Je pense que cela pourrait vous changer les idées et vous redonner un peu d'entrain, insista la jeune domestique avec un sourire encourageant. Je sais combien vous aimez vous rendre là-bas, et puis, ce n'est qu'un simple concert. Vous déciderez ce que vous voulez faire, bien sûr, mais j'ai immédiatement pensé à vous en voyant cela.

Isaïs se mordilla la lèvre. Une distraction pourrait lui faire du bien, mais surtout, cette soirée pouvait être une nouvelle opportunité d'en apprendre plus sur la situation du peuple. Depuis sa dernière intervention, elle sentait un feu nouveau brûler en elle. Elle voulait agir, aider encore davantage.

— Je vais y réfléchir, murmura-t-elle avant d'ajouter d'une voix plus sincère : Merci d'avoir pensé à moi, Mia. Cela me touche.

Soudain, dans un élan spontané, elle se leva et enlaça la jeune servante. Mia se figea. Les bras collés le long du corps, son regard fuyait de tous côtés avec panique.

— Princesse, qu'est-ce que vous faites ? souffla-t-elle, alarmée.

Isaïs la relâcha en riant, amusée par son embarras.

— Ne t'inquiète pas, tu ne risques rien ! Je voulais juste exprimer ma gratitude et mon affection. Détends-toi un peu avec moi.

Mia baissa les yeux, mal à l'aise face à cet élan inattendu.

— Je vous en prie... Je devrais retourner travailler avant que l'on remarque mon absence. Bonne journée, princesse.

— À plus tard, Mia.

Isaïs l'observa s'éloigner avec un sourire pensif qui flottait sur ses lèvres. Peut-être que cette soirée à la taverne était exactement ce dont elle avait besoin.

Lorsque la nuit tomba, Isaïs rassembla son courage et se prépara à quitter le palais. Revêtant son costume de domestique, elle se dirigea vers la taverne de la T'Air de Feu sous son identité secrète. Chaque sortie clandestine était une évasion temporaire qui lui redonnait un semblant de liberté. L'excitation montait en elle à l'idée d'assister à son tout premier concert. Elle ne savait pas vraiment à quoi s'attendre, mais son impatience était notable.

Après avoir traversé un entrelacs de ruelles sombres, elle arriva enfin devant la taverne. L'enseigne, accrochée de manière précaire, grinçait sous l'effet du vent et ajoutait un charme désuet au lieu. En franchissant le seuil, elle fut aussitôt submergée par une multitude de sensations : la chaleur enveloppante de la salle bondée, l'odeur entêtante du bois brûlé et de la bière, le bourdonnement des conversations animées.

Elle se fraya un chemin jusqu'au bar et commanda une boisson rafraîchissante, profitant de cet instant pour calmer les battements frénétiques de son cœur. Ensuite, elle choisit une table suffisamment proche de la scène pour observer le spectacle, mais assez éloignée pour éviter d'être bousculée par la ferveur du public.

Sur la scène, un jeune homme venait de s'installer. Il n'était guère plus âgé qu'elle, mais il dégageait une aura magnétique qui attira immédiatement tous les regards. Ses cheveux sombres tombaient en désordre sur son front, et ses pupilles brillaient d'une lueur intense.

Isaïs sentit son souffle se couper.

Il s'agissait de Théophane.

Celui qui, il y a peu, avait été arrêté et qu'elle avait fait libérer.

Assis sur une chaise en bois, il serra sa lyre contre lui. Lorsque ses doigts effleurèrent les cordes, un silence immédiat tomba sur la salle. Il entonna un chant ancien. Sa voix était douce et envoûtante, telle une incantation mystique. Isaïs, grâce à son enseignement à la Cité des Temples, reconnut quelques fragments de la langue oubliée.

Les paroles racontaient les légendes d'Andran, une époque où les Dieux élémentaires veillaient encore sur le peuple. Chaque mot transportait Isaïs vers un passé glorieux et perdu, où la cité était encore un havre de paix et de prospérité. Puis vint une mélodie particulière. Un frisson parcourut son échine tandis qu'elle en comprenait chaque versé.

« L'appel de Lumière,
Des Maîtres a sonné,
Lève-toi mon frère,
Pour la liberté.
La victoire est déjà là,
Pour les cœurs éveillés.
Avançons vers le combat,
Dans la sainte unité. »

Ces mots résonnèrent profondément dans son être. Elle ressentait l'appel passé à travers ce chant et voulait y répondre. Elle sentit son cœur battre plus fort, galvanisé par une détermination nouvelle.

La performance de Théophane touchait à sa fin, et alors que les dernières notes de la mélodie mouraient lentement, un mutisme respectueux envahit la salle. C'était comme si le temps s'était arrêté, tous les yeux étaient rivés sur le jeune homme qui venait de leur offrir un moment de pure beauté.

Quelques secondes s'écoulèrent avant que des applaudissements enthousiastes ne fassent trembler la pièce. La foule ovationna Théophane, qui s'inclina humblement avant de quitter la scène. Il déposa sa lyre avec soin et se dirigea vers le bar, recevant sur son passage des tapes amicales et des félicitations sincères. Chaque mot de gratitude semblait le surprendre, comme s'il ne mesurait pas encore l'impact de sa voix sur son auditoire.

Après avoir commandé une boisson, il s'attarda un instant et discuta brièvement avec le tavernier. Puis, il parcourut lentement la salle de ses iris chocolat.

Isaïs suivit machinalement ses mouvements du coin de l'œil. Elle s'attendait à le voir rejoindre un groupe d'amis. Mais contre toute attente, il s'avança dans sa direction.

Non. Ce n'était pas possible.

Elle devait rêver.

Son cœur s'emballa. Elle tourna la tête. Peut-être se trompait-elle. Mais plus il approchait, plus l'invraisemblable se confirmait.

Elle osa enfin relever les yeux. Elle vit d'abord des vêtements sombres et une veste brodée d'un écusson qu'elle ne put identifier. Elle n'eut pas le temps de s'y attarder car leurs regards se croisèrent. Un sourire se dessina sur les lèvres du musicien alors qu'il prenait place en face d'elle, s'affalant avec nonchalance sur la chaise usée.

Tenant sa chope d'une main détendue, il la fixa avec intensité avant de murmurer :

— Bonsoir, princesse.

- 17 -

Avait-elle bien entendu ?

Il l'avait appelée princesse ?

Le mot avait glissé de ses lèvres avec une douceur troublante, accompagné d'un regard amusé qui allégeait l'intensité du moment.

Les yeux d'Isaïs s'agrandirent de stupeur, comme si le monde autour d'elle venait brusquement de basculer. Un frisson glacé remonta le long de sa colonne, chaque vertèbre semblaient vibrer sous le choc. Elle balaya frénétiquement la salle, affolée, cherchant désespérément une issue.

Elle devait fuir. Maintenant.

D'une voix qu'elle voulut assurée, elle tenta une dernière esquive :

— Vous devez faire erreur, je suis loin d'être une princesse, rétorqua-t-elle, son ton se voulant froid, bien que teinté d'un léger tremblement.

Le jeune homme ne cilla pas. Un sourire en coin étira ses lèvres tandis qu'il secouait lentement la tête.

— Oh non, je ne fais pas erreur. Je vous ai aperçue lorsque j'étais captif au palais. C'est vous qui avez plaidé en ma faveur, permettant ainsi ma libération. Les gardes ont parlé avant de me laisser sortir. Votre argument « N'en faites pas un martyr, le peuple pourrait se soulever » a parfaitement fait son effet.

Isaïs sentit son souffle se coincer dans sa gorge. Son esprit tentait encore d'échapper à l'inévitable.

— Vous devez vous tromper... balbutia-t-elle en secouant la tête.

— Je vous reconnaîtrai entre mille, affirma-t-il avec assurance. Vos cheveux sont peut-être différents, votre tenue aussi, mais vos yeux, princesse... ils sont inoubliables. Une couleur si claire, presque éthérée. Et puis... je vous avais déjà remarquée ici. Imaginez ma surprise quand je vous ai reconnue dans les geôles du palais sous vos deux identités.

Elle eut un sursaut. Son regard oscilla entre la panique et l'incertitude. Voyant son agitation, il adoucit sa voix :

— N'ayez crainte. Votre secret est en sûreté avec moi. J'ai compris que vous n'étiez pas comme les autres nobles. Vous aspirez à quelque chose de plus grand, autrement, vous ne viendriez pas ici presque chaque semaine.

Isaïs baissa les yeux vers sa boisson, comme si elle pouvait y puiser une réponse. Elle inspira longuement avant d'admettre d'une voix mesurée :

— C'est vrai. Et maintenant, que comptez-vous faire ? Me faire chanter ?

— Absolument pas, s'empressa-t-il de répondre avec une moue offusquée. Je voulais simplement vous remercier. J'ai dû me faire discret dernièrement, mais je voulais avoir l'occasion de vous exprimer ma gratitude.

— Ce n'est rien, murmura-t-elle, partagée entre la gêne et une certaine fierté. J'ai simplement fait ce qui me semblait juste.

— Ce qui signifie que vous n'approuvez pas les actions de votre père, reprit-il doucement. Vous cherchez à restaurer les anciennes traditions, n'est-ce pas ?

Un silence pesa entre eux avant qu'elle ne réponde, évasive :

— C'est une possibilité...

— Dans ce cas, puis-je vous inviter à une réunion ? Nous nous retrouverons ici, après la fermeture, dans deux semaines.

Isaïs arqua un sourcil.

— Quel en sera le sujet ?

— Nous discuterons de la manière dont nous pourrions restaurer l'ancien ordre et mettre fin au règne du tyran. Avec tout le respect que je vous dois, ajouta-t-il, un instant hésitant.

Elle ne broncha pas. Son regard sondait le sien, cherchant une faille, une vérité cachée.

— Mais sachez que cette voie est semée de dangers, poursuivit-il. Vous avez vu ce qu'il m'est arrivé.

— En même temps, quelle idée de boire au point de faire un esclandre devant tout le monde. Vous n'êtes pas très professionnel, rétorqua-t-elle, levant le menton en signe de provocation.

Le jeune homme laissa échapper un rire qui réchauffa le ventre d'Isaïs. Ses iris chocolat pétillaient de malice.

— Vous avez surement raison, princesse, ricana-t-il. Réfléchissez à ma proposition.

Isaïs hésita, pesant le pour et le contre. Elle voulait aider son peuple, mais était-elle prête à franchir cette ligne ?

— Je vais y réfléchir, Théophane...

Elle s'interrompit brusquement et ses yeux s'agrandirent sous le coup de la réalisation. Elle venait de prononcer son nom sans qu'il ne se soit présenté.

Une erreur qu'elle n'avait pas anticipée.

Le jeune homme lui répondit par un sourire indulgent, signe qu'il avait relevé sa maladresse sans toutefois le dire ouvertement.

— Je suis ravi de l'entendre, princesse. La réunion se tiendra dans quinze jours, après la fermeture de l'auberge. J'espère vous y voir. Le mot de passe est : Yod-Esh.

Elle reconnut immédiatement ces mots de l'ancienne langue : « Feu » et « Divin ». Avant qu'elle ne puisse réagir, Théophane lui adressa un dernier signe de tête et se fondit dans la foule.

Restée seule, Isaïs demeura figée un instant, submergée par un mélange d'inquiétude et d'excitation. L'idée de cette réunion secrète éveillait en elle autant d'espoir que d'effroi. S'engager aux côtés de la résistance était une décision lourde de conséquences, mais peut-être était-ce le seul moyen de changer le destin d'Andran.

Ses pensées la ramenèrent à son jeune frère, Elias, insouciant et vulnérable. Puis, à son père, autrefois un homme juste, aujourd'hui une ombre d'autoritarisme qui refusait d'entendre raison. Chaque tentative d'approche s'était soldée par du dédain, comme si elle n'était plus qu'une voix parmi tant d'autres, sans importance.

Un visage émergea de sa mémoire : Eludia, la Grande Prêtresse du Feu. Tel une grande sœur, elle avait toujours su apaiser ses tourments. Devait-elle la prévenir de la situation critique d'Andran ?

Mais Eludia avait d'autres responsabilités, bien plus vastes que les intrigues du royaume. Son devoir était envers les Dieux, non envers les querelles humaines. Isaïs se souvint de la dernière lettre de la mage, emplie d'affection, qui l'invitait à revenir à la Cité des Temples. Cette pensée fugace lui offrit un instant de répit, une alternative tentante à son rôle oppressant de princesse.

Mais pouvait-elle vraiment abandonner Elias ? Pouvait-elle tourner le dos à ce peuple qui souffrait sous le joug de son propre père ? Qui, au palais, entendrait encore les supplications des citoyens si elle venait à partir ? Qui préserverait les anciennes traditions, si chères à son cœur ?

Non.

Elle ne pouvait se résoudre à fuir.

C'était ici que son combat devait se mener.

Le chemin du retour de la taverne fut long et solitaire. La cité semblait agoniser sous la lumière blafarde de la lune. Des ruelles désertées, des portes closes, des lanternes vacillantes : tout semblait refléter l'état de déclin d'Andran.

En franchissant les portes du palais, elle fut frappée par l'opposition flagrante entre le luxe étincelant des couloirs et la misère qui rongeait la ville. Les souvenirs d'une Andran prospère lui revinrent, un passé où chaque coucher de soleil peignait le ciel de teintes chaleureuses et où les marchés regorgeaient de vie et de couleurs.

Mais ce passé était révolu.

Isaïs sentit le poids de l'incertitude peser sur ses épaules. Elle voulait agir, mais l'idée de s'engager pleinement dans la résistance l'effrayait. Et si elle faisait un faux pas ? Et si elle mettait en danger Elias ? Loin d'être une héroïne intrépide, elle se sentait vulnérable, traversée par des doutes incessants.

Ses pensées tourbillonnaient, tiraillées entre la peur et l'envie d'agir. L'image de Théophane, confiant et résolu, la hantait. Comment pouvait-il être si sûr de lui après ce qui lui était arrivé ?

Elle inspira profondément. Une décision aussi cruciale ne pouvait être prise à la légère. Elle avait besoin de temps pour y réfléchir, d'analyser chaque risque, chaque conséquence. Se précipiter serait une erreur.

Alors, pour ce soir, elle choisirait d'attendre.

Peut-être que, dans quinze jours, la réponse lui apparaîtrait plus clairement.

- 18 -

Ignisiel se tenait immobile au centre du cercle de pierres. Voilà une semaine qu'il revenait chaque jour s'entraîner en ce lieu isolé, sous le regard exigeant d'Altaïr. Son instructeur avait tout essayé pour le faire sortir de ses gonds et libérer son pouvoir. En vain.

La rue, qui l'avait vu grandir, l'avait endurci bien au-delà de ce qu'Altaïr avait anticipé. Les attaques verbales glissaient désormais sur lui comme la pluie sur la pierre, incapables de fissurer l'armure forgée par des années de survie.

Aujourd'hui pourtant, Altaïr lui avait annoncé vouloir adopter une nouvelle approche. Ignisiel attendait, tendu, les pieds nus ancrés dans le sol frais, l'appréhension nouant silencieusement son ventre. Une brise légère parcourut la clairière. Puis son mentor rompit enfin le silence de sa voix autoritaire :

— Très bien. Pour commencer, décris-moi le pire incident qui s'est produit lorsque tes pouvoirs se sont manifestés.

Le novice resta interdit, pris de court par la question. Son regard se perdit un instant dans le vide avant qu'il n'ose demander d'une voix hésitante :

— Je… Mais pourquoi ?

— Ne pose pas de questions, réponds simplement,

ordonna Altaïr, d'un ton ferme.

Ignisiel hésita. Révéler une part aussi sombre de son passé à un homme qu'il connaissait à peine lui semblait impensable. Son cœur résonnait comme un tambour. Les souvenirs douloureux qu'il tentait d'enfouir refaisaient surface avec une intensité oppressante. Le fardeau qu'il portait depuis tant d'années pesait lourdement sur ses épaules. Il craignait que son secret ne le condamne, qu'une fois révélé, il soit banni de la Cité des Temples, rejeté par ceux qui venaient à peine de l'accueillir. Des gouttes de sueur perlèrent sur son front, immédiatement refroidies par la brise, amplifiant son malaise.

— J'attends, Ignisiel, répéta son instructeur, le regard perçant, ne laissant aucune échappatoire.

Le jeune homme déglutit avec difficulté. Il sentait ses propres défenses s'effriter sous la pression.

— Je… Un jour, je me suis disputé avec mon patron lorsque je travaillais dans une boutique d'Alendulire. Je me suis emporté et… sans comprendre comment, j'ai mis le feu à un étal. Après ça, il m'a renvoyé et n'a plus jamais voulu m'approcher, lâcha-t-il enfin.

Une épaisseur muette s'installa entre eux.

Altaïr ne détourna pas les yeux, mais son expression se fit plus dure.

— Tu me prends pour un imbécile ? Tu veux me faire croire que, pendant plus de vingt-cinq ans sans contrôle sur tes pouvoirs, c'est le pire incident que tu aies causé ? Soit, tu me dis la vérité, soit tu arrêtes de me faire perdre mon temps et tu retournes à Alendulire, déclara-t-il d'une voix tranchante qui contrastait avec l'éclat plus doux de son regard.

Ces mots frappèrent Ignisiel de plein fouet. L'idée de retourner à Alendulire, de reprendre cette existence où il vivait dans la crainte constante de blesser quelqu'un, le glaça d'effroi. Il avait passé sa vie, enchaîné à une peur viscérale, incapable d'échapper à cette angoisse qui le rongeait jour après jour.

Une boule lui noua la gorge. Des larmes montèrent,

révélant la tempête émotionnelle qui l'assaillait. Les souvenirs douloureux brûlaient son esprit. Il sentit ses mains trembler, une chaleur familière s'y insinuant lentement, annonciatrice de ce qu'il redoutait tant.

Il ferma les paupières, cherchant désespérément un refuge dans l'obscurité. Rassemblant le peu de courage qu'il lui restait, il tenta d'apaiser le chaos qui menaçait de l'engloutir.

— J'avais à peine cinq ou six ans quand l'incident s'est produit…

Il marqua une pause et chercha la force de poursuivre.

— Mon ami Loukas et moi étions déjà orphelins. Nous vivions dans la rue, sans toit ni certitude du lendemain. Il était un peu plus âgé que moi et s'était autoproclamé mon protecteur. Il trouvait de quoi nous nourrir et cherchait toujours un abri sûr où passer la nuit.

Sa voix trembla légèrement tandis qu'il poursuivait :

— Un jour, Loukas s'est fait surprendre en train de voler de la nourriture. Une course-poursuite s'est engagée, et nous avons fini par nous réfugier dans un entrepôt abandonné. Comme toujours, Loukas s'était placé derrière moi, prêt à me défendre. Mais j'étais trop petit, trop lent… et cela nous a coûté cher.

Son souffle s'accéléra. Les souvenirs remontaient, vifs et cruels.

— Ils nous ont rattrapés. L'un d'eux a soulevé Loukas du sol avant de le projeter violemment plus loin. Puis, ils se sont acharnés sur lui avec un bâton. Je me souviens du bruit des coups… du cri étouffé de Loukas…

Ignisiel sentit sa gorge se nouer.

— Une colère incontrôlable a pris possession de moi. Un feu s'est allumé dans mes entrailles, une rage pure, dévorante. Et soudain… les flammes ont jailli. Tout l'entrepôt s'est embrasé en un instant. La chaleur était insoutenable, l'odeur de bois brûlé emplissait mes poumons.

Les mots lui échappaient à présent dans un souffle.

— Les deux hommes ont paniqué, pris au piège du brasier. Moi… je me suis recroquevillé dans un coin, terrorisé.

Quand j'ai enfin rouvert les yeux, il ne restait plus que des cendres. L'entrepôt avait disparu, consumé par le feu… et à mes pieds, leurs corps calcinés gisaient sur le sol.

Sa voix se brisa, le reste n'était plus qu'un murmure. Altaïr l'observa avec une gravité insondable.

— Continue, l'encouragea-t-il doucement.

Un frisson le parcourut.

— J'ai marché dans les cendres… à la recherche de Loukas. Et puis, je l'ai vu.

Il déglutit difficilement.

— Il était allongé par terre, sans vie. Au début, je ne comprenais pas… Mais quand j'ai réalisé qu'il ne se relèverait pas…

Les larmes coulèrent sans qu'il ne cherche à les retenir.

— La douleur était insupportable. C'est à ce moment-là que j'ai vu les flammes sur mes mains. J'ai compris que c'était moi. C'était moi qui avais causé cette horreur. J'ai paniqué et je me suis enfui. Depuis ce jour, je n'ai cessé de fuir, terrifié à l'idée de blesser quelqu'un d'autre…

Le silence s'installa. Puis, lentement, Ignisiel rouvrit les yeux.

Ce qu'il vit lui glaça le sang.

Autour de lui, des flammes gigantesques s'élevaient, tordant l'air dans une danse chaotique. Elles léchaient les parois invisibles du cercle de pierres, leur intensité menaçant d'engloutir tout ce qui se trouvait à proximité. L'air vibrait sous la chaleur suffocante. L'odeur de fumée lui piquait les yeux, et le rugissement de feu couvrait presque les battements frénétiques de son cœur.

Puis, entre deux vagues de flammes, il aperçut Altaïr. L'homme était toujours là, debout, impassible. Son regard était calme, posé, inébranlable.

Ignisiel, le visage humide, sentit un frisson d'angoisse mêlé d'espoir. Il n'était plus seul face à ce feu dévorant. Altaïr, tel un phare au milieu de la tempête, était là. Il comprit alors que cet homme était peut-être la clé pour l'aider à dompter l'incendie qui brûlait en lui.

- 19 -

Ignisiel fixa son mentor. L'air autour de lui vibrait sous la chaleur et l'énergie brute. Altaïr se tenait droit. Ses yeux sombre oscillaient entre les flammes dansantes et le jeune homme, sans la moindre trace de surprise ou d'inquiétude. Il semblait s'attendre à ce déchaînement élémentaire et l'observait avec une intensité qui suggérait une compréhension profonde de la situation.

— Regarde, Ignisiel. Tu es encore ce petit garçon qui a perdu son meilleur ami et qui se laisse consumer par cette tragédie, dit-il d'une voix douce mais ferme. À chaque fois, tu revis cette scène déchirante tel un spectateur impuissant de ta propre histoire. Mais aujourd'hui, je vais te demander d'affronter ces émotions. Je veux que tu deviennes le protagoniste de ce souvenir et que tu t'éloignes de l'enfant effrayé que tu étais. Rassure-le. Dis-lui que cette scène appartient au passé et qu'il n'est pas responsable de ce qui est arrivé. Dis-lui que…

— Mais je suis responsable ! s'écria le novice, sa voix brisée par la détresse, résonnant dans le cercle de pierres.

— Tu n'en sais rien, peut-être ton ami était-il déjà mort avant que le feu ne se déchaînent ! Et ne m'interromps pas ! Concentre-toi, ordonna Altaïr.

Ignisiel ferma les paupières. Un frisson parcourut son

échine. Son mentor avait-il raison ?

Il tenta de visualiser ce que son maître lui demandait. Il sentait encore la chaleur résiduelle des flammes sur sa peau. L'odeur de cendres envahissait ses narines, imprégnée du souvenir de destruction et de perte.

Devant lui, il revit ce petit garçon qui tremblait, couvert de suie, recroquevillé dans les ruines fumantes, près du corps inerte de Loukas. Chaque détail de la scène était gravé dans sa mémoire avec une netteté douloureuse. Cette fois, il n'était plus à l'intérieur de l'événement, mais un observateur extérieur, témoin silencieux de son propre passé.

Il s'approcha lentement, le son de ses pas semblait plus fort dans l'abime muet de sa conscience. Il posa doucement une main sur l'épaule de l'enfant qu'il avait été et pensa : *« C'est du passé, maintenant tu dois te tourner vers l'avenir, tu n'es pas responsable de ce qui est arrivé à Loukas… »*

Il voulait croire à ces mots, offrir au petit garçon en lui la paix qu'il n'avait jamais eue. Mais rien ne changea. Les flammes autour de lui continuaient de rugir, incontrôlables.

— Tu n'y crois pas vraiment, fit remarquer Altaïr, sa voix semblant surgir de l'incendie lui-même.

C'était vrai. Il n'y croyait pas. Comment aurait-il pu se pardonner une chose pareille ? C'était inconcevable.

— Le passé ne peut être changé mais il peut être accepté. Cesse de le fuir. Trouve en toi la volonté de te relever et d'avancer.

Ses paroles s'infiltraient en lui comme une lueur à travers l'épaisse fumée de son chagrin. Il voulait avancer. Il voulait affronter ses démons.

— Embrasse l'avenir avec espoir. Tu n'es plus seul, ajouta son mentor, sa voix traversant à nouveau les craquements du feu.

Il sentit quelque chose en lui se fissurer, non pas dans la douleur, mais dans un soulagement étrange. Puis Altaïr ajouta, avec une assurance inébranlable :

— Je crois en toi, Ignisiel. Je crois en ta force et en ta capacité à te libérer de ce fardeau.

Le novice ouvrit les yeux, bouleversé. Pourquoi cet homme, qu'il connaissait à peine, croyait-il en lui ? Pourtant, ces mots résonnaient au plus profond de son être.

Il n'était plus seul.

Etrangement, cela sembla apaiser la partie brisée en lui.

Il répéta intérieurement les mots d'Altaïr à l'enfant qu'il avait été, espérant qu'ils puissent traverser le temps et apaiser ce petit être brisé. Puis, il vit le garçon lever des yeux embués de larmes vers lui. Un frémissement, presque imperceptible, releva le coin de ses lèvres, comme un fragile merci.

L'image de l'enfant se dissipa lentement dans la brume de sa mémoire. Les bruits de la destruction s'évanouirent et laissèrent place à un silence troublant. Il savait que ce ne serait pas la dernière fois qu'il le verrait. Cependant, pour la première fois, il avait l'impression d'avoir trouvé un chemin où il pouvait commencer à ramasser les morceaux douloureux de son passé et à les assembler, un à un pour réparer son cœur et construire son avenir. Ignisiel sentit les flammes autour de lui s'apaiser peu à peu, semblant répondre à ses paroles murmurées.

Lorsqu'il ouvrit les paupières, il était de retour dans le cercle de pierres. Le feu, autrefois déchaîné, s'était presque éteint. Seules quelques lueurs mourantes vacillaient encore, luttant vainement pour subsister avant de disparaître définitivement. Le sol retrouva peu à peu son aspect d'origine.

Le jeune homme quitta le cercle et laissa derrière lui cet espace d'introspection, pour s'avancer vers Altaïr.

— Tu as réussi à calmer les émotions liées à ton pire souvenir. C'est un grand pas, déclara son instructeur en soutenant son regard. Mais tu n'es pas encore libéré.

Il marqua une pause, pesant ses mots avant de poursuivre.

— Tu viendras t'entraîner ici chaque jour jusqu'à ce que l'évocation de ce souvenir ne suscite plus aucune manifestation de ton pouvoir. À ce moment-là, tu seras réellement maître de tes émotions. Bien sûr, tu pourras t'exercer avec des souvenirs moins désagréables, mais l'objectif final est de dompter celui-là. Il faut que tu remplaces la peur qui t'habite.

La tempête d'émotions en Ignisiel reprit de plus belle. La colère, la culpabilité et la douleur encore si vives jaillirent en un flot incontrôlable.

— Vous trouvez ça normal ? explosa-t-il. Je vous dis que j'ai tué mon ami et vous restez impassible !

Altaïr l'observa sans un mot et laissa passer quelques instants avant de répondre. Il semblait percevoir l'angoisse derrière la colère, la souffrance derrière la révolte. L'air était encore chargé de tensions, et l'odeur persistante de fumée accentuait l'atmosphère pesante. Finalement, son mentor esquissa un léger sourire, teinté de compassion et posa doucement une main sur l'épaule de son élève.

— Tu sais, Ignisiel… Beaucoup d'entre nous qui sommes ici avons vécu des situations similaires. Un enfant qui découvre son don peut causer des dégâts irréparables. Ses émotions sont pures, brutes, sans filtre. Il vit la colère, la joie, la peur avec une intensité absolue, sans retenue ni contrôle. C'est pourquoi je ne suis pas choqué par ton passé.

Le jeune homme soutint son regard, le fourmillement dans ses doigts semblait sur le point de sortir. Non. Il ne pouvait pas perdre le contrôle ici. Il inspira longuement et après quelques secondes qui semblèrent s'étirer en une éternité, son expression changea. Il baissa les yeux, et son éclat de défi s'effaça peu à peu dans une résignation silencieuse.

— Je comprends, finit-il par murmurer. Je dois revenir ici tous les jours pour m'entraîner de la même manière ?

— Exactement, je sais que cela est éprouvant mais c'est un mal nécessaire. Cet après-midi, nous ferons quelque chose de plus calme. Tu te rendras à la bibliothèque pour étudier les origines et les traditions de la Cité des Temples, ainsi que les bases des quatre éléments. Ton affinité naturelle est avec le Feu, mais tu ne dois pas négliger la Terre, l'Eau et l'Air. Au final, ce sont les épreuves des initiations qui détermineront l'élément auquel tu seras définitivement lié. À condition, bien sûr, que tu les réussisses.

Un éclat espiègle passa dans le regard d'Altaïr et Ignisiel

fut surpris par cette nouvelle facette de son instructeur. Jusque-là, il n'avait vu en lui qu'un maître sévère et rigoureux. Mais cet éclat de malice ajoutait une touche plus humaine et légère au personnage.

— Les initiations ? En quoi consistent-elles ? demanda Ignisiel avec curiosité.

L'enseignant secoua la tête, son sourire s'élargit légèrement.

— Ah, ça, je ne peux pas te le dire. Les initiations sont gardées secrètes. Chaque disciple les découvre au moment venu. Bien sûr, on te préparera, mais les épreuves elles-mêmes doivent rester un mystère. C'est pourquoi nous ne présentons jamais un novice sans être sûrs qu'il soit prêt.

— Et moi, quand saurais-je que je le suis ?

Cette fois, Altaïr éclata d'un rire sonore.

— Patience, jeune homme. Ce n'est que ton premier jour. Tu le sauras en temps voulu.

Il lui donna une tape amicale sur l'épaule et ajouta :

— Allons manger. Ensuite, nous nous mettrons au travail.

Ignisiel haussa les sourcils, encore surpris de la facilité avec laquelle on accédait à la nourriture ici. Ils reprirent leur marche et s'engagèrent sur le sentier qui serpentait à travers la forêt, en direction de la bibliothèque. Chaque pas qu'il faisait était une avancée vers un nouvel apprentissage. Un pas de plus vers la maîtrise de lui-même.

- 20 -

Eludia se dirigea vers le temple du feu, le cœur serré par l'inquiétude qu'elle peinait à dissiper. Ses pas lents trahissaient le poids de ses pensées. L'image de la flamme éternelle éteinte hantait encore son esprit, et malgré son calme apparent, elle redoutait qu'un nouvel incident ne se produise.

Lorsqu'elle pénétra dans le sanctuaire sacré, ses yeux se posèrent immédiatement sur l'autel. Les flammes brillaient toujours et dansaient avec une vigueur rassurante. Un soupir de soulagement s'échappa de ses lèvres, le même que chaque jour depuis une semaine. Pourtant, cette vision ne suffisait pas à apaiser ses craintes. Pourquoi s'était-elle éteinte ? Quel présage se cachait derrière cet événement inhabituel ?

La vision de la sphère de ténèbres refit surface derrière ses rétines et un frisson glissa le long de son échine. Cette apparition n'était pas anodine. Quelque chose, ou quelqu'un, était à l'œuvre dans l'ombre, et elle ne pouvait se permettre d'ignorer les signes. Mais qui, hormis Lituriel, pouvait l'aider à comprendre ce phénomène ? Et pouvait-elle encore lui faire confiance ?

Depuis qu'elle l'avait surpris, quittant la cité en pleine nuit, son mentor lui apparaissait sous un jour plus énigmatique. Que cherchait-il à cacher ? Était-il impliqué dans ce qui se tramait ? L'idée même que le Grand Prêtre du Feu puisse lui dissimuler quelque chose l'emplissait d'un immense malaise.

Sur le chemin du retour, son esprit en proie à un tourbillon de doutes, elle choisit de faire une halte au jardin suspendu. S'asseyant sur la mousse fraîche à l'ombre d'un grand arbre, elle laissa ses doigts effleurer la végétation humide. Chaque détail du jardin lui offrait un répit : le bruissement des feuilles, le balancement délicat des fleurs sous la brise, la clarté du ciel entre les branches. Ici, tout semblait intact, préservé du trouble qui la gagnait.

Mais alors qu'elle tentait de s'abandonner à cette quiétude, une autre pensée la troubla.

Ignisiel.

Sa maladresse, sa naïveté, son regard chargé d'une douleur qu'elle ne connaissait que trop bien… Elle se surprenait à vouloir l'aider, alors qu'elle savait qu'un tel attachement ne pouvait que l'éloigner de sa mission.

Elle devait s'en préserver.

Il n'était qu'un novice, un élève parmi tant d'autres, et elle n'avait pas de temps à perdre en distractions inutiles. Mais pourquoi, alors, sentait-elle son cœur se serrer à l'idée de l'éviter ?

Elle chassa cette sensation et se redressa.

Il lui fallait prendre une décision.

Elle pouvait rester ici, dans ce havre de paix, loin des attentions. Ce serait l'endroit idéal pour surveiller le temple sans être dérangée. Le sentier qui y menait passait à proximité ; elle aurait une vue parfaite sur les allées et venues, prête à réagir au moindre signe suspect. De plus, le lac des Reflets lui offrirait une source d'eau pure, et le jardin suspendu regorgeait de fruits et de baies comestibles.

Oui, ici, elle pourrait se recentrer sur l'essentiel : essayer de comprendre pourquoi la flamme éternelle s'était éteinte, ce que signifiait sa vision, et découvrir la vérité sur les secrets que cachait Lituriel.

Le vent léger caressa son visage, comme pour approuver sa décision. Elle se leva, déterminée. Désormais, elle vivrait dans cette nature préservée, en retrait, jusqu'à ce que la lumière se fasse sur ces mystères.

*

Isaïs était assise dans son boudoir, le regard perdu à travers la fenêtre. Les lumières d'Andran scintillaient dans l'obscurité comme un millier de lucioles éparpillées dans le ciel. Une douce brise s'infiltrait dans sa chambre, soulevant légèrement les rideaux de soie, mais elle n'y prêtait pas attention. Son esprit était ailleurs, absorbé par les paroles de Théophane et l'offre qu'il lui avait faite.

Rejoindre la résistance ? L'idée ne lui faisait pas peur, pas pour sa propre sécurité en tout cas. Ce qui la tourmentait, c'était Elias. Pourrait-elle le protéger tout en se lançant dans un combat clandestin ? Était-il seulement possible d'aider son peuple sans mettre son petit frère en danger ?

Elle soupira longuement et passa une main distraite dans ses cheveux pour tenter d'ordonner ses pensées. Peut-être devait-elle adopter une autre approche ? Il lui restait deux semaines pour prendre une décision. D'ici là, elle pouvait essayer d'agir de l'intérieur, user de son influence pour infléchir les décisions du roi. Si elle réussissait, elle n'aurait peut-être pas besoin de rejoindre la résistance. Mais si cela échouait… Alors elle saurait qu'elle n'avait plus d'autre choix.

Les heures suivantes s'écoulèrent dans une spirale d'idées et de stratégies, mais plus elle réfléchissait, plus elle avait l'impression de tourner en rond. Rien n'aboutissait. Tout semblait vain.

Plus tôt dans la journée, elle avait appris par Mia que de nouvelles mesures allaient être mises en place pour accroître le rendement des usines d'énergie élémentaire. Alors qu'elle voyait bien, comme tout le monde, que la nature s'épuisait. Les ressources s'amenuisaient, et pourtant, les conseillers du roi ne semblaient pas s'en soucier. Pire encore, certains d'entre eux proposaient d'étendre les usines à d'autres villes du continent. Natlan avait été mentionnée, une métropole friande des avancées technologiques d'Andran. Selon eux, il serait facile de convaincre ses habitants de les laisser implanter ces infrastructures destructrices.

Rien que d'y penser, Isaïs sentit un frisson de colère lui parcourir la colonne. Comment pouvaient-ils être aussi aveugles ? Après avoir vidé leur propre terre de ses ressources, ils comptaient répéter le même cycle ailleurs ? Pourquoi son père persistait-il dans cette voie ? Son cercle de conseillers bien sûr, mais il devait y avoir autre chose. Son père ne manquait pas d'argent, alors qu'elles pouvaient être ses motivations ?

Un léger grincement la tira de ses pensées. Elle se retourna juste à temps pour voir la silhouette frêle d'Elias apparaître dans l'embrasure de la porte. Ses petits pieds nus effleuraient à peine le sol froid alors qu'il avançait timidement vers elle, serrant son chiffon contre lui comme un talisman protecteur.

— Isaïs… Je n'arrive pas à dormir, murmura-t-il d'une voix hésitante. Je fais encore des cauchemars…

Isaïs sentit son cœur se serrer. Son petit frère, vêtu d'une chemise de nuit bien trop grande pour lui, avait les yeux embués de larmes et le visage marqué par l'angoisse. Il paraissait si fragile, si vulnérable face à ces terreurs nocturnes qui le tourmentaient. Elle se leva et partit en direction de sa chambre tout en lui tendant la main.

— Viens ici, Elias, dit-elle doucement.

Sans attendre, le petit garçon se précipita vers elle et grimpa sur le lit avec l'énergie enfantine qui ne le quittait jamais tout à fait, même dans les moments de peur. Il se blottit aussitôt contre elle, nicha sa tête contre son épaule tandis qu'elle passait une main apaisante dans ses cheveux blonds.

— C'était horrible, Isaïs… C'est encore cette grosse boule noire qui veut m'attraper… murmura-t-il, sa voix tremblante.

— Ce n'était qu'un rêve, Elias. Rien ne peut t'atteindre ici, je suis là, souffla-t-elle en l'enveloppant dans une étreinte rassurante.

Cela faisait des années que son frère avait ce cauchemar

récurrent. À chaque fois il venait voir sa sœur pour qu'elle le rassure. Isaïs pensait que cela était dû au fait qu'ils avaient perdu leurs mères si jeunes, mais elle ne savait pas quoi faire pour mettre fin à son calvaire.

Elle sentit son petit corps se détendre progressivement sous ses caresses douces. Sa respiration, d'abord saccadée, se fit plus régulière. Le silence s'installa, bercé seulement par le bruissement du vent contre les voilages et le battement apaisant de son propre cœur.

— Tu sais, commença-t-elle d'une voix calme, dans l'ancien temps, on disait que les cauchemars étaient des ombres que les Dieux envoyaient pour tester notre courage. Mais à chaque fois qu'un enfant trouvait la force d'affronter sa peur, ces ombres disparaissaient.

— Vraiment ? demanda Elias d'un ton endormi.

— Oui. Et toi, mon petit prince, tu es très courageux.

Un faible sourire se dessina sur ses lèvres, et il s'accrocha un peu plus à elle. Quelques minutes plus tard, Isaïs sentit son souffle ralentir. Elias s'était endormi, paisiblement, son petit visage détendu contre elle.

Elle le contempla un instant et une tendresse infinie illumina son regard. Comment pouvait-elle même envisager de le laisser ? Pouvait-elle se lancer dans une lutte aussi dangereuse, en sachant qu'il comptait sur elle ?

Un soupir glissa de ses lèvres. La nuit avançait, et avec elle, ses doutes. Il lui restait quatorze jours pour trouver une réponse. Quatorze jours pour décider du chemin qu'elle emprunterait.

- 21 -

Ignisiel suivit Altaïr à travers les ruelles de la Cité des Temples. Ils marchèrent jusqu'au bâtiment où ils se retrouvaient chaque début de journée : la grande bibliothèque.

L'édifice imposant était entièrement construit en pierre taillée, ses hautes façades ornées de motifs sculptés dans la roche. Son entrée était marquée par une immense double porte en chêne massif, finement gravée de scènes représentant des prêtres en train de lire, d'écrire et de transmettre leur savoir. Chaque détail était ciselé avec une précision saisissante qui donnait aux personnages une apparence presque vivante. Ignisiel s'attarda sur ces représentations, fasciné par le soin apporté à chaque figure, chaque livre, chaque symbole religieux, jusqu'à ce qu'Altaïr pousse les battants et l'invite à entrer.

Dès qu'il franchit le seuil, une odeur de vieux parchemins, de cuir tanné et de cire d'abeille l'enveloppa. La bibliothèque était encore bien plus impressionnante de l'intérieur. Devant lui, une vaste salle s'étendait, dominée par une architecture de bois sombre et lustré, dont la patine soignée reflétait la lumière diffuse des vitraux colorés. Tout autour de la pièce, d'immenses étagères croulaient sous le poids de milliers d'ouvrages aux reliures usées par le temps. Les murs s'élevaient, atteignant une hauteur vertigineuse de plusieurs mètres, jusqu'à un plafond voûté où, en son centre, un dôme de verre laissait filtrer une lumière naturelle qui baignait l'espace en contrebas d'un éclat éthéré.

Un grand escalier s'enfonçait devant eux, menant à une salle circulaire où de nombreux bureaux étaient disposés avec soin. Ils étaient équipés de chaises et de lampes à huile dont la lueur permettait aux prêtres de prolonger leurs études jusque tard dans la nuit. Un silence studieux régnait, à peine troublé par le chuchotement des pages tournées et le crissement feutré des plumes sur le parchemin.

Ignisiel promena son regard émerveillé sur l'ensemble de la pièce. Il remarqua un couloir grillagé à l'extrémité opposée, où étaient conservés d'autres ouvrages. La grille en fer forgé, entrelacée de volutes et de symboles mystiques, dégageait une aura intrigante, presque interdite, qui attisa immédiatement sa curiosité.

Altaïr perçut son intérêt et anticipa sa question.

— Derrière cette grille se trouve l'aile Est de la bibliothèque, expliqua-t-il. Elle abrite tous les cahiers de cérémonie rédigés depuis la fondation de la Cité des Temples. Ce sont des ouvrages de référence, des recueils de rituels et de savoirs ancestraux, mais ils ne sont accessibles qu'aux prêtres confirmés.

Ignisiel fronça les sourcils, intrigué.

— Pourquoi ?

— Parce que seuls ceux qui ont prouvé leur maîtrise d'un élément peuvent franchir cette porte. Regarde.

À cet instant, un jeune homme vêtu d'un gilet bleu s'avança vers la grille. Il tendit sa main et une sphère d'eau apparut au creux de sa paume, capturant la lumière en une myriade d'éclats scintillants. Dans un cliquetis discret, la porte s'ouvrit d'elle-même et le laissa pénétrer dans la section avant de se refermer derrière lui dans un bruit feutré.

Ignisiel resta figé, subjugué par cette démonstration. Il n'avait jamais vu quelqu'un utiliser son pouvoir de la sorte et sentit un frisson d'excitation parcourir son échine.

— Crois-tu qu'un jour, je pourrai l'ouvrir ? demanda-t-il, la voix empreinte d'espoir.

Altaïr lui adressa un regard à la fois ferme et bienveillant.

— Chaque chose en son temps. Ne brûle pas les étapes. Ton premier défi est de contrôler tes émotions. C'est la clé de tout. Concentre-toi là-dessus. Maintenant, viens.

L'enseignant s'engagea sur la droite, longea le grand escalier sans y descendre, et pénétra dans la première section d'étagères. L'odeur du cuir et du parchemin se fit encore plus forte, imprégnant chaque recoin de cette bibliothèque où tant de générations étaient venues apprendre et transmettre leur savoir.

Le jeune homme, toujours fasciné, jeta un coup d'œil en contrebas à la salle d'étude. Il observa les mages penchés sur leurs manuscrits, absorbés par leurs lectures, et remarqua un détail : la plupart portaient un attribut vert, signe distinctif des mages de l'Air.

Ignisiel fronça les sourcils. Pourquoi donc cet endroit leur était-ils majoritairement dédié ? Une nouvelle question s'ajouta à la liste interminable de celles qu'il se posait déjà. Mais Altaïr surpris son expression curieuse et le devança.

— Oui, Ignisiel, il y a une raison à cette forte présence des prêtres de l'Air ici. Cet élément est intimement lié au savoir et à sa transmission. Nous en sommes les gardiens, autant du savoir que des Éthers. En d'autres termes, nous veillons à la pureté des atmosphères, celles-là mêmes où tu puises ton inspiration.

Il avait répondu avec une telle précision qu'Ignisiel eut l'impression qu'il pouvait lire dans ses pensées. Ce qu'il ignorait, c'était que son visage trahissait aisément ses réflexions.

— Chaque élément a-t-il une fonction spécifique, ou est-ce propre à l'Air ? demanda le novice, fasciné.

— Ce n'est pas propre à l'Air. Les prêtres de l'Eau sont les gardiens des rites et des relations, ceux de la Terre veillent à l'organisation et au monde matériel, tandis que les mages du Feu assurent le maintien de l'alliance avec les divinités. Mais je ne vais pas t'accabler d'informations dès ton premier jour.

Nous allons commencer par quelque chose de plus simple.

Il leva la tête vers un homme perché sur une échelle à roulette, en train de ranger des ouvrages.

— Estrif, j'ai un nouvel élève avec moi. Peux-tu me donner le Livre Premier, s'il te plaît ?

Le mage acquiesça et adressa un salut à l'apprenti avant d'étendre la main. Avec une aisance naturelle, il poussa délicatement l'échelle d'un mouvement de l'Air et se laissa glisser le long des étagères jusqu'au fond de l'allée. Il en revint avec un énorme volume à la couverture patinée par le temps. Un souffle léger en chassa la poussière, soulevant un fin nuage grisâtre qui chatouilla les narines d'Ignisiel d'une senteur sèche et légèrement âcre.

— Tiens, Altaïr. Voilà pour toi.

Puis il tourna son attention vers le jeune homme, un sourire taquin aux lèvres.

— Bonne chance, jeune homme. Tu n'as pas hérité du plus indulgent des instructeurs.

Impassible, Altaïr esquissa un geste d'au revoir, un rictus malicieux aux lèvres. Aussitôt, une brise douce effleura l'échelle et la repoussa lentement plus loin dans l'allée, éloignant l'homme qui venait de le charrier. Sans un mot de plus, il se détourna et s'engagea vers le grand escalier, le livre sous le bras. Ignisiel le suivit docilement.

Ils descendirent dans la salle d'étude où de nombreuses personnes lisaient, écrivaient et échangeaient à voix basse. Le frottement des plumes sur le parchemin et le murmure des discussions composaient une atmosphère studieuse et solennelle. Altaïr désigna un bureau vide à son apprenti, qui s'y installa en silence et y posa le volumineux ouvrage devant lui.

Le titre s'imposa aussitôt au regard du jeune homme :

« Livre Premier – Histoire du commencement de la Cité des Temples »

— Avant toute chose, tu dois comprendre d'où viennent notre civilisation et nos pouvoirs. Ce savoir te guidera sur le chemin que tu t'apprêtes à emprunter. Je te laisse le découvrir par toi-même. Nous nous retrouverons devant la bibliothèque plus tard.

Ignisiel acquiesça tandis qu'Altaïr s'éloignait et remontait les marches avant de disparaître au dehors. Un instant, il contempla la couverture usée du livre, passant sa main dessus, puis il l'ouvrit.

À mesure qu'il parcourait les premières pages, il sentait sous ses doigts le grain rugueux du papier ancien. Une odeur douceâtre de page vieilli éveilla en lui un curieux sentiment d'intemporalité. Il avait l'étrange impression que les voix du passé lui murmuraient leurs secrets, et plus il avançait dans sa lecture, plus il se sentait relié à l'histoire mystique de la Cité des Temples.

- 22 -

À l'aube de notre civilisation, un groupe d'hommes, survivants d'une grande catastrophe, entreprit un long voyage en mer. Le rugissement des vagues et les cris des mouettes accompagnaient leur traversée mouvementée. Les vents marins fouettaient leurs visages, imprégnant leurs vêtements d'une odeur saline. Après des semaines d'incertitude et de privations, ils accostèrent sur un continent qu'ils baptisèrent Abydosia. Ce lieu sauvage, encore vierge de l'influence humaine, se présentait à eux comme une promesse de renouveau.

Ils posèrent le pied sur cette terre avec l'air pur qui emplissait leurs poumons d'espoir. Abydosia offrait une chance de repartir de zéro, d'oublier un passé tumultueux marqué par la destruction due à l'abus de pouvoir et à la cupidité insatiable de certains. Ces forces destructrices avaient provoqué des guerres sans fin et des luttes de pouvoir, aboutissant à l'anéantissement de leur ancienne civilisation.

Leur rêve était de fonder un nouveau territoire en harmonie avec la nature environnante. Ils souhaitaient créer une société en accord avec leurs valeurs et traditions ancestrales, un espoir renouvelé pour l'humanité. Animés par cet idéal, ils entreprirent la construction d'une institution de paix.

Les jours passaient, rythmés par le bruit des outils de construction et les chants des ouvriers. Ils fondèrent une cité dans les montagnes, surplombant l'océan où ils avaient accosté. Le paysage était d'une beauté à couper le souffle : les montagnes majestueuses se dressaient comme des gardiennes silencieuses, et le murmure constant des vagues créait une symphonie apaisante. Le parfum des pins et le goût salé de la brise marine les enveloppaient constamment, rappelant la pureté et la promesse de leur nouvel environnement.

Ils érigèrent de majestueux temples à des endroits stratégiques, sous la supervision de prêtres bâtisseurs, initiés aux mystères sacrés des divinités qui transformaient le solve en coagula[1]*. Les tailleurs de pierre travaillaient avec une précision presque surnaturelle, transformant la roche brute en édifices glorieux. Leurs mains habiles caressaient la pierre avec révérence, chaque coup de ciseau résonnant comme une prière silencieuse. Les colonnes des temples, ornées de gravures complexes, reflétaient leur dévotion et leur savoir divin.*

Les charpentiers, quant à eux, sélectionnaient avec soin les arbres les plus robustes et les plus droits. Ils façonnaient le bois avec une minutie et un respect sacré, élevant des structures qui semblaient aspirer à toucher le ciel.

L'odeur du bois fraîchement coupé et le son des haches retentissaient dans l'air, créant une atmosphère de travail agréable. Chaque bâtiment, chaque œuvre d'art, chaque action était un hommage aux divinités et une ode à la vie.

Au fil des années, leurs efforts furent récompensés : la ville prenait forme et grandissait rapidement. Les habitants rétablirent les Anciens Savoirs et fondèrent une confrérie de mages : l'Ordre des Prêtres de la Cité des Temples.

Ce lieu sacré avait pour vocation d'honorer les divinités et de former les Hommes à la maîtrise des éléments de la nature : la Terre, l'Eau, l'Air et le Feu.

Alors que leur nombre augmentait, ils réalisèrent qu'ils avaient besoin d'un leader capable de guider leur peuple avec sagesse. Les prêtres et prêtresses les plus expérimentés, représentants de chaque élément, élurent un homme de grande sagesse : Zatarix. Ce dernier, intronisé comme le premier Grand Prêtre et Roi de la Cité des Temples, garantissait que la sagesse et l'harmonie resteraient au cœur du pouvoir.

[1] Transformer le Solve en Coagula est un terme latin Alchimique qui signifie transformer l'Esprit en Matière (Le Subtil en Epais, le Solvant en Coagulant).

Zatarix, homme d'âge mûr et d'une grande érudition, avait déjà sauvé son peuple en menant l'expédition jusqu'à ce nouveau continent et avait coordonné en grande partie leur installation. Parvenu au plus haut degré d'initiation de leurs confréries, il possédait des pouvoirs de maîtrise élémentaire considérables, renforcés par une alliance sacrée avec les quatre divinités. Son rôle principal était de maintenir ce pacte, permettant à tout être initié de contrôler les éléments.

Pour assurer sa succession, il fut décidé que la maîtrise et la puissance du lien avec les divinités prévalaient sur le lien du sang. Bien que les descendants d'une personne dotée de grandes capacités élémentaires puissent généralement en hériter, c'est la maîtrise démontrée lors de la formation du prétendant à la couronne qui déterminait son aptitude à régner. Cette règle assurait que le trône serait toujours occupé par une personne digne de cette responsabilité. Ainsi, le fils aîné d'un roi ne pouvait prétendre au trône uniquement par sa filiation ; il devait également prouver sa valeur. Si aucun descendant ne se montrait apte, la personne de l'Ordre ayant le lien le plus important avec les divinités serait couronnée, sous le vote des huit Grands Prêtres et Prêtresses de la Cité des Temples.

Sous le règne de Zatarix, la cité prospéra, devenant un centre de paix et de connaissances. Aux côtés de la reine Amaranis, une magicienne exceptionnelle, Zatarix gouvernait avec sagesse et équité. Un conseil, composé d'éminents mages, l'assistait dans ses décisions. Après quelques années, ils décidèrent de consacrer la Cité des Temples à l'enseignement et à la formation des initiés.

Ils entreprirent d'explorer les vastes étendues d'Abydosia pour y fonder d'autres villes afin de préparer l'expansion démographique future. Le roi se lança dans ce projet ambitieux, accompagné de cent hommes et femmes courageux. Ensemble, ils parcoururent le continent à la recherche d'un lieu idyllique. Quelques mois plus tard, ils découvrirent un espace où la nature semblait en parfaite harmonie avec leurs idéaux. Les arbres étaient majestueux, les rivières cristallines murmuraient doucement, et l'air y était doux et parfumé.

Ému par cette vision, Zatarix décida d'y bâtir la future capitale. Il posa avec solennité la première pierre de ce projet monumental, mais le temps finit par le rattraper, et il succomba avant de voir la réalisation de son rêve. Selon ses dernières volontés, la cité fut baptisée Andran par son fils aîné, le jeune et prometteur Linos, qui lui succéda.

Linos, formé aux mystères de la Cité des Temples par Zatarix, Amaranis et les Grands Prêtres, maîtrisait avec aisance les quatre éléments. Il maintenait l'alliance sacrée avec les divinités, permettant au peuple de bénéficier des pouvoirs élémentaires. Son dévouement et sa sagesse lui valurent la confiance et le respect de ses sujets. Il demeura à Andran durant son règne et permit à son peuple de prospérer dans la sérénité et le bonheur. À la Cité des Temples, il érigea un impressionnant rempart protecteur pour garantir la sécurité et la tranquillité de ce lieu sacré.

Le règne de Linos fut long et prospère, guidant leur civilisation vers l'avenir avec succès. La lignée de Zatarix perdura, chaque enfant étant formé aux mystères de la Cité des Temples pour gouverner le royaume de manière juste et sage. Le lien indissociable avec les dieux et leurs pouvoirs élémentaires fut maintenu.

Au fil des siècles, la population augmenta et de nouvelles villes émergèrent, témoignant de l'expansion et de la prospérité du royaume. La Cité des Temples demeura telle qu'elle était à son commencement, préservant les traditions ancestrales.

Les mages de la Cité des Temples suivaient l'organisation et la hiérarchie établies par le roi Zatarix et son conseil. Cependant, avec le temps, tous les habitants d'Abydosia n'étaient plus des prêtres formés. La Cité des Temples restait accessible à tous, car chaque individu possédait la capacité de maîtriser les éléments. Néanmoins, une volonté inébranlable et un courage sans faille étaient nécessaires pour y entrer et passer les initiations afin de devenir prêtres de l'Ordre. La plupart des personnes formées montraient des dons dès leur jeune âge et étaient envoyées à la Cité pour apprendre à contrôler leurs pouvoirs. Ensuite, elles pouvaient décider de leur destinée, bien que beaucoup choisissaient de rester pour honorer les Dieux.

Cette institution, mise en place par les premiers hommes, perdura durant des siècles, permettant aux habitants d'Abydosia de vivre véritablement en paix.

Extrait du Livre de l'histoire d'Abydosia
Écrit et retranscrit en nouvelle langue
Par le prêtre Puros en l'an 6 280 de l'Âge Céleste.

Ignisiel referma le livre et observa la grande horloge sur le mur face à lui. Il était tard. Il n'avait pas vu le temps passer. Encore plongé dans le récit palpitant, il se leva et rapporta le manuscrit à Estrif qui le rangea soigneusement. En sortant de la bibliothèque, il croisa Altaïr qui semblait l'attendre.

— On dirait que tes lectures t'ont captivé vu l'heure, lui dit son enseignant avec un sourire.

— Oui, c'était très intéressant. Mais je me demande ce qui s'est passé sur le continent des premiers hommes. Pourquoi ont-ils fui ? Y a-t-il un autre livre qui raconte cette histoire ?

Altaïr sourit avec regret envers son élève.

— Non, Ignisiel. Les premiers hommes ont choisi de ne pas laisser de traces de cette histoire. Après leur génération, personne n'a jamais su ce qui s'était réellement passé.

— Mais pourquoi ? S'ils voulaient éviter que les erreurs du passé se reproduisent, pourquoi n'ont-ils pas laissé des indications ?

— La réponse est simple : la liberté. Les premiers hommes ne voulaient pas interférer avec le destin. Cela est une preuve de sagesse. S'ils avaient expliqué exactement ce qui devait être fait ou non, ils auraient privé l'humanité de son libre-arbitre. Ils ont créé un chemin, pas une prison.

Ignisiel fit une moue de contrariété. L'argument d'Altaïr était convaincant, mais il restait sceptique.

— Je crois comprendre en partie, mais je ne suis pas entièrement d'accord avec ce choix.

Altaïr rit légèrement et posa une main réconfortante sur l'épaule d'Ignisiel.

— Tu comprendras avec le temps, jeune apprenti.

- 23 -

« Mon cher père, Roi Soach Ier, je vous demande humblement une audience privée. »

Isaïs avait dû rassembler tout son courage pour écrire ces mots et les envoyer à son père. La pression pesait lourdement sur ses frêles épaules. Elle voulait tenter de faire entendre raison au roi.

Après une interminable journée d'attente, la réponse tomba enfin. Il acceptait de la recevoir dans ses appartements privés après le dîner. Ce retour, bien que positif, n'apaisa en rien l'anxiété qui la rongeait. Elle rassembla ses pensées, peaufina ses arguments, répétant inlassablement chaque mot qu'elle prononcerait. Rien ne devait être laissé au hasard. Une seule erreur, une seule hésitation, et son père balaierait ses idées d'un revers de main.

Lorsqu'elle pénétra dans les appartements luxueux du roi, une vague de nostalgie l'envahit. Elle revoyait ses souvenirs d'enfance, lorsqu'elle venait ici accompagnée de sa mère. Ces lieux étaient alors empreints de douceur et non d'austérité. Les murs ornés de riches étoffes pourpres et dorées, les rideaux qui filtraient la lumière du soleil, tout semblait inchangé… et pourtant, un poids pesait désormais sur cette pièce.

Le Roi Soach Ier était assis derrière son imposant

bureau, un air sérieux gravé sur son visage. Sa carrure impressionnante, son regard perçant de couleur vert, si différent des iris bleus translucides d'Isaïs, lui donnaient une aura intimidante. Son âge avancé ne semblait pas l'affaiblir tant sa posture respirait la discipline et l'autorité. Aujourd'hui, il avait délaissé ses atours royaux pour des vêtements plus sobres, signe d'un entretien privé, mais cela ne rendait pas sa présence moins écrasante. Il leva lentement les yeux vers elle et, d'un geste, l'invita à s'asseoir.

— Père, je suis venue vous parler d'une question qui me tient à cœur, déclara-t-elle, tentant d'effacer le tremblement dans sa voix.

— Je t'écoute, répondit-il d'un ton neutre.

Elle inspira profondément avant de poursuivre.

— Il s'agit du peuple et de l'avenir de notre cité. Je crains que les décisions actuelles ne nous mènent à un point de non-retour.

Le roi fronça légèrement les sourcils mais resta silencieux.

— Je suis allée en ville, père. J'ai vu leur souffrance de mes propres yeux. Les taxes sont insoutenables, les conditions de travail écrasantes. Les citoyens n'ont plus de quoi vivre.

Son père ne bougea pas, mais son regard se durcit légèrement. La princesse prit une nouvelle inspiration et se lança avec encore plus de conviction :

— Nous devons agir avant qu'il ne soit trop tard. Baisser les taxes, améliorer les conditions de vie, rétablir les anciennes traditions. Montrer à notre peuple que nous nous soucions d'eux.

Une ombre muette s'installa, brisée uniquement par le crépitement du feu dans la cheminée. Finalement, le roi lâcha un soupir agacé :

— Isaïs, tu es jeune et naïve. Tu ne comprends pas encore les rouages du pouvoir. Nous devons faire des choix difficiles pour garantir l'avenir du royaume.

Elle sentit son cœur se serrer. Elle s'était attendue à de la résistance, mais pas à une fermeture aussi rapide et catégorique.

— Père, je vous en prie... Ils souffrent... Nous ne pouvons pas les ignorer, dit-elle d'une voix étranglée.

— C'est le prix du progrès, trancha-t-il froidement. Et je refuse de mettre en péril l'équilibre du royaume pour tes préoccupations sentimentales.

La princesse lutta pour contenir les perles salées qui menaçaient de monter. Ses ongles s'enfoncèrent dans les accoudoirs de sa chaise. Elle s'efforça de garder son calme, mais les mots sortirent sans son consentement.

— Mère aurait compris...

Les prunelles du roi s'assombrirent immédiatement. Il leva la main d'un geste autoritaire.

— Cela suffit, Isaïs. J'ai pris le temps de t'écouter, mais cette discussion est terminée. Tu es une princesse, et ton devoir est d'exécuter les décisions du royaume, pas de les contester. Maintenant, tu peux disposer. Si tu prononces un mot de plus je te trouve un mari pour ton prochain anniversaire.

Ses mots résonnèrent dans la pièce comme un coup de marteau. Isaïs savait qu'elle avait perdu cette bataille. Se levant avec raideur, elle s'inclina légèrement avant de quitter la pièce. Son cœur était lourd, envahit par un tourbillon de colère et d'impuissance.

De retour dans sa chambre, elle referma la porte derrière elle et s'adossa un instant contre le bois massif. Puis, dans un élan de frustration, elle jeta son coussin contre le mur avant de s'effondrer sur son lit et d'étouffer un cri de rage dans les draps.

Les visages du peuple d'Andran défilaient devant ses rétines. Leurs regards fatigués, leurs mains abîmées, leurs espoirs brisés. Elle ne pouvait pas les abandonner.

Si son père refusait de l'entendre, alors elle trouverait un autre moyen d'agir. Quel qu'il soit.

Déterminée à ne pas lâcher, Isaïs se rendit à la bibliothèque du palais dès l'aube. L'endroit, vaste et silencieux, était baigné par la lumière tamisée des chandeliers suspendus. Les hautes étagères de bois sombre croulaient sous le poids des siècles de savoir accumulés par les monarques.

Elle parcourut du bout des doigts les reliures usées avant de sélectionner plusieurs ouvrages qui traitaient des lois et de l'histoire d'Andran. Installée à une grande table de lecture, elle se plongea dans l'étude des textes, annotant avec frénésie chaque information pertinente. Les heures s'égrenèrent alors qu'elle s'absorbait dans les récits des règnes passés et comparait les politiques anciennes avec celles en place aujourd'hui.

Les archives lui révélèrent bien des choses. Jadis, Andran avait prospéré en respectant un équilibre délicat entre l'exploitation des ressources et leur régénération naturelle. L'énergie élémentaire, extraite avec parcimonie et dans le respect des cycles naturels, assurait alors la prospérité sans pour autant affaiblir la terre. Ce n'est que sous le règne de son père que les politiques avaient changé, favorisant la surproduction au détriment de l'environnement.

Elle découvrit également d'anciennes lois abandonnées qui auraient pu permettre un meilleur contrôle des industries. Certaines parlaient de rotations écologiques, d'autres d'une taxe imposée aux grands producteurs pour financer la reforestation et la régénération des sols. Tout cela avait été effacé par les intérêts de ceux qui conseillaient le roi. Isaïs trouva même des rapports alarmants rédigés par des érudits du palais, restés lettre morte. Il semblait évident que des voix s'étaient élevées contre cette exploitation outrancière, mais qu'elles avaient été réduites au silence.

Les jours passèrent, et la princesse ne relâcha pas ses efforts. Ses nuits étaient courtes, passées à décortiquer les archives, à rédiger des propositions et à formuler des arguments solides. Elle savait qu'elle n'avait que peu de chances d'être écoutée, mais elle devait essayer. Son peuple méritait qu'elle tente le tout pour le tout. Pourtant, un doute l'assaillait parfois. Pourquoi était-elle la seule à voir l'injustice de cette situation ? Pourquoi personne ne s'élevait contre ce système destructeur ? Était-ce la peur, l'aveuglement ou simplement l'habitude ?

Mais la résignation n'était pas une option. Isaïs sentait au plus profond d'elle-même que son combat était juste. Elle n'était pas née pour se contenter d'observer le déclin de son royaume sans rien faire. Elle ferait entendre sa voix, même si cela signifiait se heurter à l'inertie des puissants. Les images du peuple qui souffrait, des enfants affamés, des travailleurs épuisés hantaient ses pensées et nourrissaient sa détermination.

Elle referma un ancien recueil de lois avec un soupir et posa ses mains sur le bois poli de la table. Peu importait le mépris des conseillers ou l'indifférence de son père. Elle trouverait un moyen.

Elle devait le faire, pour Andran.

- 24 -

Après plusieurs jours à étudier les ouvrages de la bibliothèque, Isaïs avait terminé de rédiger les différentes propositions qu'elle voulait présenter.

Finalement, lorsqu'elle se sentit prête, elle se dirigea vers la salle du conseil royal où les plus proches conseillers de son père tenaient leur réunion quotidienne. Un serviteur essaya de l'intercepter mais elle l'ignora et poussa les grandes portes de bois pour pénétrer dans la pièce.

Les regards des hommes attablés se tournèrent immédiatement vers elle. Certains levèrent un sourcil intrigué, d'autres affichèrent un mépris à peine voilé et des grimaces de dégout. Lord Mencius, un vieil homme au visage austère, croisa les bras en la voyant s'approcher.

— Princesse Isaïs, que nous vaut cet honneur ? lança-t-il avec un sourire faussement courtois.

Elle inspira profondément avant de répondre d'une voix assurée :

— Messieurs, je suis ici pour discuter de l'avenir d'Andran et vous soumettre des réformes visant à stabiliser notre ville.

Un rire étouffé s'éleva du côté de Lord Vanys, un conseiller particulièrement influent.

— Stabiliser, dites-vous ? Et en quoi une jeune fille qui

n'a jamais dirigé pourrait-elle nous apprendre quelque chose sur la gestion d'un royaume ?

Plusieurs conseillés se mirent à pouffer suite au sarcasme de leur confrère, mais Isaïs ignora la provocation et posa un rouleau de parchemin devant elle avant de s'asseoir.

— Nous avons épuisé nos ressources plus rapidement que nous ne le pensions. Nos réserves d'énergie élémentaire diminuent dangereusement et nous compensons par une extraction toujours plus excessive. Si nous ne ralentissons pas, d'ici quelques années, nos terres seront stériles. J'ai retrouvé d'anciennes lois qui permettaient de réguler cette production, d'assurer un renouvellement des ressources tout en maintenant notre prospérité.

Lord Dareth, un homme orné d'un nombre incalculable de bijoux dorés et aux traits burinés par l'âge, haussa un sourcil.

— Vous voulez que nous régulions la production ? Allons donc, princesse, ce serait signer notre arrêt de mort économique. Chaque ville voisine dépend de notre énergie. Si nous diminuons nos exportations, nous perdrons nos principaux alliés commerciaux.

Isaïs s'attendait à cette objection et répondit sans hésitation :

— Mais si nous continuons ainsi, nous perdrons tout. Nous devons diversifier nos sources d'énergie et réduire notre dépendance à l'extraction brute. Il existe d'autres moyens : les cycles de repos des terres, l'exploitation plus responsable, la recherche de nouvelles méthodes d'optimisation…

Lord Mencius leva une main pour l'interrompre, un sourire condescendant aux lèvres.

— Charmant. Absolument charmant. Une princesse qui rêve d'un monde idéal où nous pourrions exploiter nos ressources sans en subir les conséquences.

Un autre conseiller secoua la tête, visiblement amusé.

— Croyez-vous vraiment que nos marchands et industriels accepteront de ralentir leur production sous prétexte d'un équilibre naturel ? Ils veulent des résultats immédiats, pas des promesses de long terme.

Isaïs serra les poings sous la table.

— Si nous ne faisons rien, notre peuple en souffrira. Les travailleurs des usines s'épuisent, les familles n'ont plus de quoi subvenir à leurs besoins. Nous devons leur donner de meilleures conditions de vie, alléger leur fardeau.

— Et qui paiera pour ces améliorations ? siffla Lord Vanys, visiblement agacé. Réduire les taxes et réguler la production, cela reviendrait à couper les vivres du royaume. Votre vision est naïve, princesse.

— Ce n'est pas de la naïveté, c'est du bon sens, rétorqua-t-elle en haussant la voix. Nous ne pouvons pas bâtir un empire sur des fondations qui s'effondrent.

Un rire collectif éclata dans la salle. Lord Mencius secoua la tête avant de conclure d'un ton tranchant :

— Vous avez de beaux idéaux, princesse, mais ils n'ont pas leur place ici. Le roi ne les entendra même pas.

Le poids des regards méprisants s'abattit sur Isaïs. Son cœur battait fort, non pas par peur, mais par frustration. Elle avait espéré au moins un semblant d'écoute, une chance de planter la graine du changement. Mais ces hommes étaient aveuglés par leurs privilèges et leur cupidité.

Elle se redressa, brûlantes d'une détermination renouvelée.

— Très bien. Si vous refusez d'agir, alors j'agirai seule.

Elle tourna les talons et quitta la salle sous les yeux narquois des conseillers. Une chose était certaine : elle ne pouvait pas compter sur eux non plus. Elle allait devoir trouver une autre voie.

Le soir venu, Isaïs s'installa sur le rebord de sa fenêtre et laissa son regard errer sur la cité d'Andran. Chaque lueur racontait une histoire, portait un espoir, une vie en quête de jours meilleurs.

Elle savait que le chemin qu'elle empruntait serait semé d'embûches. Il ne s'agissait plus seulement de défier son père, mais aussi de faire face à ses propres doutes et aux obstacles qui se dresseraient contre elle. Pourtant, elle refusait de reculer. Andran avait besoin de changement, et si personne d'autre n'avait le courage d'agir, alors ce fardeau serait le sien.

Son esprit dériva sur son échec face aux conseillers du roi, sur le mépris affiché par ces hommes attachés à leur pouvoir et leurs privilèges. Ils ne voyaient que leurs richesses, insensibles à la souffrance du peuple. Son cœur se serra, tiraillé entre frustration et détermination. Elle ne pouvait pas les laisser gagner.

Perdue dans ses pensées, Elle sursauta lorsque la porte de sa chambre s'ouvrit brutalement. Le claquement du bois contre le mur résonna dans la pièce. Son père, le roi Soach Ier, se tenait sur le seuil, son visage dur et ses yeux noirs étincelaient de colère.

— Isaïs, qu'as-tu fait ? rugit-il, sa voix tonnant comme un orage en furie.

Le souffle de la princesse se coupa. Son cœur se mit à tambouriner contre sa poitrine. La peur lui tordit l'estomac, mais elle refusa de détourner son attention de lui.

— Père, je…

— Tu oses défier mes directives, remettre en cause mon autorité et t'immiscer dans les affaires du royaume ? gronda-t-il. Son ton glacial tranchait l'air comme une lame affûtée.

Isaïs tenta de se justifier, mais il l'interrompit d'un geste sec.

— Assez !

Le silence retomba brutalement. Elle sentit sa gorge se serrer sous le regard implacable de son père.

— J'ai toujours fait preuve d'indulgence envers toi, Isaïs, poursuivit-il d'un ton plus bas, mais non moins acéré. Et pourtant, il semblerait que ma clémence ait nourri ton arrogance.

Il s'avança lentement dans la pièce, chacun de ses pas tapait lourdement sur le sol de marbre.

— Tu es ma fille, la princesse d'Andran. Ton rôle n'est pas de remettre en question mes décisions, mais de les accepter. Le trône ne se gouverne pas avec des rêves idéalistes et des illusions de justice.

Les doigts d'Isaïs se crispèrent contre le tissu de sa robe. Elle voulait crier, lui dire qu'il se trompait, qu'Andran s'effondrait sous son règne. Mais elle savait que ses paroles tomberaient dans l'oubli, comme toutes les autres.

— À compter d'aujourd'hui, tu es confinée dans tes appartements, déclara le roi d'un ton inflexible. Tu ne pourras en sortir que pour tes cours et seras constamment escortée par un garde. La nuit, un soldat sera de surveillance devant ta porte. Aucun contact avec l'extérieur ne te sera permis.

Isaïs sentit le sol se dérober sous ses pieds. L'isolement. Son père savait que c'était la pire punition qu'il pouvait lui infliger.

— De plus, ajouta-t-il avec une lueur froide dans les yeux, j'ai reçu plusieurs propositions de mariage. Peut-être est-il temps d'accepter l'une d'elles. Cela mettrait fin à tes enfantillages et te donnerait une véritable responsabilité.

Un frisson de dégoût traversa la princesse. Son père n'avait jamais été aussi cruel à son égard. Il voulait l'écraser, l'étouffer sous le poids de ses décisions.

Se détournant, il se dirigea vers la porte, mais avant de quitter la pièce, il posa un dernier regard sur elle.

— J'espère que cette punition te fera réfléchir. Tu es ma fille, mais je ne peux pas te laisser continuer ainsi.

Puis il disparut, refermant la porte avec force derrière lui.

Isaïs resta figée, son corps tremblait. Elle fixa le sol, les poings serrés, la mâchoire crispée. Un mélange de rage et de douleur bouillonnait en elle. Elle savait qu'elle avait provoqué la colère de son père, mais elle n'avait pas d'autre option que d'agir pour le bien de son peuple. Que pouvait-elle faire maintenant, enfermée dans cette prison dorée ? Comment pourrait-elle encore aider les habitants d'Andran si elle n'avait plus aucun moyen d'agir ?

Elle se sentit dépassée et abattue. Les larmes lui montèrent aux yeux, mais elle les ravala aussitôt. Non. Elle ne céderait pas. Pas maintenant. Pas après tout ce qu'elle avait découvert et entrepris.

Elle alla se coucher, trainant des pieds. Elle ferma les paupières un instant, puis redressa la tête, emplis d'une nouvelle résolution.

— Je jure de ne jamais abandonner, murmura-t-elle à la flamme présente sur sa table de chevet. Je lutterai, coûte que coûte.

Elle souffla sur la dernière chandelle allumée, plongeant sa chambre dans le noir. Mais dans son cœur, une lueur brûlait plus fort que jamais.

Une promesse à la nuit. Une promesse à Andran.

- 25 -

Ignisiel rêva du roi Zatarix et de son arrivée sur le continent d'Abydosia. Il ressentait l'énergie de ses hommes unis dans une œuvre commune : rebâtir une civilisation harmonieuse. Il se trouvait dans une modeste maison où Zatarix et sa femme, Amarinis, berçaient un nourrisson. Soudain, quelqu'un frappa à la porte.

Personne ne bougea.

Les coups retentirent à nouveau, plus insistants.

L'image se brouilla.

Ignisiel s'éveilla en sursaut, les paupières encore lourdes de sommeil. L'obscurité régnait toujours dans sa chambre, indiquant qu'il était encore bien trop tôt.

Un nouveau coup tonna.

Ce n'était pas un rêve.

Le jeune homme se leva péniblement, alluma la chandelle posée sur sa table de chevet, puis se dirigea vers la porte. Lorsqu'il l'ouvrit, ses yeux mi-clos s'écarquillèrent : Altaïr se tenait sur le seuil.

— Tu en as mis du temps. Prends ça et suis-moi.

Il lui lança un long bâton de bois. Ignisiel le rattrapa de justesse, manquant de faire vaciller la flamme de sa chandelle.

— Mais… Il fait nuit. Nous ne devions pas nous retrouver demain ?

— Le soleil se lèvera dans une heure, et nous devons être arrivés à destination avant cela. Nous n'avons pas le temps de discuter, nous partons.

Le jeune homme comprit qu'il n'avait pas d'autre choix que d'obéir. Il souffla sur la chandelle, enfila ses vêtements et s'empara du bâton. Celui-ci était parfaitement équilibré, une sensation étrange se dégageait de son contact.

Le prêtre de l'Air resta silencieux tout au long du trajet et ignora les questions insistantes de son élève sur leur destination et leur mission. Ils avancèrent sur des sentiers dont la pente se faisait plus raide à mesure qu'ils progressaient.

Les premières lueurs de l'aube apparaissaient lorsqu'Ignisiel remarqua qu'ils avaient atteint le même niveau que le Grand Temple, mais sur une montagne adjacente. La nature s'éveillait doucement : le chant timide des oiseaux, la rosée qui perlait sur les feuilles, les fleurs s'ouvrant lentement pour capter les premiers rayons du soleil.

Enfin, ils atteignirent le sommet. Devant eux, un plateau d'une cinquantaine de mètres menait à une falaise abrupte. Ignisiel s'avança prudemment vers le bord et découvrit l'océan sans fin qui s'étendait à perte de vue. La puissance de l'eau qui se brisait contre les rochers lui coupa le souffle, mais pris de vertige, il recula précipitamment. Pourtant, ce qu'il avait aperçu en une fraction de seconde était d'une beauté saisissante : l'écume qui tourbillonnait au gré du vent, les flots tumultueux exprimant une force brute et indomptable.

— Ce sont des vagues, expliqua Altaïr. Si tu apprends à maîtriser ta peur, tu pourras les observer plus longuement. Mais ce n'est pas la raison de notre venue. Regarde.

Il désigna l'Est d'un geste. Le novice se retourna et resta muet d'admiration. Entre deux sommets, le premier rayon du soleil perçait l'horizon et teintait le ciel d'un rose délicat, réveillant lentement la vallée endormie. L'instant était d'une pureté absolue, suspendu entre la nuit et le jour naissant.

— Maintenant, regarde ici, ajouta Altaïr.

Ignisiel détourna son attention du spectacle céleste pour observer quatre pierres dressées. En s'approchant, il remarqua qu'un rayon doré illuminait la surface de l'une d'entre elles, légèrement décalé par rapport à un point gravé en son centre. Une inscription surplombait le marquage :

« Je suis de la fin du bourgeon au fruit qui tombe de l'arbre. »

— Ces pierres forment un cadran solaire annuel, expliqua Altaïr. Il a été créé par les premiers hommes. Lorsque le premier rayon du jour atteint le centre marqué, nous sommes à l'équinoxe ou au solstice. La pierre touchée indique la saison.

Il marqua une pause avant de poursuivre :

— Regarde bien. Le soleil éclaire la pierre de l'été. L'inscription l'atteste. Mais son rayon est décalé sur la droite, ce qui signifie que le solstice est passé et nous nous approcherons de l'équinoxe d'automne, quand la lumière frappera le centre de la suivante.

Ignisiel scruta la seconde roche et y lit l'inscription qu'elle possédait.

« Je suis du fruit qui tombe de l'arbre à la dernière feuille qui s'envole. »

Il fit le tour pour lire les deux autres inscriptions qui correspondaient à l'hiver et au printemps.

« Je suis de la dernière feuille qui s'envole à la neige qui fond. »

« Je suis de la neige qui fond à la fin du bourgeon. »

La boucle était bouclée. Il trouva cela passionnant. C'était un savoir incroyable et il se demandait comment cela était possible, mais Altaïr ne lui laissa pas de temps à la réflexion.

— Cependant, nous ne sommes pas ici pour cela. Le bâton que je t'ai donné n'est pas un jouet, mais un outil d'entraînement. Un instrument pour t'apprendre le combat.

— Le combat ? s'étonna Ignisiel. Je n'ai jamais vu de prêtres se battre. Cela n'a aucun sens, vous prônez la paix et l'harmonie.

Un coup sec lui cingla le mollet. Une douleur fulgurante remonta le long de sa jambe. Il n'avait même pas vu Altaïr bouger. L'instructeur esquissa un sourire satisfait et désigna le bâton tombé aux pieds du jeune homme. Ce dernier comprit qu'il n'était plus temps de poser des questions. Il ramassa le bâton et se mit en garde, maladroitement. Son mentor tourna lentement autour de lui et l'évalua d'un œil critique.

— Garde ton bâton haut, ordonna-t-il, et écarte mieux tes pieds pour stabiliser ton équilibre.

Ignisiel obéit à contrecœur, l'incompréhension toujours ancrée en lui. Il ajusta sa posture sous l'œil attentif d'Altaïr. Ses bras tremblèrent légèrement sous l'effort. Il grimaça en adoptant une position plus stable. L'instructeur hocha la tête, apparemment satisfait. Puis, sans prévenir, il attaqua.

Le jeune apprenti tenta de réagir, mais la rapidité du coup le prit au dépourvu. Une douleur lui transperça l'épaule gauche, suivie d'un autre coup dans son dos, puis d'un dernier sur son mollet. Le jeune homme se renfrogna et fronça les sourcils avant de se remettre en garde. Le schéma se répéta encore et encore. Il encaissa les attaques sans parvenir à les éviter, ne tenant plus le compte. Il avait des douleurs à plusieurs endroits du corps dues aux ecchymoses qui se formaient.

Au bout d'un moment, il n'en put plus.

— Arrête, Altaïr ! C'est trop douloureux !

— Tu réfléchis trop. Laisse ton corps te guider, il sait mieux que ton esprit.

Ignisiel ferma les yeux et chercha à ressentir plutôt qu'à analyser.

Un bruissement fendit l'air.

Il sentit le coup arriver mais ne fut toujours pas assez rapide pour l'arrêter, ce qui lui arracha un grognement de douleur. Il recommença quelques fois et au bout d'un moment, à force de concentration, il le sentit survenir avec exactitude.

Cette fois, il perçut le danger avant qu'il ne le touche. Son corps réagit instinctivement : ses hanches pivotèrent et le sabre de bois effleura à peine sa peau et fouetta le vide.

Il ouvrit les paupières et raffermit sa prise sur le bâton. Voyant une ouverture dans la garde d'Altaïr, il abattit son arme vers son épaule. Il ne pouvait manquer sa cible.

Un bruit sourd résonna. Les deux bâtons s'entrechoquèrent violemment. Ignisiel écarquilla les yeux. Altaïr avait paré son attaque avec une aisance déconcertante.

— Bien, dit l'instructeur, le souffle court mais satisfait. C'est un bon début.

Le jeune apprenti acquiesça, comprenant qu'il avait encore beaucoup à apprendre. Il se remit en garde, ce qui arracha un sourire à Altaïr.

Ils continuèrent ainsi des heures durant. Son mentor attaquait sans relâche. Ignisiel s'efforçait de parer. Ses bras tremblaient de fatigue, la sueur perlait sur son front, mais il refusait d'abandonner. Peu à peu, il commença à comprendre le rythme du combat, à anticiper les mouvements de son maître. Il était encore loin d'être un expert, mais chaque parade réussie était une petite victoire, un pas de plus vers la maîtrise.

Bientôt, Altaïr intensifia l'entraînement. Il accéléra ses coups, ce qui força le novice à se mouvoir avec plus d'agilité. Il frappa plus bas, plus haut, changeant de cadence pour tester les réflexes de son élève. Le jeune homme se surprit à réagir mieux, à esquiver d'instinct. Son corps apprenait avant même que son esprit ne comprenne.

— Ne pense pas, ressens, murmura Altaïr entre deux échanges rapides, comme s'il ne ressentait aucune fatigue.

Le bruit des bâtons retentissait dans l'air et formait presque une mélodie. Ignisiel commençait à entrer dans une forme de transe, ses gestes devenaient plus fluides, plus précis. Il comprenait enfin pourquoi les mages apprenaient à se battre : il ne s'agissait pas seulement de force, mais d'un contrôle total sur soi-même.

Le soleil était haut dans le ciel lorsque l'entraînement prit fin.

— L'art du combat ne sert pas seulement à vaincre un adversaire. Les prêtres de la Cité des Temples apprennent cet art pour mieux se connaître et dompter les forces qui les entourent. Si tu sais affronter un ennemi extérieur, alors tu sauras affronter tes propres peurs et colères. Tu dois être comme le rayon du soleil qui perce la montagne : droit, inébranlable, indéviable. Il sait d'où il vient et où il va. Comprends-tu ?

Ignisiel hocha la tête. Les paroles d'Altaïr firent échos en lui.

— Bien, reprit l'instructeur. Nous allons maintenant pratiquer ce que l'on appelle : la gestuelle élémentaire. Viens et suis mes gestes.

Ils s'approchèrent du précipice et fixèrent l'océan infini. Ignisiel imita les déplacements amples et souples d'Altaïr, s'efforçant à se synchroniser.

Après un certain temps, il se laissa emporter par cette danse, cette maîtrise, et laissa son corps le guider. *Le lâcher prise,* se dit-il. Il était en harmonie avec la gestuelle, ne faisait qu'un avec elle. Son esprit voyageait au loin, perdu dans l'immensité de l'océan. Son corps, lui, exprimait l'art du mouvement dans sa forme la plus pure.

- 26 -

Cela faisait une semaine qu'Isaïs était enfermée et surveillée sans relâche dans le château. Elle oscillait entre frustration et abattement, incapable de trouver une échappatoire à cette captivité imposée. Ses appartements étaient devenus une prison dont chaque recoin lui était insupportable. Les couleurs riches qui ornaient les murs lui donnaient la nausée, et la monotonie de son quotidien lui pesait au point de lui donner l'impression d'étouffer.

Elle avait tenté de s'occuper, mais son père lui avait interdit l'accès à la bibliothèque ce qui réduisait drastiquement ses distractions. Les jardins et ses leçons lui restaient accessibles, mais ils n'offraient qu'un maigre répit face à l'ennui écrasant. Au bout de deux jours seulement, elle ne supportait plus ces promenades vides de sens et ces cours dont elle connaissait déjà chaque enseignement par cœur.

Les jours suivants, elle s'était contentée de rester allongée et ruminait en silence, le regard perdu dans le vide. Même les visites de Mia, habituellement source de réconfort, ne suffisaient plus à lui arracher un sourire. Elle cherchait désespérément une issue, une solution, une infime chance d'agir pour son peuple malgré cette surveillance constante. Mais chaque idée qu'elle envisageait lui semblait vouée à l'échec. Tout mouvement était scruté, rapporté, consigné.

Elle n'était plus qu'un pion sous le contrôle absolu de son père.

Aujourd'hui était un jour encore plus sombre que les autres. Chaque année, c'était une épreuve pour elle. Mais enfermée comme elle l'était, il lui semblait encore plus douloureux. C'était l'anniversaire de sa mère.

Malgré le poids de son chagrin, elle s'était levée avec la ferme intention de lui rendre hommage. Elle prit le temps de s'habiller avec soin, enfila une robe sobre aux couleurs douces, et coiffa ses cheveux d'argent avec simplicité. Puis, d'un pas traînant, les yeux voilés par l'émotion, elle quitta sa chambre.

Sire Laurence, le garde assigné à sa surveillance, se tenait comme toujours devant sa porte. À sa vue, Isaïs sentit une vague d'exaspération. L'idée d'être suivie jusqu'au caveau familial lui était intolérable. Elle passa devant lui sans une once d'intérêt, mais après avoir fait quelques mètres avec le soldat sur ses talons, elle ne put se retenir.

— Vous n'avez rien de mieux à faire que de suivre une jeune femme à longueur de journée, Sire Laurence ? lança-t-elle d'un ton acerbe. Je vais finir par croire que vous me courtisez. Ce qui, au vu de votre âge avancé, serait tout de même bien déplacé. Vous avez quoi… quatre-vingt, quatre-vingt-dix ans ?

— J'ai quarante ans, princesse. Et vous savez très bien que je ne vous courtise pas, répondit-il calmement, sans se départir de son ton neutre.

— Peut-être, mais vous me suivez comme un chien de garde. On pourrait mal l'interpréter.

— Je ne fais qu'obéir aux ordres du roi, rappela-t-il posément.

— Et si le roi vous ordonnait de sauter d'un pont pour rejoindre la mort, le feriez-vous ?

Il ne répondit pas. Isaïs roula des yeux et serra les poings. Même lorsqu'elle cherchait à provoquer une réaction, il restait impassible. Ce mutisme l'agaçait encore plus que sa présence constante.

Décidant de ne plus lui accorder d'attention, elle se détourna et prit la direction des jardins. Là, elle se fraya un chemin parmi les allées jusqu'aux rosiers et y cueillit les plus belles fleurs. Sa mère les adorait. Une fois son bouquet en main, elle reprit sa route vers la crypte familiale.

Au fond du jardin, dissimulé derrière des massifs de roses, se trouvait un édifice de pierre, sobre et imposant à la fois. Son entrée était fermée par une porte en fer forgé ornée des armoiries de la famille royale. Derrière elle, elle entendait toujours les pas de Sire Laurence, fidèles à ses talons. Ce fut la goutte de trop. Elle craqua.

— Vous allez me suivre là-dedans ? s'exclama-t-elle en se retournant brusquement. Allez-vous compter mes larmes et les rapporter au roi ? Êtes-vous si insensible que vous iriez troubler le repos de votre reine en espionnant sa fille en deuil ?

Pour la première fois, le garde se figea. Son regard, habituellement inébranlable, vacilla l'espace d'un instant. Une ombre de malaise passa sur son visage avant qu'il ne baisse les yeux, visiblement affecté par ses paroles.

— Bien sûr que non, princesse. Allez lui rendre hommage en paix. Prenez le temps qu'il vous faut.

Isaïs ne répondit rien et tourna les talons, refusant de s'attarder sur la lueur de compassion qu'elle avait perçue dans ses prunelles.

Arrivée devant la porte du caveau, elle sortit de sa main droite une bague marquée des armoiries familiales. Seuls les membres de la lignée royale possédaient la clé qui permettait d'y entrer. Elle inséra son anneau dans l'empreinte prévue à cet effet et le tourna d'un quart de tour. Un déclic retentit et la porte se déverrouilla. Derrière elle, Sire Laurence demeura à distance, respectant son intimité.

Sans un mot, Isaïs pénétra dans la crypte. Soulagée d'être enfin seule, la princesse s'avança lentement dans le mausolée. Au centre de la pièce trônait un autel de marbre, sur lequel était gravée la devise de la famille royale. « *Seule la vraie Lumière vaincra* ». C'était ici que les vivants pouvaient déposer des offrandes pour honorer la mémoire de leurs ancêtres. Un parfum âcre flotta dans l'air lorsqu'elle s'approcha : les fleurs et les fruits qu'elle avait laissés lors de sa dernière visite avaient pourri, témoignant du temps qui avait passé sans que personne ne vienne entretenir cet espace.

Elle s'attarda quelques instants pour nettoyer l'autel et retira les offrandes fanées avant d'y déposer une rose fraîchement cueillie. Mais ce n'était pas pour cela qu'elle était venue. Elle était là pour sa mère.

Tout autour de la salle principale s'ouvraient plusieurs passages. Chacun menait aux tombeaux souterrains des membres de la famille royale. La plupart des souverains reposaient auprès de leurs conjoints, unis même dans la mort.

Isaïs saisit la torche de feu éternel, accrochée près de l'entrée et s'engagea dans le couloir menant à la sépulture de sa mère. Les marches descendirent en spirale dans l'obscurité, et à mesure qu'elle avançait, la température se rafraîchissait et rendait l'air plus lourd et silencieux.

Lorsqu'elle atteignit la chambre funéraire, elle alluma plusieurs bougies disposées autour de la pièce. La douce lueur révéla une tombe de marbre finement sculptée, au sommet de laquelle était gravée une représentation élégante du visage de la reine défunte. Isaïs s'agenouilla et effleura du bout des doigts le contour délicat de cette gravure.

— Joyeux anniversaire, mère… murmura-t-elle d'une voix tremblante.

Un frisson humide glissa sur sa joue, puis un autre, et bientôt, ce furent des sanglots incontrôlables qui secouèrent ses épaules. Elle se laissa aller à cette douleur contenue et pleura en silence pour la femme qui lui manquait tant. Les souvenirs de son rire, de ses conseils pleins de sagesse et de son regard bienveillant affluèrent en elle avec une intensité déchirante.

Après de longues minutes, elle inspira profondément et essaya de reprendre contenance.

— Vous me manquez tellement… Père n'est plus le même sans vous, et chaque jour qui passe, je le sens s'éloigner davantage. J'essaie de suivre les enseignements que vous m'avez transmis, mais il refuse de m'écouter. J'ai peur… peur pour Elias, peur pour l'avenir d'Andran. Que dois-je faire ?

Sa voix se brisa, et une nouvelle rivière de détresse dévala ses joues. Elle baissa la tête, les mains crispées sur le rebord de la tombe.

— Vous savez, on est venu me voir pour me proposer de rejoindre la résistance… Je ne sais pas ce que je dois faire…

Le gouffre sonore du caveau sembla s'épaissir. Isaïs ferma les yeux, espérant un signe, un frémissement dans l'air, une sensation, n'importe quoi qui puisse lui indiquer la voie à suivre. Mais il n'y eut rien. Juste le froid du marbre sous ses doigts et l'écho lointain de sa propre respiration.

Elle laissa échapper un soupir douloureux. Elle se sentait plus perdue que jamais. Ses larmes finirent par se tarir, mais le poids de son chagrin restait intact. Elle baissa la tête sur ses bras croisés, posés contre la pierre funéraire.

Son mouvement dû faire tomber un objet car un bruit métallique tinta dans la pièce. Elle sursauta, son cœur rata un battement. Se redressant, elle chercha l'origine du son et aperçut une bougie tombée derrière la sépulture. Elle s'accroupit pour la ramasser et la ralluma, les paupières encore alourdies par ses pleurs.

C'est alors qu'elle remarqua quelque chose d'étrange : une gravure, discrète, cachée derrière le socle de la tombe. Fronçant les sourcils, elle approcha la flamme vacillante et passa ses doigts sur la pierre. Contrairement aux autres inscriptions, celle-ci semblait avoir été tracée avec une hâte évidente.

Elle plissa les paupières et étudia les contours du symbole. Un trèfle à quatre feuilles. Sur les quatre pétales était inscrit une lettre de la langue ancienne mais elle n'arriva pas à les décoder. En son centre, deux mots étaient également gravés. Elle prit un moment pour déchiffrer l'inscription, ses yeux encore embués rendaient la tâche difficile. Finalement, les mots lui apparurent distinctement : « Yod » et « Esh ».

Elle eut un sursaut. Le code. Celui que Théophane

lui avait donné comme mot de passe pour la réunion de la résistance. Son esprit s'emballa. Elle avait déjà vu se symbole quelque part. Elle fouilla sa mémoire et se remémora la chemise de Théophane sur laquelle elle avait aperçu un motif similaire brodé discrètement. Pourtant son esprit lui disait qu'elle l'avait déjà vu ailleurs mais elle n'arriva pas à se rappeler où.

Que faisait ce symbole ici, sur la tombe de sa mère ?

Un frisson parcourut son échine. Ce n'était pas un hasard. Quelqu'un l'avait gravé ici volontairement, à un endroit où peu de gens auraient eu l'idée de regarder. Sa mère… avait-elle un lien avec la résistance ? Cette pensée la troubla profondément. Elle n'y comprenait plus rien, mais une chose était certaine : ce mystère venait de raviver la flamme de sa détermination.

Isaïs se redressa d'un bond et sécha les dernières traces de la pluie d'émotions sur son visage. Sa tristesse n'avait pas disparu, mais elle avait laissé place à une nouvelle énergie. Elle devait en savoir plus. Elle ne pouvait pas ignorer ce qu'elle venait de découvrir.

Lorsqu'elle remonta à la surface, Sire Laurence l'attendait toujours et l'observa avec un air empreint de tendresse. C'est à cet instant qu'elle se rappela son apparence : les yeux rouges et gonflés, le maquillage effacé, le souffle encore tremblant. Elle raffermit son expression et releva la tête, retrouvant son assurance.

— Je dois passer à la bibliothèque pour mon cours de demain, déclara-t-elle. Je sais que vous allez me dire que cela m'est interdit, mais j'ai besoin d'un livre sur les symboles anciens pour mon étude d'histoire. Vous pourrez me surveiller autant que vous le voudrez.

Sire Laurence la scruta un instant, comme s'il hésitait. Puis, contre toute attente, il hocha lentement la tête.

— Comme il vous plaira, princesse.

Isaïs fut surprise par ce changement soudain. Peut-être avait-il été attendri par son état. Qu'importe la raison, elle n'allait pas s'en plaindre. Grâce à cette opportunité, elle pourrait approfondir ses recherches et, peut-être, trouver un début de réponse à cette énigme.

- 27 -

Ignisiel se sentait vidé. Chaque jour, il était un peu plus submergé par la fatigue. Des cernes sombres s'étendaient sous ses yeux, témoins de ses nuits agitées. Ses paupières, lourdes comme du plomb, peinaient à rester ouvertes et les battements de son cœur semblaient alourdir davantage son corps. Le monde autour de lui paraissait s'effacer, enveloppé d'une brume sourde et oppressante.

Ses nuits étaient un combat perpétuel. Dans son sommeil agité, il se retournait sans cesse dans son lit, ses draps entortillés autour de ses jambes comme des chaînes invisibles. Le repos lui échappait, remplacé par une lassitude pesante qui s'accumulait jour après jour.

L'entraînement intensif avec Altaïr le vidait de son énergie, usant ses muscles et son esprit. Autrefois vifs et endurants, ses membres étaient désormais engourdis et douloureux. Chaque mouvement, chaque geste, même anodin, exigeait un effort démesuré. Ses articulations craquaient sous la tension, et une sourde douleur irradiait dans tout son corps.

Se lever tous les matins devenait une épreuve de plus en plus difficile. Comme depuis trois semaines, il se mouva lentement, telle une marionnette animée par une force extérieure. D'un geste automatique, il saisit une vasque d'eau et, à l'aide d'une coupelle, nettoya ses pieds, ses mains, sa nuque avant de verser le reste du liquide froid sur son crâne. L'eau glissa le long de sa peau, mais son corps, anesthésié par l'épuisement, ne sembla même pas en percevoir la fraîcheur.

Ce rituel de purification, censé le revigorer et le préparer à la journée, n'avait plus d'effet sur lui. Ses vêtements en lin, qu'il appréciait tant pour leur douceur, lui semblaient rugueux contre sa peau. Il passa un peigne dans ses cheveux, un effort dérisoire pour donner un semblant d'ordre à sa journée, avant de quitter la pièce pour retrouver Altaïr.

Bien que sévère, son maître ne manqua pas de remarquer son état. Dans son regard perçant, Ignisiel percevait une compréhension silencieuse de son combat intérieur. Son mentor ne le ménagerait pas, mais il ne l'abandonnerait pas non plus.

Le jeune homme marchait mécaniquement, ses pas le guidaient sur le chemin qu'il empruntait depuis vingt-et-un jours. Le sol froid et légèrement humide sous ses pieds était devenu familier. En passant près du banc situé à côté de sa maison, une pensée surgit brusquement.

Eludia.

Vingt-et-un jours s'étaient écoulés depuis leur dernière rencontre. Pas une seule fois il ne l'avait aperçue. Altaïr lui avait assuré qu'elle allait bien, qu'elle était simplement occupée, mais Ignisiel ne pouvait s'empêcher de douter. Chaque jour, il espérait la voir assise là, au même endroit. Pourtant, le banc restait obstinément vide.

Pourquoi n'était-elle pas revenue ? Avait-il fait quelque chose qui l'avait contrariée ? Était-il allé trop loin ? Avait-il été trop insistant ?

Il ne comprenait pas. Il aurait dû la croiser, au moins une fois dans la Cité. Son absence ajoutait un poids supplémentaire à son épuisement, mais il refusa de se laisser abattre. Il devait se concentrer sur son entraînement. La maîtrise de ses émotions, et par extension de ses pouvoirs, était plus essentielle que jamais.

Un jour de plus passa sans qu'Eludia ne réapparaisse. Le banc demeurait inoccupé, et Ignisiel, malgré ses sentiments, se força à avancer.

Ces dernières semaines lui avaient permis d'acquérir une connaissance approfondie des coutumes de l'Ordre. Il maîtrisait sur le bout des doigts les lois et caractéristiques uniques de chaque élément, du moins en théorie. Il avait acquis les bases de l'ancienne langue et son niveau de lecture avait considérablement augmenté depuis son arrivé dans la Cité.

Il avait également accompli de grands progrès dans la gestion de ses émotions. Pourtant, certains souvenirs douloureux faisaient encore naître de petites flammes au bout de ses doigts, signe qu'il stagnait. Cette sensation de blocage, persistante depuis plusieurs jours, l'affectait profondément, malgré les encouragements d'Altaïr.

— Encore une mauvaise nuit, Ignisiel ? demanda son mentor.

Le jeune homme hocha simplement la tête. Dans un silence complice, ils empruntèrent les sentiers sinueux couverts de mousse qui s'enfonçaient dans la forêt dense.

Ils atteignirent bientôt le plateau du cadran solaire et commencèrent leur gestuelle élémentaire. Ensuite, ils s'affrontèrent dans une série de combats au bâton. Ignisiel, bien qu'épuisé, parvenait désormais à parer la plupart des coups de son maître. Toutefois, il était encore loin d'égaler la vitesse et la précision d'Altaïr, dont les mouvements semblaient aussi fluides que des éclairs filant dans le ciel.

Après une dernière séance de gestuelle, ils prirent le chemin de la grande clairière, où se dressait le cercle de pierres. Contrairement aux autres jours, Le jeune apprenti brisa le calme habituel de leur marche matinale.

— J'ai l'impression de stagner. Je ne comprends pas... ça m'agace. Que faites-vous, dans ces moments-là, pour surmonter un blocage ? demanda-t-il d'une petite voix.

— Tu dois lâcher prise. Ton blocage vient du fait que tu refuses inconsciemment de te libérer de cette émotion. Tu es encore trop attaché à ta souffrance, expliqua tranquillement Altaïr.

Ignisiel le fixa, incrédule. Avait-il bien entendu ? Était-il réellement attaché à sa douleur ? L'idée même lui semblait absurde. Ces deux notions lui paraissaient totalement opposées, inconciliables. Et pourtant, c'est précisément ce que son mentor venait de suggérer.

— Comment pourrais-je être attaché à une souffrance ? Ça n'a aucun sens.

— Ce n'est pas une question de logique ou de raison, répondit Altaïr. Ta souffrance vit en toi, elle fait partie intégrante de ton être. Elle s'est ancrée si profondément dans ton identité que ton inconscient craint de s'en séparer. Il t'arrive même de croire que l'abandonner reviendrait à renier une partie essentielle de toi-même, celle qui t'a forgé. Mais il est primordial d'apprendre à lâcher prise. Certaines choses doivent partir lorsqu'elles ont accompli leur rôle. Autorise-toi à les laisser s'éloigner, tout en honorant l'impact qu'elles ont eu sur ta vie.

Ignisiel, abasourdi par ces paroles, avança mécaniquement, porté par un tourbillon de réflexions. Devant lui, le cercle de pierres se dressait, silencieux et immuable.

Il s'arrêta à l'orée du sanctuaire et se pencha pour laver ses pieds et ses mains, comme si l'eau pouvait purifier non seulement son corps, mais aussi son esprit. Les mots d'Altaïr résonnaient encore en lui et laissaient une empreinte profonde dans son cœur.

- 28 -

Ignisiel prit une profonde inspiration et laissa l'air frais emplir ses poumons. Déterminé, il franchit le seuil du cercle de pierres, baigné d'une lumière dorée et douce.

« Lâcher prise. Lâcher prise. Lâcher prise. »

Dans son esprit, ces mots s'écoulèrent à l'image d'un ruisseau paisible. Il les sentait presque, comme s'ils tissaient une trame invisible autour de lui.

« Abandonner la souffrance, la laisser partir. »

Il répéta cette phrase tel un mantra qui imprégnait son être de sa vibration apaisante. Peu à peu, une nouvelle formulation émergea en lui et résonna avec une vérité profonde :

« Je laisse partir la souffrance en moi, je la libère. »

Il murmura ces mots avec une conviction grandissante et les laissa s'ancrer au plus profond de lui. Puis, il entama l'exercice qu'il s'imposait depuis vingt-et-un jours. Comme chaque matin, il revécut la scène la plus douloureuse de sa vie. L'air devint lourd, saturé des souvenirs poignants qui s'élevaient en lui. Il sentait le sol froid sous ses pieds nus, chaque gravier ancrait son esprit dans le moment présent malgré la détresse du passé.

Mais cette fois, quelque chose changea. Lorsqu'il revit l'enfant qu'il était, figé devant le corps inerte de son ami, il ne se laissa pas submerger par la douleur. Une onde de compassion l'envahit, douce et réconfortante. Ce petit garçon désespéré ne lui inspirait plus seulement de la tristesse, mais une tendresse infinie. Il n'était plus un simple acteur piégé dans cette scène, mais un témoin bienveillant qui observait avec douceur sa propre souffrance.

Le garçon lui saisit la main, sa peau moite et glacée cherchait un réconfort qu'il ne pouvait offrir. Il tentait de le retenir, ses yeux noyés de larmes suppliantes. Ignisiel, pourtant, ne s'accrocha pas. Avec une délicatesse infinie, il libéra chaque doigt un à un et laissa petit à petit s'effacer ce lien douloureux.

Un frisson parcourut son dos, comme si chaque détachement lui rendait un peu plus de légèreté.

« Je laisse partir la souffrance en moi, je la libère. »

La scène s'évapora brusquement. Lorsqu'il ouvrit les yeux, il contempla ses mains.

Aucune flamme.

Aucune étincelle.

Juste une paix profonde.

Un sourire s'étira lentement sur son visage. Une envie irrépressible de courir, de crier sa victoire, de se laisser emporter par l'euphorie le saisit. Pourtant, il conserva son calme et quitta respectueusement le cercle de pierres, conscient du caractère sacré de cet espace.

Dehors, l'air semblait plus pur, plus vibrant. Chaque souffle était une célébration de sa libération. Il se mit à courir vers Altaïr, son cœur bondissait d'un bonheur nouveau.

— Félicitations, Ignisiel. Tu as enfin réussi ! Je n'ai jamais douté de toi. Tu es prêt.

Le jeune homme rayonnait. Son énergie, dernièrement

alourdie par le doute et la fatigue, resplendissait d'une clarté nouvelle. Les cernes sous ses yeux avaient disparu, tout comme la tension qui marquait son front. Il était transformé.

— C'est grâce à tes paroles. Elles ont été le déclic dont j'avais besoin, s'exclama-t-il, la voix vibrante d'émotion.

Altaïr sourit avec amusement.

— Je te l'ai répété chaque jour. Aujourd'hui, tu étais prêt à l'entendre et à l'intégrer pleinement.

Les deux hommes s'enlacèrent, partageant un instant de fraternité sincère. Un lien indéfectible les unissait désormais, aussi solide que la pierre du cercle sacré, aussi pur que l'air qui les entourait.

Après ce moment de complicité, ils reprirent le sentier qui menait au cœur de la Cité des Temples. Ignisiel, plus léger, osa poser une question qui lui brulait les lèvres.

— Est-ce que j'ai été ton élève le plus lent ou est-ce juste une impression ?

Un rictus taquin se dessina sur le visage d'Altaïr. Il plongea un instant dans ses souvenirs, les yeux plissés comme s'il regardait au-delà du présent. Puis, revenant à la réalité, il répondit :

— Non, Eludia détient ce titre. Elle a toujours cru que fuir ses émotions suffirait à les maîtriser. Son obstination à ne pas les affronter a été l'une de mes plus grandes frustrations en tant qu'enseignant.

— Vraiment ? Je ne l'aurais jamais imaginé.

— Pourquoi crois-tu qu'elle t'ait confié à moi pour apprendre à gérer tes émotions ? Elle a choisi de refouler les siennes, et même si cela fonctionne temporairement, ce n'est pas fiable sur le long terme. Je l'ai avertie qu'un jour, elle devra y faire face.

— Mais tu devrais insister davantage ! Elle n'a peut-être pas mesuré le danger.

Altaïr éclata de rire face à cette remarque spontanée.

— Tu crois vraiment que j'ai été tendre avec elle ? Que j'ai pris des pincettes ? Eludia est têtue. Rien ni personne ne la fera changer d'avis tant qu'elle ne l'aura pas décidé elle-même.

— Je vois… Tu la connais mieux que moi, après tout.

— En refusant d'affronter son émotion la plus douloureuse, elle risque un jour d'être submergée et de perdre le contrôle si la pression devient trop forte.

— Que s'est-il passé ?

— Ce n'est pas à moi de te le dire, Ignisiel. Tu devras lui poser la question, mais je te préviens, généralement elle évite le sujet.

Ils arrivèrent enfin devant la bibliothèque, où le jeune homme avait passé ses vingt-et-une dernières après-midis. L'édifice imposant dégageait une aura de sagesse. Sa vision apportait toujours un sentiment de sérénité au jeune homme. Alors qu'il s'apprêtait à entrer, Altaïr posa une main ferme mais bienveillante sur son bras.

— Ignisiel, tu es désormais prêt. Dans deux jours, tu assisteras à ta première cérémonie d'hommage aux Dieux avec l'ordre des prêtres. Elle aura lieu lors de l'équinoxe d'automne, au temple des éléments, situé au sommet de la montagne.

Il désigna un imposant bâtiment qui trônait au loin et dominait la cité de toute sa majesté. Perché sur la plus haute montagne, il semblait veiller sur la ville telle une sentinelle intemporelle.

Pour Ignisiel, ce territoire était inconnu. Jusqu'ici, il n'avait exploré que le centre-ville, la bibliothèque, le cercle de pierres et le cadran solaire annuel. Pourtant, la Cité des Temples regorgeait de lieux sacrés, certains façonnés par la nature, d'autres érigés par l'homme, tous imprégnés de spiritualité et d'histoire.

Mais ce jour-là marquait un tournant. Il allait enfin franchir les portes du temple des quatre éléments, un lieu qui avait nourri ses rêves à travers les récits entendus. Chaque jour, il contemplait sa silhouette imposante et espérait en arpenter un jour l'enceinte sacrée.

— Vraiment ? Dois-je préparer quelque chose ?

— Non, ta seule présence suffira. Viens simplement observer et découvrir nos rites. Sois ponctuel. Les prêtres confirmés apportent un objet en offrande symbolisant leur élément, mais tu es libre de choisir ce que tu veux. Nous verrons si les Dieux l'acceptent, ajouta-t-il avec une lueur espiègle dans le regard.

Ignisiel hocha la tête, un sourire rêveur aux lèvres. Son esprit vagabondait déjà vers ce temple mystérieux. Il sentait une excitation grandissante, l'appel irrésistible d'un nouvel horizon à explorer, un pas de plus vers sa destinée.

Après avoir quitté son instructeur, Ignisiel prit le chemin de sa maison. Son esprit flottait encore. Il avançait machinalement, le regard perdu, insensible à l'agitation autour de lui.

— Faites un peu attention où vous mettez les pieds, jeune homme !

La voix râpeuse le tira net de ses pensées. Une vieille femme venait de l'éviter de justesse, un imposant sac de farine en équilibre sur son épaule. Mais ce réflexe l'avait déséquilibrée : le sac lui échappa des mains et s'écrasa au sol dans un nuage blanc. Elle grogna, essuya ses mains sur son tablier et se pencha en soufflant, visiblement contrariée.

Ignisiel s'approcha aussitôt.

— Laissez-moi vous aider, madame.

Il s'accroupit, saisit le sac, qui pesait bien plus lourd

qu'il ne l'aurait cru, le hissa sur son épaule et força un sourire.

— Où dois-je livrer cette plume ?

La vieille le jaugea d'un œil plissé, puis tourna les talons sans un mot, lui faisant signe de la suivre d'un geste sec. Ils traversèrent la rue, longèrent quelques échoppes jusqu'à une boulangerie aux volets bleus délavés. Elle poussa la porte et la tint ouverte.

À peine eut-il mis un pied à l'intérieur qu'une vague de chaleur et de parfums le frappa : pain chaud, cannelle, levain, miel. Son estomac gargouilla bruyamment.

Elle lui montra un coin où s'empilaient déjà plusieurs sacs. Il y déposa le sien et se retourna, prêt à repartir.

— La prochaine fois, regarde où tu vas. Ça t'évitera de te retrouver à porter un sac qui pèse presque ton poids. Allez, oust ! Il m'en reste encore une trentaine à rentrer.

Ignisiel resta figé.

— Trente ? Toute seule ?

— Tu crois que le pain pousse sur les arbres ? Mon apprenti est malade. Et aujourd'hui, c'est la livraison. Si je ne le fais pas, personne ne le fera. J'ai plus vingt ans, mais j'ai encore du jus… tant qu'on ne m'interrompt pas avec des rêveurs dans ton genre.

Elle redressa le dos, les poings sur les hanches et carra les épaules. Ignisiel esquissa un sourire.

— Dans ce cas, je vais vous aider. C'est la moindre des choses.

— Toi ? Avec ta carrure de carcasse de héron ? Tu vas me ralentir plus qu'autre chose, marmonna-t-elle en secouant la tête. Je suis déjà assez en retard.

Il se mit à rire. Son franc-parler lui rappelait les vieilles femmes d'Alendulire. Ça lui donna une idée.

— Écoutez. Si j'arrive à ramener les trente sacs restants, vous me donnez un pain supplémentaire. Si j'échoue, je deviens votre commis jusqu'à ce que votre apprenti soit sur pieds.

Elle arqua un sourcil, intriguée. Puis un sourire malin fendit son visage buriné.

— J'aime les défis. Marché conclu.

Sans attendre, Ignisiel ressortit, longea les ruelles jusqu'à la grande porte d'Alendulire. À l'extérieur, une charrette l'attendait, pleine à ras bord.

Le soleil cognait fort, et la sueur commença vite à perler sur son front. Sac après sac, il retourna à la boulangerie. Ses bras le brûlaient, ses jambes tremblaient, mais il s'accrocha.

Quand il laissa tomber le dernier sac, il s'effondra sur les dalles fraîches, haletant, le visage trempé de sueur, les cheveux collés à la nuque. Il rit, à bout de force, mais satisfait. Il ne pouvait s'empêcher d'arborer ce sourire victorieux.

La boulangère s'approcha, impressionnée, et lui tendit la main.

— Eh ben… Je pensais que tu tiendrais trois allers-retours, pas plus. T'as plus de cran que certains gaillards qu'on croise par ici.

Il prit sa main et se redressa, le souffle encore court.

— Comment tu t'appelles, mon garçon ?

— Ignisiel. Et vous ?

— Ingrid. Attends… Tu ne serais pas l'orphelin d'Alendulire, celui qui est en formation avec Altaïr ?

Il acquiesça. Les rumeurs allaient vite.

— Tu vas devoir t'endurcir, crois-moi. Ces sacs de farine te feront plus de bien que tu ne le crois.

Elle se dirigea vers le four, en sortit un pain encore tiède, doré à souhait, et le lui tendit.

— Tiens. Pari tenu. Mange.

— Merci… Mais je crois que je sais déjà à qui l'offrir.

Elle le fixa, les sourcils froncés.

— Ce n'est pas pour toi ?

— Non. Je comptais l'apporter aux orphelins. Ils n'ont pas toujours de quoi manger. Et ça leur éviterait de voler pour survivre.

Elle resta un instant silencieuse. Puis, sans un mot, elle disparut à l'arrière de la boutique, farfouilla quelques instants et revint avec un petit sac rempli de trois miches supplémentaires.

— Tiens. Pour service rendu. Tous les enfants méritent de manger à leur faim.

Ignisiel resta bouche bée.

— Merci… merci pour eux.

— Tout travail mérite salaire, et tu m'as soulagée aujourd'hui. Si tu veux continuer à m'aider de temps en temps, je peux te fournir en pain pour ces gamins que tu protèges. Mais promets-moi de ne pas en faire des tire-au-flanc. Qu'ils méritent ce qu'ils reçoivent.

— Promis, répondit-il avec un sourire sincère.

Sous ses airs de vieille râleuse, Ingrid cachait un cœur immense. Il le sentait maintenant, sans aucun doute.

Il la remercia une dernière fois, et quitta la boulangerie avec ses quatre pains sous le bras, le cœur gonflé. Sur le chemin vers les quartiers d'Alendulire, un seul mot résonnait dans sa tête : joie.

- 29 -

Isaïs feuilletait le dernier livre qu'elle avait emprunté sur les symboles anciens dans la bibliothèque du palais. Les dix précédents ouvrages ne lui avaient rien appris sur le motif qu'elle recherchait, et elle commençait à croire que celui-ci ne lui apporterait rien de plus. Celui qu'elle tenait entre ses mains était plus ancien, rédigé sur des parchemins reliés, jaunies par le temps. Il traitait des symboles magiques employés par les premiers hommes.

Elle tourna l'une des dernières pages, persuadée qu'elle ne trouverait toujours rien, quand son cœur manqua un battement. Là, devant ses yeux, se dessinait un trèfle à quatre feuilles, chaque pétale arborait une couleur différente : rouge, vert, bleu et jaune. Son souffle se coupa. Elle rapprocha le livre pour mieux distinguer le texte qui accompagnait l'illustration.

Le passage expliquait que chaque feuille évoquait un aspect fondamental de l'existence : le travail sur soi, la santé, la famille et l'argent, qui indiquait la richesse spirituelle et non matérielle. Chacune était associée à l'un des quatre éléments primordiaux. Les lettres en langue ancienne présentes dans chacun des pétales était : י ה ו ה , qui désignait respectivement le feu, l'air, l'eau et la terre. Autrefois, ce symbole était utilisé pour représenter les quatre Dieux, et le porter sur soi était censé garantir leur protection. Plus tard, le peuple d'Abydosia s'en était emparé tel un emblème des traditions ancestrales. Ceux qui l'arboraient étaient considérés comme gardiens des valeurs primitives des premiers hommes. Des puristes qui s'efforçaient de rester fidèles aux enseignements du passé.

Le texte ne mentionnait aucun mouvement de résistance, mais Isaïs fit immédiatement le lien avec les paroles de Théophane sur le retour aux anciennes traditions. Il n'était pas difficile d'imaginer que ce symbole puisse être repris par un groupe qui souhaitait restaurer un ordre ancien.

Mais pourquoi ce motif se trouvait-il sur la tombe de sa mère ? Le mystère ne faisait que s'épaissir, et elle était bien décidée à découvrir la vérité. Cependant, après des heures plongées dans ses lectures, une migraine commençait à poindre. Elle avait besoin d'air, d'un moment de répit pour ordonner ses pensées et envisager la suite.

Après s'être préparée, elle quitta ses appartements. Comme toujours, Sire Laurence était posté devant sa porte, fidèle à sa mission de surveillance. Pourtant, sa présence l'irritait moins qu'auparavant. Désormais, elle avait un but, et cela changeait tout.

— Je vais me promener dans la cour du château, Sire Laurence, annonça-t-elle d'un ton léger. Vous pouvez me suivre si la garde de ma porte vous ennuie trop, ajouta-t-elle avec un sourire taquin.

Elle remarqua son léger soupir, et la façon dont il se retint de lever les yeux au ciel. Un rire effleura ses lèvres. Depuis sa visite au caveau la veille, le garde semblait légèrement plus indulgent, et cela lui procurait une certaine satisfaction.

Flânant dans les jardins, elle laissa le parfum des dernières fleurs d'automne s'engouffrer dans ses poumons. L'air frais et la brise légère lui faisaient du bien et apaisait le tumulte de ses pensées. Sire Laurence gardait une distance raisonnable, lui permettant de savourer cet instant de tranquillité.

Alors qu'elle s'apprêtait à rebrousser chemin, un bruit attira son attention. Des lames s'entrechoquaient non loin. Son regard se porta vers la cour d'entraînement. Une distraction ne lui ferait pas de mal.

Curieuse, elle s'approcha du terrain. Au milieu d'un nuage de poussière, son ancien maître d'armes se tenait face à un adversaire plus petit, qui peinait à se relever. Lorsqu'il se redressa enfin, elle sentit son cœur se serrer.

Elias.

Son petit frère tenait une épée de métal, bien trop lourde pour lui, entre ses mains. Il était trop jeune pour s'entraîner avec autre chose que du bois. L'angoisse la saisit à la gorge lorsqu'elle le vit vaciller sous le poids de l'arme. Le combat reprit. Elias luttait pour parer les coups de son adversaire, mais il était clairement dépassé. Son maître d'armes ne lui laissait aucun répit.

— Arrêtez immédiatement ! hurla-t-elle en courant vers eux.

Elle se précipita entre Elias et le maître d'armes et leva les bras pour interrompre le duel. L'homme, surpris, retint son coup de justesse.

— Princesse ? Que faites-vous ici ?

Il ôta son heaume pour révéler des traits tirés par la contrariété. Isaïs distingua une lueur de culpabilité traverser ses iris noisette, mais cela ne suffit pas à apaiser la rage qui grondait en elle. Son frère était couvert de blessures et elle ne comptait pas laisser passer ça.

— Je pourrais vous retourner la question, Sire Godrick, lança-t-elle d'un ton acéré. Pourquoi Elias s'entraîne-t-il avec une véritable épée ? Il n'a que dix ans ! Êtes-vous en train d'essayer de tuer votre futur souverain ?

Le maître d'armes garda le silence une seconde, puis soupira profondément avant de répondre d'un ton plus posé.

— J'ai reçu des ordres, princesse…

— Et vous les appliquez sans réfléchir ? rugit-elle. Mais vous êtes tous fous dans ce palais ! Pensez-vous sérieusement que brutaliser un enfant est la meilleure façon de le préparer à gouverner ? Je vous croyais plus honorable que cela, Sire Godrick.

Il se pinça l'arête du nez, cherchant manifestement à garder son calme.

— J'ai essayé de l'en dissuader, princesse…

— Qui ça ?

— Votre père.

Isaïs ouvrit la bouche, mais aucun son n'en sortit. Sire Godrick poursuivit, d'une voix plus basse.

— Je lui ai dit qu'Elias était trop jeune et qu'il n'était pas prêt à manier une arme aussi dangereuse. Mais le roi n'a rien voulu entendre. Il veut faire de lui un guerrier, et vite. Si je n'avais pas accepté de l'entraîner, quelqu'un d'autre aurait pris ma place, quelqu'un de moins scrupuleux, qui ne se serait pas retenu.

Un frisson de dégoût parcourut Isaïs. Son père avait donc forcé la main de son maître d'armes, le contraignant à endurcir Elias par tous les moyens. La colère qu'elle ressentait envers Sire Godrick s'atténua légèrement, remplacée par une frustration plus profonde. Elle comprenait ses motivations, mais cela ne changeait rien à l'injustice de la situation.

Elle se retourna vers Elias et eut un pincement au cœur. Le garçon tremblait, les yeux embués de larmes qu'il tentait de contenir. Une entaille barrait sa joue, du sang séché traçait une ligne jusqu'à son cou. Il s'appuyait maladroitement sur une jambe, visiblement blessé. La douleur et l'épuisement se lisaient sur son visage.

Isaïs ravala sa rage et passa un bras sous l'épaule de son frère.

— Je l'emmène dans ses appartements, déclara-t-elle d'un ton sans appel.

Sire Godrick hésita avant de prendre la parole, mal à l'aise.

— Princesse, je suis désolé, mais le roi sera informé si l'entraînement s'arrête ici. Il n'acceptera pas que son fils échappe à son devoir.

Isaïs se figea, puis se tourna lentement vers lui. Son œillade, glacial, transperça le maître d'armes.

— Je me moque de ce que pense mon père, rétorqua-t-elle. Personne n'a le droit de malmener l'héritier du trône de cette façon. Dites-lui donc que c'est sa fille qui a interrompu votre entraînement, si cela vous inquiète tant. Vous étiez plus courageux autrefois, Sire Godrick.

L'homme baissa les yeux, incapable de soutenir son regard. La honte marquait ses traits, mais il ne protesta pas.

Isaïs raffermit sa prise sur Elias, qui boitillait à ses côtés, essayant de ne pas paraître trop faible malgré la douleur. Le voir ainsi, forcé à encaisser plus qu'il ne pouvait supporter, lui brisa le cœur. Comment son propre père pouvait-il lui infliger une telle épreuve ?

Sire Laurence, resté en retrait tout au long de l'échange, s'approcha enfin. Son expression était indéchiffrable, mais lorsqu'il parla, sa voix était empreinte d'une certaine gravité.

— Vous savez que cela ne plaira pas au roi, princesse.

— Je m'en moque, répliqua-t-elle sans hésiter. Que peut-il me faire de plus ? Je suis déjà enfermée dans ce palais, sous la surveillance constante d'un chien de garde.

Elle marqua une pause, puis soupira avant de reprendre, plus calmement.

— Aidez-moi à ramener Elias dans mes appartements.

Je dois soigner ses blessures.

Le soldat l'observa un instant avant d'hocher la tête.

— Je dis cela pour vous, princesse… Vous avez déjà provoqué la colère du roi, et je ne souhaite pas que cela empire pour vous.

Isaïs le regarda avec étonnement. Il s'inquiétait réellement pour elle ? Un doute l'effleura. Aurait-elle un allié dans ce palais où elle se sentait si seule ?

Elle inspira profondément et baissa légèrement la tête.

— Je suis désolée, Sire Laurence. Cette situation m'a mise hors de moi, et je n'aurais pas dû m'en prendre à vous. Vous n'y êtes pour rien.

Le garde acquiesça sans un mot, puis s'accroupit et souleva Elias avec précaution. L'enfant, épuisé, se laissa faire sans protester.

Isaïs jeta un dernier coup d'œil à Sire Godrick, dont le visage était toujours fermé, puis se détourna et marcha d'un pas ferme vers ses appartements, son frère blessé entre les bras du soldat.

Une chose était sûre : elle ne laisserait plus jamais une telle situation se reproduire.

- 30 -

Pendant des heures, Isaïs prit soin de son jeune frère. Elle nettoya et pensa ses plaies avec douceur, appliqua un baume sur ses nombreux hématomes et le prit tendrement dans ses bras lorsque, submergé par la douleur et l'émotion, il éclata en sanglots.

— Je suis désolé de t'attirer encore des ennuis, Isaïs… murmura Elias, la voix tremblante.

Elle attrapa délicatement son menton entre ses doigts et releva sa tête pour qu'il la regarde dans les yeux.

— Tu ne m'apportes jamais d'ennuis, Elias. Je suis déjà suffisamment douée pour les attirer toute seule. Et je suis ta grande sœur, c'est mon rôle de veiller sur toi, quoi qu'il arrive.

Elle déposa un baiser réconfortant sur son front avant de remettre en place ses mèches ébouriffées.

— Voilà, tu es tout beau, tout neuf.

Elle essayait d'alléger l'atmosphère, mais son estomac était noué d'inquiétude. Peu importe les conséquences, elle n'allait pas rester les bras croisés pendant que son père infligeait de telles souffrances à Elias. Cette fois, c'en était trop.

D'un revers de main, elle essuya le dernier cristal d'eau

qui roulait sur la joue de son frère et l'aida à se glisser sous les couvertures. Cette nuit, il dormirait avec elle. Elle veillerait sur lui jusqu'au matin.

Une fois qu'il fut profondément endormi, elle se leva discrètement, puis retira ses vêtements tachés de sang. Il fallait qu'elle les fasse nettoyer. Elle quitta ses appartements à pas feutrés pour aller chercher Mia, mais à peine eut-elle mis un pied dehors que Sire Laurence l'intercepta.

— Princesse… Je suis navré pour le jeune prince. Mais… votre père est passé il y a une demi-heure.

Isaïs sentit une boule se former dans sa gorge.

— Je lui ai dit que vous consoliez votre frère et que vous passeriez le voir dès que vous auriez terminé, pour éviter qu'il n'entre dans vos appartements. Mais il était furieux… Il m'a prévenu que si vous ne vous présentiez pas dans l'heure, vous passeriez la nuit aux cachots pour apprendre le respect. Et… il avait l'air très sérieux.

Isaïs ferma brièvement les paupières et prit une grande inspiration. Elle savait que ce moment arriverait, mais elle ne s'attendait pas à ce que la confrontation soit si proche. Lorsqu'elle rouvrit les paupières, elle adressa un sourire en coin à Sire Laurence, cherchant à alléger l'atmosphère.

— Je crois bien que c'est la phrase la plus longue que vous ne m'ayez jamais dite. Vous avez une belle élocution, quand vous le voulez.

Elle plaisantait, mais le léger tremblement dans sa voix la trahissait. Le garde, impassible, la scruta un instant avant de répondre d'un ton égal.

— Vous n'avez pas besoin de me rassurer, princesse. Il est normal que vous ayez peur.

Un frisson parcourut Isaïs. Ce n'était pas qu'une simple formalité : il s'inquiétait réellement pour elle. Il marqua une brève pause avant d'ajouter, plus bas :

— Si vous voulez, je peux prendre l'entière responsabilité de ce qui s'est passé. Je dirai au roi que j'ai pris cette décision seul.

Isaïs écarquilla les yeux. Il était prêt à endosser la colère de son père pour elle ? Une vague de culpabilité la traversa. Elle avait longtemps perçu Sire Laurence comme un geôlier, mais elle réalisait maintenant qu'il était autant prisonnier qu'elle de ce palais.

— Jamais je n'accepterai cela, déclara-t-elle fermement. Vous êtes mon sujet, et à ce titre, c'est moi qui dois vous protéger. Je ne laisserai personne porter la responsabilité de mes actes à ma place.

Un éclair d'admiration passa furtivement dans le regard du soldat. Il se rapprocha légèrement et baissa la voix pour que seule Isaïs l'entende.

— C'est pour cela que vous auriez fait une excellente souveraine, murmura-t-il.

Ces mots frappèrent la princesse en plein cœur. Un instant, l'émotion la submergea, mais elle ravala les larmes qui menaçaient de monter. Une détermination nouvelle gonfla sa poitrine. Elle n'était pas seule. Elle hocha la tête en guise de remerciement, puis redressa le menton. Elle allait affronter son père la tête haute.

— Je vous accompagne, annonça Sire Laurence. Si vous avez besoin d'un soutien face au roi, je serai là.

Isaïs lui adressa un sourire reconnaissant. Elle ne comprenait pas pourquoi il agissait ainsi, mais sa présence lui insufflait le courage dont elle avait besoin.

Lorsqu'ils atteignirent les appartements du roi, les gardes postés de part et d'autre de la porte lui lancèrent une œillade chargée de dédain. Elle hésita une seconde, puis chercha instinctivement Sire Laurence qui hocha imperceptiblement la tête.

D'une main légèrement tremblante, elle frappa à la porte.

— Entrez, tonna la voix du roi de l'autre côté.

Elle inspira profondément, puis poussa le battant. Ses muscles se crispèrent sous l'angoisse, mais lorsqu'elle sentit la présence rassurante de Sire Laurence derrière elle, son corps se détendit légèrement.

Elle était prête.

Son père, fidèle à ses habitudes, avait le nez plongé dans des documents, absorbé par ce qu'il rédigeait. Lorsqu'il eut terminé, il releva lentement les yeux vers elle et son regard s'obscurcit aussitôt. Une lueur d'étonnement traversa brièvement ses traits lorsqu'il aperçut le soldat derrière elle. Il plissa les paupières, semblant hésiter. Allait-il le congédier ? Le cœur d'Isaïs se serra. Elle avait besoin de ce soutien pour ne pas flancher face à la colère du roi. Après quelques instants, son père se désintéressa de lui et reporta toute son attention sur elle.

— Isaïs.

Il se leva lentement et s'avança jusqu'à la surplomber. Son imposante stature l'obligea à relever la tête pour soutenir son œil perçant. Une ombre de mépris passa sur son visage et un tic nerveux crispa brièvement le coin de ses lèvres.

— As-tu seulement conscience que tes actes me discréditent ? Moi, ton souverain, ton père ?

Isaïs ouvrit la bouche pour répondre, mais il leva la main, l'empêchant de prononcer le moindre mot.

— Je ne sais pas d'où te vient cette insubordination, cette défiance envers la couronne, mais ce n'est ni de moi, ni de ta mère. Je suis profondément déçu, Isaïs. Sache que si tu n'étais pas ma fille, tu croupirais déjà dans les cachots, ou pire, sur l'échafaud. Tu crois que ton statut te protège, mais il t'a trop souvent sauvé.

Un éclat malveillant passa sur ses traits, et la princesse sentit un frisson d'appréhension lui parcourir l'échine. Elle resta silencieuse, devinant qu'il n'avait pas fini. Il fit les cents pas devant elle. Il savourait visiblement l'instant, tel un fauve jouant avec sa proie, ce qui arracha une grimace à la jeune femme qui s'efforça de masquer son exécration.

— J'ai réfléchi à la meilleure façon de te faire comprendre la valeur de ta position, déclara-t-il d'une voix traînante. Et j'ai trouvé une solution parfaite.

Un sourire cruel étira ses lèvres, ce qui noua encore davantage l'estomac d'Isaïs.

— À partir d'aujourd'hui, trois jours par semaine, tu ne seras plus une princesse. Tu seras une domestique.

Elle fronça les sourcils et chercha à comprendre où il voulait en venir.

— Plus précisément, poursuivit-il avec un plaisir malsain, tu seras affectée à l'entretien des latrines. Tu videras les pots de chambre des conseillers du palais dans l'aile qui n'a pas pu être aménagée avec les nouvelles technologies d'évacuation.

Un haut-le-cœur la prit, et son père, en voyant la grimace de dégoût qui se peignit sur son visage, eut un sourire triomphant. Il attendait qu'elle s'effondre, qu'elle proteste, qu'elle plaide sa cause. Il voulait la voir humiliée.

Mais Isaïs réfléchissait déjà. Certes, la tâche était répugnante, mais comparée aux geôles du palais, c'était un moindre mal. Si elle se laissait dominer par sa fierté, il risquait d'aggraver encore sa punition. Elle devait jouer intelligemment.

Prenant un air accablé, elle laissa monter de fausses larmes dans ses yeux.

— Père… vous ne pouvez pas me faire ça, murmura-t-elle d'une voix plaintive. C'est indigne d'une princesse… c'est humiliant…

Elle baissa les épaules, feignant la détresse, et vit la satisfaction briller dans les prunelles du roi.

— Si tu veux retrouver tes privilèges, il te faudra prouver que tu les mérites. Le sang royal ne suffit pas.

— Mais… que vont penser les serviteurs ? tenta-t-elle, jouant toujours son rôle.

— Il fallait y songer avant de bafouer MON autorité dans MON palais, hurla-t-il. Maintenant, sors. Je ne veux plus te voir.

L'ordre claqua comme un coup de fouet. Isaïs eut le cœur serré face à la véhémence de son père mais n'en montra rien. Il était devenu fou. Elle en était maintenant certaine. Elle serra les dents pour se retenir de lui cracher son dégoût à la figure et s'inclina légèrement avant de quitter la pièce, le dos voûté, jouant la comédie jusqu'au bout.

Une fois hors de portée des gardes personnels de son père, elle redressa la tête, un sourire victorieux étirant ses lèvres, et croisa le regard de Sire Laurence.

— Je suis navré, prin… commença-t-il avant de s'interrompre, haussant un sourcil. Pourquoi souriez-vous ?

— Je m'attendais à bien pire, Sire Laurence. Je préfère mille fois vider les latrines de tout le château que d'être enfermée et surveillée. Avec tout le respect que je vous dois.

Pour la première fois, elle vit un léger sourire effleurer les lèvres du garde.

— Je ne vous savais pas si peu précieuse, princesse.

Elle haussa les épaules, amusée par sa remarque, puis ils reprirent ensemble le chemin des appartements princiers.

Une fois de retour dans sa chambre, Isaïs se glissa dans son lit et posa un regard attendri sur Elias, profondément endormi. Elle caressa tendrement ses cheveux, son cœur se comprima à l'idée de ce qu'il avait enduré.

Elle pourrait supporter toutes les humiliations pour lui. Mais elle savait aussi qu'elle ne pourrait plus rien faire en restant enfermée dans ce palais. Son père avait sombré dans une tyrannie destructrice, et les conseillers qui l'entouraient ne valaient pas mieux.

Avec un dernier coup d'œil sur son frère avant de fermer les yeux pour la nuit, elle sourit.

Sa décision était prise.

Elle allait rejoindre la résistance.

- 31 -

Durant les deux jours suivants, Ignisiel se consacra à retrouver des forces et récupéra les précieuses heures de sommeil perdues au fil des semaines d'efforts intenses. Lorsqu'il ne dormait pas, il s'abandonnait à l'exploration des sentiers forestiers, se laissant porter par son instinct. À chaque tournant, la nature dévoilait devant lui des merveilles insoupçonnées.

Son errance le mena jusqu'au Bosquet des Murmures, un havre envoûtant, où les arbres semblaient doués de conscience et se répondaient dans un dialogue feutré. L'air y était imprégné d'une fragrance boisée où se mêlait la fraîcheur de la mousse et le parfum résineux des troncs centenaires.

Plus loin, il découvrit le Lac des Reflets, une étendue d'eau si limpide qu'elle paraissait irréelle. Chaque nuage, chaque branche, chaque fragment de ciel s'y reflétait avec une netteté saisissante, créant une illusion parfaite d'un monde inversé. L'eau frémissait sous l'effet d'une brise légère et diffusait des ondes qui brouillaient l'image un instant avant de la reconstituer. Ignisiel s'agenouilla et plongea les mains dans l'eau, savourant la caresse revigorante du liquide glacé contre sa peau.

Poursuivant son chemin, il arriva au Champ des Échos, une vaste clairière encadrée d'immense falaises. Ici, le moindre son se répercutait, amplifié par la roche, jusqu'à composer une symphonie vivante. Le bruissement des feuilles et le souffle du vent se transformaient en une note de cette partition naturelle. Il s'assit en tailleur au centre de l'espace ouvert, ferma les yeux et laissa ces vibrations l'envahir. Une douce chaleur solaire enveloppait son visage, tandis que le parfum des herbes séchées embaumait l'air, achevant de l'ancrer dans un état de plénitude.

Enfin, alors que le crépuscule embrassait le ciel, il atteignit le Jardin des Lumières, un lieu presque irréel que l'on surnommait parfois le Jardin Suspendu. Dès la tombée de la nuit, la nature elle-même semblait s'illuminer : les plantes, parsemées de bioluminescence, projetaient une lueur féérique, tandis que des myriades de lucioles dansaient dans l'obscurité, traçant des arabesques dorées dans l'air. Subjugué, Ignisiel s'immobilisa et absorba chaque instant de ce spectacle enchanteur. Autour de lui, seul le bourdonnement discret des insectes troublait le silence. Les effluves enivrantes des fleurs nocturnes créaient un équilibre parfait entre rêve et réalité. Il resta ainsi jusqu'à l'aube, réalisant la gestuelle élémentaire, bercé par cette harmonie.

Chacun de ces lieux laissa une empreinte indélébile en lui. À travers leur sérénité et leur magnificence, il retrouva une paix intérieure qu'il n'avait jamais réellement connue. Il s'imprégna de leur énergie et puisa en eux la force et l'équilibre qu'il recherchait.

Alors que la cérémonie approchait, Ignisiel sentait son esprit plus clair, son cœur plus léger. Il avait dépassé ses peurs, maîtrisé ses émotions, et conquis une nouvelle confiance en lui-même.

Lorsqu'il quitta le Jardin des Lumières, une sensation de renouveau l'envahit. Tout semblait plus intense, plus vibrant, comme si son regard s'était affûté sous l'influence de ces jours d'apprentissage. Il s'arrêta à l'orée du jardin. Une note inhabituelle de jasmin flottait dans l'air, assez pour étirer ses lèvres en un sourire dont il ne saisissait pas l'origine. Il secoua la tête, comme pour chasser cette impression, puis reprit sa marche, prêt à accueillir le destin qui l'attendait, porté par la sagesse que la nature venait de lui offrir.

*

Lorsqu'Ignisiel se trouvait dans le Jardin suspendu, il ne remarqua pas la présence d'Eludia, dissimulée derrière la végétation foisonnante. Tapie à l'ombre des branches, elle suivait ses gestes sans bruit, attentive, mais sans intention de se révéler.

Depuis plusieurs semaines, son esprit était accaparé par une seule obsession : l'énigme laissée par l'extinction de la Flamme éternelle. Elle avait tout consigné, chaque fragment de vision, chaque détail, mais aucun indice clair ne surgissait. Plus elle tentait de donner un sens à ce qu'elle avait perçu, plus les hypothèses se multipliaient et se contredisaient.

S'agissait-il d'une entité invoquée ? D'un avertissement sur un avenir possible ? Cette force obscure était-elle déjà infiltrée au sein même de l'Ordre, ou tapie dans l'ombre de la Cité des Temples ? C'était plausible. Une telle puissance ne pouvait venir que d'un être maîtrisant une magie ancienne et redoutable. Et seuls les hauts lieux du savoir, comme ici ou le temple d'Andran, concentraient les textes interdits capables de nourrir un tel pouvoir. Peut-être cela venait-il de la capitale ? Elle n'osait parler de ses soupçons. Elle ne faisait plus confiance à Lituriel, et interroger d'autres mages aurait sonné l'alerte. Si la personne qu'elle traquait venait à apprendre qu'elle était sur ses traces, elle disparaîtrait aussitôt, effaçant toute preuve de ses actes.

Elle avait tenté de renouer avec la vision au temple du Feu. Aucun écho ne lui était parvenu, comme si le voile s'était refermé définitivement. Ce silence était pire que tout.

En attendant, elle s'accrochait à ses devoirs religieux, seule manière d'apaiser ses pensées. Ses journées s'écoulaient dans une routine presque mécanique. Elle évitait tout contact inutile. À part quelques échanges avec Altaïr au sujet des progrès d'Ignisiel, elle ne voyait que Lituriel, et encore, seulement pour le strict nécessaire.

Et pourtant, voir le novice ici, à quelques pas, éveilla chez elle un trouble inattendu. La Flamme s'était éteinte le jour où il avait franchi les portes du temple : Etait-ce un simple hasard ou devait-elle y voir un signe ? La coïncidence la hantait. Elle aurait voulu l'approcher, l'interroger, peut-être trouver une réponse dans ses mots ou son regard. Mais elle resta figée, comme si franchir la distance qui les séparait risquait de brouiller encore davantage les contours de sa quête.

Mais, au-delà de ses recherches, Eludia ne pouvait nier l'émotion que la présence d'Ignisiel éveillait en elle : une douce chaleur qui s'imposait lorsqu'elle le regardait. Sa détermination, sa sincérité, sa façon d'apprendre avec une ardeur rare… tout cela la touchait plus qu'elle ne voulait l'admettre. Elle se sentait à la fois fière de le voir progresser et inquiète de l'importance qu'il prenait dans ses pensées. Cette fragilité-là, qu'elle croyait avoir enterrée depuis longtemps, revenait malgré elle.

Une brise fraîche caressa sa peau, portant avec elle le parfum sucré de la rosée sur les feuilles. Soudain, une note plus épicée vint effleurer ses narines : l'odeur d'Ignisiel. Un frisson remonta le long de sa colonne. Derrière son buisson fleuri, elle sentit des pétales effleurer sa peau. Leur délicatesse contrastait avec l'agitation intérieure qui l'assaillait. Devant elle, le jeune homme paraissait serein. Ses mouvements étaient lents, précis, empreints d'une maîtrise qu'elle ne lui connaissait pas encore. Il semblait différent. Elle remarqua alors que son corps avait changé : les repas réguliers et l'entraînement avaient affermi sa silhouette, mais plus encore, sa façon de se tenir, d'occuper l'espace, d'être au monde, n'était plus la même… Il n'était plus seulement l'orphelin égaré qu'elle avait découvert, il était en train de devenir l'homme qu'il devait être.

Elle attendit qu'il disparaisse au détour du sentier avant d'émerger lentement de sa cachette. Une bourrasque fit onduler ses cheveux autour de son visage, comme une invitation silencieuse à avancer, elle aussi. Pourtant, elle resta immobile, les yeux rivés sur l'endroit où il s'était tenu.

Des images de sa précédente relation se matérialisèrent derrière ses rétines. Elle revit ces instants d'insouciance où un simple regard suffisait à lui emplir le ventre de papillons, où chaque journée s'illuminait à l'idée de retrouver celui en qui elle avait placé sa confiance. Mais ces souvenirs lumineux s'éteignirent aussitôt, chassés par d'autres, plus sombres : les mensonges, la trahison, la chute brutale qui l'avait laissée brisée. Cinq ans plus tôt, recroquevillée dans un coin, elle avait pleuré toutes les larmes de son corps, incapable de supporter l'amertume de la situation. Ce jour-là, son regard avait changé, et avec lui sa résolution : ne plus jamais se laisser asservir par ses propres sentiments.

Une pensée la traversa. Et si Ignisiel finissait, lui aussi, par basculer ? S'il se laissait gagner par l'ombre ? Avec la puissance qui sommeillait en lui, une telle chute serait catastrophique. Pire encore, il pourrait, qui sait, réveiller une entité ancienne et redoutable…

Elle secoua la tête, chassant cette divagation. Pourquoi ces images revenaient-elles maintenant ? Cela faisait si longtemps qu'elle n'y avait pas songé. Son subconscient était en train de lier ses craintes et ses traumatismes à un jeune homme qui n'avait rien à voir avec son histoire. Elle avait fermé son cœur pour se protéger, et ce n'était pas pour le rouvrir à la première étincelle venue. Quelle que soit la bonté qu'il dégageait, céder à cette faiblesse reviendrait à ébranler l'équilibre fragile qu'elle s'était imposé. Elle inspira profondément. Il fallait se reprendre. Elle n'avait pas le droit de se laisser égarer par ses émotions alors que l'avenir même du monde restait incertain.

Elle se détourna brusquement du Jardin suspendu et gagna les rives du Lac des Reflets. L'eau miroitante, caressée par la lumière argentée du matin, l'invita au recueillement. Elle s'agenouilla, rassembla ses pensées parasites, puis posa ses paumes sur la surface. Un frisson parcourut l'onde, emportant une part du tumulte qui l'assaillait.

Elle glissa une main dans la petite bourse attachée à sa ceinture et en sortit une poignée de sel qu'elle jeta sur les flots. Les cercles blanchâtres troublèrent son reflet avant de se dissiper, emportant avec eux les doutes qu'elle refusait de laisser gouverner ses actes. Cette magie ancienne lui permettait de confier à l'eau ce qui devait être abandonné pour libérer l'âme de ce dont on voulait se délester.

Un souffle d'apaisement naquit en elle. Dans un murmure à peine audible, elle remercia la nature pour cette délivrance et se redressa. Elle devait regagner la Cité des Temples. L'équinoxe approchait. Il ne restait que peu de temps pour se préparer à la cérémonie. Et derrière ses rituels, une certitude s'imposait : la Flamme ne s'était pas éteinte par hasard.

- 32 -

Le jour de la réunion avec la résistance approchait à grands pas. Isaïs sentait l'impatience et l'anxiété se mêler en elle. Elle avait pris sa décision : il ne lui restait plus d'autre alternative si elle voulait changer les choses. Son père s'était enfermé dans une tyrannie aveugle. Son combat ne pouvait plus se limiter à de vaines tentatives de persuasion. Elle devait agir.

Cependant, son quotidien était devenu une prison encore plus étouffante qu'avant. Entre sa punition qui lui interdisait l'accès à la bibliothèque et la vigilance constante de Sire Laurence, elle n'avait aucune liberté de mouvement. Comment pouvait-elle sortir du palais sans éveiller les soupçons ?

Elle passa sa matinée à vider les latrines des conseillers du roi, la tâche la plus avilissante qui lui ait jamais été imposée. Vêtue d'une robe simple de servante, les manches retroussées, elle accomplissait son labeur sans un mot. Pourtant, elle ne pouvait réprimer les grimaces de dégoût qui tordaient ses traits à chaque relent nauséabond. Sa gorge se serrait sous l'odeur pestilentielle, et ses mains, bien qu'engourdies par l'effort, tremblaient légèrement lorsqu'elle devait saisir un nouveau récipient.

Comment des gens pouvaient-ils supporter cela chaque

jour ? Elle se surprit à penser à toutes ces personnes, invisibles aux yeux de la cour, qui subissaient cette corvée répugnante sans que personne ne s'en soucie. Une colère sourde naquit en elle. Un jour, elle trouverait une solution pour leur éviter cette tâche. Un jour, elle changerait cela.

Mais pour l'instant, elle devait se concentrer sur son objectif immédiat. Son esprit tournait à plein régime alors qu'elle accomplissait son travail, cherchant un moyen de quitter le palais sans éveiller les soupçons. Mais plus elle réfléchissait, plus l'évidence s'imposait à elle : Sire Laurence était le seul obstacle entre elle et la liberté. Elle ne pourrait rien faire sans son aide.

Pouvait-elle lui faire confiance ? Il s'était montré de plus en plus amical ces derniers temps, et elle sentait une sincère bienveillance dans son regard lorsqu'il lui parlait. Mais était-ce suffisant ? Lui révéler ses intentions était risqué. S'il décidait de la dénoncer, tout serait perdu. Pourtant, elle ne voyait pas d'autre option. Elle devait lui parler.

Elle attendit la fin de sa corvée et, après s'être lavée et changée, annonça qu'elle souhaitait se promener dans les jardins. L'air frais lui ferait du bien, et surtout, elle avait besoin d'un endroit isolé pour discuter sans risquer d'être entendue. Elle marcha d'un pas mesuré, Sire Laurence à quelques mètres derrière elle, comme à son habitude.

Elle se dirigea vers la crypte familiale, un lieu que personne ne fréquentait à part elle. Prétendant vouloir se recueillir sur la tombe de sa mère, elle s'arrêta devant l'entrée de métal sculptée. Elle inspira profondément avant de se retourner vers le soldat. Son cœur battait plus vite qu'elle ne l'aurait voulu. Elle le fixa un instant. C'était un pari risqué, mais elle n'avait plus le choix. Son avenir, et celui de son peuple, en dépendait.

— Sire Laurence, puis-je vous faire confiance ?

Le garde haussa un sourcil, visiblement intrigué par la question.

— Honnêtement, cela dépend de ce que vous allez me demander, princesse.

Isaïs ne put s'empêcher de sourire. Elle appréciait son franc-parler.

— Pourquoi m'avez-vous soutenue face à mon père ?

Il serra les lèvres, hésitant visiblement à répondre. Son regard se perdit un instant dans le vide, et un long silence s'installa. La princesse le fixa avec intensité et attendit patiemment qu'il se décide. Finalement, dans un soupir résigné, il se lança :

— Vous observer jour après jour m'a ouvert les yeux sur la réalité que vous portez sur vos épaules. Au début, je vous voyais comme une noble capricieuse, mais j'ai compris que je me trompais. Lorsque j'ai appris pourquoi vous étiez punie, j'ai su que vous n'étiez pas une princesse ordinaire. Vous vous souciez véritablement du peuple, et cela force l'admiration.

Isaïs fut touchée par ses paroles, mais elle s'efforça de ne rien laisser paraître. Elle cherchait encore à déterminer si elle pouvait réellement lui faire confiance.

— Pourriez-vous être mon allié plutôt que mon geôlier, Sire Laurence ?

Le soldat écarquilla les yeux, surpris par cette demande directe.

— Vous cherchez encore à vous attirer des ennuis, n'est-ce pas ? Vous n'êtes pas satisfaite de votre punition actuelle ? dit-il sur un ton faussement réprobateur.

Le sourire en coin d'Isaïs s'élargit.

— Peut-être bien. Mais avant de vous en dire davantage, je dois être certaine de pouvoir compter sur vous.

Le soldat croisa les bras et l'observa avec attention.

— Si ce que vous me demandez ne met pas ma tête en jeu, alors peut-être. Mais sachez que j'ai une famille, princesse. Je ne peux pas prendre des risques inconsidérés.

Isaïs tressaillit intérieurement. Comment avait-elle pu ne pas y penser plus tôt ? Bien sûr qu'il avait une famille, une vie en dehors de son rôle de garde. Lui demander de l'aider, c'était le mettre en danger. Une vague de culpabilité la traversa, mais elle n'avait pas d'autre choix. Elle réfléchit rapidement à la meilleure approche pour minimiser les risques pour lui.

— Je comprends parfaitement, répondit-elle enfin. C'est pourquoi je ne vous dirai pas tout. Ainsi, vous ne pourrez jamais être accusé de trahison. Tout ce que je vous demande, c'est de me laisser sortir discrètement du palais.

Sire Laurence fronça légèrement les sourcils.

— Vous voulez que je ferme les yeux sur vos sorties nocturnes ?

— En quelque sorte. J'ai un moyen de quitter le château sans être vue. Mais j'ai besoin que vous restiez devant ma porte comme d'habitude et que vous ne laissiez entrer personne. Si jamais on découvre mon absence, je laisserai ma fenêtre ouverte pour faire croire que je suis passée par le balcon. De cette façon, vous ne serez pas inquiété.

Le garde ne répondit pas immédiatement. Il semblait peser le pour et le contre et jaugea Isaïs du regard comme s'il cherchait à lire dans son âme. Puis, après un long moment de réflexion, il hocha lentement la tête.

— Je vais vous aider, déclara-t-il enfin. Je suppose que si vous êtes prête à enfreindre une punition aussi sévère, c'est que c'est réellement important.

La princesse sentit une vague de soulagement l'envahir. Un large sourire illumina son visage, et elle dut se retenir de ne pas lui sauter au cou en signe de gratitude. À la place, elle hocha la tête avec respect et lui adressa une œillade emplie de reconnaissance.

— Merci, Sire Laurence. Votre loyauté ne sera jamais oubliée.

Sans ajouter un mot, ils reprirent le chemin du palais. Isaïs s'efforça de dissimuler l'excitation qui menaçait de la trahir. Aux yeux de la cour, elle était toujours une princesse déchue, une fille punie et brisée par son père. Mais en son for intérieur, elle ressentit une bouffée d'espoir.

Bientôt, elle serait libre. Bientôt, elle rejoindrait la résistance.

- 33 -

Isaïs venait de murmurer une dernière parole à Elias, qui dormait de nouveau dans ses appartements. Elle veilla à ce que son jeune frère s'endorme paisiblement avant de quitter la pièce sur la pointe des pieds. Elle jeta une œillade attendrie sur son visage détendu, puis referma doucement la porte derrière elle. Elle savait que Sire Laurence veillerait sur lui, ce qui lui offrait un semblant de répit.

En sortant, elle croisa le regard du garde, qui ne put s'empêcher d'afficher une moue amusée en la voyant dans sa tenue de servante et sa perruque brune. Elle avait troqué sa robe princière contre son habit de camouflage habituel. Haussant un sourcil devant l'expression moqueuse du soldat, elle leva les yeux au ciel avant de s'éclipser discrètement en direction de la bibliothèque, où l'attendait le passage secret.

La nuit était fraîche, et l'air transportait les senteurs des derniers feux de cheminée qui s'éteignaient dans la ville endormie. Isaïs avança d'un pas rapide et assuré vers l'auberge de la T'Air de Feu, son cœur battant plus fort à chaque pas. Minuit était passé depuis peu, et elle savait que la taverne avait fermé ses portes au public pour ne laisser place qu'aux membre de la résistance.

Arrivée devant l'entrée de bois, elle hésita une seconde. Était-elle réellement prête à s'engager dans cette cause ?

À renoncer définitivement à la vie qu'elle connaissait pour plonger dans l'inconnu ? Mais la question était vaine. Son choix était déjà fait. Inspirant profondément, elle leva la main et frappa deux petits coups contre le battant.

Un temps d'attente suivit, avant qu'une trappe ne s'ouvre brusquement sur la partie supérieure de la porte. Deux yeux noisette, plissés par l'âge et l'expérience, la scrutèrent avec suspicion.

— Le mot de passe ?

— Yod-Esh, répondit-elle avec une précision parfaite, malgré le léger tremblement dans sa voix.

Un grincement sourd accompagna l'ouverture de la porte, et Isaïs pénétra à l'intérieur. Elle fut surprise par la foule rassemblée dans la pièce. Une cinquantaine de résistants étaient réunis et échangeaient à voix basse. Elle ne s'attendait pas à une telle affluence, et une onde d'appréhension lui noua l'estomac. Elle tenta de calmer les battements erratiques de son cœur et balaya la salle à la recherche de Théophane.

Elle le repéra au fond de la pièce, en pleine discussion animée avec un homme à l'allure imposante. Lorsque ses prunelles rencontrèrent les siennes, il interrompit immédiatement son échange et lui fit signe d'approcher. Elle traversa la salle, sentant les regards curieux et méfiants de plusieurs membres se poser sur elle. Chaque pas lui paraissait plus lourd que le précédent, mais elle tint bon.

Théophane lui adressa un sourire rassurant lorsqu'elle arriva à sa hauteur.

— Merci d'être venue, princesse, murmura-t-il à voix basse pour ne pas attirer l'attention. Permettez-moi de vous présenter Alaric, notre leader.

Isaïs se tourna vers l'individu qui se tenait à ses côtés. Alaric était un homme d'âge mûr, dont le visage buriné par le temps et l'adversité portait les stigmates d'un combat de longue haleine. Ses iris d'un bleu perçant brillaient d'une détermination qui imposait le respect.

— C'est un honneur de vous rencontrer, dit-il d'une voix grave et posée. Nous avons entendu parler de vos tentatives pour défendre le peuple auprès du roi.

Isaïs inclina légèrement la tête. Elle n'avait jamais imaginé se retrouver ainsi, au cœur d'une réunion clandestine, accueillie avec tant d'égards. Une part d'elle se sentait honorée, mais une autre, plus inquiète, se demandait combien de personnes connaissaient sa véritable identité.

— Merci de m'avoir conviée à cette réunion, répondit-elle avec retenue.

— C'est un plaisir de vous recevoir, affirma Alaric. Théophane m'a expliqué les circonstances de son incarcération et votre rôle dans sa libération. Rassurez-vous, ici, personne ne connaît votre identité tant que vous ne souhaitez pas la révéler.

Elle le remercia discrètement d'un léger plissement du coin des lèvres. Alaric se leva pour s'adresser aux membres rassemblés, réclamant le silence d'un simple geste de la main. Peu à peu, les voix s'éteignirent, et une tension palpable s'installa dans la pièce.

— Mes amis, merci d'être venus ce soir. Nous avons plusieurs points à aborder. Reprenons là où nous nous étions arrêtés lors de la dernière réunion. Tout d'abord, nous devons rédiger des tracts pour contrer la propagande de la couronne. Qui souhaite se porter volontaire ?

Plusieurs mains se levèrent avec enthousiasme. Isaïs sentit une chaleur réconfortante lui envahir le cœur en voyant l'engagement sans faille de ces hommes et femmes, prêts à risquer leur vie pour la liberté.

— Bien, continua Alaric. Une fois les tracts imprimés, nous organiserons des groupes pour assurer leur diffusion. Maintenant, passons aux missions d'infiltration. J'ai étudié tous vos rapports, et ils seront d'une grande utilité pour nos prochaines actions. Grâce à votre travail, nous pourrons frapper au cœur du pouvoir et ébranler les fondements de ce régime oppressif. Je tiens à vous remercier pour les risques que vous prenez chaque jour.

Un murmure d'approbation parcourut la salle. Alaric désigna un grand tableau de bois sur lequel étaient affichées plusieurs feuilles manuscrites.

— Sur ce tableau, vous trouverez les nouvelles missions d'infiltration et de collecte d'informations. Ceux qui souhaitent y participer peuvent inscrire leur nom sur les fiches correspondantes. La répartition des rôles se fera lors de notre prochaine réunion.

Plusieurs membres se levèrent immédiatement pour consulter les missions proposées. Isaïs, elle, demeura immobile. Elle réalisait à quel point cette organisation était structurée, à quel point ces résistants étaient déterminés. Pour la première fois, elle sentit qu'elle n'était plus seule dans son combat.

Après un certain temps, le chef rassembla tout le monde avant de reprendre la parole.

— Maintenant, je vous propose d'échanger. Si l'un d'entre vous a des suggestions sur des actions que la résistance pourrait entreprendre, c'est le moment.

Un flot de paroles s'éleva aussitôt. Les idées fusaient, certaines ambitieuses, d'autres plus pragmatiques, mais toutes reflétaient la même détermination farouche. Les membres débattaient, ajustaient des plans, confrontaient leurs visions avec passion. Alaric écoutait attentivement et notait chaque proposition qui lui semblait réalisable. Ses yeux pétillaient d'un mélange d'intérêt et de fierté.

Isaïs, elle, restait silencieuse, absorbant chaque mot, chaque détail. Elle réalisait à quel point ces hommes et ces femmes étaient prêts à tout risquer, à sacrifier leur propre sécurité pour un avenir meilleur. Leur engagement résonnait profondément en elle. Ce n'étaient pas seulement des idéaux qu'ils défendaient : c'était leur foyer, leur famille, leur vie.

Lorsque la réunion toucha à sa fin, Théophane insista pour la raccompagner aussi près que possible du palais. Ils s'engagèrent dans les rues sombres et sinueuses pour éviter avec précaution les patrouilles de la garde.

— Je suis heureux que vous soyez venue. Qu'avez-vous pensé de cette réunion ?

— Tu peux me tutoyer, tu sais, répondit-elle en arquant

un sourcil. Je doute que tu prennes autant de pincettes avec les autres membres.

Théophane éclata de rire, un air espiègle sur les lèvres.

— En effet. Alors, qu'as-tu pensé de la réunion ?

Isaïs détourna le regard, son expression se ferma légèrement.

— Je pense surtout que je n'ai pas d'autre choix si je veux protéger mon petit frère.

Un frisson d'émotion traversa sa voix. Une perle salée hésita au coin de ses yeux clairs, avant de rouler lentement sur sa joue. Théophane fronça les sourcils, sa légèreté s'effaça aussitôt devant son inquiétude.

— Comment ça ? Ton père vous fait du mal ?

— Pas encore, répondit-elle dans un souffle. Mais si Elias développe des pouvoirs, il l'utilisera à son avantage. Mon père ne voit que le pouvoir, il ne voit pas l'enfant. Je fais ce que je peux pour le protéger de son influence, mais je suis seule au palais. Je n'ai aucun poids face à lui.

Les larmes coulaient librement à présent, comme un trop-plein qu'elle ne pouvait plus contenir. Elle ignorait pourquoi elle se confiait ainsi au jeune résistant. Peut-être parce qu'il était le premier à réellement l'écouter, sans jugement, sans attentes. Il ne dit rien, mais après une hésitation, il passa doucement un bras autour de ses épaules.

Isaïs se crispa sous son contact. Ce geste lui était étranger. La dernière étreinte dont elle se souvenait remontait à l'enfance, lorsque sa mère la consolait après un cauchemar. Personne, depuis, ne l'avait tenue ainsi. Mais au lieu de reculer, elle se laissa aller quelques instants à cette chaleur réconfortante, à cette proximité qu'elle n'avait jamais connue. Puis elle se redressa et s'écarta avec une certaine gêne. Elle força un masque poli pour tenter de masquer sa vulnérabilité.

— Je comprends tes inquiétudes, dit Théophane d'une voix douce. Mais tu n'es plus seule, princesse. La résistance est une famille, et nous prenons soin les uns des autres.

Elle baissa les yeux, troublée. Ces mots étaient censés la rassurer, pourtant, ils la mettaient mal à l'aise. Elle n'était pas habituée à compter sur qui que ce soit.

Percevant son malaise, le jeune résistant changea habilement de sujet.

— Nous devrions nous hâter, à moins que tu ne veuilles te faire attraper par l'un des chiens de garde du palais.

Cette réplique arracha un sourire à Isaïs. Hochant la tête, elle reprit sa marche à ses côtés. Le silence les enveloppa alors qu'ils progressaient prudemment vers le palais. Lorsqu'ils atteignirent un carrefour stratégique, elle attrapa doucement le bras de Théophane pour l'arrêter.

— Tu ne devrais pas aller plus loin, murmura-t-elle. À partir d'ici, les gardes patrouillent régulièrement. Nous nous reverrons à la prochaine réunion.

Une lueur enjôleuse imprima les traits du jeune homme, qu'il ponctua d'un clin d'œil.

— Bonne nuit, princesse. À bientôt.

Elle l'observa s'éloigner, son ombre se fondant peu à peu dans l'obscurité des ruelles.

Une fois qu'il eut disparu, Isaïs inspira et se retourna vers le palais. Elle se déplaça avec prudence, glissa entre les ombres et évita les éclairages des torches. Son cœur battait à tout rompre.

Une fois de retour dans ces appartements, un soupir d'aise lui échappa.

C'était un jeu dangereux. Mais c'était le seul auquel elle pouvait jouer à présent.

- 34 -

Enfin, le jour tant attendu de la cérémonie arriva. Ignisiel se réveilla aux premières lueurs de l'aube. Il apprécia l'air frais du matin qui caressait sa peau tandis que le chant des oiseaux célébrait discrètement le matin de ce jour particulier.

Il passa une grande partie de la journée à la bibliothèque où il y lisait des ouvrages de plus en plus complexes, ayant acquis un niveau de lecture bien plus avancé qu'à son arrivée.

En milieu d'après-midi il retourna chez lui. Il prit soin de se préparer pour le rituel d'équinoxe et enfila avec respect ses habits, blancs immaculés, symbole de pureté. Puis, le cœur battant, il entreprit l'ascension du sentier qui menait au temple des quatre éléments. Des fleurs sauvages bordaient le chemin, semblant lui offrir une haie d'honneur.

Arrivé au sommet, il s'arrêta un instant, subjugué par l'imposante majesté de l'édifice. Ses colonnes massives, sculptées avec minutie, portaient les symboles des éléments : la Terre, l'Eau, l'Air et le Feu, gravés dans l'or et l'argent. Les rayons du soleil effleuraient ces inscriptions, les faisant étinceler comme des joyaux vivants. Les pierres blanches du monument dégageaient une douce lueur qui lui conférait une aura intemporelle. Un silence sacré régnait et enveloppait chaque être présent dans une intense communion.

Sur le parvis, les autres prêtres l'accueillirent avec bienveillance. Il aperçut Altaïr, qui lui adressa un discret signe de tête.

Après quelques instants, les immenses portes en bois s'ouvrirent pour révéler l'intérieur de la bâtisse. Avant d'entrer, chacun se purifia en laissant l'eau fraîche d'une fontaine couler sur leurs mains, pieds et visages.

L'intérieur du sanctuaire était tout aussi grandiose. Le plafond, soutenu de part et d'autre par des colonnes, s'élevait à une hauteur vertigineuse qui donnait l'impression de toucher les cieux. Des fresques somptueuses recouvraient les murs, dépeignant les récits mythologiques où les Dieux et les mortels coexistaient en parfaite harmonie. Chaque détail était imprégné d'une énergie ancestrale qui racontait des légendes d'un autre temps.

Au centre de la pièce, un autel abritait les quatre éléments sous leur forme la plus pure : un cristal étincelant, une coupelle d'eau limpide, de l'encens et une flamme vacillante. Ignisiel s'installa parmi les autres mages, conscient de la solennité du moment. Une présence embaumait l'air, comme si les divinités elles-mêmes veillaient sur la cérémonie.

Des chants commencèrent, unissant les voix des prêtres et prêtresses en une harmonie céleste. La résonance des mélodies vibrait à travers les murs et emplissait chaque âme d'une ferveur sacrée. Cette mélopée ancestrale, aux intonations profondes, semblait transcender le temps et l'espace.

Vint ensuite l'instant des offrandes. Chaque mage déposa un objet représentant son élément au pied de l'autel. Bien qu'encore novice, Ignisiel avait été invité à participer. Il avait choisi une pierre lisse, trouvée lors de ses errances en forêt, symbole de la terre stable et inébranlable. Son offrande fut accueillie avec respect, et il ressentit une immense fierté d'être accepté parmi eux.

Puis débuta une danse en hommage aux dieux. Une vingtaine de prêtresses, drapées de longues robes blanches ornées de voiles colorés, formèrent un cercle autour de l'autel. Leurs mouvements fluides et synchronisés, associés aux jeux d'ombre et de lumière, créaient un spectacle envoûtant. Chaque pas, chaque geste, semblait insuffler aux lieux une magie ancienne, rythmée par la mélodie céleste qui enveloppait l'enceinte du temple.

Soudain, quatre femmes quittèrent le cercle et avancèrent vers l'autel. C'est alors qu'il la vit. Eludia, la Grande Prêtresse du Feu. Sa silhouette exsudait une aura presque irréelle. Avec une grâce infinie, elle tendit la main et saisit délicatement la bougie de son élément.

Les autres Grandes Prêtresses imitèrent son geste avec une précision parfaite. Dans un mouvement chorégraphié, les Grands Prêtres émergèrent des ombres, portant chacun un bâton, symbole de droiture et d'équilibre. Ils se placèrent aux côtés des prêtresses, incarnant l'union des forces de la nature et de dualité.

Ignisiel ne pouvait détourner les yeux d'Eludia. Ses orbes pourpres, fixés sur la flamme qu'elle tenait, brillaient d'une intensité hypnotique. Ses cheveux d'or tombaient en cascades soyeuses et captaient la lumière comme une auréole céleste. Il lui semblait qu'elle était née du feu lui-même, une incarnation vivante de son élément. La splendeur du moment lui coupa le souffle et éveilla en lui une profonde admiration.

Les quatre femmes avancèrent d'un pas et levèrent d'un même geste les représentations de leurs éléments, puis se replacèrent aux côtés de leurs homologues. À cet instant, chacun invoqua son élément en adressant une prière aux Dieux.

Le premier à parler fut Lituriel, Grand Prêtre du Feu. Sa voix grave résonna dans le temple, empreinte d'une puissance maîtrisée.

— Ô grand dieu du Feu, nous t'invoquons. Nous t'offrons cette flamme, reflet de ta force et de ton pouvoir. Que ta lumière guide nos pas et réchauffe nos cœurs de ton amour divin. Eveille en nous le feu pur et sacrée, prononça-t-il, en fixant la flamme vacillante.

Une lueur éclatante jaillit soudain de la bougie tenue par Eludia, projetant des ombres sur les murs. Elle échangea un regard avec Lituriel, empreint d'une connexion profonde. Malgré l'âge avancé du mage, Ignisiel ne put empêcher une pointe de jalousie de s'immiscer en lui, mais il se ressaisit aussitôt, rappelé à l'importance du moment.

Eludia s'avança et déposa avec délicatesse la représentation de son élément sur l'autel. En réponse, une boule de feu incandescente se forma au sommet du sceptre que tenait Lituriel et flotta dans l'air, irradiant d'une puissance palpable.

Le Grand Prêtre de l'Air prit ensuite la parole, sa voix douce et aérienne semblant se mêler aux courants invisibles qui parcouraient la pièce.

— Ô grand dieu de l'Air, nous t'invoquons. Nous t'offrons cet encens, messager de ton souffle et de ta liberté. Que ta brise purifie nos esprits et élève nos pensées.

La Grande Prêtresse de l'Air, une femme élancée aux cheveux châtains, fit onduler l'encensoir dans un mouvement gracieux, libérant un nuage parfumé qui s'éleva lentement vers les hauteurs du temple. Elle le déposa ensuite sur l'autel, et aussitôt, une sphère d'air tourbillonnante apparut au-dessus du sceptre de son homologue avec légèreté.

Vint alors le tour du Grand Prêtre de l'Eau, dont la voix fluide et mélodieuse évoquait le chant d'une rivière paisible.

— Ô grand dieu de l'Eau, nous t'invoquons. Nous t'offrons cette eau, reflet de ton essence de fluidité et de sagesse. Que ton courant rafraîchisse nos âmes et apaise nos cœurs.

La Grande Prêtresse de l'Eau, une femme d'âge mûr aux cheveux courts, leva la coupelle vers la lumière. Le liquide clair scintilla sous les rayons divins, projetant des reflets d'azur. Elle posa le récipient en cristal sur l'autel et une sphère liquide se forma au-dessus du sceptre du mage, ondulant comme une vague en suspens.

Enfin, le Grand Prêtre de la Terre éleva sa voix grave qui semblait venir des profondeurs du sol.

— Ô grand dieu de la Terre, nous t'invoquons. Nous t'offrons ce cristal, pilier de ta force et de ta stabilité. Que ta présence nous enracine et nous fortifie.

La Grande Prêtresse de la Terre, une femme menue aux cheveux noirs de jais, souleva un récipient contenant un cristal de roche sertie dans la terre. La lumière traversa la pierre, se dispersant en reflets dorés sur les visages recueillis. Lorsqu'elle le déposa sur l'autel, une sphère d'énergie minérale apparut au-dessus du sceptre du prêtre, semblable à des racines entrelacées.

Un frisson parcourut Ignisiel alors que les quatre éléments, réunis dans l'espace sacré, semblaient vibrer à l'unisson. Leurs énergies se manifestaient pleinement, répondant à l'appel des mages. Son cœur battait au rythme des incantations, en parfaite harmonie avec le déroulement du rituel.

Dans un geste synchronisé, les Grands Prêtres et Prêtresses levèrent les bras, appelant les forces élémentaires. En réponse, les sphères d'énergie s'élevèrent lentement, se rejoignant au centre de l'autel. Dans un éclat fulgurant, elles fusionnèrent en une seule et unique colonne lumineuse, montant droit vers le ciel à travers le puit de lumière situé au plafond. L'éclat grandit, s'intensifia, jusqu'à disparaître dans les cieux.

Ignisiel resta figé devant ce spectacle d'une beauté transcendante, émerveillé par cette démonstration de puissance divine. Son regard se porta sur le cercle des Grands Prêtres, ressentant une profonde gratitude pour l'opportunité qui lui était donnée d'assister à un tel événement sacré.

Les danseuses cessèrent leurs chorégraphies et la cérémonie s'acheva par une prière collective des huit officiants. Ils implorèrent la protection des dieux, la paix pour leur peuple et la sagesse dans leur quête spirituelle. Le chant continua longtemps après que leurs lèvres se furent tues, laissant derrière lui une vibration empreinte de ferveur et de foi.

Alors que le silence retombait sur l'assemblée, Ignisiel sentit une chaleur bienfaisante se répandre en lui, comme si une flamme intérieure venait de s'éveiller. Il comprit alors combien cette cérémonie marquait un tournant décisif dans son existence. Ce qu'il avait vécu aujourd'hui resterait gravé en lui, le liant à jamais à la voie qu'il avait choisie.

Le cœur gonflé de fierté et de reconnaissance, il quitta le temple, baigné par les dernières lumières du jour. Alors qu'il franchissait le seuil, il sut qu'un nouveau chapitre de sa vie venait de commencer.

- 35 -

Tous les participants du rituel regagnèrent leurs habitations dans un silence respectueux. Une aura de légèreté et de sérénité flottait, comme si chacun portait en lui un éclat de la cérémonie.

Ignisiel marcha lentement sur les sentiers qui descendaient du temple des quatre éléments, encore imprégné des visions et des sensations de la cérémonie. Les images des Grands Prêtres qui invoquaient les éléments, la fusion des énergies sacrées, les chants qui résonnaient sous les voûtes de l'édifice... tout cela dansait encore dans son esprit. Absorbé dans ses pensées, il ne réalisa pas qu'il avait pris un autre sentier que celui de son logement. Il était sur celui qui menait directement au Jardin suspendu.

Lorsqu'il arriva, il fut à nouveau happé par la beauté envoûtante du lieu. Ce sanctuaire béni des dieux, offrait une vue imprenable sur les terres environnantes. Le ciel, d'un noir profond, était constellé d'étoiles scintillantes qui formaient une tapisserie céleste infinie.

Le jeune homme s'avança doucement et s'imprégna du calme apaisant du jardin. Il distingua une odeur de jasmin qui l'intrigua. Il aperçut alors une silhouette immobile parmi les ombres. Ses yeux s'adaptèrent à l'obscurité et il reconnut immédiatement les cheveux lumineux qui captaient la clarté lunaire comme un halo doré. La robe blanche de cérémonie, ceinturée d'une écharpe rouge, ne laissait aucun doute sur son identité.

Eludia était là.

Elle semblait presque irréelle, comme une vision éthérée émergeant de la nuit. Pourtant, il savait qu'elle était bien réelle. Il s'approcha avec une légère hésitation, soucieux de ne pas troubler son moment de quiétude. La senteur blanche et capiteuse s'intensifia et il comprit que ce parfum provenait d'elle.

— Eludia, souffla-t-il

Elle se tourna vers lui et une lueur de surprise traversa son regard.

— Ignisiel, répondit-elle avec un rictus crispé.

— La cérémonie était magnifique.

Les traits de la jeune femme se détendirent et une étincelle naquit dans ses iris.

— Oui, répondit-elle doucement. C'est toujours un instant unique, un rappel de notre engagement envers les dieux et les éléments. Ces rituels nous permettent de renouveler notre lien avec eux, de réaffirmer notre place dans l'ordre du monde.

Ignisiel acquiesça, comprenant alors pleinement la portée de ce qu'il avait vécu. Ces cérémonies n'étaient pas de simples traditions, mais de véritables passerelles entre les mortels et les puissances divines, un moyen pour les prêtres et prêtresses de s'ancrer dans leur mission et de canaliser leurs pouvoirs.

— Je suis honoré d'avoir pu y assister. C'était une expérience inoubliable ajouta-t-il.

Un sourire doux illumina le visage d'Eludia.

— Je suis heureuse que tu aies pu être là. C'est un premier pas important sur ton chemin spirituel. Le premier est toujours le plus difficile. Tu as fait preuve d'une grande persévérance depuis notre rencontre au marché d'Alendulire.

Un frisson parcourut Ignisiel et une chaleur bienveillante se répandit dans son cœur. Les mots de la jeune femme avaient un poids qu'il n'aurait su expliquer. Il savait qu'il avait encore un long chemin à parcourir, mais il se sentait prêt à l'affronter.

— Merci, Eludia. J'ai hâte de poursuivre cet apprentissage.

Elle hocha la tête, son regard plongé dans le paysage lointain.

— Tu feras bientôt officiellement ton entrée en tant que prêtre apprenti.

Il fronça légèrement les sourcils.

— Comment ça ?

Une malice légère vint habiter son expression.

— Tu le sauras bien assez tôt.

Elle leva les yeux vers l'immensité céleste et inspira profondément.

— Veux-tu rester un moment à contempler les étoiles avec moi ?

La respiration d'Ignisiel se coupa. Il fut pris de court par cette demande, mais accepta sans hésitation. Aux côtés d'Eludia, il ressentait une paix qu'il n'avait jamais connue auparavant, un sentiment d'appartenance indéniable.

Ils marchèrent jusqu'à un petit espace dégagé où la mousse formait un tapis moelleux et s'assirent à même le sol.

— Tu as faim ? demanda la Grande Prêtresse.

Elle lui tendit une main pleine de baie bleu avec une moue gênée.

— Merci, répondit-il en acceptant son offrande. Mais qu'est-ce que c'est ?

Le sourire de la jeune femme s'agrandit.

— Ce sont des myrtilles. La plupart des plantes de ce jardin sont comestibles. En tout cas il n'y a rien de toxique, le taquina-t-elle. Goûte. Ce sont mes fruits préférés. Il y en a plein dans les buissons là-bas.

Elle pointait du doigt un massif et Ignisiel du plisser les paupières pour apercevoir de petites boules bleutées dans la pénombre.

— Heureux que tu n'essaies pas de m'empoisonner dans ce cas, essaya-t-il de plaisanter.

Eludia rit joyeusement, puis ramena ses genoux contre sa poitrine en levant les yeux vers le ciel étoilé. Ils mangèrent sans un mot. Malgré l'intimidation qu'elle lui inspirait, Ignisiel se sentait envahi par un bien-être qu'il n'avait plus connu depuis des semaines à cause de l'absence de la jeune femme.

Après un moment, elle s'allongea sur le sol, les bras croisés derrière la tête, le regard toujours perdu dans l'infinité du ciel. Le novice l'imita et trouva un confort insoupçonné dans cette simple contemplation. Le silence s'étira, non pas pesant, mais empli de sens.

— Tu viens souvent ici après la cérémonie ? murmura-t-il sans se détourner des étoiles.

Eludia hocha doucement la tête.

— C'est un endroit apaisant, parfait pour réfléchir. Après chaque rituel, j'aime prendre un moment pour moi, loin de tout, pour me recentrer.

Il resta pensif un instant avant d'ajouter :

— C'est étrange… avant d'arriver à la Cité des Temples, je ne comprenais pas vraiment l'importance de ces rituels. Maintenant, je ressens quelque chose de différent, comme si…

— …comme si tu faisais enfin partie de quelque chose de plus grand que toi ? compléta-t-elle avec une courbe au coin de la bouche.

Il acquiesça.

— Oui, exactement.

Eludia tourna la tête vers lui et l'observa avec douceur.

— C'est un long chemin, Ignisiel. Mais ce soir, je vois dans ton regard que tu es prêt à l'emprunter. Peu importe les épreuves qui viendront, tu sauras trouver ta place.

Il repensa à tout ce qu'il avait vécu aujourd'hui. Tout semblait si lointain et pourtant si profondément ancré en lui.

Il savait que cette journée resterait gravée dans sa mémoire comme un tournant décisif. Une page venait d'être tournée, et une nouvelle s'ouvrait devant lui, pleine de promesses et de mystères. Il avait hâte de découvrir ce que l'avenir lui réservait, mais pour l'instant, il savourait le présent, allongé aux côtés d'Eludia sous l'immensité étoilée.

Lentement, porté par la douceur du vent et la tranquillité du jardin suspendu, Ignisiel sentit le sommeil le gagner. Sa respiration se fit plus profonde et son esprit s'apaisa. Une fragrance entêtante de jasmin chatouilla à nouveau ses narines et un soupir de bonheur étira ses lèvres. Il s'endormit, bercé par la lumière des étoiles et la sérénité de la nuit.

- 36 -

La nuit s'étendait sur le palais d'Andran. Les murs étaient baignés d'obscurité, seulement troublée par les flammes des torches fixées aux murailles. Isaïs savait que le moment était venu de réaliser la mission qu'on lui avait confiée. Elle devait recueillir des informations précises sur les rondes des gardes afin de les transmettre à la résistance.

Habillée d'une simple tunique sombre, elle se faufila hors de ses appartements, évitant soigneusement le regard de Sire Laurence, qui montait la garde devant sa porte. Lui mentir la peinait, mais pour sa sécurité, il valait mieux qu'il ignore la raison de cette escapade. Il l'aidait déjà en fermant les yeux sur ses sorties nocturnes, elle ne pouvait pas plus l'impliquer.

Le premier défi était de quitter l'aile royale sans éveiller les soupçons. Elle connaissait le château mieux que quiconque. Les passages dérobés, les alcôves dissimulées derrière les tapisseries… tout cela constituait son terrain de jeu depuis l'enfance. Se déplaçant avec légèreté, elle avança dans les corridors et évita les endroits trop exposés.

Arrivée dans la galerie principale, elle se glissa derrière une colonne et observa discrètement. Les rondes semblaient suivre un schéma prévisible : deux hommes stationnés à chaque entrée, une patrouille passait toutes les quinze minutes sur les axes principaux. Une faille potentielle existait du côté des cuisines et des entrepôts, où les passages étaient moins surveillés.

Elle nota ces informations dans son carnet, inscrivant avec soin les horaires approximatifs.

Son exploration la mena vers l'aile administrative du palais. C'était ici que les documents officiels étaient conservés : registres des effectifs, ordres du roi, missives importantes. Si elle pouvait mettre la main sur l'un de ces documents, cela lui fournirait un avantage.

Elle longea le couloir en évitant les torches qui révéleraient sa présence. Devant la porte du bureau du capitaine de la garde, elle s'arrêta. La serrure était fermée, mais elle savait que certains employés disposaient d'une clé passe-partout pour l'entretien des lieux. Il lui fallait un moyen d'en récupérer une.

Elle entendit soudain des voix dans la pièce. Sans réfléchir, elle ouvrit la première porte à proximité et se glissa à l'intérieur. C'était une petite salle de repos, probablement destinée aux scribes et intendants du château. Elle trouva refuge derrière un rideau de velours épais et écouta attentivement les deux hommes.

— Le capitaine veut que les archives des patrouilles soient mises à jour avant l'aube, grommela une voix fatiguée.

— Comme si nous n'avions pas déjà assez de travail… J'ai laissé ma clé dans mon bureau. Tu peux me prêter la tienne pour que je referme ?

Isaïs sentit son cœur s'accélérer. Elle entendit le cliquetis d'un trousseau, puis des pas s'éloigner. C'était sa chance.

Sortant prudemment de sa cachette, elle suivit discrètement l'homme âgé à la démarche lourde, qui venait de recevoir la clé. Il s'agissait d'un intendant. Il se dirigea vers une pièce attenante, probablement son bureau. La princesse jeta un coup d'œil aux alentours, puis s'approcha sans bruit.

La salle était encombrée de parchemins et d'encriers. L'intendant posa la clé sur la table d'entrée avant de fouiller dans un tiroir. Profitant de son inattention, Isaïs avança prudemment et, d'un geste sûr, subtilisa la clé avant de reculer lentement. Elle quitta la pièce sans un bruit.

De retour devant le bureau du capitaine, elle introduisit la clé dans la serrure et pria pour que ce soit la bonne.

Un déclic.

Elle entra discrètement et referma derrière elle. Elle se déplaça avec précaution et fouilla à la hâte les étagères et les tiroirs. Elle jura à voix basse. Le registre qu'elle cherchait n'était pas ici. Il avait déjà dû être emmené à la salle des archives. Cependant elle vit un pli ouvert sur un secrétaire qu'elle décida de lire.

« Renforcez la garde dans les souterrains. Il semblerait que des mouvements suspects aient été détectés. Personne ne doit y accéder sans mon autorisation. — Roi Soach Ier »

Les souterrains ? Pourquoi son père s'inquiétait-il de cette partie du palais ? Cela éveilla sa curiosité.

Elle sortit aussi discrètement qu'elle était entrée et elle referma derrière elle. Avec précaution, elle glissa la clé sous une pile de parchemins dans le bureau de l'intendant, qui s'était endormi sur une chaise et ronflait bruyamment. Ainsi il penserait simplement l'avoir égarée.

Elle longea un couloir désert, s'appuyant sur les ombres pour masquer sa progression. Elle entendit deux gardes passer à quelques mètres d'elle et s'accroupit rapidement derrière un imposant vase d'onyx pour se cacher.

— Je te jure, je ne comprends pas pourquoi le roi a renforcé la garde dans l'aile Est, murmura l'un des hommes en ajustant sa ceinture.

— Paraît que des espions se sont infiltrés récemment. Ordre du capitaine : double surveillance, surtout près des souterrains.

Isaïs retint son souffle. Les souterrains… encore eux. Il fallait qu'elle en apprenne davantage.

Dès que les soldats disparurent au détour du couloir, elle reprit son avancée, progressant vers l'aile Nord où se trouvait la salle des archives. Elle savait que les registres de la garde y étaient entreposés et qu'avec un peu de chance, elle pourrait consulter les ordres de rondes récents qu'elle pensait trouver dans le bureau du capitaine.

Arrivée devant la porte, elle colla son oreille au bois sculpté. Aucun bruit ne se faisait entendre à l'intérieur. Prudemment, elle appuya sur la poignée, qui s'ouvrit sans résistance. Quelqu'un avait visiblement oublier de la refermer. La pièce était plongée dans la pénombre, uniquement éclairée par la lueur blafarde de la lune qui filtrait à travers les fenêtres hautes.

Elle se dirigea vers une large table encombrée de parchemins et se mit à fouiller. Son cœur battait à tout rompre. Elle savait qu'elle n'avait que peu de temps avant qu'un scribe ou un soldat ne vienne inspecter la pièce.

Ses doigts fébriles effleurèrent un registre aux pages épaisses qui était daté de ce mois-ci. Elle l'ouvrit précipitamment et parcourut les lignes griffonnées d'une écriture stricte. Les horaires des rondes étaient notés avec précision, ainsi que les effectifs assignés à chaque secteur du palais. Elle mémorisa et nota tout ce qu'elle put ainsi que les points faibles du système de surveillance.

Soudain, des voix s'élevèrent dans le couloir. Isaïs sentit une sueur froide lui couler dans le dos. Elle n'avait pas prévu que quelqu'un viendrait aussi tôt. Son regard affolé chercha une issue. Une petite porte latérale menait sans doute à une réserve. Elle s'y précipita et referma doucement derrière elle au moment où deux hommes entrèrent.

— Capitaine, voici les derniers rapports sur la surveillance des couloirs. Nous avons ajouté deux hommes près de l'entrée principale, comme ordonné.

— Bien. Et pour les souterrains ?

— Trois hommes y sont postés en permanence. Si quelqu'un tente d'y entrer sans autorisation, nous serons informés immédiatement. Nous avons également reçu de nouveaux équipements qui sont dans la pièce d'à côté,

– Montre-moi. Nous reviendrons terminer notre travail ici juste après.

Isaïs posa une main sur sa bouche pour étouffer son

souffle. L'information était capitale. Son père craignait vraiment quelque chose dans ces souterrains. Mais quoi ?

Dès que le silence retomba, elle attendit quelques instants avant de sortir discrètement. Son cœur tambourinait encore contre sa poitrine, mais elle avait ce qu'elle était venue chercher.

Le retour vers ses appartements fut délicat. Elle devait faire attention à ne pas croiser les gardes qu'elle avait espionnés plus tôt. Elle marcha d'un pas rapide mais silencieux, les sens en alerte. Arrivée à proximité de ses quartiers, elle fit un signe discret à Sire Laurence.

— Vous revenez bien tard, princesse, murmura-t-il avec un éclat de malice au coin de sa bouche.

— J'avais besoin d'air, répondit-elle, tentant de masquer son essoufflement.

Le soldat l'observa un instant mais ne posa pas plus de questions. Elle lui adressa une œillade reconnaissante avant de regagner sa chambre, où elle s'affala sur son lit, le carnet contre sa poitrine.

Plus tard dans la nuit, dissimulée sous une cape, Isaïs quitta le château en empruntant le passage secret de la bibliothèque qui menait hors des murs royaux. Son cœur battait à un rythme effréné, non par peur, mais par l'excitation d'avoir enfin des informations précieuses à partager avec la résistance.

Lorsqu'elle arriva à l'auberge de la T'Air de Feu, elle fut accueillie par Théophane, dont le regard s'illumina en la voyant.

— Tu as quelque chose pour nous ? demanda-t-il à voix basse.

Elle hocha la tête et lui tendit le carnet ouvert sur les horaires des rondes.

— Voici les détails des patrouilles. Les passages les moins surveillés sont ici et là, expliqua-t-elle en pointant du doigt les annotations qu'elle avait ajoutées. Et j'ai appris quelque chose d'important : mon père a renforcé la garde dans les souterrains. Trois hommes y sont stationnés en permanence. Quelque chose s'y cache, Théophane, j'en suis certaine.

Le jeune homme fronça les sourcils en étudiant les notes.

— Les souterrains… Tu sais ce qu'il s'y trouve ?

— Non, mais ça commence à m'inquiéter. Il y a un secret là-dessous, et mon père ne veut pas que quiconque le découvre.

Théophane réfléchit un instant, puis referma le carnet.

— Nous ne pouvons pas programmer d'infiltrations tant que nous ne savons pas ce qu'il s'y cache princesse, je suis désolé. Mais ce que tu nous apportes est inestimable. Avec ces informations, nous allons pouvoir planifier des actions plus précises.

— Je veux être impliquée, déclara-t-elle fermement. Je ne veux pas me contenter de donner des informations. Je veux faire partie des prochaines actions.

La mâchoire de Théophane se crispa, mais il essaya visiblement de dissimuler son trouble avec un sourire en coin.

— Je vais y réfléchir. Je commence à croire que tu es plus résistante que certains de nos hommes, princesse, plaisanta-t-il.

Isaïs sentit une fierté s'éveiller en elle. Pour la première fois, elle n'était plus seulement une princesse cloîtrée derrière les murs d'un palais doré. Elle était une alliée, une combattante.

Elle sortit de l'auberge et leva les yeux vers le ciel étoilé. La nuit était encore jeune, et bien que le chemin soit semé d'embûches, elle savait désormais qu'elle n'était plus seule dans cette lutte.

L'aventure ne faisait que commencer.

- 37 -

Avec l'arrivée des premiers rayons du soleil, Ignisiel ouvrit lentement les paupières. Une douce chaleur caressait sa peau, et il prit quelques instants pour émerger du sommeil. Il réalisa avec surprise qu'il n'était pas dans son lit, mais allongé sur un tapis de mousse.

Peu à peu, les images de la veille refirent surface : la cérémonie, la rencontre avec Eludia au Jardin des Lumières, leur conversation. Son cœur s'accéléra légèrement à cette pensée. Instinctivement, il tourna la tête pour la chercher, mais ne trouva qu'une empreinte vide sur la mousse à ses côtés. Un témoignage de la proximité qu'ils avaient partagée.

Alors qu'il se redressait, un léger frémissement sur sa poitrine attira son attention. Une fleur d'un violet profond glissa lentement sur son torse avant qu'il ne l'attrape du bout des doigts. Il la contempla, frappé par la ressemblance parfaite entre sa teinte et les yeux d'Eludia. Un sourire effleura ses lèvres. Cette simple offrande lui apportait une étrange sensation de réconfort. Elle était partie avant son réveil, mais cette fleur prouvait qu'elle avait pensé à lui.

Reprenant ses esprits, il se leva et reprit le chemin de sa demeure, son esprit encore imprégné de la magie de la journée précédente. Après une toilette rapide et un changement de vêtements, il se prépara pour une nouvelle journée et quitta sa maison. Comme à son habitude, ses pas le menèrent vers la bibliothèque, assoiffé de savoir et de réponses aux nombreuses questions qui l'assaillaient. La ville s'éveillait doucement autour de lui, une mélodie habituelle composée du murmure matinal des habitants et du chant des oiseaux.

Alors qu'il progressait dans les rues, il aperçut une silhouette familière. Altaïr s'approchait d'un pas assuré, son visage empreint d'une jovialité qui ne le caractérisait pas. Lorsqu'il fut à sa hauteur, il lui tendit un parchemin scellé.

— Bien le bonjour jeune apprenti. J'ai une lettre pour toi, tiens, dit-il, un pli narquois sur ses lèvres.

Le jeune homme arqua un sourcil, intrigué.

— Une lettre ? Mais de qui ?

— Ouvre-la et tu le sauras, répondit Altaïr avec amusement.

Sans attendre, Ignisiel déplia délicatement le parchemin. Les caractères étaient tracés en langue ancienne. Sachant qu'il avait déjà des lacunes en lecture en raison de son enfance d'orphelin, il s'était entrainé plus dur que les autres pour rattraper son retard. Grâce aux heures passées à étudier, il parvenait désormais à déchiffrer ces inscriptions, bien que chaque mot requière une grande concentration.

« Initiation d'entrée : rendez-vous aux statues des éléments derrière le grand temple à la nuit tombée. »

Un frisson parcourut son échine. Son regard se releva immédiatement vers Altaïr, rempli d'interrogations.

— Les statues des éléments… Derrière le grand temple ? demanda-t-il d'une voix légèrement tremblante.

Altaïr croisa les bras, amusé par sa réaction.

— Tu ne sais donc pas lire ? Derrière le grand temple, là où nous avons réalisé la cérémonie hier.

— Et que dois-je préparer ?

— Absolument rien. Présente-toi simplement à l'heure indiquée. Je ne peux pas t'en dire plus, mais souviens-toi de tout ce que tu as appris depuis ton arrivée à la Cité des Temples. Tu es prêt pour cette épreuve, sinon je ne t'y aurais pas présenté. Alors ne doute pas de toi-même. Sois calme, réfléchi et fais confiance à ton instinct.

Ignisiel sentit une pression familière sur son bras : un geste bref, mais plein de bienveillance de la part d'Altaïr. D'un dernier signe de tête, son instructeur s'éloigna, le laissant seul avec ses pensées tourbillonnantes.

Une vague d'appréhension s'abattit sur lui alors que son regard restait fixé sur le parchemin. Cette initiation était un tournant décisif. Il avait lu des textes sur ce rituel, il savait ce qu'il impliquait.

« L'initiation d'entrée est l'étape préliminaire et indispensable pour obtenir l'accès à la formation de l'Ordre de la prêtrise. Ce processus sert non seulement à tester la détermination d'un néophyte, mais aussi à préparer son esprit et son corps aux responsabilités qui l'attendent. Si un novice échoue lors de cette initiation, il ne peut malheureusement pas rester dans la Cité des Temples et continuer son apprentissage, car cela va à l'encontre des lois et traditions établies. »

Les mots retentirent dans son esprit, pesant de tout leur poids. Son souffle se fit plus court, son cœur cogna violemment contre sa poitrine. L'échec n'était pas une option. Il ne pouvait envisager de retourner à Alendulire et à cette vie incertaine qu'il avait laissée derrière lui. Pourtant cette éventualité arriverait peut-être après cette nuit.

Non.

Ses mâchoires se contractèrent. Il devait réussir. Il n'avait pas d'autre choix.

Mais son corps refusait d'obéir. Il était figé, tendu à l'extrême par la peur d'échouer, prisonnier de l'angoisse grandissante qui l'étreignait. Ses doigts crispés sur le parchemin trahissaient son trouble. L'air lui manquait. Il sentait la panique monter, une tempête prête à éclater. Le temps sembla suspendu jusqu'à ce qu'il sente une légère pression sur son bras.

*

Eludia marchait d'un pas mesuré dans la forêt en direction du Lac des Reflets. Dès son réveil, elle était partie du Jardin suspendu où elle s'était coupée du monde ces dernières semaines. Elle avait choisi cet isolement pour se recentrer, pour éviter toute distraction… et surtout, pour ne pas croiser Ignisiel.

Alors à son réveil, en découvrant le visage détendu et endormi du jeune homme, elle avait paniqué. Une boule d'angoisse s'était formée dans sa gorge et le besoin de s'éloigner rapidement l'avait envahi.

Pourquoi est-ce qu'il était venu la rejoindre dans ce sanctuaire la veille ? Elle ne lui avait même pas demandé ce qu'il faisait là, trop déboussolée par sa présence. Eludia ne pouvait s'empêcher de se reprocher d'avoir autorisé cette proximité, même si ce n'était que pour un instant. Bon sang, c'était même elle qui lui avait proposé de rester. Mais la chaleur réconfortante de sa présence avait fissuré la carapace qu'elle s'était érigée.

Elle se renfrogna en se rappelant qu'elle avait cueilli une fleur avant de la déposer sur son corps endormi pour qu'il ne s'offusque pas de son départ. Pourquoi avait-elle fait ça ? Se prenant la tête dans les mains elle inspira lentement. Elle réagissait comme une adolescente à son contact et cela l'agaçait profondément.

Dans le jardin des Lumières elle arrivait à s'apaiser. Elle

passait ses journées à méditer, à prier et à se concentrer sur ses devoirs en tant que prêtresse, notamment en surveillant la flamme éternelle qui ne s'était pas éteinte depuis l'incident. Ce rituel quotidien était pour elle une source de discipline et de concentration, un moyen de maintenir son esprit clair et son cœur détaché des distractions.

Et pourtant… l'irruption d'Ignisiel avait ébranlé son équilibre. Elle se souvenait de son regard d'un vert perçant, de la douceur qu'il renfermait, et du bien-être inattendu qui avait envahi son cœur. Elle voulait chasser ces pensées parasites, se libérer de cette inquiétude persistante à son sujet.

Elle avait réussi à l'éviter durant ses vingt-et-un jours de formation, mais hier… Hier, elle avait cédé à sa proximité. Cette tentation, elle le savait, risquait de compromettre sa mission, de la détourner de son devoir envers la Cité des Temples et les dieux qu'elle servait.

Arrivée à destination, elle réalisa le rituel pour se libérer de ses émotions dans le lac des Reflets. Une fois terminé, elle se pencha et regarda son visage dans le miroir d'eau limpide.

— Tu dois rester forte, se dit-elle.

Ses traits fins et tirés, encadrés par des mèches dorées, reflétaient une volonté qui s'effritait. Ses yeux, d'ordinaire calmes et sereins, trahissaient à présent un tourbillon d'émotions contradictoires. Elle ferma les paupières un instant pour contenir sa tempête intérieure. Malgré tous ses efforts, elle ne pouvait nier la chaleur qu'elle avait ressentie auprès de lui.

Elle ne devait pas céder à nouveau à la tentation de sa compagnie.

Mais… Ce soir allait marquer un tournant décisif dans la vie du jeune homme. Il allait passer son rituel d'initiation, un rite de passage qui influencerait grandement son destin. Ses capacités magiques étaient impressionnantes, et même

Altaïr, habituellement si difficile à impressionner, lui avait confié qu'il avait été stupéfait par la quantité de magie qui coulait en lui. La jeune femme était d'accord. Son statut de Grande Prêtresse lui avait permis de voir le potentiel lien qu'il pourrait avoir avec les divinités, et celui-ci promettait d'être puissant.

Elle se demandait comment il se sentait en ce moment précis, face à l'inconnu de cette initiation qu'elle avait elle-même traversée à un âge très jeune. Les souvenirs de son propre rite, la peur mêlée à l'excitation, lui revenaient en mémoire. Elle savait que c'était loin d'être une promenade de santé, mais elle avait foi en lui et son intuition la trompait rarement.

Elle se crispa à ces pensées et les chassa d'un geste agacé. Pourquoi passait-elle autant de temps à s'inquiéter pour lui ? Son rituel de purification aurait dû lui permettre de s'en détacher, et pourtant, il continuait d'occuper son esprit. Il fallait qu'elle se reprenne.

Déterminée à se recentrer, elle quitta les rives du lac et prit la direction du centre de la Cité des Temples. Elle devait reprendre son enquête sur sa vision et avait décidé, la veille, de se rendre à la bibliothèque pour essayer de trouver une piste sur ce que pouvait être cette entité sombre. Le chemin serpentait entre les ruelles étroites, animées par l'agitation matinale. Les senteurs d'encens, de pain chaud et d'épices embaumaient l'air, contrastant avec la pureté boisée de la forêt.

C'est alors qu'elle le vit.

Ignisiel, figé au milieu d'un croisement, le regard rivé sur un morceau de parchemin qu'il tenait entre ses doigts tremblants.

- 38 -

Eludia n'avait pas besoin de lire le contenu du parchemin qu'Ignisiel tenait entre ses doigts pour deviner son message. Elle en avait rédigé suffisamment pour en connaître chaque mot.

L'observant, elle perçut l'énergie tourmentée qui bouillonnait en lui, telle une mer agitée prête à se déchaîner. Son visage tendu et sa respiration saccadée trahissaient une peur si profonde qu'elle semblait l'écraser. Il semblait à deux doigts de perdre le contrôle. Voir cela lui serra le cœur plus qu'elle n'aurait voulu l'admettre.

Elle poussa un soupir, sentant ses résolutions vaciller. Elle s'était promis de garder ses distances, de ne pas se laisser troubler. Mais face à son désarroi, elle ne pouvait rester impassible. Peu importaient les conséquences, elle n'était pas capable d'ignorer la détresse d'un autre. Elle fit un pas vers lui.

— Ignisiel, dit-elle doucement, tout va bien ?

Elle posa une main sur son bras en signe de réconfort. Mais au contact de sa peau, une étrange chaleur la traversa, une décharge infime mais bien réelle. Cela sembla le ramener à la réalité. Il sursauta légèrement, comme s'il ne l'avait pas vu arriver, puis passa nerveusement une main dans ses cheveux.

— Eludia... Excuse-moi, je viens de recevoir un message qui m'angoisse un peu, murmura-t-il, une hésitation dans la voix.

Son regard, habituellement vif, était voilé d'incertitudes et de doutes. Devant cette vulnérabilité, elle se surprit à vouloir alléger son fardeau.

— Veux-tu marcher un peu ? Cela pourrait t'aider à apaiser ton esprit.

— Oui… je crois que j'en ai besoin, répondit-il avec un faible sourire.

Sans un mot de plus, elle l'entraîna à travers les ruelles, s'éloignant progressivement du tumulte du centre-ville. Ils avancèrent sans un mot, chacun absorbé dans ses pensées, tandis que la lumière du matin enveloppait la cité d'une douce lueur dorée. Peu à peu, les rues laissèrent place à la nature.

Leur marche les mena jusqu'au Lac des Reflets. La surface de l'eau miroitait sous les premiers rayons du soleil et projetait des éclats scintillants tout autour d'eux. Ils s'assirent sur la berge, leurs pieds frôlant l'onde calme. Ignisiel baissa les yeux vers son reflet, comme s'il cherchait des réponses dans l'image qu'il lui renvoyait.

Après un long moment, Eludia rompit enfin le silence :

— Ce que tu t'apprêtes à vivre est une épreuve importante. Mais je n'ai aucun doute sur tes capacités. Tu es prêt. Tu as prouvé ta détermination et ta force à maintes reprises.

Le jeune homme tourna lentement la tête vers elle. Ses iris émeraudes, d'ordinaire pétillants, étaient assombris par une tension brulante. Lorsqu'il répondit, sa voix était empreinte d'amertume.

— Comment peux-tu en être aussi sûre ? Tu as disparu depuis le début de ma formation.

Elle entrouvrit la bouche, mais aucun mot ne vint. Elle savait qu'elle ne pouvait lui dire qu'elle s'était renseignée sur ses progrès auprès d'Altaïr. Cela reviendrait à admettre qu'elle n'avait jamais cessé de s'intéresser à lui. Alors, elle opta pour une réponse plus détachée.

— J'ai entendu parler de tes capacités, et je me souviens de ce dont tu étais capable avant même d'entrer à la Cité des Temples.

Mais Ignisiel ne se laissa pas convaincre. Son regard devint plus perçant, plus incisif.

— Alors, dis-moi… pourquoi es-tu partie ce matin ? Pourquoi ai-je l'impression que tu m'évites depuis mon arrivée ?

Eludia détourna les yeux. Elle n'avait pas de réponse satisfaisante, du moins pas une qu'elle pouvait formuler à voix haute. Dans quoi s'était-elle encore embarquée ? Une part d'elle voulait fuir cette conversation, éviter de se confronter à cette vérité qu'elle s'efforçait d'ignorer. Mais elle savait qu'il ne lâcherait pas si facilement. Elle prit une lente inspiration et força sa voix à rester stable.

— Mon statut implique de nombreuses responsabilités. Je ne peux pas me permettre d'être distraite… par toi.

Elle marqua une pause, cherchant ses mots.

— Peu importe à quel point ta présence peut être agréable, il est préférable que tu suives ton propre chemin. Les épreuves qui t'attendent doivent être affrontées seul. C'est ainsi que l'on progresse.

C'était vrai… en partie. Mais elle savait que ces mots n'étaient qu'un bouclier derrière lequel elle se réfugiait, une manière d'éloigner l'inévitable confrontation avec ses propres émotions. Elle s'accrochait à cette logique froide, tentant désespérément d'étouffer cette chaleur troublante qu'Ignisiel éveillait en elle.

— Alors pourquoi es-tu là, à essayer de m'aider maintenant ?

Ces mots la frappèrent de plein fouet, réveillant une douleur sourde dans sa poitrine.

Pourquoi était-elle là ?

C'était une question pertinente. La vérité, c'est qu'elle ne savait pas vraiment pourquoi. Elle se retrouvait face à une impasse, un mur élevé qu'elle ne pouvait ignorer. Pourtant, elle s'obstina dans sa démarche.

— Je... j'ai vu ton trouble, et je ne pouvais pas l'ignorer, répondit-elle, sa voix plus fragile qu'elle ne l'aurait voulu. C'est ce que j'aurais fait pour n'importe qui. Et si ce n'était pas moi qui étais tombée sur toi, quelqu'un d'autre t'aurait tendu la main. C'est cela, la fraternité.

Ignisiel planta ses prunelles dans les siennes, empreintes d'une intensité qui la troubla au point de la faire presque reculer, mais elle resta aussi impassible que possible.

— Donc, je ne suis rien de plus qu'un autre, c'est bien ça ?

Il y avait tant de douleur et de confusion dans son regard, tant de questions non posées qui y brûlaient. Une vague de culpabilité s'empara d'Eludia.

— Tu es une belle âme, Ignisiel, comme toutes les personnes ici. Mais… Ce n'est pas parce que je t'ai ramené d'Alendulire que tu dois te sentir différent ou que cela signifie qu'il existe un lien particulier entre nous.

Dès que ces mots franchirent ses lèvres, une violente douleur pulsa dans sa poitrine. Son cœur battait si fort qu'il semblait vouloir la punir pour ce mensonge, pour ce reniement de ce qu'elle savait être la vérité.

Le jeune homme serra la mâchoire et détourna brusquement les yeux vers l'eau du lac. L'ombre de la douleur passa sur ces traits, une ombre qu'Eludia regretta instantanément d'avoir provoquée. Était-elle allée trop loin ? Elle voyait bien que ses paroles l'affectaient plus que de raison. Elle s'était approchée de lui pour l'aider à affronter ses émotions face à l'épreuve qui l'attendait, et voilà qu'elle ne faisait que nourrir son trouble pour se protéger elle-même. Cette prise de conscience lui donna la nausée. Elle inspira profondément et tenta maladroitement de se rattraper.

— Mais… Je voulais que tu saches que je crois en toi. Tu es prêt pour cette initiation. Altaïr est le meilleur enseignant que j'ai connu, et s'il t'a présenté à l'épreuve, c'est qu'il sait pertinemment que tu es capable de réussir. Ne laisse pas le doute t'aveugler. Tu as un grand potentiel.

Ignisiel releva lentement la tête. La lueur éteinte de ses yeux retrouva peu à peu son éclat, et un sourire léger, presque imperceptible, se dessina sur ses lèvres.

— Merci, souffla-t-il. Merci d'être là.

Eludia hocha doucement la tête, incapable de prononcer un mot de plus. Elle se reprocha sa réaction. Même si elle savait qu'elle avait fait ce qu'il fallait, cela ne rendait pas les choses plus faciles pour autant. Il ne souhaitait visiblement pas non plus revenir sur le chemin qu'avait pris leur conversation, et qui avait l'air de le faire souffrir. Un instant elle se demanda pourquoi ? Serait-il possible qu'il ressente également cette attraction pour elle ?

Elle chassa immédiatement cette idée. Ce n'était pas le moment de penser à cela. Ce soir, il devrait affronter l'une des épreuves les plus importantes de sa vie.

Le temps sembla suspendu alors qu'ils restèrent assis au bord du lac et profitaient du calme environnant. Le doux murmure de l'eau, le chant discret des oiseaux, le bruissement des feuilles dans le vent… Tout contribuait à créer une atmosphère de tranquillité.

Eludia sentit peu à peu son esprit se détendre. De son

côté, le jeune homme observait les reflets dorés du soleil sur l'eau, perdu dans ses pensées. Son expression, bien que pensive, semblait plus sereine qu'auparavant. Une étincelle de détermination brillait à nouveau dans ses yeux. Il était prêt. Cette pensée fit naître une courbe discrète à la commissure des lèvres de la jeune femme.

Finalement, ils se levèrent et prirent le chemin du retour vers la Cité. Aucun mot ne fut échangé, mais leur silence n'avait rien de pesant. Chacun était plongé dans ses propres réflexions, conscient de l'instant qui s'achevait et de ce qui l'attendait ensuite.

Alors qu'ils atteignaient les premières habitations, Eludia s'arrêta et se tourna vers lui.

— Tu as en toi la force et la volonté nécessaires pour réussir. Ne l'oublie jamais. Cette initiation repose avant tout sur cela : la maîtrise de soi et la confiance. Ne te laisse pas gouverner par la peur et le doute.

Elle savait qu'elle n'aurait pas dû lui donner cette indication, qu'elle n'était pas censée l'aider de cette manière. Mais elle ne put s'en empêcher.

Le novice hocha la tête.

— Merci, Eludia. Je ferai de mon mieux.

— Que les éléments te soient favorables, répondit-elle avec aménité.

Ils échangèrent un dernier regard, un dernier sourire, avant de prendre des directions opposées, chacun retournant à ses responsabilités. Pourtant, elle savait qu'en cette nuit décisive, ses pensées resteraient tournées vers le jeune homme.

- 39 -

Isaïs était partie tôt pour aller à la réunion de la résistance. Elle était en avance, mais ce n'était pas grave. Théophane devait déjà s'y trouver et elle était enthousiaste de pouvoir passer du temps avec lui avant le début du rassemblement. Dernièrement, ils s'étaient vus à plusieurs reprises pour qu'elle lui transmette les informations qu'elle avait recueillies au palais. Et même si ces rencontres étaient brèves, elles étaient toujours une source étrange de joie pour la princesse.

Elle poussa la porte de la taverne de la T'Air de Feu, laissant une brise glaciale s'engouffrer brièvement à l'intérieur. La chaleur étouffante du lieu la frappa de plein fouet. Son regard balaya rapidement la pièce faiblement éclairée. Les flammes de l'âtre projetaient des ombres sur les murs couverts de vieilles cartes et d'armes rouillées. Seule une table était occupée, autour de laquelle trois hommes étaient rassemblés en plus d'Alaric.

Le chef de la résistance tenait nerveusement un morceau de parchemin froissé et ses doigts tambourinaient en cadence contre le bois usé de la table. Elle connaissait bien le trio en face de lui. Deux des chefs d'équipe semblaient aussi tendus que des cordes sur le point de rompre. Le troisième, avachi avec une nonchalance feinte, était bien entendu Théophane. Son sourire insolent était une provocation silencieuse, et pourtant Isaïs savait que cette attitude masquait un esprit acéré et une vigilance constante.

Son entrée ne passa pas inaperçue. Les discussions cessèrent aussitôt, remplacées par un silence pesant. Elle avança d'un pas sûr, sa capuche rabattue dissimulait partiellement son visage. Ses yeux détectèrent immédiatement les documents qu'Alaric tentait maladroitement de dissimuler. Le trouble qu'elle perçut dans son regard ne fit que renforcer ses soupçons.

— De quoi parliez-vous ?

Théophane fut le premier à réagir. Il se redressa, croisa les bras et lui adressa un rictus amusé.

— Oh, de rien d'important, princesse.

Elle plissa les paupières. Un mensonge éhonté. Sans attendre d'autorisation, elle avisa les cartes et les notes griffonnées sur la table. Bien qu'Alaric fasse son possible pour ranger les documents au plus vite, elle eut le temps de lire ce qui l'intéressait. Ses traits s'assombrirent lorsqu'elle comprit de quoi il était question.

— Vous comptez attaquer une usine de production élémentaire ? s'exclama-t-elle, l'incrédulité perçant dans sa voix. C'est de la folie !

Le chef de la résistance resta de marbre.

— Cela ne te concerne pas Isaïs, dit-il d'une voix grave.

— Je crois que si, au contraire. Expliquez-moi ce qu'il se passe.

Théophane poussa un soupir, visiblement préparé à cette réaction et se tourna vers Alaric.

— Explique lui, sinon on n'a pas fini d'en entendre parler.

— Bien, abdiqua Alaric. Nous avons reçu des renseignements préoccupants en provenance de l'usine. Apparemment ils seraient en train d'élaborer une arme fonctionnant à l'énergie élémentaire. Cette dernière aurait la puissance de vingt hommes de l'armée.

Isaïs resta sous le choc. Une arme ? Pourquoi le gouvernement aurait-il besoin d'armes aussi dévastatrices ?

Les différentes régions du royaume étaient en paix depuis des décennies. La lourdeur de plomb qui tomba, ainsi que la gravité des expressions des trois hommes, la troublèrent.

— Et quel est votre plan ?

Théophane plissa les yeux et crispa les lèvres. Il n'était visiblement pas heureux de l'intérêt que la princesse portait à cette mission. Mais avant qu'il puisse s'exprimer, Alaric continua.

— Nous allons frapper. Une intervention à deux niveaux. Premièrement, désactiver les réacteurs pour ralentir leur production. Cela nous donnera un peu de répit. Mais notre véritable objectif sera de récupérer les plans et toutes les informations liées à ces armes, sans qu'ils s'en aperçoivent.

Il entreprit d'expliquer le plan en détail, mettant en avant la stratégie minutieusement établie. Isaïs écouta attentivement, ses sourcils se froncèrent légèrement. Elle n'était pas stupide, elle reconnaissait la logique de l'opération, mais cela ne diminuait en rien les risques.

Lorsqu'il eut fini, elle prit une inspiration profonde avant de déclarer fermement :

— Je veux participer.

Un silence tomba sur la pièce. Théophane, les bras croisés, secoua la tête.

— C'est hors de question. C'est beaucoup trop dangereux.

Elle le fixa d'un regard où luisait un éclat farouche.

— Je ne resterai pas les bras croisés pendant que vous jouez les héros. Mon peuple souffre, et je refuse d'attendre passivement que le royaume s'effondre.

— Ce n'est pas une question de volonté, mais de compétences, insista Théophane en se levant si brusquement que les pieds de sa chaise crissèrent sur le sol. Tu es une princesse, pas une guerrière.

Ses traits s'étaient durcis, son regard avait pris une âpreté qu'elle ne lui connaissait pas. Loin de l'intimider, cette réaction attisa encore davantage sa détermination.

— Et pourtant, j'ai déjà prouvé que je savais me

débrouiller, répliqua-t-elle sans ciller. Ai-je besoin de te rappeler comment j'ai sauvé ta peau la dernière fois ?

Alaric poussa un soupir et partagea un rapide coup d'œil avec les autres chefs d'équipe de la résistance. Isaïs savait son argument légitime. Elle était peut-être une princesse, mais elle ne manquait ni de courage ni d'habileté et elle allait leur prouver.

— C'est une mission périlleuse, poursuivit Théophane, comme s'il espérait encore la faire changer d'avis. Ce n'est pas un jeu, Isaïs. Si quelque chose tourne mal, nous ne pourrons pas garantir ta sécurité.

Son ton était sec mais la princesse pu voir une lueur d'inquiétude traverser ses traits. Elle sentait qu'il essayait de la décourager mais il allait vite comprendre que rien ne pourrait y faire.

— J'ai déjà pris des risques pour vous apporter des informations sur les gardes du château. Et si quelque chose tourne mal, je préfère être là pour y faire face avec vous, plutôt que d'attendre impuissante.

Elle croisa les bras sur sa poitrine et releva le menton en signe de défis.

— De toute façon, je ferai partie de cette action, que cela te plaise ou non.

Une ombre muette s'installa. Finalement, Théophane poussa un soupir exaspéré et leva les mains pour exprimer sa reddition. Le coin de ses lèvres tressaillit dans un mélange de frustration et d'admiration.

— Très bien, finit-il par céder. Mais tu seras en binôme avec moi. Comme ça, je pourrai veiller sur toi. Satisfaite princesse ? ajouta-t-il, une lueur malicieuse traversant ses traits.

Elle esquissa un sourire en coin, consciente d'avoir gagné cette bataille.

— Méfie-toi, Théophane. Peut-être que ce sera moi qui sauverai ton derrière encore une fois.

Il éclata de rire, secouant la tête. Elle l'avait déjà sauvé, et il le savait. Mais il n'admettrait jamais cela devant les autres.

— Peut-être qu'après cette mission, nous serons quitte, princesse, ajouta-il à mi-voix pour que seule la jeune femme l'entende.

Elle n'eut pas le temps de répondre, car d'autres membres de la Résistance arrivèrent pour la réunion du jour. Chacun s'installa, et Alaric prit la parole pour exposer les différentes missions prévues pour la semaine. Il aborda brièvement l'attaque de l'usine de production d'énergie élémentaire, se limitant aux grandes lignes, avant de donner rendez-vous aux membres impliqués pour une discussion plus détaillée après la séance. Une fois la réunion générale terminée, seuls les participants à la future opération restèrent dans la salle. Le chef dévoila alors la composition des binômes et précisa les tâches assignées à chacun.

Lorsque la réunion prit fin et que les membres commencèrent à quitter la taverne, Théophane saisit doucement le bras d'Isaïs pour l'arrêter. Elle se retourna. Des yeux chocolat plongèrent dans les siens et la fixèrent quelques secondes de trop. Il ouvrit la bouche et la referma, manifestement troublé, et passa une main dans ses cheveux en bataille, avant de lâcher son bras avec une gêne visible.

— Viens, finit-il par dire. Tu auras besoin d'un équipement adapté.

Isaïs haussa un sourcil face à son étrange attitude, mais le suivit sans broncher. Ils pénétrèrent dans une pièce exiguë, encombrée de caisses en bois, de cordes et d'armes rudimentaires entassées. L'odeur de vieux cuir et de poussière flottait dans l'air.

Théophane s'agenouilla devant une malle et en sortit un pantalon en toile usé mais solide, accompagné de bottes robustes. Il les tendit à la jeune femme, qui le regarda perplexe.

— Ça ne ressemble pas vraiment à une tenue de princesse, plaisanta-t-il. Mais crois-moi, c'est plus pratique pour une mission.

Elle les examina avec méfiance.

— Je suppose que je n'ai pas vraiment le choix, répondit-elle en soupirant.

Théophane éclata de rire en voyant sa mine dégoûtée.

— Ne t'inquiète pas, je t'expliquerai comment enfiler ça. Ce n'est pas si compliqué.

Isaïs leva les yeux au ciel mais s'empara des vêtements sans protester. Elle savait qu'il avait raison. Son costume de servante ne suffirait pas pour cette mission.

— Nous partons dans deux jours, assura-t-il.

Elle hocha la tête et scruta un instant Théophane qui la fixait d'un étrange regard. Elle chercha à percer les pensées qu'il tentait de masquer. Il agissait vraiment bizarrement avec elle. Parfois familier et d'autres fois grossier et distant. Comme tout à l'heure quand il avait essayé de ne pas l'impliquer dans la future action de la résistance. Ce dernier se détourna, mal à l'aise, avant de lui faire signe de sortir.

Comme à son habitude, il l'escorta jusqu'aux abords du palais pour veiller à sa sécurité. Lorsqu'elle le quitta, elle sentit qu'il l'observait jusqu'au dernier instant. Elle accéléra le pas, franchit le passage secret et s'engouffra dans les couloirs silencieux du château.

De retour dans ses appartements, elle s'allongea sur son lit et repensa à la soirée. Son cœur battait plus vite qu'elle ne l'aurait voulu. Ce n'était pas seulement l'excitation de la mission à venir. Non, c'était autre chose. Quelque chose qu'elle ne saurait nommer pour l'instant.

- 40 -

Le soleil déclinait lentement, tandis qu'Ignisiel gravissait la montagne vers le grand temple des éléments. Les paroles d'Eludia l'avait profondément blessé sur le coup, mais une part de lui savait qu'elle avait raison. Il n'était pas spécial. Il n'avait pas de lien particulier avec la Grande Prêtresse. Il devait faire ses preuves et réaliser son chemin par lui-même.

Avec ces nouvelles convictions en tête, il jeta un dernier regard sur le parchemin qu'il serrait dans sa main. Il relut la phrase écrite, puis laissa échapper un profond soupir dans l'espoir de relâcher un peu la pression accumulée. Chaque pas vers le temple semblait peser plus lourd que le précédent, mais il ne laissa pas la peur le submerger. Au contraire, il l'utilisa comme une force motrice. Il savait qu'il ne pouvait pas reculer. L'heure était venue pour lui de faire face à son destin.

Le temple des éléments se dressa devant lui. Sa silhouette majestueuse se découpait parfaitement dans le ciel crépusculaire. Les pierres anciennes, teintées d'or et de blanc, semblaient raconter des histoires de siècles passés.

Ignisiel sentit un frisson d'excitation parcourir son échine alors qu'il s'approchait. La vérité de ce qu'il s'apprêtait à faire s'imposait à lui avec une force nouvelle.

Il suivit les instructions du parchemin et contourna l'imposant monument qui se dressait devant lui. Ses pas le guidèrent jusqu'au bord d'une falaise abrupte. Il contempla l'océan sans fin qui s'étendait devant lui, avec ses vagues scintillantes qui reflétaient les derniers rayons du soleil.

Son œil fut attiré par quatre immenses statues disposées en cercle, telles des gardiennes silencieuses fièrement dressées. Ces grands blocs de pierre étaient taillés avec une précision incroyable. Les détails captaient la lumière du soleil couchant, leurs surfaces lisses contrastant avec les aspérités de la falaise. Chacune représentait un élément, placée aux quatre points cardinaux telle une rose des vents.

Ignisiel s'avança, le cœur battant, et remarqua une pierre dressée, plus petite, au centre de cette croix. Elle portait une inscription gravée en langue ancienne :

« *Ici se dresse le temple de la dévotion et de l'orientation* ».

Ces mots intriguèrent le novice. Leur sens résonnait en lui comme une énigme à résoudre. Il attendit quelques minutes, espérant que quelqu'un viendrait pour le conduire à son épreuve, mais le silence restait complet, seulement interrompu par le bruissement des vagues et le souffle du vent. Le soleil avait presque disparu à l'horizon lorsqu'il comprit que personne ne viendrait.

L'initiation avait déjà commencé.

Ignisiel devait résoudre l'énigme de cette pierre pour passer la première épreuve.

S'asseyant en tailleur, il ferma les yeux pour méditer sur la phrase gravée, repassant en revue toutes les connaissances qu'il avait acquises en lisant des textes anciens sur la dévotion et l'orientation.

L'orientation…

Cela lui rappela quelque chose.

Une prière très ancienne qu'il avait trouvée dans

un ouvrage poussiéreux lui revint à l'esprit. Il essaya de se rappeler les mots exacts en les murmurant du bout des lèvres.

« *Qu'à l'Est se tienne la pensée claire, illuminée par la lumière divine dans le sanctuaire du cœur. Qu'au Sud se tienne le souffle de vie qui emplit la respiration de sa présence légère. Qu'à l'Ouest se tienne la source de ton être qui se déverse dans le grand calme de ton ventre. Qu'au Nord se tienne la maîtrise de l'immobilité du corps qui entre dans la structure de lumière.* »

Ces mots commencèrent à prendre vie en lui. Leur signification se dévoilait comme une lumière dans l'obscurité. Il comprit qu'il devait se présenter devant chaque direction et chaque élément correspondant. Son intuition lui souffla qu'il devait respecter un ordre précis. Il choisit donc de suivre l'ordre exact prononcé par le prêtre dans cette prière ancienne.

Il se leva et se dirigea d'abord vers la statue de l'Est, symbolisant l'élément du Feu. La pierre était froide sous sa main, mais il sentit comme une chaleur vivante à l'intérieure. Récitant silencieusement la partie correspondante de la prière, il s'agenouilla devant cette imposante statue du Feu et abaissa sa tête jusqu'à ce qu'elle touche le sol.

La dévotion…

Après un moment de recueillement, il se releva et se tourna ensuite vers le Sud, où se dressait la statue de l'Air. Comme précédemment, il posa sa main sur la pierre et récita la partie de la prière dédiée à cet élément. La légèreté de l'Air pénétra en lui, atténuant la lourdeur de son cœur. Il se prosterna devant l'imposante statue, sentant chaque respiration habitée d'une énergie nouvelle, fraîche et vivifiante.

Il répéta le rituel pour les statues de l'Ouest et du Nord, qui représentaient respectivement l'Eau et la Terre. À chaque étape, il se sentit plus connecté aux éléments, plus en harmonie avec le monde qui l'entourait. La statue de l'Eau, lisse et érodée par le temps, semblait murmurer des mots doux et apaisants, tandis que celle de la Terre dégageait une force robuste et stable.

En se relevant, après avoir apposé sa tête sur le sol devant la statue de l'élément Terre, il remarqua un renfoncement discret dans la pierre. Sa curiosité piquée, il s'approcha prudemment et appuya dessus. Il retint un hoquet de stupeur lorsqu'un mécanisme se déclencha. Celui-ci révéla une ouverture vers un passage étroit qui s'enfonçait dans les profondeurs de la terre, disparaissant dans une obscurité presque totale. En y regardant de plus près, Ignisiel comprit que la seule façon d'explorer ce tunnel était de ramper, ce qui lui arracha une grimace. Cependant, malgré son appréhension, il se sentit irrésistiblement attiré par l'envie de découvrir ce qui se cachait derrière cette cavité.

Il s'engouffra courageusement dans l'espace étroit, guidé uniquement par ses sens affûtés. L'air était humide, chargé de l'odeur de la terre. Au fur et à mesure de sa progression, il sentit le souterrain s'élargir légèrement, lui permettant de se mettre à genoux. Après avoir parcouru quelques mètres supplémentaires dans cette atmosphère oppressante, il put finalement se mettre debout.

Une lueur faible mais suffisante lui permit de suivre ce tunnel mystérieux. Finalement, il déboucha devant un grand couloir en pierre blanche, dont l'aspect rugueux révélait son âge ancien.

Mais ce qu'il vit ensuite le terrifia.

Tout le long de ce corridor, comme une haie d'honneur menaçante, se tenaient des cobras dressés, prêts à attaquer.

Leurs écailles luisaient faiblement dans la lumière diffuse, chaque mouvement imperceptible trahissant leur vigilance. Il resta immobile, son cœur battant à tout rompre, ses yeux cherchant une solution dans la faible luminosité.

Il savait qu'il ne pouvait ni reculer ni avancer sans provoquer les serpents. Fermant les paupières, il respira profondément et se concentra. Le souvenir d'une parole d'Altaïr et une autre d'Eludia, se rappela à lui, indiquant d'éliminer le doute et l'incertitude. Il se remémora aussi avoir lu quelque part que les serpents étaient des créatures capables de ressentir la peur de ceux qui les entourent.

Il s'octroya un moment pour réfléchir.

«*Ne doute pas de toi-même, ne te laisse pas dominer par la peur*»

Il décida que ces paroles seraient son mantra pour traverser. Le tunnel de pierre résonna de ses pensées lorsqu'il les prononça.

Puis, une petite voix intérieure sembla lui parler : « *Ces serpents se trouvent dans un lieu sacré, ils sont l'incarnation des Dieux.* » Il répéta ces mots plusieurs fois dans sa tête, cherchant à s'en convaincre. Finalement, il rassembla son courage et décida de s'adresser directement aux serpents, dans une tentative d'établir une communication avec ces êtres.

— Grands Dieux protecteurs du temple, enseignez-moi les mystères de la vie, parlez-moi de la sagesse.

Ignisiel, après avoir prononcé ces mots, s'avança dans le couloir sombre, calmant au mieux les battements de son cœur.

«*Ne doute pas de toi-même, ne te laisse pas dominer par la peur*»

Les serpents, présents en grand nombre, restèrent immobiles, leurs iris brillants fixés sur lui comme s'ils scrutaient son âme.

Une hésitation interrompit le flot de son mantra. *Et si j'avais tort*, se dit-il.

C'est alors qu'il entendit le sifflement aigu d'un serpent. Il comprit alors qu'il était sur la bonne voie. Il reprit son mantra et repoussa tous ses doutes, érigeant une barrière invisible de confiance et de détermination.

Sans même s'en rendre compte, il se retrouva à l'autre bout du couloir, qui descendait sur une vingtaine de mètres. Un sentiment de triomphe l'envahit. Il souffla bruyamment, soulagé, et passa une main sur son visage.

Le novice savait que ce n'était que la première étape de son voyage, mais il se sentait prêt à affronter les défis à venir, armé de sa foi et de son courage. L'initiation d'entrée avait commencé à révéler ses secrets, et Ignisiel, fort de cette première victoire, était déterminé à les découvrir tous.

- 41 -

Ignisiel avança prudemment dans le souterrain. Son souffle ricocha contre les parois de pierre humide. La tension de l'épreuve précédente ne l'avait pas quitté, mais il savait qu'il devait aller de l'avant. Il suivit une lumière qu'il percevait au loin et lui permettait de voir légèrement dans la pénombre. Lorsqu'il arriva au niveau de la torche, il s'arrêta net. Devant lui, un cul-de-sac. Il jeta un coup d'œil autour de lui, mais il n'y avait aucune issus.

Il avança encore. Au pied du mur face à lui, le sol de pierre était interrompu par un large bassin d'eau sombre, dont la surface miroitait faiblement sous la lumière diffuse. Juste au-dessus, gravée en langue ancienne, une inscription attira son regard :

« Traverser l'eau des influences. »

Le jeune homme fronça les sourcils. Que voulait dire cette énigme ?

De toute façon, il n'avait pas d'autre passage et il devait avancer. Il s'agenouilla au bord et effleura la surface du bout des doigts. L'eau était froide, ce qui lui donna un frisson et lui arracha une grimace crispée. Il déglutit, rassembla son courage et, après une profonde inspiration, s'immergea entièrement dans le bassin.

Dès qu'il fut sous l'eau, le silence l'enveloppa, mais une inquiétude sourde s'insinua en lui. Les ténèbres liquides l'empêchaient de voir le fond, et il peinait à distinguer l'autre rive. Il donna quelques coups de bras pour avancer, mais à peine avait-il parcouru quelques mètres qu'un mouvement brusque attira son attention.

Un frémissement apparu à la limite de son champ de vision. Puis un autre. L'eau s'agitait légèrement, comme si quelque chose d'énorme se mouvait lentement sous lui. Une ombre titanesque glissa sous son corps. L'instant d'après, un énorme crocodile jaillit des profondeurs. Une gueule béante, garnie de crocs acérés, se referma violemment à quelques centimètres de sa jambe, projetant un tourbillon de bulles.

Ignisiel paniqua. Son cœur explosa dans sa poitrine. Un frisson de terreur l'électrisa. Il battit désespérément des bras et des jambes pour faire demi-tour, mais une seconde silhouette émergea sur sa gauche. Des orbes jaunes percèrent l'obscurité aqueuse. Il tenta d'accélérer, mais l'eau le ralentissait et rendait chacun de ses gestes pesant et maladroit.

Le premier crocodile fonça sur lui, et d'un mouvement de queue, projeta un courant brutal qui le fit tournoyer sur lui-même. Désorienté, le novice sentit une douleur fulgurante lui transpercer le mollet. Il hurla, bien que le son fût englouti par l'eau qui entra dans ses poumons. Le monstre avait effleuré sa chair, y laissant une plaie fine mais brûlante. La terreur prit totalement le contrôle. Son unique pensée était de fuir. Dans un ultime effort, il réussit à briser la surface et à aspirer une bouffée d'air en s'agrippant au rebord du bassin.

Son corps tremblait violemment. Ses mains moites peinaient à s'agripper aux aspérités de la pierre pour se hisser hors de l'eau. Chaque muscle de son corps était crispé par le choc et ses poumons le brulaient douloureusement. Il haletait et crachait de l'eau en tentant de reprendre son souffle. L'image de la gueule béante du crocodile hantait encore son esprit.

Il jeta un coup d'œil à sa jambe blessée. Le sang s'écoulait lentement et se mêlait à l'eau en traçant des volutes sombres. Il sentit son estomac se nouer. La douleur était vive, mais c'était surtout la peur qui le paralysait. Il se sentait vulnérable, terriblement vulnérable.

Après quelques longues inspirations dans le but de calmer ses nerfs, ce fut la colère qui s'éveilla dans son cœur. Un sentiment de trahison de la part des prêtres le frappa de plein fouet.

— C'est impossible ! Ils veulent me tuer, ils ne veulent pas que je réussisse ! hurla-t-il dans la pénombre.

Sa mâchoire se serra à s'en déchausser les dents. Il frappa du poing sur la pierre. Au fond il savait qu'il était en colère contre lui-même et que sa rage n'était pas correctement orientée, mais il avait besoin d'un exutoire pour ce trop plein d'émotions. Il devait contrôler sa peur comme lors de la précédente épreuve.

La souffrance dans sa jambe le ramena à la réalité. Il arracha un pan de sa tunique et banda tant bien que mal sa blessure. Il devait se ressaisir, mais il n'avait jamais rien affronté d'aussi terrifiant. Comment était-il censé réussir ?

Malgré sa réticence, il savait qu'il ne pouvait pas abandonner. Il inspira profondément, rassembla son courage, et plongea à nouveau dans l'eau. Cette fois, il tenta de nager plus vite, de feinter, d'esquiver. Mais les crocodiles étaient partout.

L'un d'eux surgit devant lui et il ne put l'éviter. Un autre vint sur sa gauche, lui bloquant toute échappatoire. Il fit volte-face et chercha désespérément une issue, mais la mâchoire d'un des reptiles se referma, manquant de justesse son épaule. Pris de panique, il remonta à la surface une nouvelle fois.

— Je ne vais jamais y arriver… murmura-t-il, la voix brisée.

Il recula contre la paroi rocheuse, les genoux repliés contre lui, le regard fixé sur l'eau noire où les monstres tapis attendaient son retour. L'idée de replonger lui soulevait le cœur. Comment était-il censé traverser cette épreuve ? C'était une sentence de mort déguisée, une absurdité !

Un frisson d'impuissance le traversa. Il serra les poings, son souffle court et haché. Ses souvenirs refluèrent. Le froid glacial des rues d'Alendulire, les coups, la solitude. La peur constante d'être abandonné, d'être faible. Il se rappela Loukas, son ami disparu, et la peine brûlante de cette perte. Cette même douleur qui l'avait forgé, qui l'avait poussé à avancer.

Il ne pouvait pas échouer.

Il devait reprendre le contrôle.

Il se redressa lentement et ses yeux tombèrent de nouveau sur l'inscription au-dessus du bassin.

« Traverser l'eau des influences. »

Il relut ces mots, les laissant imprégner son esprit.

Les influences…

Son souffle se coupa lorsqu'il comprit. Ces crocodiles n'étaient pas de simples obstacles. Ils représentaient tout ce qui le retenait prisonnier de son passé. Des chaînes qui l'avaient retenu jusque-là.

Il devait lâcher prise.

Se délester de tout ce qui l'entravait. Se débarrasser de tous les concepts erronés qui avaient forgé son existence. Il devait être prêt à se reconstruire, suivant les enseignements de la Cité des Temples, pour devenir celui qu'il était réellement.

Un calme étrange s'installa en lui.

Il se leva, ses jambes encore tremblantes, et s'approcha du bord. Cette fois, il était prêt à affronter son passé et à aller de l'avant.

Il vida son esprit de chaque pensée parasite, se détacha de la colère, de la peur, du doute et de toutes les influences accrochées à lui. Il visualisa son passé comme s'il le laissait à la porte du seuil et que l'eau était un passage vers la paix, non un champ de bataille.

Sans hésiter, il plongea à nouveau.

Cette fois, tout était différent. Il se laissa porter par l'eau, ne cherchant ni à se débattre ni à accélérer. Il était calme. Autour de lui, les crocodiles restèrent immobiles. Ils ne cherchaient plus à l'attaquer. C'était comme s'ils ne le voyaient pas.

À l'autre bout du bassin, il aperçut un faible halo de lumière. La sortie.

Ignisiel nagea sans crainte vers l'éclat doré et, lorsqu'il émergea de l'autre côté, il prit une grande inspiration, l'air humide envahit douloureusement ses poumons après cette apnée prolongée.

Il avait réussi.

L'eau ruissela de ses vêtements alors qu'il se hissait hors de l'eau. Son cœur battait encore rapidement, mais ce n'était plus de la peur. C'était une nouvelle force qui vibrait en lui. Il se retourna une dernière fois vers le bassin. Les crocodiles avaient disparu. Laissé derrière lui à l'instar des cicatrices de son passé.

Il avait traversé l'eau des influences, se libérant enfin de ses chaînes. Et pour la première fois depuis longtemps, il se sentit véritablement libre.

Ses yeux furent alors attirés par un ensemble de vêtements en lin délicatement plié et posé sur le sol. Il soupira de soulagement. Il ne serait pas obligé de continuer l'initiation trempé et frigorifié. Il se débarrassa rapidement de ses affaires et frissonna au contact de l'air frais. Il enfila les habits secs et ressentit immédiatement un sentiment de confort et de chaleur.

Il s'ébourra et secoua la tête pour essorer ses cheveux mouillés puis continua son chemin. Il arpenta lentement le tunnel sombre qui s'ouvrait devant lui. Il se demanda combien d'épreuves il lui restait à surmonter avant de pouvoir finaliser cette initiation qui semblait de plus en plus complexe.

Le couloir s'arrêta soudain, s'agrandissant en une immense salle circulaire. Ignisiel avança et analysa son environnement. Autour de lui, six couloirs identiques partaient dans toutes les directions, comme les rayons d'un soleil. Il fronça les sourcils. Comment devait-il choisir celui à emprunter ?

Son regard fut attiré par quelque chose au centre de la pièce. Il s'approcha et distingua une rose des vents soigneusement incrustée dans le sol. Chaque détail était sculpté avec une précision étonnante. Une phrase incurvée était inscrite autour de ce motif :

« Là où le vent te mène, ton cœur te guide »

- 42 -

Ignisiel s'avança prudemment vers un premier couloir et fit quelques pas à l'intérieur. Rapidement, l'obscurité l'engloutit, rendant toute progression incertaine. Après quelques mètres, il ne distinguait plus rien. Il rebroussa chemin, le front plissé. Il répéta l'expérience dans chacun des autres passages, espérant discerner une différence, un indice, une inscription gravée sur la pierre. Mais rien. Tous étaient semblables. Même les aspérités des murs semblaient reproduites à l'identique à chaque entrée, comme si le lieu lui-même voulait le perdre dans un labyrinthe sans fin.

Revenant au centre de la salle, il s'assit et encercla ses genoux repliés de ses bras. Une seule certitude s'imposait : il devait choisir un passage, un seul. Pourtant, il hésitait. La simple idée de se tromper le pétrifiait. Après les épreuves précédentes, il s'attendait à ce que la moindre erreur entraîne des conséquences terrifiantes. Il ne voulait pas revivre l'expérience des crocodiles.

« Là où le vent te mène, ton cœur te guide. »

Ignisiel répéta ces mots gravés sur la pierre, cherchant à en percer le mystère. Leur signification lui échappait encore. Il savait que cette phrase contenait la clé, mais son esprit, embrouillé par la fatigue et l'appréhension, refusait d'y voir un sens clair.

Le doute l'envahit. Il prit sa tête entre ses mains et tira nerveusement sur ses cheveux. S'il se trompait, il allait échouer à son initiation. Son estomac grogna. Un rappel brutal du temps qui s'écoulait. Était-il déjà le matin ? Combien d'heures s'étaient écoulées depuis le début de l'initiation ? Il n'avait aucun repère. Se laisser paralyser par l'inaction était un luxe qu'il ne pouvait pas se permettre. Il devait avancer.

Dans un ultime effort pour apaiser son esprit, il ferma les yeux et respira profondément. Un souvenir lui revint en mémoire, accompagné de la voix calme et assurée d'Altaïr lui soufflant un conseil : *« Suis ton intuition. »*

Ces mots semblaient résonner dans la salle, comme une vérité qu'il n'avait pas encore saisie.

Il réfléchit. S'il suivait la logique des épreuves précédentes, dans la première il avait déjà affronté la peur liée à la Terre. Il avait appris le lâcher-prise dans celle de l'Eau. Ici, c'était donc l'épreuve de l'Air. Il se remémora les enseignements sur cet élément. Il représentait l'orientation, mais aussi les sentiments. L'énigme gravée prenait alors tout son sens *: « Là où le vent te mène, ton cœur te guide. »*. Il devait ressentir, non pas réfléchir.

Ignisiel vida son esprit de toute pensée rationnelle. Il s'ouvrit aux sensations, aux moindres changements imperceptibles autour de lui. Et soudain, il sentit quelque chose. Une brise légère effleura sa peau. Une caresse presque fantomatique, mais bien réelle. Il sut immédiatement qu'il tenait la réponse. C'était subtil, mais cela suffisait.

Avec une concentration absolue, il chercha à déterminer d'où venait ce souffle. Il se tourna lentement sur lui-même, les paupières closes, et laissa son corps s'imprégner de chaque vibration de l'air. Lorsqu'il fut parfaitement aligné avec la source de cette brise ténue, il ouvrit les yeux.

Devant lui se dressait l'un des nombreux passages, identique aux autres à première vue, mais il savait, au plus profond de lui, que c'était le bon. Il se releva et avança vers l'entrée du couloir, prêt à accepter ce que l'avenir lui réservait.

Lorsqu'il franchit le seuil, l'obscurité se referma

aussitôt autour de lui. Aucune présence menaçante ne vint à sa rencontre. Pas de serpents ni de crocodiles, aucun piège apparent. Juste une noirceur qui semblait s'étendre à l'infini. Plus il avançait, plus la lumière déclinait, avalée par les ténèbres. Chaque pas le plongeait un peu plus dans cet abîme insondable.

Bientôt, il perdit tout repère. Il tenta de poser une main sur la paroi de la galerie pour se guider, mais après quelques mètres, le contact rugueux de la pierre disparut. Il était seul, suspendu dans un néant absolu. Un vertige le prit. Il n'arrivait plus à distinguer le haut du bas, la gauche de la droite. Son équilibre vacilla. Une panique sourde monta en lui. Il tâtonna dans le vide, cherchant un point d'ancrage, mais il n'y avait rien. Son souffle se fit court, irrégulier. L'angoisse l'étranglait.

Était-il vraiment en train d'avancer, ou tournait-il en rond dans ce labyrinthe ?

Un instant, il envisagea de rebrousser chemin. Mais où était l'entrée ? Tout était si confus, si déroutant. Une seule chose était claire : s'il se laissait submerger, il serait perdu. Alors, il continua.

Il devait faire confiance à son intuition, comme il l'avait fait pour choisir le passage.

Inspirant profondément, il se concentra uniquement sur son ressenti. Peu à peu, la panique reflua. Il perçut alors, très faiblement, la même brise qu'auparavant qui flottait autour de lui tel un guide invisible. Il se laissa porter par elle et avança prudemment. Il se concentra sur le mouvement de ses pieds, les mettant l'un devant l'autre de façon méthodique.

Après ce qui sembla être une éternité, il vit une lueur si faible qu'elle était presque imperceptible, mais qui lui permit de reprendre peu à peu ses esprits. Elle éclairait timidement le tunnel vers une nouvelle salle circulaire.

En pénétrant dans cet espace inconnu, il prit soudainement conscience d'une présence autre que la sienne.

Il n'était plus seul.

Les Grands Prêtres et Grandes Prêtresses des éléments se tenaient là, disposés en arc de cercle. Les hommes tenaient fermement un sceptre dans leur main droite. Les vestales, quant à elles, portaient les représentations de leur élément respectif.

Derrière eux, dans un ordre parfait, se dressait une assemblée de mages confirmés. Drapés dans les couleurs distinctives de leurs éléments, ils formaient une mosaïque de couleurs éclatantes qui vibrait d'une énergie à la fois solennelle et bienveillante. Ce spectacle d'unité inspira à Ignisiel un mélange de respect et d'émerveillement, lui donnant l'impression d'être face à une force aussi immuable que les cieux.

Un passage s'ouvrit devant lui, un chemin tracé par le destin qui l'invitait à avancer. Son cœur battait à un rythme effréné alors qu'il s'engageait lentement vers le centre de la salle. Sous ses pieds, il remarqua un motif gravé dans la pierre : une immense porte finement détaillée, dont les contours semblaient presque réels. Il prit place en son centre et attendit.

Mais rien ne se produisit.

Un mutisme pesant s'étira, où chaque seconde sonnait comme une éternité. Pas un mot ne fut prononcé. Pas un mouvement ne troubla cette immobilité. Une réalisation frappa alors le novice : c'était à lui de faire quelque chose. Après tout, cette cérémonie était son rite de passage. Il était l'acteur principal de cette transition, et nul autre que lui ne pouvait en franchir la dernière étape, celle du feu.

Chaque épreuve qu'il avait traversée, chaque leçon apprise tissèrent une trame invisible autour de son âme.

« Être libre de peur et ne pas douter. Traverser l'eau des influences sans être entravé. Écouter son intuition. »

Ces mots résonnaient tel un écho lointain, porteurs d'une vérité profonde. Il se souvint alors que le Feu était lié au sacré et à ce qu'il était réellement au fond de lui.

Il devait se montrer tel qu'il était.

Les barrières entre lui et l'univers semblèrent s'effondrer. Il se laissa porter par cette vague imperceptible, jusqu'à ce que ses lèvres se meuvent d'elles-mêmes, comme si quelqu'un d'autre contrôlait sa parole.

— Je suis sans peur, je suis sans doute. Je traverse l'eau des influences sans être capturé. Mon intuition est mon guide.

Une onde d'énergie sembla émaner de lui, vibrant dans l'espace sacré. Il continua d'une voix claire et assurée :

— Je suis un serviteur du Très-Haut. Je suis un avec les éléments. Je m'engage à honorer les Dieux et à devenir un prêtre confirmé en m'associant à un élément.

Un silence profond tomba de nouveau, mais cette fois, il était chargé d'un poids différent. Lentement, les prêtres et prêtresses s'écartèrent, dévoilant une véritable porte ornée de gravures anciennes. Ignisiel comprit que son passage était accordé. Il avait réussi la dernière épreuve. D'un pas empreint de respect, il avança et franchit cette ultime frontière.

Ses yeux mirent quelques instants à s'adapter à la lumière du jour. Il fut accueilli par la splendeur éclatante de la nature. L'air était frais et pur, chargé des parfums mêlés des fleurs sauvages et de la terre humide. Les arbres s'élevaient majestueusement et leurs branches semblaient tutoyer le ciel, tandis qu'une légère brise faisait danser les feuilles avec grâce. Il inspira profondément et laissa cette sensation vivifiante envahir ses poumons, comme s'il redécouvrait le souffle même de la vie.

Un frisson parcourut son échine.

Un pli étira ses lèvres.

Il se sentait renaître.

Il avait surmonté chaque obstacle, affronté ses peurs et prouvé sa valeur. Il appartenait désormais à la Cité des Temples et à l'Ordre des prêtres. Un sentiment de plénitude l'envahit, une chaleur douce se diffusa de son cœur jusqu'à la moindre de ses cellules. Il ferma les paupières un instant et savoura cette victoire intime.

Après quelques minutes, les autres mages se rassemblèrent autour de lui. Certains lui adressèrent des salutations respectueuses, d'autres lui offrirent des accolades fraternelles, tandis que des voix s'élevaient pour lui souhaiter la bienvenue. Altaïr s'approcha, le regard pétillant.

— Bravo, jeune apprenti, murmura-t-il en posant une

main bienveillante sur son épaule. Tu as prouvé ta valeur. Je suis fier de toi.

Les lèvres du jeune homme s'étirèrent avec sincérité. Ce moment marquait le début d'un nouveau chapitre, et il était prêt à l'embrasser pleinement.

À travers la foule, il aperçut une silhouette familière. Eludia se frayait un chemin vers lui, avançant d'un pas léger. Lorsqu'elle fut proche, il distingua la douceur de son sourire, une lueur sincère brillait dans ses prunelles violettes.

— Félicitation Ignisiel. Tu as réussi toutes les épreuves de façon remarquable. Ta force et ta confiance ont fait de toi un digne apprenti de l'Ordre.

Sa voix, douce et posée, semblait caresser l'air autour d'eux. Le novice sentit une chaleur l'envahir. Il n'avait pas cherché sa reconnaissance, mais l'entendre de sa bouche était une récompense précieuse.

— Merci, Eludia, répondit-il simplement, les yeux brillant d'émotion.

Elle lui tendit la main. Un geste simple, mais empli de sens. Un pont entre son passé et son avenir. Il n'hésita pas et la saisit avec fermeté. Il n'était plus seulement un orphelin qui errait sans but. Il était maintenant un apprenti prêtre, un disciple des Dieux, prêt à embrasser son destin.

Et tandis qu'il était conduit parmi ses nouveaux frères et sœurs, une seule phrase vibrait en lui.

Il avait réussi.

- 43 -

Deux jours plus tard, le ciel d'Andran s'étendait à l'image d'un voile d'encre parsemé d'étoiles. Le vent glacial mordait les joues d'Isaïs alors qu'elle se rassemblait avec les membres de la résistance dans une clairière en bordure de la ville. L'usine de production élémentaire se trouvait à quelques centaines de mètres de là, telle une imposante silhouette de métal et de verre. Même à cette distance, elle percevait les grondements sourds des réacteurs et les éclairs intermittents d'énergie qui illuminaient les cheminées.

Vêtu d'un manteau sombre qui dissimulait son armure légère, Théophane s'approcha du groupe. La jeune femme portait désormais les vêtements qu'il lui avait donnés. Le pantalon lui allait étonnamment, et bien que sa perruque brune soit dissimulée sous une capuche, quelques mèches indisciplinées encadraient son visage. Elle se savait méconnaissable, son allure n'ayant plus rien de la princesse qu'elle était.

— Prête ? lui demanda-t-il à voix basse.

Elle tourna la tête vers lui, ses yeux brillaient d'une lueur de défi.

— Toujours.

Il hocha la tête, visiblement impressionné par son aplomb, mais Isaïs y discerna une légère inquiétude. Il vérifia rapidement les sangles de son équipement, puis se tourna vers Alaric, qui donnait les dernières consignes.

— Souvenez-vous : discrétion absolue. Nous avons un créneau de deux heures avant que les gardes ne changent de poste. Ne prenez pas de risques inutiles. Si quelque chose tourne mal, on se replie immédiatement.

Les binômes se mirent en position et s'éparpillèrent dans l'obscurité tel des ombres furtives. Isaïs et Théophane, assignés à l'équipe d'infiltration, avancèrent à travers les hautes herbes, leurs pas étouffés par le sol meuble. La tension dans l'air était palpable. Chaque bruissement de feuille semblait amplifié, chaque souffle, un risque de révéler leur présence.

En approchant de l'usine, la princesse sentit son cœur s'accélérer. La structure imposante, dont les murs métalliques reflétaient la lumière des torches disséminées autour du périmètre, se dressait devant eux. Des officiers patrouillaient en silence, leurs silhouettes se découpant contre les halos lumineux.

— Reste près de moi, murmura Théophane. Suis mes mouvements.

La princesse hocha la tête, concentrée sur les soldats. Elle sentit le regard de son compagnon sur elle, mais n'y prêta pas attention. Ils progressèrent lentement et se faufilèrent entre les ombres tout en évitant les faisceaux des lanternes. Le bruit des réacteurs devenait de plus en plus assourdissant à mesure qu'ils approchaient.

Ils atteignirent finalement une petite porte latérale, dissimulée derrière une pile de caisses. Théophane sortit un crochet de sa poche et s'agenouilla pour déverrouiller la serrure. Isaïs remarqua que ses doigts tremblaient légèrement sous l'effet du stress.

— Tu sais ce que tu fais, au moins ? chuchota-t-elle, un sourire moqueur sur les lèvres.

— Fais-moi confiance, princesse, répondit-il avec un clin d'œil. Je ne rate jamais mon coup.

La serrure céda avec un déclic presque imperceptible, et ils pénétrèrent dans l'usine. L'intérieur était encore plus oppressant que l'extérieur. Des conduits serpentaient au plafond et déversaient une vapeur épaisse. L'air était saturé d'une odeur métallique mêlée à celle de l'huile lubrifiant les engrenages. Les lumières rougeoyantes qui clignotaient à intervalles réguliers ajoutaient à l'atmosphère angoissante.

Isaïs frissonna légèrement et son compagnon posa une main rassurante sur son bras.

— On y est presque, murmura-t-il.

Ils progressèrent dans le dédale de couloirs, leurs pas crissaient faiblement sur le sol de métal. Chaque tournant représentait un risque, chaque bruit un signal de leur potentiel découverte. Mais la jeune femme restait concentrée et se calqua sur le rythme de son partenaire qui lui jetait des œillades furtives.

Elle sentit l'adrénaline affluer dans ses veines. Alors qu'ils approchaient de la salle où étaient censés se trouver les plans, des pas lourds sonnèrent dans le couloir adjacent. Elle sentit une main ferme l'agripper et la tirer dans une alcôve sombre. Le doigt de Théophane se posa brièvement sur ses lèvres, lui intimant de se taire.

Sa respiration se bloqua dans sa gorge tandis que les pas se rapprochaient. Le silence oppressant amplifiait le martèlement des bottes. Coincée contre le mur, son corps frôlait celui du jeune résistant. Elle pouvait sentir son souffle effleurer ses joues qui se réchauffèrent à ce contact subtil. S'il remarqua son trouble, il n'en montra rien.

Son regard resta fixé sur l'entrée du couloir alors que la silhouette du garde se dessinait à la lumière d'une lanterne. L'air glacé picotait la peau de la princesse, mais ce n'était rien comparé à la tension qui nouait ses muscles. Elle avala difficilement sa salive tandis que Théophane, d'un geste imperceptible, effleura sa pommette du bout des doigts comme pour la rassurer. Ce simple contact, fugace mais brûlant, lui rendit un semblant de calme.

Le soldat continuait d'avancer lentement. Chaque pas était un supplice pour ses nerfs tendus. Lorsqu'il passa devant leur cachette, Isaïs retint instinctivement sa respiration, priant pour que l'ombre les maintiennent invisibles. Une lueur les effleura et projeta brièvement une lumière sur le mur. Son corps se raidit, incapable de bouger, incapable de réagir.

Encore un pas. Encore un seul…

Le garde s'arrêta net.

Une sueur froide coula le long de sa nuque. Elle sentait son cœur battre si fort qu'elle craignait que cela suffise à trahir leur position. Le soldat scruta les environs, et chaque instant qui passait semblait être une sentence en suspens. Elle percevait la tension de Théophane à ses côtés, prêt à agir au moindre signe de danger. D'un coup d'œil furtif, elle capta le mouvement de sa main qui glissait lentement vers la dague à sa ceinture. Elle sut alors qu'ils n'avaient qu'une fraction de seconde pour réagir si l'homme se retournait.

Mais après ce qui s'embla être une éternité, l'officier haussa les épaules et reprit sa ronde. Il s'éloigna progressivement avant de disparaître dans un autre couloir.

Isaïs relâcha un souffle tremblant. Avant qu'elle n'ait le temps de dire quoi que ce soit, la paume de Théophane vint de nouveau couvrir ses lèvres, lui intimant de patienter encore quelques secondes. Elle sentit ses iris noisette brûlantes ancrées dans les siennes avant qu'il ne retire doucement sa main.

— Tu vas bien ? chuchota-t-il.

Elle hocha la tête et ravala l'angoisse qui courait encore dans ses veines. Pourtant, elle ne put s'empêcher d'afficher un mince sourire, teinté d'un brin d'excitation. Le danger était réel, et pourtant, elle ne ressentait aucune peur insurmontable.

Ils s'éloignèrent discrètement de leur cachette et reprirent leur progression vers le laboratoire. La princesse marcha sans un bruit, attentive à chaque son aux alentours. Mais soudain, Théophane s'arrêta net et se tourna brusquement vers elle, les yeux écarquillés. Son regard se fixa sur quelque chose derrière elle.

Isaïs comprit instantanément.

Un éclat sombre traversa ses traits tandis qu'elle revêtait son masque d'impassibilité, entièrement concentrée. Son corps réagit avant son esprit. Dans un mouvement fluide, elle tendit un bras agile derrière elle et attrapa le col du garde qui s'était approché discrètement. Utilisant le poids de son adversaire, elle bascula en avant, projeta l'homme par-dessus son épaule, et l'envoya lourdement heurter le sol. Un bruit sourd résonna, mais l'impact était suffisant pour le sonner et l'empêcher de réagir immédiatement. Ses entrainements avec Sire Godrick s'avérait finalement utile.

Théophane ne perdit pas un instant et plaqua un linge imbibé d'une substance endormante sur le visage du soldat. En quelques secondes, il s'affaissa, inconscient. Ils déplacèrent rapidement le corps derrière une pile de caisses. Isaïs s'essuya les mains, puis brisa le silence en esquissant un sourire malicieux.

— Pas mal pour une première infiltration, non ? murmura-t-elle.

Théophane haussa un sourcil, clairement impressionné. Ses lèvres se retroussèrent.

— Pas mal du tout, admit-il. D'où vient cette maîtrise, petite ninja ? Tu caches bien ton jeu.

Un éclair de mélancolie passa brièvement dans les pupilles d'Isaïs.

— Je n'ai pas passé tout mon temps au palais à apprendre la révérence, répondit-elle. Ma mère avait réussi à convaincre mon père de m'enseigner à me défendre. J'ai eu quelques années d'entraînement avant qu'elle ne disparaisse… Après ça, mon père m'a interdit de continuer, mais j'ai trouvé d'autres moyens de perfectionner mes compétences, ici et là.

Elle acheva son explication par un rictus qui se voulait léger, atténuant la tristesse que ce souvenir éveillait en elle.

— Tu es pleine de surprises, rétorqua Théophane avec un soupçon d'admiration dans la voix. J'ai hâte de voir quels autres tours tu nous réserves, petite ninja.

Isaïs leva les yeux au ciel.

— Tu comptes m'appeler comme ça longtemps ?

— Pour voir cette expression sur ton visage ? Sans hésitation.

Elle roula des yeux mais un éclat amusé trahissait son plaisir. Pourtant, le moment de détente touchait à sa fin.

— On n'est pas encore tiré d'affaire, dit-il en jetant un coup d'œil au couloir. On ferait mieux d'avancer.

Isaïs hocha la tête et ils reprirent leur progression, plus prudents que jamais. Les couloirs devenaient de plus en plus sombres, nimbés de la lueur rouge intermittente émise par les alarmes en veille. Chacun de leurs mouvements renvoyait un faible son et faisait planer une menace invisible dans cet environnement oppressant.

Théophane pointa un doigt droit devant eux afin de montrer à la princesse qu'ils arrivaient enfin à l'endroit qu'ils recherchaient : la porte du laboratoire.

Isaïs resserra sa cape autour d'elle, mais son attention était entièrement concentrée sur l'ombre accroupie devant la porte verrouillée. Le jeune résistant s'activait déjà, ses outils cliquetants faiblement contre le mécanisme complexe de la serrure.

Elle jeta un coup d'œil nerveux autour d'eux, ses muscles tendus, son esprit en alerte. Le silence semblait trop parfait. Elle était convaincue qu'ils étaient observés, ou que des gardes pouvaient surgir à tout moment.

— Tu es sûr de toi ? murmura-t-elle, son souffle créant une légère buée dans l'air glacial.

Théophane lui jeta un regard en coin, accompagné de son éternel sourire charmeur.

— Toujours, répondit-il doucement.

Mais elle n'était pas dupe. Elle remarqua la tension dans ses épaules et la légère hésitation dans ses gestes. Cette serrure était bien plus difficile qu'il ne voulait le lui faire croire. Il y avait quelque chose dans son obstination qui l'exaspérait et, en même temps, la fascinait.

Isaïs, s'accroupie juste derrière lui et observa les environs, prête à réagir au moindre signe de danger. Enfin, un déclic retentit, et la porte s'entrouvrit lentement. Théophane se redressa et se tourna vers elle, son sourire cette fois empreint de soulagement.

— Après toi, princesse, chuchota-t-il en poussant légèrement la porte.

Isaïs soupira bruyamment mais se glissa à l'intérieur sans un mot. La pièce qu'ils pénétrèrent était plongée dans une semi-obscurité, éclairée uniquement par des lueurs rougeâtres émanant de quelques machines en veille. De hautes étagères s'étendaient devant eux, regorgeant de documents, de plans et d'appareils qu'elle ne reconnaissait pas.

— Voilà ce qu'on cherche, dit Théophane à voix basse en balayant la pièce du regard.

La jeune femme acquiesça et s'approcha de l'une des étagères. Elle attrapa un rouleau de parchemin poussiéreux et l'ouvrit lentement. Ses yeux s'écarquillèrent en découvrant le contenu : un schéma complexe représentant ce qui semblait être une arme. L'image montrait un cylindre, recouvert de symboles gravés, entouré de notes codées qui, même pour elle, semblaient terrifiantes.

— C'est ça, murmura-t-elle. C'est ce qu'ils fabriquent.

Théophane s'approcha, son expression devenant grave alors qu'il examinait les plans.

— Une arme fonctionnant à l'énergie élémentaire, dit-il doucement. Si ces notes disent vrai, elle pourrait causer une destruction inimaginable.

- 44 -

Isaïs sentit un frisson glacé lui parcourir l'échine. Pendant un instant, elle resta figée, les doigts crispés sur le bord du parchemin. Elle prenait pleinement conscience que cette mission était cruciale. Mais au lieu de céder à la peur, elle se redressa, déterminée.

— Nous ne pouvons pas emporter ces documents, chuchota-t-elle.

Théophane la regarda, surpris.

— Quoi ?

— Vu comment cette pièce est surveillée, si nous les prenons, ils sauront que nous sommes venus. Le roi renforcera la sécurité et peut-être accélérera la production. Nous ne pouvons pas risquer cela.

Elle sortit un petit appareil dissimulé dans sa cape : un daguerréotype. Un appareil rudimentaire pour prendre des images, simple mais efficace.

— On prend des photos. Ça suffira pour Alaric.

Théophane sembla hésiter, mais il hocha finalement la tête.

— D'accord. Fais vite.

Isaïs commença à photographier les plans méthodiquement, veillant à capturer chaque détail important. Le clic de l'obturateur était à peine audible, mais dans ce gouffre sonore, chaque son lui paraissait trop bruyant. Pendant qu'elle travaillait, Théophane surveillait la porte, tendu comme un ressort.

— Ça y est, dit-elle en repliant le dernier document.

Elle confia le daguerréotype à son partenaire qui le mis dans sa sacoche. Avant qu'ils ne puissent bouger, un bruit lointain fit écho dans le couloir : des pas. Des pas précipités, de plusieurs personnes à en juger par le rythme. Isaïs se figea, son regard croisant celui de son compagnon.

— On est coincé ? murmura-t-elle d'une voix à peine audible.

Théophane inspecta rapidement la pièce, ses yeux scrutant chaque recoin. Ses traits se détendirent légèrement lorsqu'il repéra une bouche d'aération à moitié dissimulée derrière une pile de caisses.

— Par-là, dit-il en désignant leur ultime issue.

Ils se précipitèrent vers la sortie de fortune. Le jeune résistant poussa les caisses sur le côté tandis que la princesse tirait sur la grille, mais elle était solidement fixée. Sans perdre de temps, elle dégaina le canif attaché à sa ceinture et fit levier.

— Aide-moi, marmonna-t-elle, le souffle court.

Théophane s'agenouilla à ses côtés, et ensemble, ils parvinrent à arracher le vantail dans un grincement métallique. Isaïs se glissa en premier dans le conduit étroit, suivie de près par son partenaire, qui tira la grille derrière eux pour masquer leur fuite.

L'espace était sombre et exigu et le métal glacé mordait la peau de ses genoux et de ses coudes. Chaque mouvement produisait un bruit léger mais strident, amplifié par l'écho du conduit. Derrière elle, Théophane chuchota :

— Plus vite. Les gardes pourraient remarquer la bouche d'aération à tout moment.

Elle hocha la tête, redoublant d'efforts pour ramper malgré la fatigue qui alourdissait ses membres. Les éclats de voix des soldats résonnaient maintenant à travers les murs :

— La salle des archives ! Fouillez partout !

Isaïs sentit un frisson glacé lui parcourir le dos. Elle

inspira profondément, tentant de calmer sa respiration.

— Continue, on y est presque, murmura Théophane derrière elle.

Finalement, ils atteignirent une intersection. Une faible lumière s'échappait d'un trou d'aération à leur gauche. Le jeune résistant fit signe à Isaïs de s'arrêter, puis il s'avança prudemment pour jeter un coup d'œil.

— La salle de contrôle, chuchota-t-il en revenant. Pas de sortie là-bas. On continue.

Mais à cet instant, une alarme stridente retentit, déchirant le silence. Isaïs sentit son cœur se serrer alors que les voix des officiers devenaient plus pressantes.

— Ils nous cherchent, dit Théophane en revenant rapidement. On doit accélérer.

Ils progressèrent plus vite, leurs mouvements provoquant des grincements plus prononcés. La jeune femme pria pour que le vacarme des alarmes couvre leurs bruits. Après quelques mètres, ils arrivèrent devant une grille plus large derrière laquelle, une pièce sombre semblait vide.

— Là, chuchota Théophane.

Il donna un coup de coude dans la barrière qui céda dans un craquement sec. Ils se glissèrent discrètement dans la pièce. A ce moment-là, Isaïs remarqua la tension dans les gestes de son compagnon. Il tendait l'oreille, attentif.

Un grondement sourd se fit entendre au loin, suivi de pas précipités. Les soldats se rapprochaient. Théophane attrapa le bras de la jeune femme.

— On doit sortir, tout de suite.

Isaïs pointa une échelle rouillée menant à une trappe au plafond.

— Par-là, dit-elle.

Sans attendre, elle grimpa, ses mains glissant légèrement sur le métal humide. Arrivée en haut, elle poussa la trappe, qui, après plusieurs coup céda avec difficulté. Un souffle d'air frais s'engouffra, et elle sentit une vague de soulagement.

— C'est ouvert !

Théophane rangea sa dague et grimpa à son tour. En

se hissant sur le toit, ils jetèrent un rapide coup d'œil autour d'eux. L'usine s'étendait en contrebas, un labyrinthe de bâtiments et de tuyaux. Les cheminées crachaient des volutes de fumée noire, masquant en partie le ciel étoilé.

— On doit descendre d'ici, marmonna-t-il. Les gardes ne tarderont pas à sécuriser le périmètre.

Isaïs acquiesça, le souffle court. Ensemble, ils longèrent le toit en quête d'une issue. Une série de tuyaux en contrebas semblaient offrir une voie de descente. Théophane s'accroupit pour inspecter les lieux.

— Si on descend par-là, on peut rejoindre la forêt derrière l'usine, dit-il en désignant une ligne d'arbres sombres qui se profilait à l'horizon. Avec un peu de chance, ils ne nous verront pas.

Isaïs sourit faiblement, mais sa voix trembla lorsqu'elle répondit :

— Avec un peu de chance… Ça devient ta spécialité, on dirait.

Théophane haussa un sourcil, amusé malgré la situation.

— Eh bien, tu es encore en vie, non ?

Sans attendre sa réponse, il sauta sur le premier tuyau, son équilibre impeccable malgré la hauteur. La princesse le suivit, ses gestes prudents mais assurés. Les tuyaux tremblaient sous leur poids, mais ils tinrent bon. Enfin, ils atteignirent le sol, se glissant immédiatement dans l'ombre des arbres.

Le bruit des officiers était encore perceptible à l'intérieur de l'usine, mais aucune alarme supplémentaire ne retentissait. Ils avaient réussi à sortir sans être repérés. Théophane se tourna vers Isaïs, qui essuyait une fine couche de sueur sur son front.

— On a réussi, dit-il à voix basse, un sourire soulagé étirant ses lèvres.

Elle l'observa, les yeux brillants.

— Grâce à toi, répondit-elle. Mais ce n'est pas fini, n'est-ce pas ?

Théophane soupira, son attention se porta sur la sacoche où se trouvait le daguerréotype contenant les images des documents.

— Non, ce n'est que le début.

Ensemble, ils s'enfoncèrent dans la forêt. Le vent jouait entre les branches, comme pour saluer leur survie. Mais dans l'esprit de la princesse, une question persistait : ces documents sauveront-ils la résistance, ou bien ne feront-ils qu'attirer plus de danger ?

Ils marchèrent en silence pendant plusieurs minutes, leurs pas amortis par le tapis d'humus. Le froid de la nuit semblait s'intensifier, mordant leurs visages et leurs mains. Isaïs serrait les pans de son manteau autour d'elle, tandis que son partenaire jetait régulièrement des coups d'œil derrière eux pour s'assurer qu'ils n'étaient pas suivis.

Enfin, ils atteignirent une petite clairière. Théophane s'arrêta. Ils écoutèrent attentivement les bruits environnants. Rien. Pas de voix, pas de mouvement suspect. Ils semblaient avoir semé leurs poursuivants.

— On peut s'arrêter ici un moment, dit-il à voix basse, posant sa sacoche au sol. Juste le temps de reprendre notre souffle.

La princesse hocha la tête avec soulagement. Elle s'assit sur un tronc tombé, ses jambes tremblaient sous l'effet de l'effort et de l'adrénaline. Théophane, de son côté, s'accroupit près d'elle, fouillant dans sa sacoche pour s'assurer que son contenu était intact.

Un long soupir échappa à Isaïs. Elle posa son regard sur le jeune résistant. Ses traits étaient tirés, mais ses yeux brillaient d'une intensité presque envoûtante.

— Je ne pensais pas que ce serait aussi… réel, susurra-t-elle.

Théophane leva la tête, intrigué.

— Réel ?

— Les missions, la peur, tout ça. Je m'étais préparée, mentalement. Mais être sur le terrain, sentir mon cœur battre à tout rompre, entendre les gardes si près que tu crois qu'ils peuvent te voir… C'est… Différent.

Elle esquissa un sourire, amer mais sincère.

— Et toi, Théophane ? Tu semblais si calme. Tu ne ressens jamais la peur ?

Il laissa échapper un petit rire, amer lui aussi.

— Calme ? Si seulement. Je tremblais tellement dans ce conduit que j'ai failli laisser tomber mes outils. Mais on n'a pas vraiment le choix. Si on laisse la peur nous paralyser, on est fichu.

Isaïs l'observa attentivement, comme si elle cherchait à percer ses pensées. Puis, elle se détourna, fixant un point vague dans les arbres.

— C'est effrayant, tout ça. Mais en même temps… je ne me suis jamais sentie aussi vivante. C'est étrange, non ?

Théophane sourit doucement.

— Pas vraiment. Le danger a cette manière perverse de nous rappeler à quel point on tient à la vie.

Il s'arrêta un instant, hésitant à poursuivre, mais il finit par ajouter :

— Et puis, je dois avouer que te savoir à mes côtés m'a aidé. Ça motive, de ne pas vouloir voir quelqu'un se faire tuer.

Isaïs tourna brusquement la tête vers lui, une lueur de surprise dans les yeux. Elle ouvrit la bouche, mais avant qu'elle ne puisse répondre, un bruit sourd retentit à quelques mètres de leur position. Un craquement de branches, suivi d'un murmure étouffé.

Théophane se releva instantanément, une main sur la garde de sa dague.

— Ils nous ont retrouvés ? chuchota-t-elle.

Le jeune homme plissa les paupières, scrutant les ombres. Un moment passa, puis une silhouette émergea des buissons.

— Calmez-vous, c'est moi, grogna une voix basse mais familière.

Alaric. Sa carrure imposante se dessina dans la lumière de la lune alors qu'il s'approchait. Derrière lui, deux autres membres de la résistance apparurent, armés et visiblement fatigués.

— Par tous les dieux, vous m'avez donné une de ces

frayeurs, dit-il en les rejoignant. J'ai cru qu'on vous avait perdus.

Théophane rangea sa dague, mais son expression resta grave.

— Comment nous avez-vous retrouvés ?

Alaric haussa un sourcil, comme s'il trouvait la question ridicule.

— Tu crois vraiment que je vous aurais laissés partir seuls sans un plan de secours ? On a suivi vos traces. Et heureusement, parce que l'usine est en état d'alerte. Ils fouillent tout. Vous avez eu de la chance de sortir vivants.

Il scruta Isaïs, ses pupilles se durcissant.

— Et toi, princesse, tu as vu ce que c'est le terrain. Toujours aussi sûre de vouloir être de la prochaine mission ?

Isaïs soutint son regard sans ciller.

— Plus que jamais.

Alaric soupira, mais il n'insista pas. Il se tourna vers Théophane.

— Les documents ? Tu les as ?

Le jeune résistant hocha la tête et ouvrit la sacoche, montrant le daguerréotype. Alaric comprit instantanément et acquiesça en silence.

— Bien. On doit bouger. On a un point de rendez-vous avec le reste de l'équipe à une demi-heure d'ici. Si on traîne trop, ils pourraient repérer nos traces. Ensuite nous rentrons au QG.

Il fit signe aux autres de se mettre en marche. Théophane, Isaïs et les deux membres de la Résistance lui emboîtèrent le pas, s'enfonçant plus profondément dans la forêt. Le froid, la fatigue et le poids des événements de la nuit pesaient sur leurs épaules, mais ils avançaient avec une seule pensée en tête : ils avaient les plans. C'était une victoire, même si elle était encore fragile.

- 45 -

Ignisiel s'était levé tôt, bercé par la lumière dorée d'un matin paisible. Depuis qu'il avait réussi son initiation, une énergie nouvelle l'animait. Il décida de se rendre à la bibliothèque, l'un de ses refuges préférés. Ce sanctuaire silencieux qui lui permettait d'approfondir ses connaissances sur la Cité des Temples.

En marchant, il fut accueilli par l'odeur enivrante du pain tout juste sorti du four. Elle flottait depuis la boulangerie d'Ingrid, douce et réconfortante comme un souvenir d'enfance. Il songea à faire un détour pour la saluer… et se remplir l'estomac. Des rires éclatants attirèrent son attention : une bande d'enfants s'échangeait une balle de cuir sur la place, la lançant avec adresse sans jamais la laisser tomber. Leurs éclats de joie, purs et contagieux, allumaient encore davantage sa bonne humeur.

Mais un pincement lui serra le cœur. Cela faisait trop longtemps qu'il n'était pas allé voir les orphelins d'Alendulire. Pris dans le tourbillon de sa formation, il les avait négligés. Il se le reprocha aussitôt, et se promit d'aller leur porter un pain d'Ingrid en fin de journée.

Un cri interrompit ses pensées. Il leva les yeux et vit la balle filer dans les airs, bien trop haut. Elle allait droit vers une prêtresse de l'eau qui marchait, les bras chargés d'un panier rempli d'herbes fraîches.

Sans réfléchir, Ignisiel bondit en avant. L'air siffla à ses oreilles alors qu'il sprintait, son cœur battant la chamade. La prêtresse sursauta et laissa tomber son panier dans un fracas de tiges éclatées. Il sauta, les bras tendus, et attrapa la balle juste avant qu'elle ne percute sa tête.

Mais le sol se rappela à lui. Il n'avait pas le temps d'amortir sa chute. Il heurta violemment les pavés dans un nuage de poussière, la balle pressée contre sa poitrine. Une douleur irradia son avant-bras, le faisant grimacer.

Autour de lui, le silence s'était abattu comme une chape. À travers le voile de poussière, une silhouette s'approcha. La prêtresse le fixait, les yeux écarquillés d'inquiétude.

— Tu es blessé ? demanda-t-elle, la voix douce mais nerveuse.

Ignisiel se redressa lentement sur un coude. Un gémissement lui échappa. Son avant-bras était entaillé sur une bonne vingtaine de centimètres. Une plaie rouge vif, d'où tombaient des gouttes tachant la terre sous lui. La prêtresse suivit son regard, s'agenouilla et saisit doucement son poignet pour examiner la blessure.

— Il faut nettoyer ça.

— C'est rien, tenta-t-il en retirant son bras.

Mauvaise idée : la douleur le saisit à nouveau.

À ce moment-là, Ingrid sortit de sa boulangerie, son tablier encore couvert de farine. L'agitation l'avait manifestement tirée de son échoppe. Elle balaya la scène du regard, puis ses yeux se posèrent sur les enfants. Elle s'avança, le doigt levé, la voix tranchante.

— Combien de fois je vous ai dit de ne pas jouer ici ! Vous finirez par crever un œil à quelqu'un, bon sang ! Allez jouer dans la forêt avant que je ne prévienne vos parents !

Les enfants baissèrent la tête, penauds. Ingrid attrapa la balle et la brandit comme un trophée de guerre.

— Et ça, c'est confisqué ! Ras-le-bol de vous répéter la même chose tous les jours !

Elle se tourna vers Ignisiel, plus douce cette fois.

— Ça va, mon grand ?

Avant qu'il ne réponde, la prêtresse s'interposa.

— Il a intercepté la balle pour m'éviter une commotion. Tu aurais de l'eau ? Je dois nettoyer la plaie avant de le soigner.

Ingrid hocha la tête et s'éclipsa en grommelant à l'intention des garnements, puis revint avec une bassine d'eau claire et quelques linges propres.

— Attention, prévint la prêtresse, ça risque de piquer un peu.

Elle tamponna délicatement la blessure. Ignisiel serra les dents tandis qu'une brûlure sourde remontait dans son bras. Elle esquissa un sourire en coin en voyant sa grimace.

Puis elle posa une main au-dessus de la plaie et ferma les paupières. Le jeune homme sentit une chaleur étrange, presque chatouilleuse. Sous ses yeux, sa peau se mit à frissonner, à se refermer lentement. Les chairs se ressoudaient, vivantes, comme tricotées par une main invisible. Fasciné, il observa le miracle se dérouler en silence.

— Incroyable… souffla-t-il.

La prêtresse rouvrit les paupières, essoufflée, mais souriante.

— C'est ta première fois ?

— Oui. J'avais lu des choses sur la magie de guérison de l'eau… mais c'est autre chose de le voir de ses propres yeux.

Il inspecta son bras, encore marqué de fines traces rosées.

— Il faudra tout de même bander ça. Les tissus seront sensibles pendant un jour ou deux. Tu permets ?

Il lui tendit le bras, et elle s'appliqua à le panser avec douceur.

— Merci, dit-il une fois qu'elle eut terminé son travail.

— C'est moi qui devrais te remercier ! Sans toi, j'aurais fini sonnée au milieu de la place avec une bosse grosse comme un œuf.

— Cette balle est sacrément costaud, plaisanta-t-il. Mais avec Ingrid, je crois qu'elle a disparu pour de bon.

Ils éclatèrent de rire, complices.

— Elise ! appela une voix au loin. Qu'est-ce que tu fabriques ? On t'attend depuis une éternité !

Deux jeunes prêtresses arrivaient d'un pas vif. L'une d'elles, les mains sur les hanches, semblait furieuse. Elise soupira.

— Aguis, j'ai eu une petite mésaventure. Ce jeune homme m'a évité un traumatisme crânien, dit-elle en désignant Ignisiel.

Puis, dans un éclat de voix joyeux, ils se mirent à raconter leur rencontre improvisée.

*

Eludia arpentait les rues animées de la Cité des Temples. Un pli à peine esquissé vint effleurer ses lèvres alors qu'elle repensait à sa discussion avec Ignisiel, peu après son épreuve d'entrée. Sur le chemin du retour, il lui avait demandé, d'un ton inquiet, si les serpents et les crocodiles l'auraient vraiment tué en cas de mauvaise réaction. Elle avait éclaté de rire, puis s'était reprise en voyant la mine déconfite du jeune homme.

Elle l'avait alors rassuré : l'Ordre ne recourait pas au meurtre, mais les créatures sacrées étaient là pour barrer la route à ceux qui n'étaient pas prêts, les empêchant ainsi de poursuivre l'initiation. Le novice s'était détendu, bien que l'image l'ait visiblement marqué. Eludia, quant à elle, ne pouvait s'empêcher de sourire en y repensant.

Son pas se fit plus aérien alors qu'elle reprenait conscience de son environnement. Les voix des marchands, les éclats de rire des enfants, tout paraissait soudain plus intense, plus vivant, comme si la ville partageait sa bonne humeur. Elle se laissa porter par cette légèreté, mais une silhouette familière attira son attention : le Grand Prêtre du Feu s'avançait droit vers elle.

Lituriel n'était pas seulement une figure de respect et de puissance, il était son mentor, celui qui l'avait recueillie enfant et guidée tout au long de son parcours initiatique. Lorsqu'il s'arrêta devant elle, un sourire amusé étira ses traits marqués par le temps.

— Ton protégé nous a offert une performance impressionnante lors de son initiation, remarqua-t-il d'un ton appréciateur. Il possède un grand potentiel.

— Ce n'est pas mon protégé, corrigea immédiatement Eludia, croisant les bras sur sa poitrine.

— Ah bon ? Ce n'est pourtant pas moi qui suis allé chercher un jeune homme perdu dans les quartiers d'Alendulire pour l'amener ici, n'est-ce pas ?

Elle ouvrit la bouche pour répliquer, mais se ravisa. Il marquait un point.

— Oui, mais…

— Alors c'est bien ton protégé. Comme tu l'étais pour moi autrefois, ajouta-t-il avec une lueur malicieuse dans ses pupilles. C'est pour cela que j'ai pris une décision. Tu superviseras la suite de sa formation.

La Grande Prêtresse tressaillit, incrédule.

— Quoi ?! Non, c'est hors de question ! Il y a de nombreux enseignants bien plus qualifiés pour cela. Je suis sûre que je peux demander à…

Lituriel leva une main, interrompant calmement son flot de protestations.

— Ce n'est pas négociable, Eludia. Il a déjà démontré une affinité avec le Feu, et nous ne sommes pas nombreux à partager cette connexion. Mon rôle ici ne sera pas éternel, je dois assurer ma relève. C'est toi qui dois le former, comme je l'ai fait pour toi.

— Mais je dois continuer l'enquête sur l'extinction de la flamme, nous n'avons toujours pas avancé et j'avais prévu de…

Elle se mordit la langue en réalisant qu'elle venait de déballer ses plans à Lituriel alors qu'elle ne lui faisait toujours pas entièrement confiance. Ce dernier fronça les sourcils et prit un air grave avant de répondre :

— Je ne sais pas ce que tu trames, mais cela doit s'arrêter maintenant. Je t'ai dit que je m'occupais de cette enquête, et même si tu ne me fais pas confiance, pour je ne sais quelle raison, la formation d'un prêtre aussi prometteur qu'Ignisiel doit être notre priorité. Je te promets de faire plus de recherches, mais je n'ai plus l'âge de le former et je dois pouvoir compter sur toi pour cette tâche.

Les paroles du Grand Prêtre étaient implacables, sa logique aussi affûtée qu'un sabre. Face à ses yeux perçants et assurés, la jeune femme sentit la frustration monter. Elle se mordit la lèvre et chercha un dernier argument qui pourrait lui permettre d'échapper à cette responsabilité. Pourtant, au fond d'elle, une voix murmurait qu'elle ne refusait pas totalement l'idée…

Elle soupira, résignée.

— Très bien, je le formerai. Mais si son apprentissage traîne en longueur, je te renvoie la patate chaude, Lituriel.

Le Grand Prêtre éclata d'un rire franc, un son rare qui attira quelques œillades curieuses autour d'eux. Ce rire, Eludia ne l'entendait que lorsqu'ils étaient seuls, et il avait quelque chose de profondément réconfortant malgré les doutes qui l'assaillaient à son sujet. Le lien qui les unissait était unique, au-delà de celui d'un mentor et de son élève. Il était le père qu'elle n'avait jamais eu.

— C'est entendu, finit-il par dire en reprenant son sérieux. Je te laisse lui annoncer la nouvelle.

D'un signe de tête, il se détourna et s'éloigna, la laissant seule avec ses pensées. Elle le regarda disparaître dans la foule, et une sensation étrange s'éveilla en elle. Une chaleur diffuse, presque agréable, qu'elle ne s'expliquait pas.

Se pourrait-il qu'elle soit… contente à l'idée d'entraîner Ignisiel ?

Non. Impossible.

Elle chassa rapidement cette pensée absurde et reprit sa route. Quoi qu'elle ressente, cela n'avait pas d'importance. Elle avait une mission à accomplir. Rien de plus. Et le jeune homme avait beaucoup à apprendre.

Après avoir traversé les ruelles sinueuses de la ville, Eludia arriva devant une porte en bois sombre. Elle inspira profondément, ajusta machinalement sa tunique et frappa du poing. Aucun bruit ne répondit à son appel.

Son attention dériva vers le cadran solaire fixé au mur adjacent. Neuf heures. Le temps s'était échappé plus vite qu'elle ne l'avait anticipé. Ignisiel devait être sorti. Elle serra les mâchoires, contrariée par cette perte de temps. Elle s'apprêtait à rebrousser chemin lorsqu'une idée lui vint : la bibliothèque. S'il n'était pas ici, au vu des rapports d'Altaïr, il devait forcément s'y trouver. Sinon, elle tenterait le Jardin Suspendu.

Elle reprit sa marche, l'esprit tiraillé entre son agacement face à la décision de Lituriel et l'appréhension d'annoncer la nouvelle à son futur apprenti. Cependant, à peine eut-elle tourné au coin d'une ruelle qu'elle aperçut l'intéressé.

Il se tenait non loin de l'entrée de la bibliothèque, entouré de trois prêtresses, toutes suspendues à ses lèvres. Le timbre léger de leurs rires flottait dans l'air, trahissant une conversation plaisante et détendue. L'une d'elle posa doucement une main sur l'avant-bras d'Ignisiel pour ajuster un bandage, et il sourit en retour.

Eludia s'arrêta net.

Un étrange sentiment lui étreignit la poitrine. Une sensation inconfortable, sourde, qui la surprit autant qu'elle l'irrita. Pourquoi cela l'affectait-il autant ? Était-ce… de la jalousie ? Non. C'était ridicule. Alors pourquoi cette scène lui déplaisait-elle à ce point ?

Elle secoua la tête, inspira profondément et s'avança d'un pas assuré vers le groupe.

— Mesdames, pardonnez-moi d'interrompre un moment si agréable, lança-t-elle d'un ton qui se voulait léger mais qui sonna acerbe. Ignisiel, nous devons parler.

Sa voix coupa net les rires. Le jeune homme leva la tête vers elle, surpris. Pendant une fraction de seconde, il la dévisagea et sembla hésiter.

— Eludia ? Tout va bien ?

— Rien d'alarmant, assura-t-elle. Mais c'est important.

Un silence s'installa durant lequel elle eut l'impression que son regard essayait de percer son âme. Puis il acquiesça, visiblement intrigué. Il adressa un sourire d'excuse aux prêtresses avant de suivre la jeune femme à l'écart et s'installa avec elle sur un banc de pierre.

Elle prit un instant pour formuler ses mots avec soin, ne voulant ni paraître autoritaire ni donner trop d'importance à la situation.

— Lituriel m'a chargée de poursuivre ta formation.

Il haussa les sourcils.

— Vraiment ? Mais pourquoi ? Je croyais que tes responsabilités ne te permettaient pas d'être… distraite par ma présence.

Touchée... Eludia se raidit imperceptiblement. C'était mérité. Il avait répété mot pour mot l'excuse qu'elle lui avait donnée au Lac des Reflets. Avait-il retenu cette phrase avec amertume, ou simplement par défiance ?

Elle soupira et choisit de ne pas s'attarder sur cette question.

— Lituriel a vu quelque chose en toi, Ignisiel. Il pense que tu as un grand potentiel, et que je suis la mieux placée pour t'aider à l'exploiter.

Il baissa les yeux, pensif. Le silence s'étira entre eux, seulement troublé par le murmure du vent. Enfin, il releva la tête et opina du chef.

— J'ai l'impression que toi comme moi n'avons pas vraiment le choix, répondit-il avec un sourire en coin. Mais si c'est ce que veut Lituriel, alors soit.

Eludia se détendit légèrement. Une partie d'elle avait craint qu'il refuse ou qu'il se braque face à cette nouvelle.

— Bien, répondit-elle. Nous commençons demain à l'aube. Sois prêt.

Sans attendre de réponse, elle se leva et tourna les talons, s'éloignant d'un pas vif. Il fallait qu'elle mette de la distance avec le jeune homme. Elle ne voulait pas qu'il remarque la légère coloration qu'avait pris ses joues, maudissant les réactions de son corps qui allaient à l'encontre de sa volonté.

*

Ignisiel la regarda partir, songeur. Il avait clairement perçu la nervosité et le déplaisir qui habitait la jeune femme. Ses émotions et réactions contradictoires le laissaient perplexe, mais une part de lui était heureux qu'elle assure la suite de son enseignement.

Il s'était attendu à ce que sa formation suive son cours habituel avec un autre maître, mais être sous la tutelle d'Eludia changeait complètement la donne. Elle était exigeante, rigide… mais il savait aussi qu'elle était incroyablement puissante.

Un défi. Voilà ce que cela représentait.

Un léger sourire étira ses lèvres.

Il ignorait encore jusqu'où cette formation allait le mener, mais une chose était sûre : il était prêt à l'affronter.

Et, peut-être que par la même occasion, il en apprendrait plus sur Eludia.

- 46 -

Sur le chemin escarpé qui la menait à ses devoirs sacrés, Eludia fulminait intérieurement. Elle s'en voulait d'avoir laissé transparaître ses émotions aussi ouvertement. En tant que Grande Prêtresse du Feu et gardienne de la flamme, un tel égarement était inacceptable.

Pourquoi cet homme la troublait-il autant ?

La question la hantait, mais elle refusa d'y accorder la moindre importance. Ce qu'elle ressentait n'avait pas lieu d'être.

Elle inspira profondément et raffermit son pas. Si elle ne parvenait pas à retrouver son calme, elle ne pourrait pas assurer la formation d'Ignisiel correctement. L'apprentissage du maniement des éléments nécessitait une discipline stricte et une concentration absolue. Et surtout, elle devait prouver à Lituriel qu'il avait eu raison de lui confier cette responsabilité.

Alors qu'elle atteignait un col qui surplombait la vallée, une silhouette familière attira son œil. Plus loin, Neshamah, la Grande Prêtresse de l'Air et sa plus proche amie, descendait vers elle en lui adressant de grands signes de la main. Sa démarche légère évoquait une danse, ses pieds effleuraient à peine le sol comme portés par une brise invisible.

Drapée dans une robe vert printemps qui mettait en valeur ses iris émeraudes, pétillants de malice, elle semblait tout droit sortie d'un songe. Ses longs cheveux châtains, tressés par endroits et ornés de plumes glanées au gré de ses escapades en forêt, ajoutaient à son charme sauvage. Un délicat pendentif d'or, symbole de son lien avec le Dieu de l'Air, scintillait à son cou.

Elle était une tornade de joie et d'énergie, une présence lumineuse qui fascinait Eludia. Plus qu'une amie, elle était une sœur. Ensemble, elles avaient grandi, appris, et avaient été initiées aux secrets des éléments.

Eludia ralentit légèrement le pas.

Arrivée à proximité, Neshamah éclata de rire. Un éclat cristallin porté par le vent, irradiant de la même insouciance légère qui la définissait si bien. Se plantant joyeusement devant elle, elle l'accueillit avec un regard brillant et une pointe d'amusement dans la voix :

— Alors, ma grande, que se passe-t-il ? Tu as l'expression de quelqu'un qui rumine trop.

La jeune femme haussa un sourcil, mais ne répondit pas immédiatement. Devait-elle lui confier ses préoccupations ? Après tout, son amie avait cette facilité à voir au-delà des apparences. Inutile de nier l'évidence. Elle soupira et croisa les bras.

— Lituriel m'a chargée de former Ignisiel, lâcha-t-elle avec une moue contrariée.

Un silence, puis une lueur d'intérêt traversa les pupilles de Neshamah.

— Oh, vraiment ? Et c'est une si terrible nouvelle ?

Eludia détourna les yeux et chercha ses mots.

— Ce n'est pas ça… C'est juste…

— Juste quoi ?

— Il est différent.

La mage de l'Air éclata d'un rire léger. L'étincelle de malice dans ses rétines trahissait un amusement évident.

— Ah, je vois. Et en quoi ce « différent » te perturbe tant ?

Eludia serra la mâchoire, agacée par la facilité déconcertante avec laquelle son amie démêlait ses pensées.

— Ce n'est pas une question de perturbation Nesh. Je respecte le choix de Lituriel, mais j'ai mes propres responsabilités, mes devoirs en tant que Grande Prêtresse. Prendre un apprenti aussi imprévisible qu'Ignisiel… c'est une distraction dont je me passerais volontiers.

Neshamah secoua la tête, un sourire indulgent aux lèvres.

— Tu peux raconter ce que tu veux, mais je te connais. Si Lituriel t'a confié cette tâche, ce n'est pas seulement parce qu'il voit un potentiel en Ignisiel… mais aussi parce qu'il sait que tu es la seule capable de le faire éclore.

Eludia baissa légèrement le regard, mais ne répliqua pas.

— Et entre nous, ajouta son amie avec un clin d'œil, je pense que ça ne te déplaît pas tant que tu le prétends.

La gardienne de la flamme leva les yeux au ciel, exaspérée.

— Ne commence pas avec tes suppositions absurdes.

— Si tu le dis… répondit Neshamah avec un rictus énigmatique.

Eludia soupira. Qu'elle le veuille ou non, son amie venait de mettre le doigt sur une vérité qu'elle n'était pas prête à affronter.

Voyant son trouble, Nesh chassa sa mauvaise humeur d'un geste de la main avant de reprendre :

— Tu te tracasses trop ! Ignisiel est un jeune homme charmant et intelligent. Tu es une Grande Prêtresse talentueuse et dévouée, tu seras un excellent mentor pour lui.

Eludia esquissa un sourire timide, réchauffée par les paroles réconfortantes de son amie.

Peut-être avait-elle raison.

Peut-être se mettait-elle trop de pression.

Après tout, elle avait été formée par Lituriel en personne. Elle connaissait les exigences d'un apprentissage rigoureux et savait comment transmettre son savoir. Il n'y avait aucune raison de douter de ses capacités.

— Tu as raison, Nesh. Je vais faire de mon mieux, répondit-elle, sa volonté renouvelée. Merci pour ton soutien.

Elle lui rendit son sourire, visiblement ravie de voir son amie reprendre confiance.

— Voilà ce que j'aime entendre ! Et surtout, essaie d'être un peu plus indulgente avec toi-même. Tu te mets toujours trop de pression. Laisse-toi porter par le vent, ajouta-t-elle en tournoyant sur elle-même.

— C'est facile pour toi, l'Air n'est qu'insouciance et légèreté, rétorqua Eludia en roulant des yeux.

Les deux prêtresses éclatèrent de rire, leurs voix cristallines s'élevaient comme une mélodie légère. L'espace d'un instant, la jeune femme oublia ses responsabilités, ses doutes, et savoura simplement la présence apaisante de son amie.

Après quelques échanges complices, elles se séparèrent, s'offrant une étreinte brève mais sincère. Ce contact, simple et ancré dans l'instant, réchauffa encore un peu plus son cœur. Elle n'était pas seule. Elle avait des personnes sur qui compter.

La journée s'écoula ensuite à un rythme effréné. Entre les rituels sacrés, prières et conseils, Eludia s'immergea totalement dans ses obligations. Chaque tâche fut accomplie avec discipline et précision, mais cette fois, son esprit n'était plus accablé par ses ruminations.

Quand la nuit tomba, elle regagna enfin son logement, le corps légèrement fatigué, mais l'esprit toujours en éveil. Malgré les heures passées à officier, une pensée persistait en elle : demain marquerait le début de la formation d'Ignisiel.

Elle s'installa à son bureau, un parchemin vierge devant elle, et entreprit de structurer les premières leçons. Quels textes lui faire lire ? Quels exercices seraient les plus appropriés pour évaluer ses aptitudes ? Son cerveau fourmillait d'idées qui oscillaient entre rigueur et souplesse. Si elle devait être exigeante, elle devait aussi savoir s'adapter à son élève.

Alors qu'elle affinait ses plans, une sensation inattendue l'envahit : une pointe d'excitation. Elle s'était attendue à redouter ce moment, à le voir comme une contrainte, mais maintenant qu'elle organisait cette formation, une part d'elle se surprenait à l'attendre avec impatience.

Finalement, la fatigue finit par la rattraper. Alors que la lune régnait haut dans le ciel, elle abandonna ses écrits et s'allongea, laissant ses pensées vagabonder entre réflexion et rêverie.

Et dans le voile du sommeil, un visage apparut à son esprit. Celui d'Ignisiel.

- 47 -

Assise sur une chaise bancale dans l'arrière-salle de la taverne de la T'Air de Feu, Isaïs observa Théophane avec curiosité. Cela faisait plusieurs jours qu'ils avaient réalisé la mission à l'usine élémentaire pour récupérer les documents de la potentielle arme fabriquée par les scientifiques de la couronne. Alaric leur avait donné rendez-vous aujourd'hui pour donner des nouvelles. L'attente de ce dernier la rendait nerveuse, ses doigts tapotaient machinalement le bois usé de la table et sa jambe trépignait d'impatience. Théophane, lui, semblait parfaitement détendu. Appuyé sur ses coudes, il la dévisageait avec ce sourire narquois qu'elle connaissait trop bien.

— Tu veux que je t'apprenne quelque chose pour passer le temps ?

Le sourcil d'Isaïs se souleva, ce qui arracha un rire à son compagnon. Sans attendre de réponse, il se leva et disparut dans la réserve. Lorsqu'il revint, il tenait trois serrures dans ses mains et les posa bruyamment sur la table. Elle les observa, sceptique.

— Je vais t'apprendre l'art du crochetage, princesse. Être une petite ninja, c'est bien, mais il te faut d'autres talents si tu veux réussir nos missions.

L'éclat malicieux dans ses prunelles l'irritait. Ce surnom

qu'il lui donnait l'agaçait tout autant qu'elle l'appréciait. Elle croisa les bras avant de répliquer d'un ton faussement menaçant :

— Prend garde, Théophane. Si je deviens meilleure que toi, ce qui est sur le point d'arriver, je pourrais bien te reléguer au rang de subalterne. Imagine toutes les tâches ingrates que je pourrais t'assigner.

Elle fit mine de réfléchir en tapotant son menton.

— Tiens, le nettoyage après les réunions t'irait parfaitement au teint.

Le jeune résistant éclata d'un rire franc, son amusement communicatif lui arracha un sourire malgré elle. Il acquiesça comme pour valider sa répartie, puis posa un cadenas devant elle.

— Soit, mais tant que ça n'arrive pas, c'est moi qui décide. Et je veux que tu apprennes à crocheter.

Isaïs soupira théâtralement, feignant la résignation. Théophane, amusé, tendit un petit crochet métallique entre ses doigts.

— Détends-toi, princesse. Ce n'est qu'une serrure, pas une dague sous ta gorge.

Elle lui lança une œillade en biais avant de prendre l'outil. Léger et froid, il semblait anodin, mais elle savait que bien manié, il pouvait ouvrir des passages interdits.

— Bien, commença-t-il en s'appuyant sur le bord de la table. Une serrure, c'est comme un puzzle mécanique. Chaque goupille doit être alignée correctement pour que le loquet se libère. Si tu forces trop, tu la casseras, et si tu n'appuies pas assez, elle ne bougera pas.

Isaïs roula des yeux, l'air de dire qu'elle ne voyait pas en quoi cela pouvait être utile à une princesse. Mais elle ne répliqua pas et observa attentivement alors qu'il prenait le crochet et une tige de tension.

— Regarde bien. Tu insères d'abord la tige en bas du verrou pour exercer une légère pression, expliqua-t-il, démontrant le geste avec une facilité déconcertante. Ensuite, avec le crochet, tu viens chercher les goupilles une par une et les relèves doucement.

Il lui tendit le cadenas et les outils avec un sourire encourageant. Elle imita son mouvement et enfonça la tige dans le cylindre. Son premier essai fut maladroit, et la pointe du crochet glissa sans trouver prise. Théophane rit doucement, mais sans moquerie.

— Sens la résistance, conseilla-t-il en posant sa main sur la sienne pour guider ses mouvements. Tu dois deviner où se trouvent les goupilles et les pousser jusqu'à ce qu'elles s'alignent.

La chaleur de sa paume contre sa peau lui fit perdre sa concentration une fraction de seconde, mais elle se recentra sur le verrou. Elle recommença, plus appliquée cette fois. Ses doigts bougeaient plus prudemment, suivant les conseils qu'il lui soufflait à voix basse.

Elle sentit un à-coup et, persuadée d'être sur la bonne voie, força un peu plus. Un craquement sinistre retentit, et le loquet refusa de bouger. Elle retira précipitamment les outils, les joues légèrement rouges.

— Eh bien, princesse, on dirait que tu as découvert l'une des façons de ne pas ouvrir une porte, plaisanta Théophane avec un air moqueur.

Isaïs grogna, vexée.

— Tu aurais pu me prévenir que ça pouvait arriver si vite.

— Je te l'ai dit, si tu forces trop… répondit-il en haussant les épaules. Mais ne t'inquiète pas, ça arrive aux meilleurs.

Il posa une autre serrure sur la table.

— Allez, recommence. Cette fois, avec plus de douceur.

Un éclair de détermination traversa ses yeux. Elle s'exécuta, prenant plus de précautions. Un long silence s'installa alors qu'elle manipulait les outils avec soin. Finalement, un déclic métallique retentit. Le verrou venait de s'ouvrir.

— Pas mal, princesse, admit Théophane qui croisa les bras, l'air faussement impressionné. Encore un peu de pratique, et tu pourras m'ouvrir toutes les portes du palais.

— Comme si tu m'avais attendu pour ça, s'amusa-t-elle.

Isaïs lui rendit son sourire, mais au fond, elle était fascinée. Ce n'était qu'une serrure, mais elle venait de découvrir une liberté nouvelle, une compétence qui, dans ce monde dangereux, pourrait lui être plus utile que n'importe quelle couronne.

Avant qu'elle ne puisse répondre, la porte de la taverne s'ouvrit brusquement.

Alaric était enfin là.

Il affichait une expression sombre, le pli, plus marqué que d'habitude, entre ses sourcils trahissait une forte tension. Isaïs sentit son estomac se nouer, cela n'annonçait rien de bon. Sans un mot, le chef de la résistance s'affala sur une chaise en face d'eux et soupira lourdement avant de passer une main lasse dans ses cheveux.

— Alors ? demanda Théophane, abandonnant aussitôt son ton léger pour retrouver son sérieux de chef d'équipe.

Alaric passa une main sur son visage fatigué avant de fixer tour à tour les deux jeunes gens, dont l'impatience se lisait dans chaque muscle tendu.

— C'est grave, lâcha-t-il simplement.

Un frisson glacé parcourut Isaïs, et son cœur s'emballa sous l'effet de l'appréhension.

— Dis-nous clairement ce que vous avez découvert, Alaric, répliqua-t-elle, incapable d'attendre plus longtemps.

Le chef de la résistance posa lentement une pile de documents sur la table et les déplia avec une précision presque mécanique.

— Nos scientifiques ont reproduit l'arme à partir des plans que vous avez dérobés. Voici leur rapport. Et il est des plus inquiétants.

Pendant qu'ils s'emparaient fébrilement des feuillets, Alaric se leva et se dirigea vers le bar de la taverne. Il se servit un whisky, le porta à ses lèvres et le vida d'un trait avant de revenir s'asseoir, posant bruyamment le verre vide sur la table.

Isaïs parcourait le rapport, le front plissé. Plus elle lisait, plus son expression se durcissait. Les documents révélaient des détails encore plus troublants que ce qu'elle avait imaginé. Cette arme n'était pas simplement destructrice. Elle fonctionnait en absorbant l'énergie élémentaire environnante et laissait derrière elle un paysage dévasté, vidé de toute vie. Une abomination, même en temps de guerre. Pour un royaume qui se disait en paix, c'était une aberration.

— Si le gouvernement met cela en service… murmura Alaric, le regard perdu. Ils auront le pouvoir d'écraser n'importe quelle rébellion. N'importe quel peuple.

Un silence pesant s'abattit sur eux. Isaïs sentit une pression écraser sa poitrine. Son palpitant battait douloureusement dans sa cage thoracique. À côté d'elle, Théophane était livide, les yeux rivés sur les schémas inquiétants.

— Nous devons les arrêter, trancha-t-elle. Peu importe le prix.

L'attention général convergea vers elle. Dans ses pupilles, il n'y avait ni doute ni hésitation, seulement une détermination farouche.

Une ombre d'inquiétude traversa fugacement le visage de Théophane, mais il se retint de tout commentaire.

— Je ne vois pas ce que l'on peut faire, objecta Alaric d'un ton sombre. Leur prototype est déjà validé, Isaïs. Tu l'as lu toi-même, ils pourraient déjà avoir commencé la production.

Un éclat de conviction illumina les traits de la princesse.

— Justement. D'après ces documents, il y a trois sites potentiels où leur nouvelle usine pourrait être installée. Si nous les localisons, nous pouvons intervenir pour stopper la fabrication.

Théophane haussa un sourcil, manifestement impressionné qu'elle ait remarqué ce détail.

— Une bonne idée, je l'admets. Mais cela ne fera que retarder l'inévitable. Ils recommenceront ailleurs, souligna-t-il.

— Alors nous devons aussi trouver un moyen de rendre la production impossible. Nous avons la liste complète des composants nécessaires à cette arme. Si nous les empêchons d'obtenir certains éléments clés, ils ne pourront jamais la produire en masse.

Alaric releva brusquement la tête, son regard brillait d'un éclat nouveau.

— C'est brillant. Si nous parvenons à contrôler ces ressources, nous pourrions stopper ce projet avant même qu'il ne prenne de l'ampleur.

— Je t'avais dit que je l'avais bien formée, lança Théophane avec un rictus en coin.

Isaïs plissa des paupières, mécontente de sa remarque.

— Tu te surestimes si tu penses être responsable de l'intelligence de cette jeune femme, rétorqua Alaric avec un sourire narquois.

Un pli malicieux étira les lèvres de la princesse. Sans un mot, elle tira discrètement la langue à Théophane, qui éclata de rire.

— Bien, poursuivit-il, retrouvant son sérieux. Maintenant que nous avons un plan, mettons-nous au travail. Grâce à madame la petite futée, nous avons une piste.

Il ponctua sa phrase d'un clin d'œil moqueur. Isaïs écarquilla les yeux et croisa les bras, outrée.

— Sérieusement ? Un nouveau surnom ? gémit-elle en enfouissant son visage dans ses mains d'un air dramatique.

Les trois compagnons éclatèrent de rire. La tension s'était un peu allégée. Pourtant, Isaïs savait que le plus difficile restait à venir, que cela serait encore plus dangereux, mais elle était prête. Elle voulait se battre pour son peuple, et anéantir cette production infernale serait son prochain acte de résistance pour l'avenir de son royaume.

- 48 -

Le lendemain matin, Eludia ouvrit les yeux, bercée par la lumière qui filtrait à travers les rideaux de sa chambre. Après quelques étirements, elle se leva, prit un instant pour se recentrer, puis enfila sa tenue. Aujourd'hui marquait le début d'un nouvel apprentissage, non seulement pour Ignisiel, mais aussi pour elle.

Lorsqu'elle franchit le seuil de sa porte, elle inspira profondément l'air frais du matin et laissa la brise effleurer son visage. Mais avant même qu'elle ne descende la première marche, elle sursauta.

Ignisiel se tenait là, patient et visiblement prêt depuis un moment déjà.

— Tu es déjà là ? demanda-t-elle, partagée entre surprise et satisfaction.

— Je voulais être sûr d'être à l'heure pour notre première leçon, répondit-il avec un sourire confiant.

Il y avait une sincérité dans son regard qui ne laissait place à aucun doute. Elle hocha simplement la tête et reprit son calme habituel.

— Bien. Allons-y. Nous nous rendons au Bosquet des Murmures.

Sans plus attendre, ils prirent la route. Ignisiel se cala sur son pas, tandis qu'Eludia, légèrement devant, réfléchissait à la meilleure manière d'introduire sa formation.

— Désormais, tu fais officiellement partie de l'Ordre, déclara-t-elle. Ton initiation d'entrée a marqué la première étape, mais le véritable apprentissage commence maintenant.

Elle ralentit pour marcher à sa hauteur avant de continuer.

— Tu devras choisir un élément auquel tu seras lié. Cette alliance est un engagement spirituel et magique qui nécessite discipline et compréhension.

— Et comment fait-on ce choix ? demanda-t-il.

— Avant tout, il te faudra apprendre à manipuler les quatre éléments fondamentaux : la Terre, l'Eau, l'Air et enfin le Feu. Pendant les prochaines semaines, tu t'entraîneras intensément à chacun d'eux. À l'issue de cette formation, tu seras mis à l'épreuve lors de ton initiation finale.

Elle marqua une courte pause pour s'assurer qu'il comprenait bien l'enjeu.

— Si tu échoues à l'un des tests, ton parcours s'arrêtera à l'élément maîtrisé. Par exemple, si tu échoues à l'épreuve de l'Air, tu ne pourras devenir que prêtre de la Terre ou de l'Eau. Mais si tu réussis les quatre, alors le choix final t'appartiendra.

Ignisiel réfléchit un instant avant d'acquiescer.

— Je comprends. Alors, je vais faire en sorte de réussir les quatre, pour avoir le choix.

Eludia esquissa un sourire discret devant son assurance.

— La bonne nouvelle, ajouta-t-elle, est que tu possèdes déjà une affinité naturelle avec le Feu, qui est l'élément le plus difficile à apprivoiser. Cela pourrait être un avantage… ou un piège, si tu te reposes trop sur ce talent.

— Je n'ai pas l'intention de me reposer sur quoi que ce soit, rétorqua-t-il.

Un silence s'installa brièvement entre eux, rythmé par le craquement des feuilles sous leurs pas. Puis, à l'improviste, Eludia s'arrêta et se retourna vers lui.

Elle hésita un instant, cherchant ses mots. Ce qu'elle s'apprêtait à dire n'avait rien d'un enseignement, mais elle ressentait le besoin de l'exprimer.

— Tu sais… j'étais inquiète pour toi lors de ton initiation, avoua-t-elle, en plongeant timidement son regard dans le sien. Pas parce que je doutais de tes capacités, mais parce que je sais à quel point ces épreuves peuvent être brutales.

Une ombre traversa fugacement ses traits. Des images de certains souvenirs s'imprimèrent derrière ces rétines, lui nouant l'estomac.

— Je ne voulais pas que tu sois contraint de quitter la Cité des Temples, reprit-elle. Mais tu as dépassé toutes mes attentes. Je crois en toi. Peu importe les obstacles, tu as la force de les surmonter.

Ignisiel la dévisagea, comme s'il essayait de déceler ce qui se cachait réellement derrière ces paroles. Mais au fond, il n'avait pas besoin de chercher plus loin. Elle était simplement sincère.

— Merci, Eludia, dit-il simplement. Je ne te décevrai pas.

Puis, avec une moue plus tendre, il ajouta d'un ton léger :

— Et… je suis heureux que ce soit toi qui me formes.

Eludia détourna brièvement les yeux, troublée par sa déclaration. Elle se contenta d'un hochement de tête avant de reprendre la marche, mettant fin à cet échange.

*

Ignisiel remarqua que le paysage changeait, la végétation devenait plus dense, plus ancienne. Chaque arbre semblait chargé de mémoire, chaque souffle de vent portait un murmure du passé.

Tout à coup, une masse incandescente déploya ses ailes devant eux. L'envergure était impressionnante, teintée d'un feu vivant qui ondulait le long des plumes telle une danse éternelle de flammes. Leurs nuances allaient du jaune incandescent, semblable à la lumière d'un soleil à son zénith, au rouge profond d'un crépuscule en fusion.

Ignisiel se figea. Son souffle se bloqua dans sa gorge alors que son regard se posait sur la créature légendaire qui lui faisait face.

Un Phénix.

L'oiseau mythique, incarnation du feu et du renouveau, flottait dans l'air avec une majesté effrayante. Ses pupilles flamboyaient d'une intelligence vive, et chaque mouvement respirait une puissance brute. Instinctivement, le jeune homme saisit le bras d'Eludia pour la tirer en arrière, prêt à la protéger d'un danger inconnu.

Mais elle ne bougea pas. Sans même tourner la tête vers lui, elle leva une main pour lui signifier de ne pas intervenir. Sa posture était empreinte d'une confiance absolue, comme si elle savait déjà que cette apparition n'avait rien de menaçant. D'un geste lent et assuré, elle tendit la main vers le Phénix.

L'oiseau suspendit son vol quelques secondes, puis, dans une grâce inouïe, baissa la tête et vint presser son front ardent contre la paume d'Eludia. Une onde de chaleur douce se répandit dans l'air et illumina leur échange.

Ignisiel observa la scène, sidéré. Ce qu'il prenait d'abord pour une menace s'était transformé en un spectacle d'une tendresse inattendue.

— Je te présente Luminos, dit-elle d'une voix sereine. C'est un Phénix avec lequel je me suis liée il y a quelques années.

Elle glissa sa main sur le plumage incandescent, un pli attendrit sur les lèvres, avant d'ajouter :

— Cela faisait un moment que je ne t'avais pas vu… Où étais-tu passé ?

L'oiseau émit un cri doux, presque un murmure qui crépitait tel un brasier doté de parole. Puis, après un instant, il tourna son regard vers Ignisiel et pencha la tête avec une curiosité évidente.

Le jeune homme sentit son cœur accélérer. Se retrouver sous l'attention d'une telle créature, dont la simple présence dégageait une énergie à la fois ancienne et insondable, était intimidant. Pourtant, quelque chose dans cette aura flamboyante l'attira irrésistiblement.

Il hésita, puis tendit lentement la main.

Luminos, loin de s'éloigner, avança légèrement et étira son long cou vers lui. Ignisiel retint son souffle. Il sentit enfin le contact des plumes sous ses doigts : une texture à la fois soyeuse et chaude.

— C'est… incroyable, souffla-t-il, ses yeux fascinés explorant chaque détail du Phénix. Je n'ai jamais rien vu d'aussi magnifique.

Eludia l'observa, une lueur d'amusement dans le regard.

— C'est parce qu'il est unique, répondit-elle. Il ne reste presque plus de spécimens de son espèce.

Ignisiel continua à détailler l'animal. Chaque battement d'aile créait une légère brise qui soulevait les mèches de ses cheveux et projetait des éclats dorés sur son visage. Il était envoûté par la prestance de cette créature céleste.

Puis, son esprit revint aux paroles de la Grande Prêtresse.

— Tu as parlé de lien… Qu'est-ce que cela signifie ?

Eludia croisa les bras, contemplant un instant l'oiseau qui se tenait à ses côtés.

— À un moment donné de ton parcours, tu auras l'opportunité de te lier à un animal, expliqua-t-elle. C'est un pacte sacré entre un mage et un être de la nature. L'animal devient un protecteur, un guide, et en retour, nous nous engageons à veiller sur lui. C'est un lien puissant et indélébile, bien au-delà d'une simple compagnie.

Ignisiel réfléchit un instant.

— Tous les prêtres ont-ils cette opportunité ?

— Seulement ceux qui le désirent et qui sont prêts, répondit-elle. L'élément de l'Air est particulièrement connecté aux créatures du monde, c'est donc la Grande Prêtresse Neshamah qui veille sur cette tradition. Elle pourrait mieux t'expliquer que moi.

Elle tendit doucement les mains vers Luminos et incita le Phénix à reprendre son envol. L'oiseau s'ébroua légèrement, puis leva les ailes, projetant un dernier éclat doré sur la clairière avant de s'élancer vers le ciel.

Ils le regardèrent s'éloigner, traçant une traînée incandescente à travers les nuages, tel un astre qui filait vers un horizon infini.

Le silence retomba, empreint d'un profond sentiment de sérénité. Ignisiel sentit son cœur battre à l'image de l'intensité du moment. Puis, ramenant son esprit au présent, il entendit la voix d'Eludia rompre le silence.

— Nous sommes à l'orée du Bosquet des Murmures, annonça-t-elle. L'endroit où nous allons est caché, réservé aux formations. Suis-moi.

Un frisson d'excitation parcourut l'échine du novice. L'émerveillement qu'il venait de vivre ne faisait que renforcer son envie d'apprendre, de découvrir. Sans un mot de plus, ils reprirent leur marche et s'enfoncèrent un peu plus dans l'inconnu.

Après quelques mètres, un rocher solitaire se dressa devant eux. Eludia bifurqua sur la droite et s'engagea sur un passage à peine discernable. Ce ne fut qu'après quelques pas supplémentaires que le sentier réapparut, comme s'il avait toujours été là, dissimulé aux yeux des non-initiés.

Finalement, ils débouchèrent sur une clairière où un cercle de pierres se dressait. Bien que plus modeste que celui dédié à la maîtrise des émotions, il imposait un certain respect. En son centre, une stèle massive s'élevait, semblable à un phare immobile, figé dans l'éternité. Une inscription, gravée à sa surface marquée par le temps, attira immédiatement le regard d'Ignisiel :

« *Un Dieu vit dans la pierre.* »

Les mots semblaient vibrer d'un écho ancien, porteurs d'un mystère immuable. Eludia rompit enfin le silence :

— Cette pierre est bien plus ancienne que la Cité des Temples elle-même. Les premiers prêtres l'ont érigée en hommage aux dieux, pour rappeler notre responsabilité envers eux et le monde qui nous entoure.

Le jeune homme détourna son regard de l'inscription pour le poser sur elle.

— Je comprends, répondit-il simplement. Que dois-je faire ?

Un sourire fugace éclaira le visage d'Eludia.

— La terre est bien plus qu'un simple sol sous nos pieds. Elle incarne la stabilité, la persévérance, l'ancrage. Elle est la racine de toute chose, le fondement sur lequel repose notre existence. Comprends-tu cela, Ignisiel ?

Il hocha lentement la tête, sans être certain de comprendre.

— Bien. Regarde et ressens.

D'un pas mesuré, elle franchit le seuil du cercle et s'installa en tailleur face à la pierre centrale. Ses paupières se fermèrent et son souffle se fit plus profond. Une onde presque imperceptible sembla parcourir son corps lorsqu'elle posa ses mains sur le sol. Le gouffre sonore s'épaissit autour d'eux, donnant l'impression que la nature retenait son souffle.

Ignisiel observa, captivé. C'est alors que le sol vibra. Des racines émergèrent de la terre et ondulèrent dans un ballet hypnotique. Autour d'elle, de petits rochers se mirent à léviter, attirés par une force invisible. La terre trembla plus fort, faisant résonner une puissance brute.

Puis tout s'arrêta.

Eludia ouvrit les yeux et se releva avec une aisance naturelle, comme si rien d'extraordinaire ne venait de se produire. Elle s'approcha d'Ignisiel et tendit la main vers le cercle pour l'inviter à s'y aventurer.

— Voilà ce que tu devras être capable d'accomplir au terme de ton apprentissage. À toi de jouer.

Ignisiel, encore sous le choc, hésita.

— C'était… incroyable ! Comment puis-je atteindre un tel niveau ? Je n'avais jamais imaginé que cela soit possible.

Eludia fronça légèrement les sourcils. Son expression se fit plus sérieuse.

— Écoute attentivement car je n'aime pas me répéter. Pour maîtriser l'élément Terre, tu dois t'unir à lui, l'accueillir en toi. Ferme les yeux. Fixe ta concentration sur la pierre. Ressens ton corps s'enraciner dans le sol, comme si des racines invisibles s'enfonçaient en toi, reliant ton être aux profondeurs terrestres. Lorsque tu y parviendras, tu comprendras comment mouvoir les éléments à la manière dont tu bouges tes propres membres.

Après une grande inspiration, Ignisiel prit place au centre du cercle. Il ferma les paupières et tenta de plonger en lui-même, de ressentir cette force qu'Eludia décrivait. Mais malgré ses efforts, rien ne se produisit. Pas la moindre vibration, pas le plus infime écho d'énergie. La terre restait impassible, indifférente à son appel.

Un doute s'insinua en lui.

Était-il réellement prêt ?

Après un moment, il ouvrit les yeux, le cœur lourd. Une vague de frustration l'envahit alors qu'il réalisait son échec. Son regard chercha instinctivement celui d'Eludia, espérant y trouver un signe, une réponse. Elle lui offrit un sourire réconfortant, empreint de douceur.

— Ne t'inquiète pas, Ignisiel. C'est normal. La connexion avec l'élément ne se fait pas en un jour. C'est un processus qui demande patience et persévérance. N'abandonne pas. Continue à essayer, ressens l'élément autour de toi, en toi. Tu y arriveras avec le temps.

Rassuré, il hocha la tête et se prépara à recommencer. Il ferma les yeux, calma sa respiration et se concentra, déterminé à établir ce lien insaisissable.

- 49 -

Chaque jour, Ignisiel revenait dans le sanctuaire, accompagné d'Eludia. Il répétait inlassablement le même exercice. Pourtant, au bout du cinquième jour, le doute s'insinua en lui. L'échec répété érodait lentement sa confiance. Et si son lien avec la Terre était trop faible ? Et si, malgré tous ses efforts, il n'y parvenait jamais ? La Grande Prêtresse lui avait donné un nombre incalculable de conseils mais rien n'y faisait.

Sans un mot, elle s'installa en face de lui et prit ses mains dans les siennes.

— Concentre-toi sur moi, murmura-t-elle en le fixant avec intensité.

Ses iris d'un violet intense, semblaient capter la lumière et une étrange sérénité s'en dégageait.

— Laisse l'énergie circuler, continua-t-elle. Respire et permets-lui de remplir chaque fibre de ton être.

Le jeune homme, hypnotisé par cette présence, sentit une chaleur se répandre en lui. L'énergie d'Eludia traversait ses paumes, s'insinuait dans ses veines, jusqu'à ses pieds enracinés dans le sol. Un frisson parcourut son échine alors qu'il se sentait soudain aussi stable et immuable qu'un chêne centenaire.

Fermant les paupières, il plongea au plus profond de

cette sensation. Il voyagea dans le réseau noueux des racines sous ses pieds, effleura la dureté ancestrale des pierres, ressentit le frémissement silencieux de la terre vivante. Une harmonie s'installait. Il appartenait à ce monde, en était une extension.

Mais au sein de ce calme, une voix surgit.

« *Ignisiel !* »

Elle retentit, puissante, impérieuse.

Il ouvrit brusquement les yeux. Devant lui, un chaos indescriptible se déchaînait. Les racines se dressaient et fouettaient l'air avec une force incontrôlée, les pierres s'entrechoquaient dans un fracas assourdissant, et la terre elle-même se mouvait en vagues imprévisibles.

Le novice retint son souffle. Il tenta de reprendre le contrôle, de calmer cette frénésie. Mais la panique face à ce spectacle apocalyptique prit le dessus et les éléments se déchainèrent de plus belle. C'est alors qu'il croisa le regard d'Eludia, toujours calme et bienveillant. Il se sentit aspirer dans la profondeur abyssale de ses orbes mauves. Peu à peu, les racines et les pierres retrouvèrent leur immobilité, comme s'ils se soumettaient à sa volonté.

La Grande Prêtresse l'observait avec un mélange d'amusement et de reproche, un rictus espiègle au coin des lèvres.

— Eh bien, quelle puissance ! s'exclama-t-elle. Mais tu dois apprendre à canaliser cette énergie. Un simple manque de concentration, et voilà le résultat.

Ils échangèrent un regard complice qui oscilla entre soulagement et incrédulité.

— Merci de m'avoir aidé, souffla le jeune homme. Je n'y serais jamais arrivé sans ton aide.

— Oh, tu y serais parvenu. Mon rôle est simplement de t'accompagner sur cette voie. Maintenant, nous allons nous assurer que tu maîtrises cet élément sans risquer de tout détruire.

Elle éclata de rire, bientôt rejointe par Ignisiel. Une lumière brilla dans ses yeux pourpres, et à cet instant, il ne put s'empêcher de remarquer combien elle était belle lorsqu'elle laissait libre cours à sa joie. Ce sourire sincère, rare, illuminait son visage d'une chaleur nouvelle.

C'était un moment de connexion entre eux qui annonçait le début d'un apprentissage bien plus vaste que la simple maîtrise d'un élément.

Après une dizaine de jours d'entrainement, Ignisiel commençait à maîtriser la Terre avec plus d'aisance. Eludia observait son évolution avec attention et lui prodiguait des conseils afin qu'il puisse se perfectionner. Comme chaque jour, ils marchaient en direction du cercle de pierre. Mais cette fois, la jeune femme n'emprunta pas le chemin dissimulé et continua sur le sentier principal.

— Où va-t-on ? demanda Ignisiel intrigué au bout de quelques minutes.

Elle s'arrêta et se retourna vers lui.

— Je pense que tu as suffisamment progressé pour que nous passions à la prochaine étape. Je t'emmène dans un autre lieu sacré, lié à la terre, afin de tester ta maîtrise de cet élément.

Ils continuèrent ainsi encore un moment sans échanger le moindre mot. Après quelque temps, ils arrivèrent devant une paroi rocheuse où le sentier s'engouffrait dans un tunnel face à eux. Eludia, s'arrêta devant l'entrée et regarda le jeune homme.

— Nous allons entrer dans la grotte du Dieu de la terre. A l'intérieur se trouve un cristal offert par cette divinité qui protège l'ensemble de la Cité des Temples. Les Prêtres de la Terre prennent soin de ce cristal tous les jours. Cependant, pour y accéder il est nécessaire d'utiliser l'élément de la bonne façon. Je vais te laisser t'y prendre à ta manière. Soit prudent.

— Tu ne m'accompagne pas ? s'inquiéta Ignisiel.

— Si. Mais je ne te viendrai pas en aide cette fois, tu devras te débrouiller par toi-même.

Elle tourna les talons et entra dans la cavité rocheuse. Le novice l'a suivi de près. Après quelques minutes, l'espace s'agrandit devant eux, laissant place à une caverne souterraine. Le plafond était à une hauteur vertigineuse tel que l'on n'en voyait pas la fin. La Grande Prêtresse du Feu leva les yeux et pointa du doigt un endroit en hauteur. Ignisiel adapta sa vision à la faible luminosité de la grotte et fixa l'endroit désigné par la jeune femme. C'est alors qu'il vit une plateforme à une quinzaine de mètres au-dessus d'eux, d'où émanait une douce lumière argentée.

— La pierre se situe tout là-haut ? demanda-t-il d'une voix étranglée.

Eludia hocha la tête.

— Je veux que tu y montes à l'aide de ta maîtrise de la Terre. En ce lieu tu ne pourras de toute façon pas utiliser un autre élément. Une fois là-haut, je veux que tu choisisses l'une des pierres présentes autour du cristal, ce sera ton catalyseur.

— Mais… Comment tu veux que je monte aussi haut avec la Terre ? s'offusqua le jeune homme.

— C'est à toi de voir, répondit-elle avec un rictus énigmatique. Comme je te l'ai dit, je ne t'aiderai pas pour cette épreuve, tu dois te débrouiller par toi-même avec ce que tu as appris. Le cristal t'attend là-haut. Pour l'atteindre, la pierre sera ton alliée. Mais souviens-toi : elle répond à ton esprit, pas à ta force.

Sur ces mots Eludia s'éloigna et alla se positionner dans un recoin sombre de la grotte, laissant le jeune homme seul en son centre.

Après avoir réfléchi à la façon dont il allait procéder, Ignisiel inspira profondément et posa les mains sur le sol rugueux. Il ferma les paupières et chercha à ressentir la pulsation de la terre sous ses doigts. La roche était froide, immobile, mais il savait qu'une énergie latente y sommeillait.

D'un geste hésitant, il commença à visualiser un pilier jaillissant sous ses pieds. Au départ, rien ne se passa. Puis, un grondement sourd éclata dans la caverne. La roche se mit à bouger. Sous lui, un socle de pierre se souleva et prit rapidement de la hauteur. Le jeune homme grimaça sous l'effort mental, son lien avec l'élément était encore fragile.

Mais soudain, la caverne trembla. Une série de secousses déséquilibrèrent le pilier en pleine ascension, et des éclats de pierres commencèrent à tomber du plafond. Ignisiel vacilla. Un rocher fendit l'air et s'écrasa près de lui, projetant des éclats tranchants qui entaillèrent sa joue. Il sentit un liquide chaud couler et passa sa main sur son visage. Ses yeux s'écarquillèrent avec horreur en voyant sa main rouge de son propre sang.

— Concentre-toi ! hurla Eludia depuis le bas, sa voix résonnant comme un coup de tonnerre.

Ignisiel ferma les yeux, ignora la douleur, et s'ancra dans le moment présent. Il respira et se concentra, ressentant la résonance de la roche et des vibrations autour de lui. Il comprit alors que le pilier devait être une extension de lui-même : stable, fluide, inébranlable.

D'un mouvement assuré, il guida la pierre sous ses pieds. Le pilier monta à nouveau, plus rapide et plus stable cette fois. Les chutes de pierres continuèrent, mais il les anticipa avant qu'elles ne tombent. Il inclina légèrement la colonne pour les éviter et forma de petites pointes autour de lui pour dévier les projectiles.

À mi-hauteur, une fissure éclata dans le pilier sous la pression. Ignisiel vacilla dangereusement, manquant de tomber. Dans un réflexe instinctif, il frappa le sol du pied, et une nouvelle colonne jaillit, fusionnant avec la première.

Enfin, il atteignit la plateforme. Essoufflé et les mains tremblantes. Il monta sur le palier où se trouvait le cristal du Dieu de la Terre qui lévitait au-dessus du sol. Le spectacle était magnifique. Autour de la pierre se trouvaient des centaines de petites répliques qui reflétaient sa lumière en un kaléidoscope multicolore. Son regard se posa sur l'un des cristaux et il sut. C'était celui qu'il devait prendre. Il tendit la main vers la pierre dont la surface luisait faiblement. À son contact, une chaleur douce irradia dans tout son corps.

En bas, Eludia inclina légèrement la tête, un sourire imperceptible sur les lèvres.

— Bien. Mais la terre te teste encore. Apprends à

l'écouter.

À cet instant, le sol de la plateforme trembla, menaçant de s'effondrer. Ignisiel se redressa et retourna sur le pilier qu'il avait érigé. Il se figea en sentant les vibrations sous ses pieds. La colonne de pierre, qu'il pensait solide, commença à se disloquer en une mosaïque de fragments instables. Le cristal dans sa main pulsa doucement, comme s'il essayait de lui faire passer un message. Le jeune homme serra les dents.

Il savait qu'il n'avait pas le temps de paniquer.

Il planta ses pieds fermement sur la plateforme vacillante et tenta de se connecter à la terre à nouveau. Cette fois, il devait faire plus que simplement ériger un pilier. Il devait maintenir un équilibre fragile entre son pouvoir et les forces naturelles de la caverne. Il ferma les yeux, ressentant la pierre qui cédait sous lui. Les vibrations se précisèrent, un langage subtil qui lui indiquait où les failles se formaient. Il posa une main sur le sol.

— Tiens bon, murmura-t-il.

Il dirigea son énergie dans la roche qui réagit avec un grondement sourd et inquiétant. Il solidifia les fissures avant qu'elles ne se propagent davantage. Mais la tâche était ardue. Une pierre à sa droite se détacha et tomba dans l'abîme, déclenchant une cascade de débris. La plateforme s'affaissa d'un côté, et Ignisiel chancela. Dans un réflexe désespéré, il frappa le sol du poing. Une colonne de pierre jaillit sous la plateforme qui stabilisa temporairement la structure. Mais il savait que cela ne suffirait pas. « *Écoute-la… Sens-la…* » se répéta-t-il.

Il inspira profondément et changea de stratégie. Plutôt que de forcer la roche à obéir, il se laissa porter par son flux naturel. Il perçut les tensions, les endroits où la pierre voulait se mouvoir, et accompagna ces mouvements au lieu de les contrarier. Les pierres se réassemblèrent lentement sous ses pieds pour former une plateforme plus stable. Il avait réussi à atteindre cette hauteur en manipulant la roche, mais maintenir la stabilité semblait un défi tout aussi complexe. Chaque vibration envoyée par la caverne semblait vouloir lui rappeler qu'il n'était qu'un novice.

— Ne lutte pas contre la terre. Utilise ce qu'elle t'offre. Regarde autour de toi ! cria Eludia, toujours postée en contrebas.

Ignisiel observa les parois de la caverne. Dans la lumière tamisée des cristaux naturels, il aperçut des racines épaisses qui s'enfonçaient dans la roche. Elles s'étiraient comme des veines dans les murs. C'est alors que lui vint une idée. Il ferma les yeux et prit une profonde inspiration. La terre n'était pas seulement la pierre : elle était aussi vie, croissance et adaptation. Il posa une main tremblante sur la plateforme et tenta quelque chose.

— Viens à moi… Aide-moi…, murmura-t-il en appelant silencieusement les racines.

Au début, rien ne se produisit. Puis, une vibration parcourut le sol. Les racines frémirent et commencèrent à se mouvoir lentement, comme des serpents réveillés d'un long sommeil. Elles s'étendirent en direction de la plateforme et s'enroulèrent autour de ses bords fissurés. Une à une, elles s'enfoncèrent dans la pierre, se tressant solidement autour de la structure instable. Ignisiel ouvrit les yeux et vit les racines s'entrelacer pour former une sorte de filet vivant qui renforçait le pylône. Les fissures cessèrent de s'élargir, et la structure retrouva un semblant de stabilité.

Essoufflé, le front perlant de sueur, le jeune homme se redressa, son cristal toujours fermement tenu dans sa main. Il tourna son regard vers le bas, où la Grande Prêtresse l'attendait et canalisa une dernière fois l'énergie de la terre. Avec précaution, il fit descendre la plateforme, les racines l'accompagnèrent dans un mouvement fluide, comme si elles guidaient son retour.

Lorsqu'il atteignit enfin le sol, il posa un pied tremblant sur la terre ferme et jeta un coup d'œil au cristal. Celui-ci semblait étrangement léger dans sa main maintenant. Les racines, ayant accompli leur tâche, se retirèrent lentement et disparurent dans la pierre comme si elles n'avaient jamais existé. Eludia l'observa avec un sourire approbateur. Elle sortit un mouchoir en tissu de sa robe et essuya sa joue blessée avec une tendresse qui déstabilisa le jeune homme. Il n'eut pas le temps de s'attarder sur ce geste qu'elle rompit le silence.

— Tu comprends enfin. La terre ne t'obéit pas. Elle t'aide si tu l'écoutes, si tu la considères.

Ignisiel hocha la tête, les épaules encore tremblantes de l'effort. Il savait qu'il avait franchi une étape importante, mais une question lui brûlait encore les lèvres.

— Et maintenant ? demanda-t-il, le regard levé vers son mentor.

— Maintenant, tu es prêt pour la suite de ta formation. Tu vas encore t'entrainer avec le catalyseur que tu viens d'acquérir durant quelques jours et ensuite, nous pourrons passer la maîtrise de l'eau.

Le jeune homme soupira. Le cristal dans sa main vibra légèrement, comme pour confirmer que l'épreuve suivante l'attendait déjà.

- 50 -

Le vent fouettait le visage d'Isaïs alors qu'elle progressait à travers les sentiers des massifs attenant à la cité d'Andran. Elle marchait, encadrée par Théophane et deux autres résistants. Leur objectif était de localiser la nouvelle usine de production de l'arme du gouvernement et confirmer sa position pour la résistance.

Ils avaient déjà évincé deux des trois emplacements supposés. Après des jours de traque et d'observation, leurs indices les avaient menés au pied d'une imposante montagne où un bunker militaire, dissimulé entre les parois rocheuses, semblait abriter une activité suspecte.

— On y est, chuchota Marek, l'un des résistants qui les accompagnait.

Cet homme d'âge mur était l'un des meilleurs éléments d'Alaric. Et même si habituellement il ne faisait plus les missions de reconnaissance, le chef de la résistance avait insisté pour qu'il se joigne à l'expédition, aux vues de la dangerosité de celle-ci.

Camouflé derrière une végétation dense, Isaïs s'accroupit et sortit ses jumelles à vision nocturne pour observer l'entrée de la potentielle usine. Plusieurs soldats patrouillaient. Leurs silhouettes se découpaient dans la lueur des torches installées autour de la structure. De temps à autre, des véhicules marqués du sceau du gouvernement passaient les lourdes portes de métal avant de disparaître à l'intérieur. Des contrôles stricts étaient effectués pour toute entrer dans le bâtiment, ce qui empêchait une infiltration aisée. Elle scruta le reste de la paroi. Il ne semblait pas y avoir d'autre accès, pas même une fenêtre ou une bouche d'aération visible. Aux vues de tout ce qu'elle avait devant ses yeux, tout indiquait qu'ils avaient trouvé leur cible. Théophane sembla être arrivé au même raisonnement qu'elle car une lueur de victoire traversa son visage et ses doigts se crispèrent sur ses lorgnettes. Cependant, la princesse savait qu'ils devaient être sûr d'avoir trouvé le bon endroit.

— On ne peut pas se contenter de suppositions, murmura Isaïs. Il faut s'assurer qu'il s'agit bien de l'usine.

— Tu proposes quoi ? demanda le jeune homme en abaissant ses jumelles.

— Se rapprocher. Nous devons voir de plus près ce qui s'y passe.

Un silence tomba sur le groupe. Théophane fixa la princesse, les traits crispés. Une lueur d'inquiétude traversa ses prunelles. Un instant, Isaïs se demanda pour qui avait-il si peur. Mais elle ne pouvait pas s'attarder sur ses réflexions. Finalement le chef d'équipe approuva son idée. Son statut lui octroyait toujours le dernier mot sur leurs mouvements. Il se leva et répartit les rôles :

— Sissi et moi contournerons la base par l'est, tandis que, Marek et Liora, vous observerez depuis l'ouest. Une reconnaissance rapide, puis repli immédiat. Restez discret.

Isaïs avait du mal à se faire au pseudonyme que Théophane et Alaric avait choisi de l'affabuler devant le reste de la résistance afin de garder le secret de son statut princier. Mais cela était nécessaire pour conserver son anonymat.

Chacun acquiesça, puis ils partirent en mode furtif. Isaïs et Théophane se faufilèrent dans l'ombre et avancèrent prudemment pour éviter d'être aperçu par les sentinelles. Plus ils se rapprochaient, plus le bourdonnement des machines à l'intérieur du bunker se faisait distinct. La princesse échangea un regard avec son compagnon et lui fit signe de s'arrêter. Elle tendit l'oreille.

Des voix. Des ordres aboyés.

Elle se tapit derrière un rocher et risqua un coup d'œil. À l'intérieur, derrière une large porte entrouverte, elle distingua d'imposants générateurs, en attente d'être placés. Des caisses marquées de symboles militaires étaient présentes çà et là. Au centre, un schéma accroché à un tableau représentait une arme de grande envergure. Autour de ce dernier se tenait des hommes en blouse blanche, surement des scientifiques. Ils l'avaient enfin trouvée. C'était bien l'usine.

Mais avant qu'elle ne puisse faire part de sa découverte à son coéquipier, une alarme déchira le silence. Isaïs plaqua les mains sur ses oreilles pour atténuer le bruit assourdissant. Les gardes se mirent en action et commencèrent à courir dans tous les sens. Des cris éclatèrent à l'ouest. Marek et Liora avaient été repérés.

— On doit partir ! chuchota Théophane.

L'adrénaline monta en flèche. La jeune femme hésita une fraction de seconde, mais les bruits de course derrière eux ne laissaient aucune place au doute. Ils devaient fuir. Se repliant dans les ombres, ils filèrent aussi vite que possible entre les rochers tout en évitant les projecteurs qui balayaient la montagne.

Les soldats étaient à leurs trousses. Des éclats de voix résonnaient dans la vallée, suivis de tirs qui sifflaient à leurs oreilles. Isaïs courait, les muscles en feu et le cœur battant à tout rompre. Elle entendait Théophane juste derrière elle, ses pas aussi rapides que les siens. À plusieurs reprises, ils durent plonger derrière des rochers pour éviter d'être repérés. Un projecteur passa juste au-dessus d'eux et illumina un instant leurs visages, crispés par l'effort.

— Là-bas, siffla-t-il en pointant du doigt un passage entre deux falaises.

Sans hésiter, ils s'y engouffrèrent, luttant contre la fatigue et la peur. Derrière eux, des officiers continuaient de se rapprocher, leurs torches projetaient des ombres menaçantes sur la paroi rocheuse. Une rafale de balles frappa le sol à quelques mètres d'eux, ce qui souleva des éclats de pierre. Isaïs étouffa un cri et accéléra, sentant l'adrénaline la propulser en avant.

— Plus vite ! souffla Théophane, sa main frôlant son bras pour l'encourager à passer devant.

Ils atteignirent une pente abrupte et n'eurent pas d'autre choix que de la descendre en glissant, dérapant sur les gravats et la terre sèche. Isaïs sentit son pied heurter un obstacle et bascula en avant, roula sur plusieurs mètres avant de s'immobiliser, le souffle coupé. Théophane se précipita vers elle et l'aida à se relever.

— Ça va ?

— On continue, répondit-elle d'une voix rauque.

Les bruits de pas se rapprochaient encore. Ils reprirent leur course et s'enfoncèrent dans une forêt dense à la lisière de la montagne. Les branches griffaient leurs bras, leurs visages, mais ils ne ralentirent pas. Derrière eux, les soldats semblaient hésiter avant d'entrer sous le couvert des arbres, craignant sans doute une embuscade.

Enfin, après ce qui leur parut une éternité, les bruits de poursuite s'atténuèrent. Isaïs s'arrêta, les poumons en feu et posa une main sur un tronc pour reprendre son souffle.

— On les a semés…

Théophane hocha la tête et inspecta les alentours pour s'assurer qu'ils n'étaient pas suivis. Après un dernier coup d'œil en arrière, ils poursuivirent leur route vers le point de rendez-vous initial, à l'abri des regards.

Mais personne n'était là.

Isaïs scruta l'obscurité, espérant voir surgir Marek et Liora. Mais l'attente devint insoutenable. Après une quinzaine de minutes, elle commença à paniquer.

— Ils devraient être là, murmura-t-elle, l'angoisse se nouant dans sa gorge.

– Je vais aller voir, répondit-il. Tu restes ici et tu m'attends.

– C'est hors de question Théophane ! vociféra-t-elle.

Elle planta les poings sur ses hanches et lui lança un regard noir.

Son compagnon soupira de résignation et lui fit un signe de la main de le suivre. Avec précaution, ils retournèrent aux abords du bunker, le plus discrètement possible. Cachés derrière une crête rocheuse, ils aperçurent leurs compagnons en contrebas : Marek et Liora étaient à genoux, mains et pieds entravés, entourés d'officiers. Leurs visages étaient marqués par la poussière et l'épuisement, mais leurs yeux brillaient d'un éclat de défi.

Isaïs retint un souffle tremblant, son cœur tambourina dans sa poitrine. Les gardes semblaient discuter entre eux, sans prêter une attention immédiate aux prisonniers. Mais l'un d'eux brandit une radio et énonça des ordres dans un langage codé. Le ton sec et urgent ne présageait rien de bon.

— Ils les emmènent quelque part, souffla Théophane.

Isaïs serra les poings, la frustration monta en elle. Elle scanna rapidement les alentours. Il y avait trop de soldats pour une tentative de sauvetage immédiate. Ils devaient partir… mais abandonner leurs compagnons à leur sort lui était insupportable. C'était de sa faute s'ils s'étaient fait repérer, c'était elle qui avait suggéré de se rapprocher, leurs faisant prendre plus de risque. Une boule de culpabilité monta dans sa gorge et elle déglutit avec difficulté alors que des larmes brouillèrent sa vision.

Théophane posa une main sur son bras.

— On reviendra, promit-il. Mais il faut prévenir Alaric. On ne peut pas les aider seuls.

Isaïs ferma les yeux un instant et lutta contre son instinct qui lui criait d'agir maintenant. Elle ravala ses larmes, puis, à contrecœur, hocha la tête.

Sans un bruit, le jeune résistant attrapa sa main et l'entraîna dans la nuit. Ils coururent sans s'arrêter, traversant les montagnes avec un seul objectif en tête : rejoindre Andran et prévenir Alaric pour organiser un sauvetage.

- 51 -

Arrivés à Andran, Isaïs et Théophane s'engouffrèrent dans la taverne de la T'Air de Feu. Son compagnon ouvrit brusquement la porte, provoquant un sursaut général. Alaric, installé à l'autre bout de la pièce en pleine discussion avec les autres chefs d'équipe, leva immédiatement son regard vers eux. Ses traits passèrent de la surprise à l'inquiétude en une fraction de seconde lorsqu'il constata leur état.

La princesse traversa la salle d'un pas pressant et lutta pour maîtriser sa respiration encore saccadée par l'effort. Elle jeta un coup d'œil à Théophane : ses cheveux en bataille, ses vêtements en lambeaux, son front plissé sous le poids de l'anxiété. Elle baissa les yeux sur sa propre tenue déchirée, marquée de traces de terre et de sang séché. Leur apparence parlait d'elle-même. Pas étonnant qu'Alaric affiche déjà une expression si alarmée.

Elle prit une profonde inspiration pour tenter de rassembler ses pensées, mais Théophane fut plus rapide.

— La mission a mal tourné, lâcha-t-il d'une voix tendue.

Les mâchoires d'Alaric se contractèrent, un éclat de dureté traversa son visage.

— Expliquez-moi tout de suite.

— Nous avons trouvé la nouvelle usine de production, répondit Théophane, avec calme. Mais nous avons été repérés en pleine reconnaissance.

— Marek et Liora se sont fait capturer, intervint Isaïs, incapable d'attendre plus longtemps.

Un silence tomba sur la salle. Alaric ferma les paupières un instant et inspira profondément. Ses poings se serrèrent, chaque muscle de son visage trahissait un combat intérieur pour ne pas exploser. Enfin, après un instant qui parut durer une éternité, il souffla lentement et reprit, sa voix teintée d'un calme menaçant.

— Savez-vous où ils sont retenus ?

— Non, répondit Théophane, les épaules légèrement voûtées. Ils ont été emmenés ailleurs. Les gardes communiquaient en langage codé, impossible de comprendre leur destination.

Alaric jura entre ses dents. Isaïs sentit une vague de culpabilité lui écraser la poitrine. Leur échec condamnait peut-être Marek et Liora à un sort terrible.

— Ça ne va pas nous faciliter la tâche, gronda le chef de la résistance. Nous devons localiser leur prison avant d'organiser quoi que ce soit. Je vais déployer nos informateurs immédiatement.

La princesse sentit les larmes lui brûler les yeux. Une boule de détresse se forma dans sa gorge. Combien de temps leurs amis allaient-ils endurer l'enfer avant qu'ils ne puissent intervenir ? Quels sévices subiraient-ils par sa faute ?

Le regard perçant d'Alaric se posa sur elle et sembla détecter son tourment.

— Nous les ramènerons, promit-il d'un ton inflexible.

Théophane hocha la tête, le visage fermé, l'expression indéchiffrable. Il semblait être devenu une statue de marbre, maîtrisant un chaos intérieur qu'il refusait de laisser transparaître.

— Demain matin, vous me ferez un rapport détaillé sur l'usine, déclara Alaric. Cette nuit, je vais missionner tous ceux en qui j'ai confiance pour récolter des informations sur nos compagnons.

Il se leva et contourna lentement la table avant de venir

se placer devant eux. Son attention passa de l'un à l'autre, avant qu'il ne pose une main ferme sur leurs épaules, dans un geste à la fois encourageant et autoritaire.

— Allez vous reposer. Vous avez donné tout ce que vous pouviez ce soir. Je prends la relève.

Isaïs s'apprêtait à protester, à exiger de participer aux recherches, mais Théophane anticipa son objection et attrapa doucement sa main. Lorsqu'elle croisa son regard, elle y lut une demande silencieuse. *N'insiste pas.* À contrecœur, elle capitula et hocha légèrement la tête vers Alaric avant de quitter la taverne, le jeune résistant à sa suite.

Dès qu'ils furent dehors, elle accéléra le pas, ses bottes frappèrent le sol avec une colère sourde. Elle bifurqua dans une ruelle plus sombre, à l'écart des passants, puis s'arrêta net avant de pivoter brusquement vers son ami, les iris embrasés de rage.

— Tu m'as dit qu'on rentrait pour mieux les sauver ! siffla-t-elle. On aurait dû agir sur place. Maintenant ils sont entre leurs griffes, et nous ne savons même pas où les chercher !

— Alaric gère la situation, c'était la meilleure chose à faire, répondit Théophane d'une voix mesurée, mais teintée d'une pointe de fatigue.

Il tenta un geste vers elle et effleura son bras, mais elle se déroba brusquement. Son regard noir le transperça. Une ombre de tristesse passa sur le visage du jeune homme, mais elle n'y prêta pas attention. Sa fureur prenait toute la place.

— Alaric va prendre des jours, voir des semaines, à les localiser ! Ils étaient là, sous nos yeux, et on les a abandonnés ! Nous avons été lâches !

— Calme-toi, princesse.

— Me calmer ?! explosa-t-elle. Comment veux-tu que je me calme ? Marek et Liora sont entre leurs mains, et seuls les dieux savent ce qu'ils subiront avant qu'on ne puisse faire quoi que ce soit. Si on y arrive.

Elle s'arrêta, haletante, les poings crispés. Son propre désespoir lui brûlait la poitrine. Théophane resta immobile un instant, puis soupira avant de murmurer :

— Nous allons les retrouver. Je te le promets.

Mais ces mots, aussi sincères soient-ils, n'apaisèrent en rien la tourmente qui ravageait Isaïs. Parce qu'une promesse ne suffisait pas. Il lui fallait agir. Et vite. Elle ravala un sanglot, sa voix tremblante lorsqu'elle reprit la parole.

— S'ils sont torturés parce que j'ai suggéré de nous rapprocher au lieu de rester prudents, je ne me le pardonnerai jamais…

Une lueur de compassion traversa les yeux de Théophane alors qu'il s'approchait d'elle. Elle recula immédiatement. Elle ne méritait ni réconfort ni tendresse. Le poids de sa culpabilité devait l'écraser autant que Marek et Liora souffraient par sa faute. Lorsqu'il tenta de lui effleurer le bras à nouveau, elle repoussa violemment son geste.

Son partenaire soupira avant de l'attraper fermement par le poignet et de l'attirer contre lui avec une force maîtrisée. Elle lutta, essaya de se dégager, mais il ne céda pas. Enveloppée dans ses bras solides, elle se débattit encore, refusant ce contact, refusant son soutien.

— Lâche-moi !

Sa voix était brisée, mais ses poings frappaient mollement contre son torse. Il resserra son étreinte et caressa lentement ses cheveux, son souffle chaud effleurant sa tempe. Un tremblement la traversa. Peu à peu, elle perdit toute résistance. Les sanglots qu'elle tentait d'étouffer explosèrent, incontrôlables. Ses jambes se dérobèrent sous elle, et sans le soutien de Théophane, elle se serait effondrée sur le sol.

Il resta ainsi, à la bercer doucement, murmurant des paroles qu'elle ne saisissait pas. Elle captait seulement le timbre grave et apaisant de sa voix. Le flot de ses larmes se tarit peu à peu, la ramenant à la réalité.

— Ce n'est pas de ta faute, princesse, souffla-t-il doucement.

Un frisson la parcourut. Comment pouvait-il dire cela alors qu'elle savait pertinemment qu'elle portait une part de responsabilité ?

Avec délicatesse, il la repoussa légèrement, mais garda ses mains sur ses épaules. Son regard, illuminé d'une tendresse déconcertante, plongea dans le sien. Puis, du bout des doigts, il essuya les dernières traces de ses larmes sur ses joues et tint son visage en coupe.

— C'est moi qui ai donné l'ordre, reprit-il. J'en assume l'entière responsabilité. Ne laisse pas la culpabilité t'aveugler, elle est un poison qui t'empêchera d'agir correctement.

Isaïs ouvrit la bouche pour protester, mais il poursuivit, implacable.

— Si tu veux vraiment les aider, alors reprends-toi. Ne laisse pas tes émotions te dominer. Garde la tête froide, car dès que nous saurons où ils sont, nous passerons à l'action. Et j'imagine que tu ne veux pas être mise à l'écart ?

Son ton était à la fois ferme et provocateur. Isaïs plissa les yeux.

— Tu n'oserais pas…

Un sourire espiègle étira les lèvres de Théophane. Elle comprit immédiatement qu'il la taquinait, mais cela ne l'empêcha pas de le foudroyer du regard. Il savait exactement comment détourner son esprit du tourment.

Peu à peu, la brume de ses émotions se dissipa. Son souffle se fit plus régulier, et elle retrouva un semblant de lucidité. Ce n'est qu'alors qu'elle réalisa leur proximité. La chaleur rassurante de son corps contre le sien lui fit prendre conscience d'un étrange sentiment de sécurité. Troublée, elle détourna les yeux, sentant un léger rose envahir ses joues. D'un geste hésitant, elle le repoussa avec douceur pour mettre un peu de distance entre eux.

— Excuse-moi… murmura-t-elle. Je me suis laissée emporter.

Un voile de honte la recouvrit. Elle n'osait imaginer l'image qu'il avait d'elle à cet instant : une jeune femme trop impulsive, incapable de gérer ses émotions. Elle redoutait de voir la pitié dans son regard. Mais au lieu de cela, Théophane afficha un sourire malicieux.

— Ce n'est rien. J'espère juste ne jamais être la cible de

la colère de notre petite ninja futée. Tu es terrifiante quand tu t'y mets.

Il leva les mains en l'air dans une parodie de terreur et grimaça d'une manière exagérée. Isaïs haussa un sourcil, tentant de garder son sérieux, mais un léger rire lui échappa. Elle lui asséna une légère tape sur l'épaule et secoua la tête avec une moue faussement réprobatrice.

Elle savait que sous ses plaisanteries, Théophane souffrait tout autant qu'elle de la capture de leurs compagnons. Pourtant, il endossait le rôle du bouffon pour alléger son fardeau en l'arrachant à sa douleur. Et pour cela, elle lui était infiniment reconnaissante.

Le cœur un peu plus léger, elle le suivit alors qu'ils prenaient le chemin du château. Une fois arrivés à l'orée de la ville, ils ralentirent le pas. L'envie soudaine de prolonger ce moment la traversa, mais elle savait que sa place était auprès de son petit frère, qui saurait, à sa manière, apaiser les derniers remous de son cœur meurtri.

Alors qu'elle s'apprêtait à s'éloigner, Théophane attrapa doucement sa main. Avant qu'elle ne puisse réagir, il y déposa un léger baiser.

— Repose-toi, princesse. À demain.

Isaïs sentit son cœur rater un battement. Incapable de répondre, elle baissa les yeux, le sourire aux lèvres, et se contenta d'un signe de tête avant de disparaître dans les ombres des souterrains qui menait à ses appartements.

- 52 -

Ces derniers jours, Ignisiel avait fait d'énormes progrès dans la maîtrise de la Terre. Son catalyseur lui était devenu naturel, un prolongement de lui-même qui lui permettait de canaliser son énergie avec plus d'aisance. Après un total de quinze jours d'entraînement intensif, il se sentait enfin à l'aise avec cet élément.

Sur le sentier qu'ils empruntaient chaque matin, Eludia se tourna vers lui avant la bifurcation et annonça :

— Tu as bien progressé avec la Terre. Il est temps d'aborder l'Eau.

— Je me sens prêt, répondit-il, le regard brillant d'enthousiasme.

L'idée de maîtriser un nouvel élément le remplissait d'une grande impatience. La Terre lui avait offert stabilité et force, il était maintenant curieux d'explorer la fluidité et l'adaptabilité de l'Eau.

— Nous allons nous rendre au Lac des Reflets. Comme pour la Terre, un sanctuaire sacré y est dédié à l'apprentissage.

Eludia le guida à travers une forêt dense. Les arbres immenses formaient une canopée qui tamisait la lumière du soleil en mille éclats dorés. Après une courte marche, ils atteignirent enfin le lac.

— Tu vois la cascade, de l'autre côté ? C'est là que nous

allons.

Ils contournèrent le lac et avancèrent avec précaution pour ne pas troubler la quiétude du lieu. Le sentier s'éleva progressivement et l'air se chargea d'une fraîcheur vivifiante. Le silence s'approfondit à mesure qu'ils grimpaient, ponctué seulement par le bruissement de l'eau et le chant lointain des oiseaux.

Au sommet de la cascade, un torrent puissant serpentait entre les rochers. Ils continuèrent à le suivre durant plusieurs minutes. L'eau grondait, écumante, tandis que le courant formait des remous capricieux. Ignisiel observait avec fascination, jusqu'à ce qu'Eludia s'arrête net.

— C'est ici que commence ta formation, déclara-t-elle. Tu vas entrer dans cette rivière.

Il écarquilla les yeux. Les flots tumultueux étaient violents, parsemés de rochers tranchants contre lesquels ils se fracassaient avec une force redoutable. Dix mètres de large, une profondeur incertaine... L'idée de s'y aventurer lui sembla pure folie.

— Qu'attends-tu de moi exactement ? demanda-t-il, la voix tendue.

— Traverse cette rivière. Et sache que tu n'auras pas pied.

— C'est insensé ! Tu vois la force du courant ? Je vais me faire emporter !

Eludia resta silencieuse, le regard impassible. Elle ne le forcerait pas, mais elle attendait de lui qu'il affronte sa peur.

Ignisiel soupira, résigné. Il s'approcha du bord, analysa le trajet, puis retira ses vêtements avant de poser un pied dans le fleuve. Un frisson mordant le parcourut aussitôt. Ils étaient presque en hiver, l'eau était gelée. Serrant les dents, il avança prudemment. Chaque pas était un combat contre la veine indomptable qui menaçait de le déséquilibrer.

Lorsqu'il atteignit la taille, la force devint écrasante. Il tenta de progresser, mais soudain, le courant le happa. Il perdit pied, aspiré par la rivière qui l'entraîna avec une brutalité implacable, le plongeant sous la surface.

Il paniqua. Il ne savait plus où était le haut, son corps balloté dans tous les sens. L'eau rugissait autour de lui, lui volant son souffle. Il tenta de lutter, de se débattre, mais il était à la merci des flots. Il inspira et le liquide entra dans ses poumons. Il allait se noyer. Tout ce travail pour se noyer le premier jour de formation.

Puis vint l'impact. Sa tête heurta violemment un rocher. Une douleur fulgurante éclata dans son crâne.

Ce fut le noir total.

— Ignisiel ! Réveille-toi !

Une gifle cingla sa joue. Une voix insistante l'appelait dans l'obscurité. Il ouvrit les paupières péniblement et découvrit le visage flou d'Eludia. Peu à peu, ses traits devinrent plus nets. Elle n'était pas inquiète. Amusée, plutôt.

Il se redressa en grimaçant, une douleur sourde pulsait dans son crâne. Puis il se rendit compte d'un détail alarmant.

Il était nu.

Les joues rougies, il se leva précipitamment et recula, cherchant désespérément de quoi se couvrir.

— Doucement, le calma-t-elle, un sourire au coin des lèvres. Tu as pris un sacré coup.

Elle marqua une pause puis haussa un sourcil lorsqu'elle comprit sa gêne.

— Dans la Cité des Temples, nous ne percevons pas la nudité comme quelque chose de honteux. Le corps est un instrument divin, il mérite respect et acceptation. Nous ne le regardons ni avec désir ni avec jugement.

Ignisiel détourna les yeux, toujours troublé. Ce mode de pensée lui était étranger, mais il n'avait pas la force d'argumenter.

— Maintenant que tu es informé, reprenons, enchaîna-t-elle avec sérieux. Tu as été emporté sur une cinquantaine de mètres. Nous devons remonter la rivière.

Elle lui tendit une sorte de couverture afin qu'il n'ait pas froid. Bien que sa pudeur soit toujours présente, Ignisiel l'oublia un instant, abasourdi par les paroles d'Eludia.

— Tu veux que je recommence cette folie ?

Elle ne répondit pas et se contenta de tourner les talons pour remonter le fleuve. Si elle espérait que le choc à la tête ne l'avait pas trop affecté, elle ne laissa rien paraître. Le jeune homme se renfrogna face à son attitude mais la suivit.

Arrivée au point de départ, elle lui fit signe de recommencer.

Ignisiel la fusilla du regard, les mâchoires crispées par la colère. Pourtant, sans un mot, il s'avança pour retenter sa chance.

Ce fut encore pire. À peine eut-il de l'eau jusqu'aux genoux que le courant le faucha et l'envoya valser. Il parvint de justesse à s'accrocher à une branche et se hissa sur la berge, haletant.

Dix fois, Eludia lui ordonna de réitérer. Dix fois, il s'exécuta. Dix fois, il échoua.

Les muscles tremblants, la respiration saccadée, la frustration mêlée à l'épuisement déformait ses traits.

— Bien, il se fait tard. Nous rentrons. Tu recommenceras demain, déclara la jeune femme d'un ton neutre.

Sur le chemin du retour, Ignisiel marcha à grandes enjambées, les poings si crispés que ses phalanges viraient au blanc. La frustration grondait en lui, brute, rugissante. Chaque tentative ratée, chaque échec cuisant, lui martelait l'esprit comme un tambour de guerre. Sa mâchoire contractée faisait crisser ses dents. Eludia marchait à ses côtés, silencieuse. Si elle remarqua son état, elle n'en dit rien. Ce silence, loin de l'apaiser, l'agaça davantage. Elle voyait bien qu'il ruminait. Pourquoi ne faisait-elle rien ?

Un cri fendit soudain le calme de la forêt.

— Attention !

Ignisiel releva brusquement la tête, juste à temps pour voir une balle de cuir foncer droit sur eux. Il s'interposa et saisit le projectile en plein vol sans effort. Il le fixa un instant. C'était cette même balle qu'Ingrid avait confisquée il y a peu. Il la serra dans sa main. Une pensée lui traversa l'esprit : peut-être, elle, réussirait-elle à traverser cette maudite rivière. Elle flotterait, elle au moins, pas comme lui.

Il secoua la tête, chassa ses idées absurdes dans un souffle agacé. La fatigue le faisait divaguer.

Trois enfants surgirent alors des buissons, essoufflés, les joues empourprées. Lorsqu'ils aperçurent Eludia, leurs yeux s'écarquillèrent de panique. Elle s'était figée, bras croisés, les fusillant du regard. Les enfants bafouillèrent tous en même temps :

— C'était un accident !

— On savait pas que quelqu'un était là !

— Dites rien à nos parents, s'il vous plaît, on s'excuse !

Ignisiel se mordit la lèvre pour ne pas sourire. Leur innocence pouvait désarmer même les plus sombres humeurs.

— Cette balle… elle ne devrait pas être en détention chez Ingrid ? lança-t-il, faussement sévère.

Aussitôt, les trois enfants fixèrent le sol, se balançant d'un pied sur l'autre. L'un d'eux finit par craquer :

— On l'a pas volée, juré !

Un coup de coude de son camarade le fit se ratatiner.

— Bah quoi ? Tu préfères qu'ils croient qu'on l'a piquée chez Ingrid ? Là, on serait fichus !

Puis, baissant la voix, il enchaîna :

— On en a fabriqué une autre… Ça nous a pris des semaines pour trouver assez de cuir et de ficelle. S'il vous plaît… Ne nous la confisquez pas.

Ses yeux brillants supplièrent. Ignisiel garda un visage neutre, mais un sourire menaçait de percer. Une idée germa dans son esprit : un compromis.

Il s'accroupit, tendit la balle… et la retira juste au moment où le garçon allait la saisir.

— Je veux bien vous la rendre, mais il y a des conditions. Sinon, elle ira retrouver sa sœur chez Ingrid.

Les enfants hochèrent la tête, enthousiastes.

— Attendez. On n'accepte jamais une offre sans en connaître les termes, d'accord ? Le monde n'est pas toujours juste. Apprenez à poser les bonnes questions.

Ils le fixèrent, interloqués, puis acquiescèrent à nouveau, plus lentement cette fois.

— Bien. Voici le marché : pendant deux mois, vous travaillerez une demi-journée par semaine chez Ingrid. Sérieusement, précisa-t-il en fronçant les sourcils. En échange, elle vous donnera un pain chacun. Et ce pain, vous irez le livrer dans une grange à Alendulire. Là-bas, il y a des enfants comme vous… mais qui n'ont pas toujours de quoi manger. Vous leur donnerez de ma part. Et peut-être… vous vous ferez de nouveaux amis. Vous avez compris ?

Un silence perplexe suivit. La requête les déstabilisait. Puis le plus âgé demanda prudemment :

— Vous en parlerez pas à nos parents ?

— Non.

— Et vous nous rendez la balle ?

— Oui.

Les trois garçons se consultèrent du regard, puis acquiescèrent ensemble. Ignisiel leur tendit la balle. Ils la saisirent avec joie et partirent en courant, criant leur reconnaissance à tue-tête.

— Je veillerai à ce que vous teniez votre promesse ! lança le jeune homme derrière eux.

— Et moi, je ne veux plus vous revoir dans les parages ! ajouta sèchement Eludia, restée en retrait jusque-là.

Ils reprirent leur marche. Ignisiel sentit son regard peser sur lui. Elle lui jetait de fréquents coups d'œil, ouvrait la bouche avant de la refermer, comme si elle cherchait ses mots. Finalement, il brisa la glace :

— Tu veux me poser une question ? demanda-t-il, l'œil malicieux.

Elle soupira, baissant les épaules.

— Oui… C'est une question que je me pose depuis notre première rencontre. Ce jour-là, j'ai aperçu des enfants… maigres, débraillés, qui se cachaient. Ils semblaient inquiets pour toi. Ce sont les mêmes que ceux à qui tu veux faire livrer le pain ?

L'évocation de ce souvenir lui noua l'estomac. Mais la lueur admirative dans les yeux d'Eludia lui enleva toute douleur, juste une certaine nostalgie perdurait.

— Oui, murmura-t-il. Ce sont les orphelins d'Alendulire. Je vivais avec eux.

Elle lui offrit un sourire empreint de compassion.

— Et même ici, tu continues de veiller sur eux ?

— Oui. Ça pose un problème ? demanda-t-il, une note d'inquiétude dans la voix.

— Non. Au contraire, je trouve cela remarquable, répondit-elle vivement. Je pourrais même demander à l'intendance de prévoir un repas hebdomadaire pour eux.

Puis, à mi-voix, presque pour elle-même, elle ajouta :

— Tu es vraiment plein de surprises...

Ses joues s'empourprèrent aussitôt, comme si ses mots lui avaient échappé. Le cœur d'Ignisiel bondit dans sa poitrine. Il détourna légèrement le regard, feignant l'indifférence.

— J'ai déjà un arrangement avec Ingrid pour leur fournir du pain. J'ai juste manqué à ma tâche ces dernières semaines à cause de la formation… Mais comme tu viens de le voir, j'ai trouvé des recrues motivées.

Elle lui adressa un sourire sincère qui le réchauffa jusqu'aux os.

— En effet, répondit-elle.

Ils poursuivirent leur route côte à côte, jusqu'à se séparer à l'entrée de leur quartier respectif. La journée avait été rude… mais ces derniers instants avaient allégé bien des choses dans le cœur d'Ignisiel.

Le lendemain, dès l'aube, il était prêt. Il n'adressa pas un mot à Eludia durant le trajet, concentré sur un seul objectif : traverser cette fichue rivière. Aujourd'hui, il réussirait.

Mais l'eau ne se laissa pas dompter. À peine tenta-t-il sa chance qu'elle le repoussa, encore et encore. À la cinquième chute, son sang bouillonnait. Il se redressa, trempé, furieux, les poings tremblants, le regard brûlant.

C'en était assez. Il se dirigea vers la Grande Prêtresse, prêt à lui faire comprendre son état d'esprit.

— C'est impossible ! Personne ne peut traverser cette maudite rivière !

Eludia se leva avec un sourire en coin. *Un sourire ? Elle se fiche de moi ?* hurla-t-il dans son crâne. Puis elle s'approcha du torrent. D'un geste fluide, elle ôta sa robe. Le jeune homme détourna les yeux par reflexe, mais ils se reposèrent sur sa silhouette lorsque, sans crier gare, elle plongea.

Ignisiel retint son souffle. Était-elle folle ?

Puis il la vit émerger, sereine, au milieu des flots. Le bras d'eau furieux n'avait aucune emprise sur elle. Elle plongeait, glissait entre les remous, avançait avec une aisance désarmante. Elle atteignit l'autre rive avant de revenir avec une grâce irritante. Lorsqu'elle sortit, elle s'essora les cheveux sans un mot.

Le novice la fixa, bouche bée.

— C…Comment ? balbutia-t-il.

— C'est simple, répondit-elle en nouant sa robe. L'eau est indomptable, tu as raison. Ce n'est pas à toi de la dominer, mais tu dois t'y fondre. Tu as persévéré, ce qui est remarquable, mais tu as échoué parce que tu voulais vaincre la rivière et non la traverser. Si tu te bats contre le courant, tu seras toujours perdant. Accepte-le. Laisse-le te porter, et il ne pourra plus t'emporter.

Ses mots s'ancrèrent en lui telle une révélation. Ignisiel s'avança à nouveau vers le torrent.

Après plusieurs essais, il progressa, mais finissait toujours par céder au fleuve en furie. Inspirant profondément, il fixa son regard sur l'autre rive. Cette fois, il changea de tactique. Il ne s'agissait plus d'un combat, mais d'un dialogue avec l'eau.

Il s'immergea, attentif aux mouvements et ressentait les flux au lieu de les contrer. Ses jambes se mirent à bouger instinctivement et épousèrent le rythme du fluide. Il plongea, percevant chaque remous comme une pulsation vivante et s'harmonisa avec elle.

Puis il se laissa porter.

En une fraction de seconde, tout devint limpide. Les flots ne l'engloutissaient plus, ils l'accueillaient. Il n'était plus un étranger qui cherchait à soumettre la rivière, mais un élément parmi elle. Il glissa, nagea avec aisance et atteignit la rive opposée sans effort apparent.

Se redressant, il se figea. Devant lui, se tenait Eludia.

Comment ? Il était certain d'avoir traversé… Avait-il fait demi-tour sans s'en rendre compte ?

Le sourire moqueur de la jeune femme lui donna la réponse avant même qu'elle ne parle.

— Il y a une passerelle un peu plus haut, lança-t-elle avec malice.

Ignisiel resta interdit, avant de lâcher un soupir exaspéré.

— Tu plaisantes ?

Leurs rires résonnèrent au bord du torrent et Eludia lui tendit ses vêtements.

— Cette épreuve n'était qu'un prélude à ta formation. Maintenant que tu as compris la véritable essence de l'eau, nous pouvons commencer réellement. Suis-moi.

Ils remontèrent le cours d'un ruisseau qui serpentait à travers la forêt avant de se jeter dans la rivière qu'ils avaient traversée plus tôt. L'eau cristalline miroitait sous les rayons du soleil, scintillant tel une multitude de gemmes en mouvement. Son murmure apaisant glissait sur des pierres polies par le temps, s'entremêlait aux chants des oiseaux et au frémissement du feuillage sous la caresse du vent. La nature entière semblait vibrer autour d'eux et les enveloppait dans une atmosphère de sérénité.

Le paysage était d'une richesse éclatante, chaque détail regorgeait de vie. Les fleurs sauvages aux teintes vives qui parsemaient le sous-bois ajoutaient des touches lumineuses à l'écrin verdoyant de la forêt. Chaque pas d'Ignisiel semblait le rapprocher davantage d'un équilibre insaisissable.

Peu à peu, le murmure de l'eau s'intensifia. Ils débouchèrent devant une petite cascade jaillissant de la roche. Elle projetait un voile liquide qui scintillait avant de s'écraser dans un bassin naturel. De fines gouttelettes s'élevaient dans l'air, rafraîchissant l'atmosphère et peignant un arc-en-ciel sous la lumière du soleil. Ignisiel observa la scène, émerveillé.

— Voici la source lumineuse, le lieu de ta seconde formation, annonça Eludia.

Il leva les yeux vers elle, un éclat de gratitude dans le regard. Chaque épreuve, chaque moment partagé avec son mentor renforçait leur lien, tissant entre eux une certaine complicité.

— Cet endroit est splendide… Il dégage une telle quiétude, murmura-t-il.

— C'est l'esprit. L'eau est l'élément de la fluidité et de l'adaptabilité. Elle trouve toujours son chemin à travers n'importe quel obstacle, se transforme pour s'ajuster à chaque situation. Elle est douce et apaisante, mais aussi puissante et dévastatrice. Ta tâche est de comprendre cette dualité et de l'incorporer dans ta maîtrise.

Ignisiel buvait ses paroles, absorbé par la beauté et la sagesse du lieu. Une connexion étrange mais naturelle semblait s'éveiller en lui, comme si la source lui dévoilait des secrets enfouis, des échos anciens murmurés à travers le courant.

— L'eau est aussi l'élément des influences, poursuivit Eludia. Tu dois apprendre à distinguer ce qui nourrit ton être de ce qui l'entrave. Souviens-toi de la seconde épreuve de ton initiation.

— Celle avec les crocodiles…

Un frisson le parcourut à ce souvenir, mais il se recentra aussitôt.

— Comme pour la Terre, tu dois fusionner avec l'Eau, être fluide mais résistant. Ressens son mouvement, écoute son chant, apprends à t'y fondre sans te laisser submerger. Approche-toi de cette source, puise dans son essence. Laisse son énergie circuler en toi, qu'elle nourrisse ton corps et ton esprit. Deviens un canal, un intermédiaire entre la force de l'eau et le monde qui t'entoure.

Les jours suivants, Ignisiel se plongea entièrement dans cet apprentissage. Il demeura aux abords de la source lumineuse, s'exerçant sans relâche à comprendre, guider et fusionner avec cet élément insaisissable. Chaque matin était teinté du chant des oiseaux et du doux murmure du ruisseau.

Il plongeait ses mains dans l'eau claire pour en percevoir la texture, la force et la fluidité. Il tentait de la sentir non seulement à travers ses sens, mais aussi par son esprit et son âme.

Souvent, il s'asseyait sur une pierre plate au bord du bassin, captivé par le ballet incessant du courant. Il étudiait ses ondulations, chaque frémissement à la surface, chaque variation subtile de son flux. Parfois, il s'y plongeait entièrement et laissait la fraîcheur pénétrer son être, s'imprégnant de l'énergie de chaque goutte qui effleurait sa peau. Il s'entraînait à manipuler l'eau, tentait de créer des vagues, des tourbillons et des spirales, cherchant à comprendre comment elle réagissait à ses intentions.

Mais l'obstacle le plus ardu n'était pas la technique. C'était la dualité même de sa nature. Eludia lui avait expliqué que l'Eau et le Feu, étant des forces opposées, compliquaient son apprentissage. Ignisiel se heurtait à cette contradiction intérieure et luttait chaque jour pour trouver l'équilibre entre ces deux éléments qui, en lui, semblaient refuser de coexister.

- 53 -

Après dix jours d'entraînement, Ignisiel sentit sa motivation vaciller. Malgré tous ses efforts, il n'arrivait pas à maintenir une connexion stable avec l'eau. Chaque tentative se soldait par un échec frustrant : la sphère liquide qu'il essayait de former se dissipait toujours après quelques instants. Il avait tout essayé. Eludia lui avait montré, guidé ses sensations comme elle l'avait fait pour la Terre, mais rien n'y faisait. L'idée d'abandonner germait dans son esprit, mais il n'osa pas en parler à son mentor, redoutant sa réaction.

Comme chaque matin, ils prirent le chemin de la source lumineuse. Le jeune apprenti traînait les pieds, la fatigue marquant ses traits. Des cernes creusaient le dessous de ses yeux et son pas manquait de conviction. Il avançait mécaniquement, indifférent à la beauté de la nature environnante. Quelques mètres avant d'atteindre la forêt sacrée, un bruit sourd brisa le silence, semblable à un coup de tonnerre.

Ils s'arrêtèrent net.

Ignisiel releva la tête, les sourcils froncés. Le ciel s'était obscurci, des nuages tourbillonnaient et s'amassaient. Un vent violent se leva et fouetta leurs visages avec une intensité soudaine. Une odeur âcre de terre mouillée emplit l'air et éveilla en lui un malaise grandissant.

Un grondement profond, plus proche cette fois, fit vibrer le sol.

— Que se passe-t-il ? Demanda-t-il, la voix tremblante d'inquiétude.

— Je ne sais pas, mais…

Eludia n'eut pas le temps de finir sa phrase. Une force invisible, telle une onde de choc, la projeta en arrière. Elle fut balayée comme une feuille emportée par la tempête et percuta un chêne noueux avec une violence inouïe. Son corps s'affaissa au sol, immobile, ses yeux mi-clos vacillant entre conscience et inconscience.

L'horreur paralysa Ignisiel une fraction de seconde avant qu'il ne se précipite vers elle. Il se stoppa dans sa course lorsqu'un un arbre, déraciné par le vent furieux, bascula droit sur la Grande Prêtresse. Dans un vacarme assourdissant, il s'effondra à quelques mètres, ses branches s'enchevêtrèrent autour d'elle tels les griffes d'un monstre retenant sa proie.

Des gémissements faibles lui parvinrent, et un espoir fragile s'ancra en lui.

Elle était vivante.

Pourtant, il n'eut pas le temps de se réjouir.

Un rugissement s'éleva au loin. Ignisiel détourna son attention vers la source du bruit et ses yeux s'écarquillèrent. Un torrent déchaîné jaillissait des collines. Une masse furieuse d'eau et de boue qui avançait et emportait rochers et troncs d'arbres sur son passage. Une force indomptable animait ce déluge, le rendant presque vivant, à l'image d'une entité sauvage enragée.

Puis un cri transperça l'air.

Le jeune homme tourna la tête et aperçut trois enfants recroquevillés sur un sentier de l'autre côté de la clairière. Leurs visages étaient blêmes, figés dans une terreur muette, leurs regards imploraient une aide qui semblait hors de portée.

Il détourna les yeux vers Eludia, prisonnière des branches épaisses, incapable de bouger. L'eau impétueuse se rapprochait à une vitesse effrayante.

Son cœur s'emballa.

Qui devait-il sauver ?

La décision lui déchira l'âme. Un tourbillon de pensées et d'émotions s'empara de lui : l'horreur, l'impuissance, la peur. Ses mains tremblèrent, son souffle se fit plus court. Chaque battement de cœur semblait hurler l'impossibilité de sacrifier qui que ce soit. Comment pouvait-il abandonner l'un ou les autres ? Ses entrailles se tordaient de désespoir. Chaque seconde comptait. Il n'avait pas le temps de réfléchir. Il ne pouvait pas choisir. Il devait tous les sauver, mais comment ?

Une idée jaillit, folle, risquée. Il ne maîtrisait pas encore sa magie, mais c'était la seule option. Il devait tenter l'impossible.

Dans un cri chargé de fureur et de volonté, Ignisiel s'accroupit et s'ancra profondément dans le sol détrempé.

Il ferma les yeux, cherchant à canaliser toute sa concentration. Il se répétait que l'eau n'était pas un ennemi, mais une force vivante, fluide et indomptable. Il l'avait étudiée, ressentie, et savait qu'elle pouvait être une alliée puissante.

Chassant ses doutes et l'angoisse qui lui serrait la poitrine, il s'efforça d'oublier son manque de maîtrise, la peur d'échouer et l'urgence déchirante de la situation. Il inspira profondément et fit le vide pour s'abandonner au tumulte du torrent en furie. Il l'imagina comme une bête, un être hurlant de rage. Tenter de la dompter serait vain, mais peut-être pouvait-il l'apaiser, la guider, tel un esprit troublé, vers un chemin plus paisible.

D'une main tremblante, il s'ancra au sol, ses doigts s'enfoncèrent dans la terre humide. Sous ses paumes, il perçut les roches et les racines tisser un réseau invisible, un écho de la vie elle-même.

Dans son esprit, il façonna des sillons naturels qui se rejoignait dans un bassin, creusant des passages pour la furie aquatique. Il visualisa l'eau s'y engouffrer, non par contrainte, mais par nécessité afin qu'elle trouve un refuge pour s'apaiser. Le torrent lutta, hurla, résista à l'appel de l'harmonie, mais Ignisiel tint bon. Son corps était une barrière, ses pensées une main tendue. Sa peau brûlait sous l'effort, son esprit frôlait la rupture. La douleur irradiait ses muscles et la tension vrillait son crâne, mais il refusa de céder.

Puis, lentement, il sentit la résistance fléchir. L'eau, d'abord sauvage, ralentit. Son grondement furieux s'adoucit, devenant un murmure. Elle emprunta les différents canaux et glissa vers le bassin qu'il avait façonné. Sous la lumière vacillante du ciel, la surface du lac nouvellement formé s'apaisa, lisse tel un miroir.

Un silence irréel enveloppa la vallée. Ignisiel tremblait de fatigue. Le souffle court, il ouvrit les yeux. Devant lui, le lac scintillait paisiblement, et les trois enfants, toujours accroupis, semblaient intacts. Son soulagement fut brutalement interrompu par un craquement derrière lui.

Il se retourna juste à temps pour voir Eludia repousser d'un geste la lourde branche qui l'emprisonnait. Elle se redressa avec lenteur, ses cheveux d'or ruisselant sur ses épaules. Son regard le scrutait, à la fois évaluateur et intrigué.

D'un mouvement fluide, elle leva une main. Les enfants disparurent. Ils s'effacèrent tels des ombres chassées par le vent.

— Une illusion... murmura Ignisiel, encore sous le choc.

Eludia s'approcha, ses prunelles illuminées d'une lueur indéchiffrable.

— Oui. L'eau ne se limite pas à sa forme tangible. Elle régit également les rêves et les illusions. Une maîtrise avancée permet d'influencer l'esprit aussi bien que la matière.

Le jeune homme serra les poings, un goût amer dans la bouche.

— Tu as fait le bon choix, continua-t-elle. Même si j'ai eu une appréhension lorsque je t'ai vu venir vers moi au début.

— Tu pensais que je choisirais de te sauver à la place des enfants ? lança-t-il.

— J'en ai eu peur, admit-elle.

— Je ne l'aurais jamais fait, répliqua-t-il d'un ton ferme. Je voulais tous vous sauver. Mais j'aurais été plus efficace si j'avais su que ces enfants n'étaient qu'un mirage.

Il ponctua sa phrase d'un regard noir et Eludia laissa

échapper un petit rire.

— Cela n'aurait pas été une véritable épreuve si tu l'avais su d'avance.

Ignisiel sentit sa colère monter. Il s'était épuisé, consumé par la peur et l'urgence, et tout cela pour une illusion ?

— En tout cas, reprit-elle, ton raisonnement était juste. L'eau est un élément de protection et de prendre soin. Ta volonté de sauver les autres t'a permis d'en canaliser l'essence. Mais tu dois apprendre à invoquer cette force sans être acculé par la panique. C'est ainsi que tu la maîtriseras pleinement.

Il hocha la tête, encore troublé par ce qu'il venait d'endurer.

— Je comprends... mais je ne suis pas certain d'apprécier ta méthode.

Eludia esquissa un sourire malicieux avant de poser son regard sur le lac qu'Ignisiel venait de créer.

— Peu importe. Ce n'est pas à toi de juger mes méthodes. Ce qui compte, c'est qu'elles fonctionnent. Tu avais besoin d'un choc pour éveiller ton potentiel, alors je l'ai provoqué.

Ses yeux pourpres le sondèrent longuement, comme si elle cherchait à lire au plus profond de son âme. Le jeune homme resta impassible, le visage fermé afin de contenir sa frustration. Devant son silence obstiné, Eludia reprit d'un ton plus neutre :

— Bien. Va à la source lumineuse et réfléchis à la façon dont tu as réagi à cette épreuve. Trouve comment appliquer cette leçon à d'autres situations. Je te rejoindrai dans une heure.

Sans attendre de réponse, elle tourna les talons et s'éloigna vers le lac, le laissant seul avec ses pensées. Ignisiel la regarda disparaître, puis s'assit dans l'herbe et fixa l'horizon. D'un air distrait, il aperçut la jeune femme se déshabiller avant d'entrer dans l'eau. Mais il reporta rapidement son attention sur ses réflexions.

Après quelques minutes, il poussa un long soupir. Il savait qu'elle avait raison. Son illusion lui avait permis de découvrir son véritable potentiel et de comprendre la nature de son pouvoir. Il serra les poings, résigné. Il ne lui donnerait pas la satisfaction d'admettre le succès de sa méthode, mais au fond de lui, il se sentait plus déterminé que jamais. Se redressant, il prit la direction de la source lumineuse, prêt à approfondir son apprentissage.

Les jours suivants furent dédiés à une pratique intensive. Ignisiel s'immergea entièrement dans son entraînement, chaque instant était consacré à la maîtrise de l'élément. Assis au bord du bassin, il méditait et écoutait le murmure de la cascade, se laissant porter par sa mélodie apaisante. Il apprenait à la ressentir, à se fondre en elle, à comprendre ses mouvements et sa force.

Peu à peu, il comprit comment accompagner l'eau. Il devait la respecter, la guider avec souplesse sans chercher à l'entraver. Il observait les tourbillons, les ondulations subtiles et essayait d'intégrer cette fluidité dans ses propres gestes. Chaque mouvement devenait plus naturel, plus précis.

Finalement, après un total d'un mois d'efforts acharnés, Ignisiel sentit un véritable changement. L'eau ne lui résistait plus, elle répondait à son appel, s'harmonisait avec sa volonté. Il ne faisait plus qu'un avec elle, ses gestes devenaient une danse fluide, presque instinctive. Il ressentait l'élément au plus profond de lui, percevait sa musique douce, sa fraîcheur revigorante. Il était enfin parvenu à s'unir à l'eau, à la comprendre véritablement.

Ce matin-là, il était arrivé plus tôt qu'Eludia à la source lumineuse. Il s'exerça comme à son habitude. Mais cette fois, il eut la sensation que le liquide s'amusait avec lui et le provoquait. Intrigué, il accepta le jeu, le fit tournoyer autour de lui, le modelant en arabesques fluides. Une joie pure l'envahit. Il ne contrôlait plus seulement l'eau, il dansait avec elle et ressentait une connexion intime. Un échange silencieux empreint d'un amour inconditionnel.

Soudain, une présence troubla l'équilibre du moment. Une sensation s'éleva dans son esprit, lui signalant qu'il n'était plus seul. Il relâcha son attention, l'eau retomba doucement à ses pieds et reprit sa forme naturelle.

— Eludia, je ne t'ai pas vu arriver, dit-il, légèrement gêné, en se tournant vers la végétation où elle se tenait dissimulée.

Elle s'approcha lentement, son regard ancré au sien.

— Tu étais si absorbé que je n'ai pas voulu t'interrompre, répondit-elle d'une voix douce. C'était fascinant à observer.

Ignisiel baissa les yeux et sentit une chaleur inhabituelle monter en lui.

— Je... Je ne faisais que m'entraîner, balbutia-t-il. Mais cette fois, c'était différent…

Son mentor s'accroupit au bord du bassin et effleura la surface liquide du bout des doigts.

— Oui, ça l'était, murmura-t-elle. Tu ne t'es pas contenté de maîtriser l'eau… Tu l'as laissée venir à toi. Tu étais en union avec elle.

Le jeune homme releva la tête, rencontra ses pupilles brillante et y lut une sincérité qui le troubla.

— C'est étrange, avoua-t-il. Je ressens cette connexion, mais je ne saurais l'expliquer.

Eludia esquissa un léger sourire.

— Il n'y a rien à expliquer. L'eau ne se comprend pas avec l'esprit, mais avec le cœur.

Un silence s'installa, doux et presque fragile.

— Tu as bien progressé, reprit-elle finalement.

Ignisiel détourna légèrement le regard, un sourire discret effleura ses lèvres.

— J'imagine que tes méthodes ont porté leurs fruits, admit-il dans un souffle.

La jeune femme rit doucement, un son cristallin qui résonna dans l'air paisible.

— Alors peut-être devrais-je continuer à t'éprouver ainsi ?

— Pitié, épargne-moi, rétorqua-t-il en secouant la tête, feignant l'exaspération.

Leurs regards se croisèrent à nouveau, et cette fois, ni l'un ni l'autre ne détourna les yeux. Un respect silencieux se devinait, un rapprochement imperceptible. Et pourtant, la retenue restait, telle une barrière invisible qu'ils n'étaient pas encore prêts à franchir. Finalement, Eludia se redressa et tendit une main à Ignisiel.

— Viens. La journée ne fait que commencer.

Il prit sa main sans hésiter. Une simple étreinte, brève mais marquante, avant qu'ils ne se remettent en marche, côte à côte, vers la suite de l'entraînement.

- 54 -

Les jours s'étaient transformés en semaines d'attente insoutenable. Chaque matin, Isaïs espérait une nouvelle, un indice, un signe qui lui donnerait enfin l'opportunité de sauver Marek et Liora. Mais rien ne venait. L'absence d'information pesait sur la résistance tel un étau et alimentait la frustration et l'impatience de chacun. L'incertitude rongeait les esprits.

Assise sur le rebord de la fenêtre de sa chambre, elle fixait l'horizon, perdue dans ses pensées. Ses dents s'acharnaient nerveusement sur ses ongles, une vieille habitude qu'elle croyait disparue, mais qui revenait lorsqu'elle était sous tension. Le murmure du vent contre les pierres du palais ne suffisait pas à apaiser l'orage qui grondait en elle.

Un léger coup frappé contre la porte la tira de sa torpeur.

— Entrez, lança-t-elle d'une voix tendue.

Le battant s'ouvrit discrètement, laissant apparaître Sire Laurence. Isaïs haussa un sourcil. Il ne rentrait jamais dans ses appartements. Son visage fermé et la raideur de ses mouvements trahissaient son malaise.

— Princesse, pardonnez mon interruption, mais je dois vous parler en privé.

D'un geste, elle l'invita à avancer et quitta son perchoir pour s'approcher de lui. Il hésitait, ses lèvres se pinçaient comme s'il pesait encore le choix de ses mots.

— Je vous écoute, l'encouragea-t-elle avec douceur.

Le soldat inspira profondément avant de lâcher d'une voix grave :

— Vous m'avez demandé de vous tenir informée si j'apprenais quoi que ce soit sur deux prisonniers arrêtés il y a quelques semaines…

Son cœur rata un battement. Elle s'agrippa au dossier d'une chaise pour tenter de contenir le flot d'émotions qui menaçait de l'envahir.

— Parlez, Sire Laurence, insista-t-elle d'une voix à peine plus audible qu'un souffle.

Il jeta un coup d'œil inquiet vers la porte, puis baissa encore le ton.

— Ils seront transférés dans les geôles du palais dans deux jours. Leur exécution pour haute trahison a été ordonnée.

Le sol sembla s'effondrer sous ses pieds.

— Non… ce n'est pas possible… murmura-t-elle, secouant la tête comme si elle pouvait nier la réalité.

— J'aurais voulu vous prévenir plus tôt, mais les informations étaient floues. J'ai dû les vérifier avant de venir vous voir, ajouta-t-il avec une sincère amertume. Ils n'auront aucune chance de s'en sortir.

Les mots résonnaient dans sa tête comme un glas. Ses doigts se crispèrent sur le bois sculpté de la chaise.

— Nous devons les libérer avant qu'ils ne soient enfermés dans le palais, affirma-t-elle en commençant à faire les cent pas.

Sire Laurence posa une main sur son bras, pour l'arrêter dans son mouvement.

— Ce sera extrêmement dangereux. Leur transfert sera étroitement surveillé. Une extraction à ce moment-là relèverait du suicide.

— Peu importe les risques, je refuse de les abandonner ! s'emporta-t-elle en plongeant un regard incandescent dans le sien.

Le garde ferma brièvement les paupières avant de

soupirer.

— Je ne veux pas savoir dans quoi vous êtes impliquée, princesse, et je ne poserai pas de questions. Mais sachez que si votre père découvre la moindre trace de votre implication, votre punition sera bien pire que d'être simplement surveillée et cloîtrée.

L'inquiétude sincère dans sa voix la toucha, mais elle ne faiblit pas.

— Je connais les risques. Ne vous inquiétez pas pour moi. Je serai prudente, je vous le promets.

Un silence pesant s'installa entre eux. Puis, après un dernier coup d'œil vers elle, Sire Laurence glissa un petit parchemin dans sa main.

— Voici l'itinéraire exact et l'horaire de leur transfert. J'y ai ajouté les rotations de garde dans la prison.

Il soupira avant de continuer dans un murmure grave.

— Si je peux vous donner un conseil, une action la veille de leur exécution serait plus sûr car les soldats seront moins présents en raison des… préparatifs… C'est tout ce que je peux faire pour vous…

Sa voix s'étrangla légèrement lorsqu'il prononça ces mots. Isaïs perçut l'envie qu'il avait d'en faire plus, mais elle savait qu'elle ne pouvait se permettre de le mettre davantage en danger. Ce qu'il venait de lui offrir était déjà un atout inestimable. Elle referma ses doigts sur le précieux document.

— Merci, souffla-t-elle, consciente du péril qu'il encourait en lui transmettant ces informations. Votre aide est précieuse. Je vais m'occuper de la suite. Avant de partir, pourriez-vous faire venir Mia dans mes appartements ?

Sire Laurence hocha la tête et, sans un mot de plus, s'éloigna avant de disparaître derrière la porte.

Isaïs resta un moment immobile, son cœur battait à tout rompre. Le compte à rebours était lancé. Il ne restait plus qu'à agir.

L'urgence la consumait de l'intérieur. Sans perdre une seconde, elle saisit un morceau de parchemin et traça d'une main fébrile un message à l'intention de Théophane et Alaric, leur annonçant la nécessité d'une réunion immédiate. Mais faire parvenir ce pli sans éveiller les soupçons relevait d'un véritable défi.

Elle replia soigneusement le message et le referma d'un sceau lorsqu'au même moment, Mia entra discrètement dans sa chambre. La servante referma la porte derrière elle, ses orbes sombres cherchèrent immédiatement celles de la princesse.

— Mia, j'ai besoin de toi, murmura Isaïs en lui tendant le parchemin.

La jeune femme s'approcha sans hésitation, son expression empreinte de gravité.

— Que dois-je faire, princesse ?

— Ce message doit parvenir à Théophane et Alaric sans que personne ne s'en aperçoive. C'est crucial. Personne ne doit savoir, tu comprends ?

Mia jeta un coup d'œil inquiet vers la porte avant d'hocher la tête.

— Je leur remettrai en main propre, promit-elle. Mais si on m'interroge ?

Isaïs posa une paume rassurante sur son bras.

— Dis que tu es allée chercher des herbes médicinales en ville pour moi. Cela suffira à justifier ton absence.

La servante hocha la tête avant de glisser le pli sous ses jupons, un endroit où personne n'oserait fouiller.

— Reviens vite, murmura Isaïs en la regardant s'éclipser.

Alors que la porte se refermait, la princesse se laissa tomber sur une chaise. Le plan était en marche. Il n'y avait plus de retour en arrière possible.

Les minutes s'étiraient en une attente insoutenable. Isaïs faisait les cents pas dans sa chambre, son esprit tourmenté par mille scénarios. Mia était partie depuis deux heures et l'impatience lui rongeait les nerfs. Incapable de rester immobile, elle mordillait machinalement une cuticule de son pouce.

Enfin, deux petits coups retentirent à sa porte. Elle accourut pour ouvrir et soupira de soulagement en découvrant

Mia de l'autre côté. Elle la fit entrer précipitamment.

— Tu as rencontré des problèmes ?

— Non, princesse, répondit Mia en refermant la porte derrière elle. J'ai juste mis du temps à convaincre ce certain Théophane que je venais bien de votre part. Il n'est pas particulièrement accommodant lorsqu'il s'agit de vous. Mais il a fini par me croire et m'a transmis une réponse.

Isaïs attrapa le papier des mains de sa domestique et le déplia avec empressement.

« *Sache que tu n'es pas obligée de m'envoyer des lettres d'amour. Si tu veux tant me voir, il te suffit de le dire. — T* »

Elle leva les yeux au ciel, mais ne put empêcher un sourire de naître sur ses lèvres.

— Merci pour le risque que tu as pris, Mia. C'était essentiel.

— Je n'en doute pas, princesse. Vous savez que vous pouvez toujours compter sur moi.

Une fois son amie repartie, Isaïs se laissa tomber sur son matelas et poussa un long soupir de soulagement. Désormais, il ne lui restait plus qu'à attendre la tombée de la nuit pour rejoindre ses compagnons d'armes.

La nuit enveloppait la ville d'un voile sombre lorsqu'elle franchit le seuil de la taverne de la T'Air de Feu. Une lueur vacillante éclairait l'arrière-salle où l'attendaient déjà Théophane et Alaric. Son compagnon lui adressa un sourire charmeur, et la princesse sentit le rouge lui monter aux joues malgré la gravité de la situation. En contraste, Alaric, assis face à eux, arborait une expression fermée, son regard dur trahissait l'urgence du moment.

Sans un mot, Isaïs prit place et posa un parchemin sur la table.

— Marek et Liora seront exécutés pour haute trahison. Ils seront transférés dans les geôles du palais dans deux jours, murmura-t-elle, la voix tendue.

Théophane se redressa aussitôt, les mâchoires crispées.

— On ne peut pas les laisser mourir.

Alaric croisa les bras, ses yeux fixés sur Isaïs.

— As-tu des informations précises sur la prison ?

La jeune femme déroula lentement le parchemin, révélant un plan détaillé.

—J'ai poursuivi mes missions de collecte d'informations ces dernières semaines. Nous connaissons les rondes des gardes, les accès secondaires et les changements de poste. L'instant le plus propice pour intervenir sera la veille de leur exécution, quand la vigilance sera à son plus bas.

Alaric fronça les sourcils en analysant les documents. La princesse avait choisi de ne pas mentionner leur origine : Sire Laurence. Il ne devait pas être impliqué. Elle enchaîna alors rapidement pour éviter toute question :

— Nous avons plusieurs options : soudoyer un garde, organiser une diversion en ville ou infiltrer directement les lieux en passant par les souterrains.

Théophane fit glisser un doigt sur la carte et s'arrêta sur l'entrée principale.

— La corruption est trop risquée. Si le garde parle, nous sommes condamnés. Les geôles du palais sont parmi les mieux surveillées du royaume. Une diversion attirerait trop l'attention et renforcerait la sécurité.

Isaïs acquiesça.

— L'infiltration est notre meilleure chance. Nous savons que les souterrains qui relient les cuisines du palais aux cachots existent encore, même s'ils ne sont plus utilisés.

Alaric tapota un point précis du plan.

— Il y a un changement de poste à minuit. Entre cette rotation et la suivante, nous aurons une brève fenêtre d'action.

Théophane frappa du poing sur la table.

— On passe par les souterrains, on évite discrètement les gardes et on s'enfuit avant qu'ils ne comprennent ce qui se passe.

Isaïs hocha la tête, ses yeux brillants de détermination.

— Une fois Marek et Liora libérés, nous emprunterons la sortie secondaire qui mène aux écuries de la garde. Des chevaux nous y attendront. L'endroit offre un double accès : vers la ville et vers la lisière de la forêt. Parfait pour semer nos poursuivants et nous fondre dans l'ombre.

Un gouffre muet s'installa, chacun mesurait l'ampleur des risques. Finalement, Alaric appuya ses paumes sur la table et fixa les deux jeunes gens.

— C'est dangereux, mais c'est notre meilleure option. Dans deux jours, nous passerons à l'action. Je vais voir pour demander à...

— Isaïs et moi nous chargerons de l'infiltration, le coupa Théophane.

Alaric le scruta, alarmé, mais avant qu'il ne puisse protester, le jeune homme poursuivit :

— Ils étaient avec nous lorsqu'ils ont été capturés. C'est à nous de les libérer.

Les pupilles d'Isaïs s'illuminèrent. Il exprimait exactement ce qu'elle ressentait.

— De toute façon, notre petite ninja futée ne se laissera pas mettre à l'écart, ajouta Théophane avec un sourire en coin.

La princesse releva fièrement le menton et planta un regard de défi dans celui d'Alaric.

— C'est exact.

Le chef de la résistance poussa un soupir et leva brièvement les yeux au ciel avant de leur adresser un air grave.

— Je sens que votre duo va causer ma perte... Alors soit, ce sera vous. Mais faites attention. Je ne veux pas perdre d'autres proches.

L'émotion fugace qui traversa ses traits prit Isaïs au dépourvu. Alaric laissait rarement transparaître ses sentiments, et cette confession en disait long sur le poids qu'il portait sur ses épaules.

Théophane hocha simplement la tête. La princesse sentit une vague de chaleur l'envahir. Enfin, ils allaient agir. Elle espérait seulement que Marek et Liora n'avaient pas trop souffert pendant leur captivité.

Désormais, ils avaient une chance de les sauver. Elle devait se préparer. Et lorsqu'elle croisa les iris enflammés de Théophane, elle sut qu'ils étaient prêts.

- 55 -

L'heure tant attendue était enfin arrivée. Drapée dans une cape sombre, Isaïs se glissa hors de ses appartements avec la discrétion d'une ombre. Son cœur battait furieusement contre sa poitrine, mais son esprit restait focalisé sur sa mission. Chaque bruit dans le palais lui semblait amplifié, chaque souffle un danger potentiel. Elle longea les murs de pierres froides, et évita soigneusement les torches.

Arrivée devant la porte de la cuisine, elle s'arrêta un instant et tendit l'oreille. Tout semblait calme. Elle prit une inspiration et ouvrit doucement pour pénétrer dans la vaste pièce déserte. Les lourdes étagères en bois croulaient sous les provisions, et l'odeur des herbes suspendues se mêlait à celle du pain refroidi. Elle se dirigea aussitôt vers la porte dérobée qui menait à l'extérieur et tourna la clé dans la serrure.

Théophane se glissa à l'intérieur en silence et referma immédiatement derrière lui. Un sourire en coin illumina brièvement son visage.

— Tout va bien ? murmura-t-il.

— Oui, allons-y, répondit-elle en hochant la tête.

Elle lui tendit une pile de vêtements et le jeune homme grimaça en comprenant de quoi il s'agissait.

— Hors de question que je mette ça.

Isaïs le foudroya d'un regard qui valait mille mots.

— Bien sûr que si. C'est une assurance supplémentaire pour passer inaperçu. On n'a pas le temps de discuter.

Il soupira et commença à enfiler l'uniforme bleu et or des gardes du palais royal qu'elle avait subtilisé dans l'armurerie. Ils traversèrent la cuisine à pas feutrés avant de s'engouffrer dans l'étroit boyau dissimulé derrière une armoire. Un souffle d'air glacial les accueillit, et la princesse frissonna en descendant les premières marches de pierre. Le passage secret s'enfonçait sous le palais, un entrelacs de tunnels oubliés, connus de peu de personnes.

Dans un renfoncement, Isaïs tâtonna quelques instants sous l'air interrogateur de Théophane. Elle en sortit deux casques qui camoufleraient leurs visages et en tendit un à son compagnon. Elle avait demandé à Mia de les placer discrètement pour leur mission. Il refit une grimace de dégoût mais ne protesta pas.

Leur progression fut lente et prudente. La lueur de leur lanterne dansait sur les parois. L'air était lourd d'humidité et de l'odeur de renfermé.

— Selon le plan, nous devrions atteindre les geôles dans quelques minutes, souffla Isaïs.

— Tu es sûre que c'est le bon chemin ? chuchota-t-il, une note d'inquiétude perçant dans sa voix.

Ses yeux balayaient constamment les alentours, cherchant le moindre signe de danger.

— Oui, fais-moi confiance, répondit-elle d'un ton ferme malgré la tension qui lui nouait l'estomac.

Théophane hocha la tête.

Le tunnel se terminait dans un éboulement de pierres qui menait à une zone des geôles laissée à l'abandon depuis des décennies. Ils escaladèrent tant bien que mal et se faufilèrent comme ils pouvaient jusqu'à atteindre l'extérieur du passage secret. Théophane jeta un coup d'œil à sa montre. Minuit pile. Il était temps d'agir. Ils avancèrent vers les cellules avec une infinie précaution.

Un bruit de bottes qui frottait contre la pierre les figea sur place.

Quelqu'un approchait.

D'un regard, ils se comprirent. Ils se plaquèrent contre le mur et retinrent leur souffle. Une silhouette apparut à la lueur d'une torche. Un garde patrouillait, une main sur le pommeau de son épée. Il n'était pas censé être là.

Isaïs échangea un coup d'œil avec Théophane. Ils n'avaient pas d'autre choix.

D'un geste fluide, il s'élança et, avant que l'officier ne puisse alerter ses camarades. Il lui saisit la gorge et posa un linge imbibé de valériane sur son visage. L'homme se débattit, mais la princesse réagit aussitôt. Elle bondit, attrapa son bras et lui tordit le poignet pour l'empêcher d'atteindre son arme. Le soldat tenta de frapper, mais elle esquiva agilement avant de lui asséner un coup précis à la tempe à l'aide du manche de son couteau. Un grognement étouffé s'échappa de ses lèvres avant qu'il ne s'effondre lourdement au sol.

Théophane s'agenouilla pour s'assurer qu'il était bien inconscient.

— Il nous a ralentis, murmura-t-il en se redressant.

— Mais il n'a pas donné l'alerte, répliqua Isaïs en reprenant son souffle.

Ils reprirent leur route et accélérèrent le pas. Le couloir débouchait sur une porte verrouillée. Isaïs, qui s'était entraînée, sortit un crochet et s'attaqua immédiatement à la serrure. Le cliquetis métallique résonna dans l'air moite. Après quelques secondes d'effort, un déclic se fit entendre, et la porte s'ouvrit lentement.

Un couloir sombre et lugubre s'étendait devant eux, éclairé par la lueur tremblotante des torches accrochées aux murs. L'odeur âcre de moisissure et de sueur emplissait l'air. Des cellules se succédaient de part et d'autre, des gémissements étouffés et des murmures à peine audibles flottaient dans l'atmosphère pesante.

— Là, chuchota Isaïs, son regard fixé sur une silhouette recroquevillée derrière les barreaux.

Marek.

Ils étaient arrivés.

Théophane s'accroupit devant la serrure de la cellule et sortit un crochet de sa ceinture. Ses doigts s'activèrent tandis que le cliquetis métallique se mêlait aux murmures lointains des prisonniers. Isaïs jetait des coups d'œil nerveux derrière eux, consciente que chaque seconde qui passait les rapprochait du danger.

Un déclic retentit, et la porte s'ouvrit lentement. Ils pénétrèrent dans la cellule où Marek, adossé au mur, semblait à peine conscient. Son visage tuméfié portait les traces évidentes de sévices, sa lèvre fendue laissait perler un filet de sang séché. Lorsqu'il leva ses yeux noirs vers eux, la vision des uniformes et des casques lui déclencha une vague de panique. Il tenta de reculer, son souffle erratique.

— Non… Pas encore… Je ne dirai rien…

Sa voix rauque tremblait d'épuisement. Il serra les poings, prêt à lutter malgré son état. Isaïs arracha son casque d'un geste vif.

— Marek, c'est nous !

Il cligna plusieurs fois des paupières, comme s'il luttait pour discerner la réalité du cauchemar. Lorsqu'il reconnut enfin les jeunes gens, son expression se décomposa. Une lueur d'incrédulité traversa ses traits fatigués avant de laisser place à un espoir fébrile.

— Sissi, Théophane… Vous êtes venus…

Le jeune homme passa un bras sous l'épaule du prisonnier et le tira doucement vers lui.

— Moi aussi je suis ravi de te voir en si bonne forme, mon ami, mais on n'a pas le temps pour les embrassades. Tu peux marcher ?

Marek grimaça mais acquiesça lentement.

— Liora est deux cellules plus loin.

Sans attendre, ils l'aidèrent à sortir et se précipitèrent vers la cellule indiquée. Théophane crocheta la serrure avec rapidité, et dès que le cliquetis libérateur se fit entendre, Isaïs s'engouffra à l'intérieur.

Son cœur se serra en découvrant Liora étendue sur le sol, respirant avec peine. Sa peau livide tranchait avec l'obscurité environnante. Lorsqu'elle entrouvrit les yeux, son regard trouble reflétait à peine la conscience.

— Liora, murmura la princesse en s'agenouillant auprès d'elle.

Un gémissement à peine audible s'échappa des lèvres de la prisonnière. Isaïs baissa la tête et vit immédiatement le problème : sa jambe droite était tordue dans un angle anormal. Cassée.

— Elle ne pourra pas marcher, constata Théophane, les mâchoires serrées.

— Je vais l'aider, répondit Isaïs sans hésiter.

Elle glissa un bras sous les épaules de Liora et l'aida à se redresser doucement, lui offrant un appui stable. La jeune femme trembla sous l'effort. Elle luttait contre l'inconscience qui menaçait de l'engloutir.

— On doit se dépêcher, le garde assommé ne tardera pas à se réveiller.

Ils avancèrent aussi rapidement que faire se peut dans les couloirs obscurs. L'urgence se resserrait autour d'eux telle une étreinte glaciale. Le passage secret n'était plus très loin lorsque des bruits de pas précipités s'élevèrent derrière eux.

— Intrus ! s'écria une voix.

L'espace d'un battement de cœur, tout sembla se figer avant que la tempête ne se déchaîne. Isaïs tourna la tête et aperçut trois soldats surgir dans leur dos, lames au clair.

— Courez !

Ils s'élancèrent à toute vitesse. Théophane, soutenait Marek, et avançait aussi vite que possible tandis qu'Isaïs luttait pour ne pas ralentir sous le poids de Liora. L'adrénaline pulsait dans ses veines, galvanisant son corps fatigué.

Un officier bondit en avant, son épée à la main. Théophane pivota brusquement et lui asséna un coup violent du revers du poing, l'envoyant heurter le mur avec un bruit sourd. Il ne s'attarda pas et reprit la course.

— Plus vite ! gronda-t-il.

Une flèche siffla dans l'air et se ficha dans la pierre à quelques centimètres d'Isaïs. Son cœur manqua un battement.

Les gardes se rapprochaient, leurs bottes martelaient le sol en une cadence implacable. Un cri résonna lorsqu'un des poursuivants trébucha sur une dalle inégale, mais cela ne ralentit pas les fugitifs. Liora s'affaissa légèrement contre Isaïs, ses forces s'amenuisaient.

— Tiens bon, murmura-t-elle en raffermissant sa prise.

Enfin, la porte du tunnel qui menait à la cour arrière apparut devant eux. Théophane l'ouvrit d'un coup sec, et ils se précipitèrent à l'extérieur. L'air nocturne mordit leur peau brûlante, mais ils n'avaient pas le luxe de savourer cette sensation. Les soldats étaient toujours là, et ils n'avaient plus de temps.

Enfin, les écuries apparurent devant eux. Deux chevaux déjà sellés les attendaient. Leurs naseaux fumants trahissaient leur impatience. Le jeune résistant se précipita vers le premier et hissa Marek en selle sans ménagement.

— Aide-moi avec Liora !

Isaïs hocha la tête et ils s'efforcèrent de hisser la prisonnière sur l'autre monture. Liora laissa échapper un gémissement de douleur, sa tête bascula mollement en avant. Elle était à bout de forces. Sans attendre, la princesse monta derrière elle et l'enserra fermement pour l'empêcher de glisser, puis attrapa les reines de sa main libre.

— Vous partez devant, on va prendre un autre chemin pour faire diversion ! ordonna Théophane.

— Quoi ?! Non ! protesta Isaïs, la panique perçant dans sa voix.

Il posa une main ferme sur la croupe du cheval et lui donna une claque. L'animal se cabra légèrement avant de s'élancer dans un galop effréné.

— Théophane !

Sa voix se perdit dans le tumulte du vent qui sifflait à ses oreilles. Elle passa quelques ruelles à une vitesse folle, puis la forêt défila autour d'elle en un mélange d'ombres mouvantes et de branches cinglantes. L'image de son ami, volontairement resté derrière, se grava dans son esprit comme une brûlure. Elle serra les dents, un mélange de colère et d'angoisse la submergea.

Elle n'avait pas le choix. Liora avait besoin d'aide.

Guidant sa monture à travers les sentiers, elle atteignit enfin une petite clairière reculée. Là, une tente de fortune se dressait sous l'épais couvert des arbres. Une silhouette familière en émergea aussitôt.

— Alaric ! cria-t-elle. J'ai besoin d'aide !

Liora s'était complètement affaissée contre elle, et Isaïs luttait pour la maintenir en selle. En un instant, le chef de la résistance fut à ses côtés et l'aida à descendre la jeune femme avec précaution. Ils la transportèrent jusqu'à un lit de fortune, et lorsqu'Alaric découvrit l'état de sa jambe, son visage se ferma.

— Ça ne va pas être simple… murmura-t-il en inspectant la blessure.

La princesse tenta de calmer son souffle, mais son esprit était ailleurs. Elle leva les yeux vers Alaric, une tension froide dans son regard.

— Où sont les autres ? demanda-t-il, sa voix volontairement posée, bien que son inquiétude transparaissait.

— Nous avons été repérés dans la prison. Théophane a décidé au dernier moment de prendre un autre chemin avec Marek pour détourner les gardes…

La mâchoire d'Alaric se crispa légèrement.

— C'était la meilleure décision possible dans ces circonstances.

Isaïs serra les poings. Non, ce n'était pas la meilleure décision. C'était une folie qui les avait mis encore plus en danger.

— Je vais attendre dehors, appelle-moi si tu as besoin d'aide avec Liora, lâcha-t-elle d'un ton sec avant de sortir brusquement.

L'attente lui parut interminable. Chaque seconde qui passait lui pesait comme une pierre sur la poitrine. Ils auraient déjà dû être là. L'inquiétude lui nouait l'estomac tandis qu'elle tournait en rond autour de l'abri improvisé. Et s'ils s'étaient fait capturer ?

Puis, enfin, le martèlement de sabots fendit la nuit.

Isaïs se figea, ses muscles tendus, prête à réagir au moindre danger. Mais lorsqu'elle distingua les silhouettes de Théophane et Marek, son cœur s'arrêta et un soupir de soulagement s'échappa de ses lèvres. Elle porta une main tremblante à sa poitrine et ferma brièvement les yeux.

Dès que les deux hommes mirent pied à terre, elle se rua vers Théophane et, sans réfléchir, se jeta à son cou. Il resta figé un instant, surpris, avant de resserrer lentement ses bras autour d'elle.

— Ne me refais plus jamais ça, murmura-t-elle, sa voix oscillait entre reproche et supplication.

Un sourire fatigué étira les lèvres du jeune homme. Il posa un baiser sur le sommet de sa tête, ses doigts effleurant doucement ses cheveux.

— On va bien, princesse.

Isaïs se recula légèrement et essuya une larme solitaire du revers de sa manche. Puis, elle reprit contenance et posa son regard sur Marek, dont l'état était préoccupant.

— Venez, Alaric a de quoi vous soigner. Il s'occupe déjà de Liora.

- 56 -

La troisième formation d'Ignisiel venait de commencer. Pour cette première journée, Eludia le mena au Champ des Échos. Ils avancèrent à travers la vaste plaine, où les hautes herbes bruissaient sous leurs pas, un murmure discret qui se mêlait au chant lointain des oiseaux. Le vent frais effleurait la peau du jeune homme, en cette fin d'hiver. À l'horizon, d'imposants murs de pierre s'élevaient pour former un cirque naturel qui semblait délimiter cette terre sacrée.

Ignisiel suivait son mentor, observant ses mouvements.

— Tu ne vas pas me parler de l'épreuve de l'Air que tu me réserves ? lança-t-il, tentant de masquer son impatience derrière un ton détaché.

Eludia tourna légèrement la tête, un sourire énigmatique flottait sur ses lèvres, celui-là même qui avait le don de le déconcerter.

— Tu as vu juste, répondit-elle simplement.

Il retint un soupir. Il aurait voulu un indice, une explication, mais il savait que la Grande Prêtresse le pousserait toujours à découvrir par lui-même. Chaque leçon devait être vécue, pas simplement enseignée.

Ils s'arrêtèrent soudain. Eludia pointa un endroit précis sur la paroi de la falaise. Ignisiel plissa les yeux et distingua difficilement ce qu'elle lui montrait : une porte métallique parfaitement camouflée, dont la surface était peinte pour imiter la texture de la roche. Sans savoir où regarder, elle aurait été invisible.

La jeune femme s'approcha et leva la main. Un vortex translucide tourbillonna dans sa paume, créant une tornade miniature qui fit vibrer la serrure. Dans un cliquetis sec, le mécanisme céda et la porte s'ouvrit lentement pour dévoiler une obscurité insondable.

Elle se retourna vers son élève, arborant une expression à la fois sévère et bienveillante.

— Cet endroit est le Labyrinthe des Courants. C'est ici que tu mettras à l'épreuve ta maîtrise de l'Air. Je t'attendrai là.

Elle accompagna ses paroles d'un geste vers l'ouverture. Une corde invisible sembla se nouer autour du ventre d'Ignisiel. Au-delà de cette entrée, tout semblait aspiré dans un vide sombre. Il inspira profondément, jeta un dernier coup d'œil à Eludia, puis s'avança dans l'ombre, les épaules tendues.

Derrière lui, la porte se referma dans un grondement sourd. L'obscurité l'enveloppa aussitôt. Seul le bruit de ses pas résonnait faiblement sur le sol lisse. Il tendit la main pour suivre la paroi, sentant sous ses doigts la rugosité froide de la pierre. Chaque fissure, chaque irrégularité semblait amplifier la sensation d'enfermement.

Puis, sans le moindre avertissement, le sol disparut sous ses pieds.

Un cri lui échappa et se répercuta dans le vide. Il chutait, emporté dans une descente vertigineuse. L'air fouettait son visage, son cœur battait à tout rompre. L'angoisse le saisit. Il ne voyait rien, ne savait pas quand la chute prendrait fin. Mais l'impact ne vint jamais. Au lieu de cela, une force invisible le retint et le déposa avec une douceur irréelle.

Il ouvrit les yeux. Devant lui, il n'y avait rien. Juste une étendue pâle, un vide sans limite, balayé par un souffle continu. De légères traînées d'air phosphorescentes dansaient dans le lointain et disparaissaient aussi vite qu'elles étaient apparues. Le vent, omniprésent, glissait sur sa peau et soulevait ses cheveux. Dès qu'il fit un pas, une bourrasque lui barra la route, glaciale et tranchante comme une lame. Une odeur métallique, chargée d'électricité, flottait dans l'atmosphère, lui évoquant l'imminence d'un orage.

— Où suis-je ? murmura-t-il, cherchant un repère. Eludia ?

Seul la brise lui répondit. Puis l'air se mit à tourbillonner. Des couloirs de vent se formèrent, se croisèrent et se dissipèrent dans une chorégraphie insaisissable. Chaque courant semblait animé d'une volonté propre et lui indiquait un chemin tout en lui barrant la route.

Ignisiel avançait prudemment, constatant que chaque pas éveillait une réaction dans l'air. Par moments, des souffles invisibles effleuraient sa peau avec douceur, puis, sans prévenir, devenait oppressant, comme s'il tentait de l'écraser. Sous ses pieds, le sol translucide vibrait sous la pression des tornades.

Les couloirs changeaient constamment pour façonner un labyrinthe mouvant dont la logique lui échappait. Il tendit la main et sentit le vent s'enrouler autour de ses doigts. À chaque contact, des éclats lumineux jaillissaient et ondulaient comme des vagues d'énergie éphémères. Une tension sourde monta en lui.

Après de multiples détours infructueux, il se retrouva face à une impasse où les rafales formaient un vortex tourbillonnant, semblable à une gueule béante prête à l'engloutir. Reculer n'était pas une option : derrière lui, les passages s'étaient refermés, leur accès scellé par une volonté impénétrable.

— Respire… murmura-t-il, tentant de calmer les battements affolés de son cœur.

Fermant les yeux, il écouta. Chaque bourrasque possédait une fréquence unique, une mélodie subtile tissée dans le chaos. Il s'efforça d'ignorer le tumulte environnant et de percevoir la voie la plus douce, celle qui ne s'opposait pas à lui mais l'invitait à avancer.

S'appuyant sur cette intuition, il progressa, guidé par ce

fil ténu d'harmonie. Mais alors qu'il trouvait enfin un équilibre fragile, une rafale jaillit, hurlante de colère. L'atmosphère s'embrasa d'arcs lumineux, des éclats de vent solidifiés tranchaient l'espace avec une force brute. Une énergie s'éveilla en lui, un brasier intérieur qui réclamait d'être libéré. Il serra les poings et tenta de détourner l'assaut en créant un contre-courant. L'air plia sous sa volonté… avant d'exploser violemment.

Propulsé en arrière, il fut avalé par un vide sans fin. Les souffles fouettèrent son visage, brûlant et glacial à la fois, tandis que son corps chutait inexorablement. Le rugissement de l'air l'encerclait, moqueur et triomphant. Puis, soudain, la chute prit fin.

Il atterrit brutalement sur le sol, le souffle coupé. Haletant, il ouvrit les paupières… et découvrit qu'il n'était plus dans le labyrinthe. Sous ses doigts, l'herbe humide du Champ des Échos remplaçait la surface intangible de l'épreuve. Il leva les yeux et croisa ceux d'Eludia, assise nonchalamment à quelques mètres. Ses prunelles brillaient d'un amusement à peine contenu.

Ignisiel se redressa avec difficulté et foudroya la Grande Prêtresse du regard.

— Et moi qui pensais que tu voulais être éprouvé pour apprendre plus vite, lança-t-elle avec un sourire narquois.

— Très drôle, rétorqua-t-il, un rictus crispé au coin des lèvres.

D'une démarche souple, elle se releva et s'approcha, lui tendant la main. Le jeune homme hésita. Il refusait de céder aussi facilement. Il se redressa seul, non sans mal, ses muscles le faisant souffrir. Il serra les dents pour masquer sa douleur, mais Eludia n'était pas dupe. Elle laissa échapper un léger rire lorsqu'il lui adressa un regard noir.

— Viens, nous allons commencer par quelque chose de plus simple, au vu de ton niveau.

Ignisiel grogna face à cette nouvelle pique, mais suivit son mentor.

— Voilà. Nous allons là-haut. Le chemin se trouve ici.

Elle pointa un endroit au sommet de la falaise qui encerclait le Champ des Échos. Le novice scruta la paroi rocheuse, cherchant un sentier praticable, mais ne vit qu'un mur abrupt et apparemment infranchissable.

— Cet endroit s'appelle la Tête du Serpent, expliqua-t-elle. Le rocher qui surplombe la corniche lui a donné son nom.

En plissant les yeux, il distingua enfin la silhouette du rocher : la pierre, sculptée par le temps, ressemblait à la tête d'un cobra dressé.

— Mais… Comment y accède-t-on ? Je ne vois aucun chemin.

Un sourire malicieux étira les lèvres d'Eludia. Sans un mot, elle fit glisser sa robe et dévoila une tenue plus adaptée : un débardeur ajusté et un pantalon souple.

— Nous allons escalader. Suis-moi.

Sans attendre, elle s'approcha de la paroi et entama l'ascension avec une aisance déconcertante. Elle se hissait avec fluidité et trouva des prises qui semblaient à peine capables de supporter son poids.

— Tu viens ? lança-t-elle par-dessus son épaule.

Ignisiel hésita, puis soupira bruyamment avant de s'engager à son tour. Il se sentait gauche comparé à la Grande Prêtresse, dont chaque mouvement défiait la gravité. À peine avait-il gravi une dizaine de mètres que ses bras commencèrent à trembler. Ses muscles étaient en tension constante, ses mains cherchant désespérément des prises stables.

Il leva les yeux et vit Eludia avancer sur une section presque lisse. Suspendue dans le vide, elle s'accrochait à une prise minuscule, ne tenant qu'avec deux doigts.

Il eut l'erreur de regarder en contrebas. Le vide s'étalait sous lui, l'immensité du gouffre lui noua l'estomac. Son équilibre vacilla, un vertige le saisit et le fit basculer en arrière. Son cœur s'emballa.

Soudain, une poigne ferme le plaqua contre la paroi.

— Reste concentré. Ne regarde pas en bas. Ton objectif est au sommet. Focalise-toi dessus et respire.

La voix calme d'Eludia, bien que ferme, lui offrit un point d'ancrage. Il inspira, cherchant à maîtriser la panique qui menaçait de le submerger. Il reprit son ascension, son souffle dictait son rythme : inspirer, chercher une prise, expirer et s'élancer.

L'air devenait plus rare à mesure qu'ils prenaient de l'altitude. Le vent sifflait à ses oreilles, chaque rafale menaçait son équilibre. Ses muscles brûlaient, son corps protestait, mais il s'accrochait, porté par une volonté farouche.

Il approchait du sommet quand il se retrouva face à une impasse. Une prise, hors de portée, était son seul moyen de progression. Il savait que son bras ne suffirait pas à l'atteindre sans un saut risqué. Il scruta Eludia, qui, postée non loin, le surveillait. Elle hocha la tête pour l'encourager silencieusement.

Ignisiel ferma les paupières un instant. Il devait y aller. Son cœur battait à tout rompre. Il expira, puis s'élança.

Le vide l'engloba, chaque fraction de seconde s'étirait à l'infini. Son attention rivée sur la prise, il tendit la main, frôla la pierre et, dans un sursaut de volonté, enroula ses doigts autour. Ses phalanges crispées, il mit toute sa force pour se hisser et retrouver un appui stable.

Dans un dernier effort, il escalada les derniers mètres et roula sur l'herbe du plateau rocheux, haletant. L'ascension lui avait semblé interminable et avait mis à l'épreuve son endurance autant que sa détermination.

Enfin, il se redressa et se figea, sa respiration encore saccadée.

Le paysage qui s'offrait à eux effaça toute fatigue. Devant lui, s'étendait un spectacle d'une beauté saisissante. Le sommet ressemblait à un dôme verdoyant qui offrait une vue panoramique à couper le souffle. À cette altitude, ils dominaient un océan de forêts d'un vert profond, des rivières scintillantes serpentaient entre les reliefs, et, à l'horizon, des montagnes se dressaient telles des sentinelles immuables. Le ciel, d'un bleu pur, était parsemé de nuages cotonneux qui dérivaient lentement.

Ignisiel sentit un frisson le parcourir. Il se sentait minuscule face à cette immensité. L'air, à cette hauteur, avait une pureté presque irréelle, emplissant ses poumons d'une énergie nouvelle. Ce panorama n'était pas qu'un simple paysage : c'était un rappel du rôle essentiel de l'élément dans l'équilibre du monde, un témoignage silencieux de sa grandeur.

Il tourna la tête vers Eludia, qui contemplait elle aussi la vue. Un vent léger souleva une mèche de ses cheveux dorés. À cet instant, ils n'avaient pas besoin de mots. La beauté du monde parlait pour eux.

- 57 -

Sur les hauteurs du champ des Echos, Ignisiel était toujours perdu dans le paysage. Après un instant de contemplation silencieuse, Eludia se tourna vers lui.

— Suis-moi, jeune apprenti.

Le concerné grogna, il n'aimait pas qu'elle l'appelle comme ça, ce qui semblait amuser la jeune femme.

Elle s'approcha du rocher en forme de tête de serpent et entreprit son ascension avec une aisance naturelle. Une fois au sommet, elle se dressa face au vent, ses cheveux dorés s'élevaient et tourbillonnaient comme une flamme vive. Sans hésitation, elle s'avança jusqu'au bord du précipice.

— Fais attention, Eludia ! s'écria Ignisiel, alarmé.

Elle ne réagit pas et laissa les zéphyrs glisser entre ses doigts. Ses bras s'élevèrent, captant chaque courant, chaque infime variation. Son corps suivait le mouvement des rafales, une danse envoûtante où elle semblait fusionner avec l'élément indomptable.

Lorsque le souffle faiblit, elle se pencha en avant, en équilibre parfait, une jambe tendue derrière elle. Suspendue dans les airs, elle défiait les lois naturelles, ne faisant plus qu'un avec les forces invisibles qui l'entouraient.

Le vent redoubla d'intensité et tenta de la déstabiliser par son imprévisibilité. En vain. Elle absorbait sa force, jouait avec ses remous, et dansait sur ses crêtes. Enfin, après ce ballet hypnotique, elle redescendit et rejoignit Ignisiel, ses yeux violets brillants d'intensité.

— L'univers est un enchevêtrement de forces. En tant que prêtres de l'Ordre, nous devons apprendre à les apprivoiser sans jamais chercher à les dominer. Ce que tu ne peux voir, tu dois le percevoir ; ce que tu ne peux toucher, tu dois le ressentir. L'Air est l'une de ces forces. Va lui parler.

— Je... je ne suis pas sûr de...

— Ce n'était pas une question.

D'un geste rapide, elle saisit une corde que le jeune homme n'avait pas remarquée, l'entoura autour de sa taille et fixa solidement l'autre extrémité à une roche.

— Grimpe et apprends.

Son ton était ferme, sans appel. Ignisiel soupira lentement, résigné, avant de s'attaquer à l'ascension de la paroi. À peine avait-il atteint la plateforme qu'une rafale le projeta en arrière. Un cri lui échappa avant que la corde ne se tende brusquement et lui coupe le souffle. Il serra les dents, ravala la douleur du choc et se hissa à la force des bras pour reprendre position.

Cinq fois, il tenta de défier le vent. Cinq fois, il fut balayé sans le moindre espoir de résistance, incapable de comprendre les subtilités de cet élément insaisissable. Chaque bourrasque semblait se moquer de lui, ébranlant ses certitudes et consumant son énergie.

Épuisé, il finit par redescendre et s'approcha d'Eludia, le regard voilé de frustration.

— Je… je n'y arrive pas, murmura-t-il.

— C'est normal. Redescendons. Nous reprendrons demain.

Ignisiel amorça la descente sous la vigilance de la Grande Prêtresse, prête à intervenir en cas de chute. Une fois au pied de la falaise, de retour dans le Champ des Échos, il se laissa envahir par un silence pesant. Ses échecs lui brûlaient l'esprit, une amertume qu'il ne parvenait pas à dissiper.

Toute la fin de journée se déroula sans un mot. Seule

la promesse d'un nouvel essai le lendemain l'empêchait de sombrer complètement dans le doute.

Durant les trois jours suivants, Ignisiel retourna inlassablement à la Tête du Serpent, escaladant chaque matin la paroi rocheuse du Champ des Échos.

Il avait cessé de compter ses chutes tant elles étaient nombreuses. Pourtant, à chaque fois, il remontait avec la même détermination.

Au bout d'un moment, Eludia l'interpella et l'invita à faire une pause.

— L'élément Air est symbole de légèreté, mais aussi de grandeur et d'immensité. Il incarne la liberté, le mouvement, la vie et les messages qu'il porte à travers le monde. Comprendre cet élément, c'est écouter son murmure, ressentir sa présence en permanence et se laisser guider par lui. Pour le maîtriser, tu dois te libérer de toute contrainte, devenir aussi insaisissable et fluide que lui. Laisse-toi porter, ouvre-toi à lui totalement. Respire avec lui, comme s'il était une extension de toi, comme si ton souffle et le sien ne faisaient qu'un.

Elle désigna alors un point au loin, haut dans le ciel.

— Regarde ce faucon qui plane près de la falaise.

Ignisiel plissa les yeux et distingua finalement l'oiseau qui glissait avec une grâce absolue sur les courants ascendants.

— Tu dois être à son image. Imagine-toi dans son corps. Ressens l'air sous ses ailes, la liberté pure du vol, l'équilibre entre chaque battement et chaque silence.

Absorbé par les paroles d'Eludia, le jeune homme fixa le faucon et suivit sa trajectoire fluide dans l'azur infini. Lentement, il ferma les paupières, pour graver l'image dans son esprit.

Il s'imagina, lui aussi, s'élever dans le ciel, porté par la brise, sentant la caresse du vent sous ses ailes imaginaires. Il tenta de faire abstraction de tout, d'oublier le poids de son propre corps, les limites de la gravité.

Une sensation étrange l'envahit, légère et exaltante. Il avait l'impression que son être tout entier se fondait dans les zéphyrs invisibles. Il percevait le battement d'ailes du faucon telle une pulsation, une vibration harmonieuse qui résonnait en lui et l'immergea dans une nouvelle forme de conscience. L'espace autour de lui n'était plus un simple décor : il en faisait partie, de façon intime et indissociable.

Il inspira profondément et rouvrit les yeux.

Il ressentait en lui l'immensité qui l'entourait. Son esprit semblait se dilater pour embrasser l'horizon lointain, comme si chaque parcelle de cet environnement était une partie intégrante de son être. Chaque souffle une caresse sur sa conscience, chaque rayon de soleil un baiser sur sa peau. Le ciel n'était plus seulement un paysage éloigné, mais une extension de lui-même, un reflet de sa liberté intérieure.

Déterminé, il gravit de nouveau la Tête du Serpent. Arrivé au sommet, il se tint droit, ferma les paupières un instant et laissa l'air frais envahir ses poumons. Il le sentit s'infiltrer en lui, circuler dans son corps, avant de s'échapper en une expiration lente et maîtrisée.

S'efforçant de synchroniser ses mouvements avec le chant du vent, il tenta de se fondre dans son flux, de danser avec lui de la même façon qu'Eludia. Mais à chaque tentative, une bourrasque imprévisible le déstabilisa et le projetât violemment dans le vide.

Malgré ses efforts, les courants refusaient encore de le porter.

Ignisiel gravit une énième fois la falaise, ses muscles endoloris par l'effort répété, ses bras tremblants sous la fatigue. Chaque chute l'avait éprouvé, mais une phrase sonna soudain en lui. Il ne savait plus où il l'avait entendue, mais elle s'imposa avec une clarté saisissante :

« L'ouverture est la voie vers l'harmonie. En s'ouvrant, on découvre les forces qui façonnent l'univers. Ce n'est qu'en les accueillant en soi que l'on peut espérer les comprendre. »

Il s'arrêta un instant et ferma les yeux.

Ouverture.

Parvenu au sommet, il leva lentement les bras, imitant Eludia. Il ne luttait plus contre le vent, il l'accueillait. Les rafales n'étaient plus un obstacle, elles devenaient un langage, un dialogue silencieux entre son corps et l'élément.

Ouverture.

« Comprendre n'est pas réagir, mais ne faire qu'un. »

Il relâcha toute résistance et, dans cet abandon, perçut une vérité nouvelle. La frustration qui l'avait habité s'évapora, emportée par le souffle du vent.

Il s'ancra dans chaque inspiration et expiration, ressentait l'air circuler autour de lui, en lui, tissé dans la trame même de son existence. Il percevait le moindre frisson de l'atmosphère, le moindre courant qui glissait sur sa peau. Il écoutait son murmure, son chant secret, et se laissait porter par lui.

« Le Tout est dans tout, tout est dans le Tout. »

Ces mots s'imprimèrent dans son esprit telle une évidence.

« Je suis dans le Tout et le Tout est en moi. »

Une vibration subtile parcourut son être. Il se concentra sur cette sensation et s'y abandonna totalement. Elle grandit, se renforça, jusqu'à devenir presque visible derrière ses paupières closes. Il ne distinguait pas seulement le vent, il en faisait partie.

Lorsqu'il rouvrit les yeux, il se sentait étrangement paisible. Le monde autour de lui semblait plus vibrant, plus réel. Il tendit une main, paume ouverte, et l'air répondit. Il le perçut, ondulant entre ses doigts, fluide, tangible. C'était une sensation nouvelle, comme effleurer une eau invisible.

Il tenta doucement de l'influencer, de le guider sans le contraindre. Il l'attira, le repoussa, l'invita à danser autour de lui. Un langage prenait forme, une compréhension naissante entre lui et l'élément. Il voyait presque les brises s'entrelacer autour de lui, dessinant des arabesques invisibles.

Lorsqu'il descendit du rocher, Eludia arborait une expression empreinte de fierté.

— Il est temps, dit-elle simplement.

Ignisiel comprit aussitôt le sens de ces mots. Il se sentait prêt à affronter à nouveau le Labyrinthe des Courants.

Devant la porte qui menait à cette épreuve, il ne marqua aucune hésitation. Il s'engouffra dans le tunnel obscur.

Cette fois, la chute ne l'effraya pas. Il se surprit même à esquisser un léger sourire, avant que la force invisible du lieu ne le réceptionne en douceur.

Il se redressa et observa son environnement. Le labyrinthe s'était transformé : plus hostile, plus complexe, mais aussi plus compréhensible aux yeux du jeune homme. Il progressa, se laissant guidé par les souffles les plus harmonieux, jusqu'à ce qu'une tornade impétueuse lui barre la route comme lors de sa dernière visite.

Cette fois, Ignisiel se força à rester immobile. Il sentit le vent le cerner tel un prédateur qui jouait avec sa proie. Des éclats de lumière argentée tourbillonnaient dans l'air, traçant des motifs étranges et hypnotiques. L'angoisse lui serra l'estomac, mais il savait désormais qu'agir dans la précipitation ne servirait à rien.

Il inspira et modifia sa précédente approche. Plutôt que de vouloir dompter l'air, il s'ouvrit à lui. Il cessa d'imposer sa volonté et accompagna les zéphyrs. Ses mains dansaient doucement, dessinaient des arcs invisibles, amplifiaient les brises harmonieuses tout en dissipant les rafales dissonantes.

Les bourrasques semblèrent se calmer, comme intriguées par ce changement d'attitude. Une brèche se dessina devant lui, menant à un espace où tous les vents convergeaient dans une tempête dévastatrice. Des éclairs d'énergie pure jaillissaient, tandis que le rugissement des tornades emplissait l'espace tel un chant de guerre.

Au cœur de ce maelström, il discerna un noyau immobile, un œil de calme parfait, suspendu dans une lueur irisée.

Ignisiel comprit alors la véritable nature du labyrinthe : il ne s'agissait pas de vaincre le vent, mais de danser avec lui. Les courants n'étaient pas des adversaires, mais des alliés en attente d'un guide capable de les comprendre.

Il écarta les bras et laissa toute résistance s'évanouir. Il n'était plus un conquérant qui cherchait à soumettre l'élément, mais un disciple à l'écoute d'une symphonie vivante.

L'air répondit et s'aligna sur sa respiration. Peu à peu, le chaos se calma, chaque souffle trouva sa place dans un équilibre parfait. Une brise douce l'enveloppa, porteuse d'un murmure d'acceptation.

Un vortex lumineux s'ouvrit devant lui et brilla d'une lueur paisible.

Ignisiel franchit le passage, transformé.

Il retrouva le Champ des Échos, où Eludia l'attendait, un sourire sincère illuminant son visage.

— Bravo, dit-elle avec douceur. Je suis fière de toi.

Ignisiel acquiesça. Le Labyrinthe des Courants s'était refermé, mais en lui, le chant du vent résonnerait à jamais.

— J'aimerais retourner à la Tête du Serpent avant de rentrer. Tu n'es pas obligée de venir avec moi.

Un éclat fugace traversa le regard d'Eludia avant qu'elle ne hoche la tête et l'invite à avancer.

La lune s'était levée lorsqu'ils atteignirent le sommet de la falaise. Ignisiel gravit le rocher et entama la gestuelle élémentaire qu'Altaïr lui avait enseignée. Chaque mouvement s'intégrait au souffle du vent, en parfaite harmonie avec son rythme.

Inspiration profonde, bras levés vers le ciel, paumes ouvertes. Expiration, mains ramenées au centre.

Inspiration.

Expiration.

Ignisiel s'oublia dans le mouvement, ne faisant plus qu'un avec l'air. Dans cet abandon, il se redécouvrit.

Une silhouette se glissa silencieusement à ses côtés. Sans un mot, Eludia se fondit dans le même rituel, ses gestes s'alignant parfaitement sur les siens. Enseignant et élève arpentaient ensemble le même chemin, leurs respirations unis dans une harmonie parfaite.

- 58 -

Isaïs et Théophane avançaient en silence à travers les sentiers qui menaient à la ville d'Andran. La fatigue pesait sur leurs corps meurtris, vestiges de la mission qu'ils venaient de mener. Pourtant, malgré les douleurs et l'épuisement, ils portaient en eux la fierté d'avoir arraché leurs compagnons à une mort certaine.

Alors que l'aurore commençait à teinter le ciel de nuances rosées, Isaïs ralentit le pas pour savourer la quiétude de cet instant, mais surtout la présence rassurante de Théophane à ses côtés. Elle l'observa discrètement : ses cheveux bruns, collés par la sueur et la poussière, masquaient en partie son front, et pourtant, il conservait son charme habituel. Ses iris étaient encore empreints de l'adrénaline du combat, mais trahissaient également une profonde lassitude.

Parvenus à la lisière de la ville, Théophane s'arrêta et croisa son regard. Un rictus satisfait étira lentement ses lèvres.

— Nous l'avons fait, princesse. On a réussi.

Malgré sa tentative de légèreté, les traits tirés de son visage reflétaient l'intensité de ce qu'ils venaient d'endurer. Isaïs lui rendit un sourire fatigué.

— Oui… Nous l'avons fait.

Son cœur battait encore à un rythme effréné, et sa voix tremblait légèrement sous l'émotion.

— Oui, mais ce n'est que le début. Nous n'avons pas stoppé la production de l'arme élémentaire. Le danger est toujours là.

Théophane hocha lentement la tête. Ses yeux s'assombrirent.

— Je sais. Mais pour l'instant, savourons cette victoire. Liora et Marek sont saufs, et c'est déjà une grande avancée pour la résistance.

Isaïs acquiesça, mais une ombre de culpabilité traversa ses traits. Liora n'aurait jamais été blessée si elle n'avait pas insisté pour s'approcher de l'usine. L'image de la jeune femme, la jambe brisée, allongée dans cette cellule crasseuse, se grava de nouveau dans son esprit et lui noua l'estomac. Un goût amer lui monta dans la gorge, et elle déglutit difficilement pour ne pas flancher.

Théophane sembla percevoir son trouble. D'un geste instinctif, il passa un bras autour de ses épaules et la serra contre lui.

— C'est grâce à toi qu'on a réussi, princesse. Sans les informations que tu as obtenues, nous n'aurions jamais pu les sauver.

Elle releva la tête vers lui, touchée par la sincérité de ses mots.

— Merci, Théophane.

Mais son regard se durcit rapidement lorsqu'un autre souvenir de la nuit lui revint en mémoire.

— Mais je te préviens… Si tu oses encore prendre tous les risques et m'écarter, je te retrouverai et je te le ferai payer cher.

Un éclat malicieux passa dans les pupilles du jeune résistant, et un sourire en coin vint ourler ses lèvres.

— On dirait bien que la petite ninja s'est inquiété pour moi.

Il porta une main théâtrale à son cœur, feignant une émotion exagérée, ce qui fit lever les yeux au ciel à Isaïs.

— La petite ninja va surtout te botter les fesses si tu continues à te moquer d'elle.

Théophane éclata de rire avant de retrouver son sérieux. Il fit un pas vers elle, réduisant l'espace entre eux jusqu'à ce que seulement quelques centimètres les séparent. Le cœur de la jeune femme s'emballa. Son souffle devint erratique lorsqu'il posa les mains sur ses épaules et la fixa avec intensité.

— Je ne peux pas te promettre de ne plus agir ainsi si cela signifie assurer ta sécurité, Isaïs.

Un frisson remonta le long de son échine. L'air sembla se raréfier. Elle entrouvrit les lèvres, prête à répliquer, mais aucun son ne franchit sa bouche.

Le regard de Théophane glissa vers ses lèvres et s'y attarda plus que de raison. Un frisson d'anticipation la traversa. Allait-il l'embrasser ? Son cœur battait à tout rompre.

Puis, brusquement, ses yeux s'écarquillèrent et il recula légèrement, les paumes toujours posées sur elle.

La princesse sentit son ventre se contracter douloureusement. Une vague de honte lui brûla le visage. Qu'avait-elle espéré ? Mais avant qu'elle ne puisse se laisser consumer par ses pensées, la voix inquiète de Théophane la ramena à la réalité.

— Isaïs… Tu n'as pas pris ton collier avec toi ce soir ?

Subitement consciente de l'absence du poids familier, elle porta des doigts tremblant à son cou et sentit le vide là où son bijou aurait dû se trouver. Une onde de panique la traversa et glissa le long de sa colonne comme une morsure glaciale. Son cœur s'emballa. L'idée d'avoir perdu ce précieux héritage pendant leur fuite nocturne la terrifiait. Sa gorge se noua, et une brume salée envahit ses yeux. Ce n'était pas une simple parure, c'était le dernier vestige de sa mère, un lien inestimable avec celle qui lui avait été arrachée trop tôt.

Les larmes coulèrent sans qu'elle ne puisse les retenir, traçant des sillons humides sur ses joues. D'un geste fébrile, elle prit sa tête entre ses mains, ses épaules secouées par des sanglots irrépressibles. Des mèches argentées s'échappèrent de sa perruque brune, défaite par leur course effrénée.

Théophane, visiblement bouleversé de la voir dans cet état, s'approcha et l'attira doucement contre lui. Ses bras solides l'enveloppèrent, un rempart contre la tempête intérieure qui la consumait. Après de longues minutes où seul le murmure du vent les accompagnait, il s'écarta légèrement et releva son menton du doigt pour la forcer à le regarder.

— Tu te souviens de la dernière fois que tu l'as senti sur toi ? demanda-t-il d'une voix posée.

Isaïs secoua la tête, incapable de maîtriser les spasmes qui lui coupaient encore le souffle.

— Je l'avais en partant du palais. Il a dû tomber lors de notre fuite… Peut-être quand j'étais à cheval avec Liora, j'ai senti des branches m'accrocher… Je ne sais pas…

— Tu as bien pris l'itinéraire prévu ?

Elle hocha la tête en signe d'affirmation.

— Alors demain, je referai le chemin. On le retrouvera, princesse. Mais tu ne peux pas y retourner maintenant, le jour va bientôt se lever et le château s'éveiller.

D'un geste tendre, il effleura sa joue de son pouce, essuyant une larme solitaire.

— Ce collier… Il a une signification particulière, n'est-ce pas ?

Son regard embué croisa celui du jeune homme et elle détourna rapidement les yeux. Son attention se perdit dans le vide. Loin. Là où se terraient ses souvenirs les plus précieux.

— Oui… souffla-t-elle finalement d'une voix brisée par l'émotion. C'était le collier de ma mère. Elle me l'a donné la veille de sa disparition et m'a demandé d'en prendre soin. Il représentait tout pour elle… et maintenant pour moi.

Un flot de larmes jaillit de nouveau. Elle enfouit son visage dans l'épaule de Théophane pour chercher un refuge dans sa chaleur rassurante. Il resta immobile, maladroitement protecteur et lui tapota le dos d'un geste hésitant, comme s'il ne savait comment apaiser sa douleur autrement qu'en lui offrant sa présence.

Peu à peu, ses sanglots s'apaisèrent. Elle se redressa et essuya du revers de la main les dernières traces de sa peine. Un silence s'installa, brisé finalement par la voix douce de son compagnon.

— Tu ne m'as jamais raconté… ce qui est arrivé à ta mère. Je comprendrais si tu ne veux pas en parler, mais sache que je suis là si un jour tu veux partager ce poids.

Isaïs ne répondit pas tout de suite. Ses yeux restèrent fixés sur le sol. Elle prit une profonde inspiration qui souleva sa poitrine. Sa voix, d'ordinaire assurée, vacilla légèrement sous le poids des réminiscences qui affluaient.

— Je ne peux pas dire exactement ce qui lui est arrivé… Mon père ne m'a jamais donné de réponse claire. Il esquivait mes questions, et avec le temps, j'ai compris que le chagrin l'empêchait d'en parler. Enfin je crois… Elle était tout pour lui. Son soutien, sa conseillère… La seule personne dont il écoutait vraiment les avis.

Isaïs inspira profondément et rassembla le courage nécessaire pour poursuivre son récit.

— Elias n'avait que deux ou trois ans quand c'est arrivé… Il ne se souvient pas d'elle. Mais moi, je n'ai rien oublié. Ma mère était d'une beauté saisissante, mais c'est surtout sa douceur et son intelligence qui illuminaient notre foyer. Elle nous couvait de son amour et, malgré la tension grandissante au palais, elle trouvait toujours un instant pour nous.

Elle marqua une pause, les souvenirs l'envahissaient avec une netteté douloureuse.

— Avant sa disparition, j'entendais mes parents se disputer de plus en plus souvent. Mon père semblait toujours plus nerveux, et ma mère tentait sans cesse de l'apaiser. Je ne comprenais pas ce qui se jouait entre eux, mais leur tension se faisait sentir dans chaque recoin du château.

Elle serra les poings pour s'ancrer dans le présent.

— La veille… elle est venue me voir. Comme chaque soir, elle a brossé mes cheveux en fredonnant une mélodie douce, celle qu'elle chantait depuis mon enfance. Puis, elle m'a tendu son collier… une magnifique aigue-marine montée en pendentif. Elle m'a dit qu'il était bien plus qu'un simple bijou, qu'il symbolisait les liens entre les familles d'Andran, qu'il était précieux au-delà de sa valeur matérielle.

Sa gorge se serra. Sa voix faiblit.

— Le lendemain soir… c'est mon père qui est entré dans ma chambre. Son regard était vide, ses cheveux en bataille. Il n'a pas prononcé un mot au début, puis soudain… ses jambes ont flanché. Il s'est effondré à mes pieds, brisé. Et c'est là qu'il m'a dit que ma mère avait eu un accident… qu'elle ne reviendrait plus.

Isaïs ferma brièvement les paupières pour essayer de réduire la douleur qui enserrai son cœur. Après quelques instants, elle reprit d'une voix plus posée, où perçait encore des résidus de peine.

— Les funérailles royales ont suivi. Mon père n'a plus jamais été le même. Il a changé, s'est enfermé dans son chagrin, dans ce que je crois être une culpabilité insurmontable. Et moi… j'ai perdu mon modèle, mon refuge.

Elle effleura son cou, là où le pendentif aurait dû se trouver.

— Ce bijou était mon dernier lien avec elle. Il était plus qu'un souvenir, c'était un symbole de tout ce que nous avions partagé. En le perdant… J'ai l'impression de faire honte à sa mémoire.

Sa voix s'éteignit tandis qu'elle fixait un point dans le vide. L'absence du collier était comme un gouffre béant dans sa poitrine. Perdre ce dernier vestige, c'était perdre encore une fois une part de celle qu'elle avait tant aimé.

Théophane l'observa un instant, puis brisa le silence d'une voix basse.

— Isaïs… je suis sincèrement désolé. Je ne prétendrai pas comprendre ce que tu ressens, mais sache une chose : tu n'es pas seule. Je suis là, et je t'aiderai à le retrouver. Je te le promets.

Il tendit une main vers la sienne et effleura doucement ses phalanges. Ce simple contact lui apporta un apaisement inattendu, une chaleur réconfortante dans le froid de son passé.

— Merci, Théophane… murmura-t-elle en serrant légèrement ses doigts en retour.

Ils restèrent ainsi un instant et peu à peu, Isaïs sentit son cœur ralentir, se stabiliser. Finalement, elle releva la tête, son regard suivit les premiers rayons du soleil qui apparaissaient. Elle soupira avant de reporter son attention sur Théophane.

— Je dois rentrer. Si je ne suis pas au palais avant que le soleil ne se lève, des soupçons risquent de naître.

Il hocha la tête, comprenant l'urgence. Mais dans ses yeux brûlaient une intensité particulière, une émotion indéchiffrable pour la jeune femme.

— Fais attention à toi, princesse.

Puis, sans un mot de plus, il ouvrit les bras et l'attira doucement à lui. Isaïs se laissa aller et savoura la force rassurante qu'il lui offrait.

— Sois prudent aussi, Théophane. Nous avons encore beaucoup à accomplir.

Ils se détachèrent lentement. Elle lui offrit un dernier sourire empli de gratitude, puis elle s'éloigna, sentant encore la chaleur de son étreinte l'accompagner. Avant de tourner au coin d'une ruelle, elle jeta un dernier regard par-dessus son épaule. Il était toujours là, la fixant comme s'il voulait s'assurer qu'elle disparaîtrait en sécurité.

Isaïs s'engouffra dans la ville, un poids toujours niché au creux de sa poitrine, mais le cœur un peu moins seul. Car pour la première fois, elle avait partagé son fardeau avec quelqu'un.

Et cela changeait tout.

- 59 -

Isaïs était sortie en plein jour. C'était un risque insensé, elle le savait. Mais l'anxiété qui la rongeait depuis plusieurs jours était devenue insupportable. Elle devait voir Théophane.

Cela faisait plus d'une semaine qu'elle n'avait eu aucune nouvelle de lui. Leur dernière rencontre l'avait bouleversée, marquée non seulement par la perte du collier de sa mère, mais aussi par une proximité troublante entre eux. Son absence prolongée ne pouvait signifier qu'une chose : il n'avait toujours pas retrouvé le pendentif. Pourtant, elle avait besoin de l'entendre de sa propre bouche. Ou peut-être que ce n'était pas la seule raison… Leur dernier échange l'avait déstabilisée bien plus qu'elle ne voulait l'admettre. Ses pensées revenaient sans cesse à lui, à son sourire en coin, à la chaleur rassurante de sa présence.

Il jouait souvent avec elle, flirtait ouvertement, mais où se situait la frontière entre jeu et sincérité ? Que représentait-elle réellement pour lui ? Et pourquoi cette simple question lui nouait-elle l'estomac ?

C'était cette incertitude, ces sentiments contradictoires qui l'avaient poussée à enfreindre les règles, à sortir du palais malgré le danger. Elle aurait dû attendre leur prochaine réunion, prévue dans plus d'une semaine, mais l'idée l'angoissait. Alaric avait insisté pour que le groupe se fasse discret après l'évasion de Marek et Liora. Les rondes avaient été renforcées au palais, le moindre mouvement suspect risquait d'attirer l'attention. Mais Isaïs n'en pouvait plus d'attendre.

Lorsqu'elle avait quitté sa chambre dans la matinée, elle avait eu l'agréable surprise de croiser Sire Laurence. L'homme avait disparu après cette fameuse nuit et son absence prolongée l'avait inquiétée. À sa place, un autre garde avait été affecté à sa surveillance, un homme taciturne et impénétrable en qui elle n'avait aucune confiance. Elle avait posé des questions, tenté d'en apprendre plus, mais chaque fois, il lui opposait le même mur de silence.

Ce matin-là, en apercevant la silhouette familière du soldat qui reprenait son poste, un poids s'était envolé de sa poitrine.

— Princesse, l'avait-il saluée avec un air complice.

— Sire Laurence !

Elle avait parlé plus fort qu'elle ne l'aurait voulu, trahissant l'émotion brute qui la traversait. Ses yeux s'étaient écarquillés de surprise, et pendant un instant, elle avait eu l'irrépressible envie de lui sauter au cou. Elle s'était retenue à la dernière seconde, consciente que ce n'était pas une attitude appropriée à son rang.

L'officier avait remarqué son trouble, car son sourire s'était élargi légèrement, empreint d'une douce ironie.

— On dirait que vous avez vu un fantôme, princesse.

— Pas loin, répondit-elle avec une moue boudeuse. Où étiez-vous passé ? Je me suis inquiétée.

L'éclat sincère qui apparut sur le visage du soldat montrait qu'il appréciait son souci à son égard.

— Le roi m'a envoyé en mission hors de la capitale, expliqua-t-il. Je vous en dirai plus quand j'aurai des informations fiables.

Isaïs hocha la tête. Cet homme cherchait toujours à la protéger, et même si elle évitait d'en dire trop sur ses activités, il ne pouvait s'empêcher de s'impliquer pour l'aider. Mais ce n'était pas ce qui accaparait ses pensées aujourd'hui.

Son esprit était ailleurs, tourné vers un jeune résistant dont l'image refusait de la quitter.

— Je suis heureuse de vous voir en pleine forme, Sire Laurence, dit-elle sincèrement.

Elle hésita une seconde avant de poursuivre.

— Cela fait plus d'une semaine que je n'ai pas quitté le palais. Votre remplaçant n'a pas été des plus conciliants…

Les yeux du soldat se plissèrent, son front se creusa d'inquiétude.

— Quand voulez-vous que je vous couvre ?

— Maintenant ?

Les sourcils du garde montèrent si haut qu'ils faillirent disparaître sous son casque.

— En pleine journée ?

— Oui… s'il vous plaît, je suis au bord de l'implosion. C'est le marché aujourd'hui, personne ne me remarquera.

Elle lui adressa un regard suppliant et usa de toute la persuasion dont elle était capable. L'officier soupira et passa une main sur son visage, visiblement partagé entre la prudence et son envie de lui faire plaisir.

— Bien. Mais soyez de retour dans une heure, princesse. Et surtout, ne vous faites pas repérer.

Un sourire radieux illumina le visage d'Isaïs. Elle se sentit à l'image d'une enfant à qui on venait d'accorder une liberté volée. Sire Laurence était un homme bon. Il prenait soin d'elle comme un père l'aurait fait… Comme son propre père ne le faisait plus. Cette pensée jeta une ombre sur sa joie, mais elle la repoussa aussitôt. Rien ne devait ternir cet instant.

Elle s'élança vers sa chambre, troqua rapidement sa tenue princière contre le modeste costume de servante et dissimula sa chevelure sous sa perruque brune. Elle sortit et adressa un dernier coup d'œil reconnaissant à Sire Laurence qui, en retour, lui fit un clin d'œil avant de reprendre son poste.

La ville d'Andran grouillait de vie en ce jour de marché. Les ruelles étaient bondées, des marchands vantaient leurs produits à grands renforts de gestes et de cris. Pourtant, malgré cette animation, l'atmosphère semblait lourde. La ville n'avait plus le même éclat qu'autrefois. Les visages étaient fatigués, les couleurs plus ternes. L'ombre du régime pesait sur chaque passant et éteignait la moindre étincelle de légèreté.

Elle devait trouver Théophane.

Elle savait que lorsqu'il n'était pas en mission pour la résistance, il travaillait en tant qu'apprenti dans une forge bien connue du quartier du marché. Son talent pour la fabrication d'armes servait autant les clients de la garde royale que la cause clandestine qu'il défendait.

Après quelques minutes de marche, elle arriva devant une bâtisse robuste où une enseigne de bois indiquait « Atelier Forg'tout ». C'était ici.

Elle poussa la porte et un tintement métallique signala son entrée. A l'intérieur, deux clients attendaient visiblement une commande, mais son regard se fixa immédiatement sur Théophane, occupé au fond de l'atelier. Torse nu sous son tablier de cuir, il martelait une pièce de métal incandescente, projetant des gerbes d'étincelles autour de lui. Il s'essuya le front d'un revers de bras, repoussa une mèche trempée de sueur, et laissa errer son attention dans la boutique.

Lorsqu'il aperçut Isaïs, son expression se figea et, dans la précipitation, il lâcha son marteau brûlant. Il le ramassa rapidement, s'excusa brièvement auprès du forgeron, puis s'avança d'un pas vif vers elle, bousculant presque les clients. Sans un mot, il lui attrapa le bras et l'entraîna vers une pièce à l'écart, avant de refermer la porte derrière eux d'un geste brusque.

— Qu'est-ce que tu fais ici ? Tu es complètement folle de sortir en pleine journée !

Isaïs nota distraitement qu'il était encore plus séduisant ainsi, l'air grave, son tablier de cuir qui couvrait à peine son torse sculpté. Mais elle chassa immédiatement cette pensée et se força à soutenir son regard.

— Il fallait que je te parle, Théophane…

Elle se mordilla la lèvre, incertaine. Maintenant qu'elle

était face à lui, sa détermination vacillait. Devait-elle vraiment lui dire la vraie raison de sa venue ?

— Il s'est passé quelque chose au palais ? demanda-t-il, inquiet.

L'anxiété dans sa voix lui fit honte. Elle détourna les yeux, embarrassée. Sa présence ici était-elle vraiment justifiée ? Elle improvisa maladroitement :

— Comment vont Liora et Marek ?

Théophane soupira, comme s'il sentait qu'elle éludait la question.

— Mieux. Liora a encore des mois avant de pouvoir marcher sans douleur, mais ils sont hors de danger.

Une ombre muette s'installa. Isaïs se dandina sur place, mal à l'aise. Puis elle inspira profondément et se jeta à l'eau.

— As-tu pu retracer le chemin que j'ai pris avec Liora ?

Les prunelles de Théophane se voilèrent de tristesse. Il baissa le regard, passa une main nerveuse dans ses cheveux déjà en bataille.

— Oui… J'ai refait le trajet trois fois dans les deux sens et je n'ai rien trouvé. Je suis désolé, Isaïs. J'ai cherché partout…

Elle sentit la culpabilité dans sa voix et son cœur se serra. D'un côté, elle réalisait que l'espoir de retrouver le collier de sa mère s'amenuisait. De l'autre, elle ne voulait pas qu'il se sente responsable de cet échec.

— Merci d'avoir essayé, répondit-elle en ravalant son émotion.

Le silence s'étira à nouveau, plus pesant encore. Isaïs s'efforça de rassembler son courage.

— Je voulais aussi te parler de… de la dernière fois qu'on s'est vus.

Théophane haussa un sourcil, intrigué.

— Je me suis montrée… faible devant toi, et ça me ronge depuis. Je voulais m'excuser.

Il la fixa un instant avant de secouer la tête, incrédule.

— Isaïs, tu n'as jamais été faible à mes yeux.

Il releva son menton d'un doigt pour l'obliger à le

regarder.

— Je t'admire bien plus que tu ne l'imagines. Ce que tu fais, ce que tu es… c'est une force en soi. Et si j'avais perdu un bien aussi précieux que le collier de ma mère, je serais dans le même état que toi. Alors arrête de t'en vouloir pour ça.

L'émotion lui noua la gorge. Elle hocha la tête, incapable de parler.

— Merci, Théophane, souffla-t-elle.

Il l'attira contre lui dans une étreinte sincère. Elle se laissa aller contre son torse, trouvant dans cette chaleur un réconfort qu'elle n'aurait jamais cru chercher un jour. Il passa doucement les doigts dans ses cheveux, lui provoquant un frisson involontaire.

— Un jour, j'aimerais te voir sans ta perruque, murmura-t-il.

Isaïs releva un regard incrédule vers lui.

— Pourquoi ?

— Je n'ai jamais rencontré quelqu'un avec des cheveux argentés comme les tiens. Mariés à ces yeux... Tu dois ressembler à une déesse vivante.

Elle sentit la chaleur lui monter aux joues. L'habituelle moquerie dans les pupilles du jeune homme avait disparu, remplacée par quelque chose de bien plus sincère. Ce constat la déstabilisa. Ne sachant comment répondre, elle baissa la tête. Théophane replaça une mèche de sa perruque brune derrière son oreille, un geste si tendre qu'elle en oublia de respirer.

Mais il recula, rompant le charme, et posa une main rassurante sur son épaule.

— Il faut que tu rentres, princesse. Ce n'est pas sûr pour toi ici.

Il commença à détacher son tablier, prêt à l'accompagner.

— Non, l'arrêta-t-elle en posant sa paume sur son bras. Je rentrerai seule. Le marché est bondé, je passerai inaperçue.

Un sourire malicieux étira ses lèvres et Théophane secoua la tête, amusé.

— Bien, alors nous nous verrons à la prochaine réunion. Fais attention à toi.

Il prit sa main et y déposa un baiser. Isaïs sentit son cœur s'emballer et détourna le regard pour masquer son trouble.

— À bientôt, Théophane. Bon courage pour ton travail.

Elle quitta l'atelier. Un sourire béat flottait sur ses lèvres. Sur le chemin du retour, elle se surprit à sautiller légèrement dans la foule, insouciante. L'espace d'un instant, elle oublia tout : la guerre à venir, la pression, le danger. Seule comptait la sensation légère qui flottait en elle.

Elle attendait déjà leur prochaine rencontre avec impatience.

- 60 -

Eludia s'était réveillée plus tôt que d'habitude pour organiser les derniers préparatifs de l'apprentissage d'Ignisiel. Elle avait apporté tout le nécessaire sur le site de formation du Feu. Cet élément n'était pas seulement sa spécialité, mais aussi celui que le jeune homme portait en lui depuis son enfance.

Chaque principe possédait ses propres complexités, mais le Feu était capable de ravager comme d'éveiller, en fonction des forces que l'on appelait. Jusqu'à présent, Ignisiel n'avait connu que les flammes sauvages, destructrice, nourri par la rage et la douleur. La tâche de la Grande Prêtresse était de lui enseigner le feu sacré de la douceur et de l'amour, celui qui réchauffe sans brûler, qui éclaire sans aveugler.

En traversant la Cité des Temples encore endormie, elle croisa Lituriel qui s'approchait d'un pas tranquille.

— Bonjour, Eludia. Comment avance la formation de ton protégé ?

— Il progresse vite. Son potentiel est indéniable, répondit-elle avec assurance.

— Vous commencez le Feu aujourd'hui, n'est-ce pas ? Crois-tu qu'il sera capable de réussir les quatre épreuves de l'initiation ?

Elle marqua une pause avant de répondre.

— Il est sur la bonne voie. Il maîtrise déjà bien les trois premiers éléments, mais le choix final lui appartient. Ce n'est pas à moi, ni à personne, de décider pour lui.

Lituriel soupira légèrement.

— Le Feu manque cruellement de prêtres. S'il pouvait choisir cet élément, cela renforcerait notre Ordre.

— Ce choix ne nous appartient pas, répondit-elle avec calme. Seul le temps et les Dieux guideront ses pas.

Elle accompagna ses mots d'un sourire entendu, marquant ainsi la fin de la discussion.

— Et puisque tu tiens tant à le savoir, il n'y a eu aucun nouvel incident avec la Flamme Éternelle, ajouta-t-elle, tentant de détourner la conversation.

Les yeux de son mentor s'assombrirent aussitôt.

— Tu crois que je ne suis pas déjà au courant ?

Son ton restait mesuré, mais Eludia perçut la tension sous ses mots. Elle avait touché un point sensible, effleuré son orgueil de Grand Prêtre.

— Je n'ai toujours aucune explication, reprit-elle après un court silence. Avec la formation d'Ignisiel, je n'ai pas eu le temps d'examiner la situation en profondeur. As-tu découvert quelque chose de ton côté ?

— Non.

La réponse sèche fit naître une ombre d'irritation sur le visage de la jeune femme.

— As-tu au moins lancé des recherches ? Tu me l'avais assuré. Nous ne pouvons pas simplement ignorer ce qu'il s'est passé.

Lituriel croisa les bras, son regard se faisant plus dur.

— Pour qui me prends-tu, Eludia ? Tu crois vraiment que je traite cette affaire avec légèreté ?

— Je n'en sais rien, répliqua-t-elle, un brin provocante. Tout ce que je vois, c'est qu'aucune avancée n'a été faite.

Un silence s'installa entre eux. Le vieil homme pinça les lèvres, visiblement contrarié, puis soupira.

— Je m'en occupe. Mais cela prend du temps, et pour l'instant, je n'ai aucune réponse à te donner.

— Bien.

Eludia savait qu'elle l'avait poussé à bout. Ce n'était pas la première fois, et sans doute pas la dernière. Pourtant, elle ne pouvait s'empêcher d'insister. Cette affaire la hantait, et le manque d'informations l'obsédait plus qu'elle ne voulait l'admettre, mais elle n'avait pas le temps de s'attarder.

— Bonne journée, Lituriel.

— À toi aussi, répondit-il d'un ton plus froid qu'à l'accoutumée avant de s'éloigner.

Elle le suivit du regard un instant, puis chassa les dernières traces de cette conversation de son esprit. Elle avait d'autres préoccupations. L'ultime étape de la formation d'Ignisiel l'attendait, et elle devait s'y consacrer pleinement.

En arrivant, elle aperçut la silhouette familière d'Ignisiel assis sur les marches en pierre de sa demeure. Ses jambes s'agitaient nerveusement, trahissant son impatience. Il observait l'horizon, perdu dans ses pensées, fixant le point où l'aube naissait.

Un sourire attendri éclaira le visage d'Eludia. Une chaleur douce se répandit en elle à la vue de ce jeune homme dont la volonté et l'ardeur n'avaient cessé de grandir au fil des semaines.

— Impatient d'entamer ta dernière formation ?

Ignisiel bondit sur ses pieds, une lueur de détermination dans ses yeux émeraude.

— Plus que jamais. Je t'attendais.

Elle hocha la tête, appréciant son enthousiasme.

— Bien.

Il marqua un temps, ses iris se voilèrent légèrement.

— Je sais que le Feu sera un défi. C'est l'élément qui s'est éveillé en moi en premier, celui auquel je ressens le plus d'affinité... mais aussi celui qui me terrifie. Il me rappelle trop de choses que j'aimerais oublier…

Eludia s'approcha et posa sur lui un regard empreint de compréhension.

— C'est vrai. Mais je crois en toi. Tu as su comprendre et respecter la Terre, l'Eau et l'Air. Le Feu est puissant par essence. Il peut détruire, mais aussi créer. Il peut ravager, mais aussi nourrir. Il est à la fois force brute et flamme bienveillante. C'est l'élément du travail sur soi et de la transformation. Apprendre à le maîtriser, c'est comprendre qu'il ne t'appartient pas, mais qu'il peut t'accompagner si tu sais l'écouter.

Ignisiel inspira profondément, puis hocha la tête avec résolution.

— D'accord. Je ferai de mon mieux.

Un sourire sincère éclaira le visage de son apprenti. Le cœur d'Eludia se serra face à la confiance que lui accordait le jeune homme, mais elle se reprit rapidement.

— Alors, commençons, dit-elle en lui adressant un dernier coup d'œil complice. Suis-moi. Nous avons de la route.

*

Ignisiel suivit Eludia hors de la ville, vers le lieu de sa formation. En atteignant la bifurcation qui menait au Jardin des Lumières, la Grande Prêtresse s'arrêta et posa ses yeux sur l'imposant sommet qui se dressait devant eux : La montagne du Feu.

Celle-ci n'était pas ordinaire. Elle avait vu naître et s'élever des générations de mages avant Ignisiel. Couronnée d'un halo doré, elle semblait effleurer le ciel lui-même. Ses parois rougeoyantes, imprégnées de reflets d'or, évoquaient autant la puissance que l'épreuve à venir.

— Nous ne nous rendons pas au Jardin des Lumières, déclara Eludia, rompant le silence. Et bien que ce sentier mène au temple du Feu, nous n'irons pas non plus. Seuls les prêtres de cet élément peuvent y entrer. Notre véritable destination est le sommet.

Elle marqua une pause, semblant évaluer la réaction d'Ignisiel avant de poursuivre.

— Cette ascension est l'une des plus ardues de la Cité des Temples. Elle éprouvera ton corps et ton esprit. Mais sache que ce n'est pas la montagne que tu devras affronter, c'est toi-même. Chaque obstacle révèlera qui tu es vraiment. Sois sincère envers toi-même et elle t'acceptera. Je serai là pour t'épauler, mais ce chemin, c'est le tien. Es-tu prêt ?

Ignisiel ne cilla pas, son regard brûlait de détermination.

— Oui. Je suis prêt.

Ils entamèrent la montée. L'air se chargeait de fraîcheur, transportant avec lui les senteurs résineuses des pins. Le sentier, d'abord recouvert de mousse et bordé d'arbres, devint rapidement plus escarpé. Les racines noueuses et les pierres instables rendaient chaque pas plus exigeant. Après un long moment, ils dépassèrent le temple du Feu et poursuivirent leur ascension. La végétation s'amenuisa jusqu'à disparaître, laissant place à un chaos rocheux.

L'effort devint alors plus intense. Ils devaient s'agripper aux aspérités des pierres, leurs doigts cherchant des prises sûres sur la paroi abrupte. Chaque pas demandait une vigilance extrême, chaque geste devenait une épreuve de volonté. Ignisiel sentit ses muscles brûler sous la tension. Ses paumes, éraflées par la roche rouge, pulsaient sous l'effort constant. Une fine couche de sueur perlait à son front, alourdie par l'altitude.

Soudain, une cacophonie discordante éclata. Une dissonance chaotique semblable à des milliers d'instruments désaccordés. Une douleur fulgurante vrilla son crâne.

— Qu'est-ce que c'est que ce bruit, Eludia ? C'est insupportable !

Elle s'arrêta, impassible.

— Quel son entends-tu ?

Il l'observa, cherchant un signe de malaise sur son visage, mais elle semblait intacte, sereine.

— Des sons atroces qui ne devraient pas exister ensemble.

Eludia inclina légèrement la tête, son regard perçant.

— N'aie pas peur. Ce que tu entends est le reflet de ton propre déséquilibre. La montagne t'éprouve. Elle capte ce que tu ressens au plus profond de toi, elle te met face à ce que tu refuses d'affronter. Tant que tu ne seras pas en accord avec toi-même, il ne cessera pas.

Il voulut répondre, mais la migraine le paralysait. Ils reprirent leur ascension. La pente devint vertigineuse et nécessitait une véritable escalade. La douleur dans ses muscles s'intensifiait, mais ce n'était rien comparé au vacarme assourdissant qui menaçait de briser son esprit.

Lorsqu'ils atteignirent un second promontoire, plus proches que jamais du sommet, la cacophonie changea. Les notes discordantes furent entrecoupées par des voix métalliques. Elles s'insinuèrent dans son crâne et sifflaient des mots empoisonnés.

« Monstre. Assassin. »

Ignisiel porta ses mains à ses tempes, comme si cela pouvait faire taire ces murmures funestes.

« Tu ne mérites pas d'être ici. »

« Tes parents t'ont abandonné parce qu'ils avaient honte de toi. »

« Tu es seul. Tu le seras toujours. »

Les mots lui lacérèrent l'âme tels des couteaux brûlants. Son souffle se fit saccader. Il tomba à genoux, écrasé sous le poids de ces accusations.

— Que ça cesse ! Laissez-moi tranquille ! hurla-t-il, son désespoir fendant sa voix.

Eludia s'agenouilla à ses côtés et posa une main apaisante sur son bras.

— Je ne peux pas entendre ce qu'elles te disent, Ignisiel. Mais écoute-moi.

Sa voix était douce, mais ferme, une ancre dans la tempête qui le ravageait.

— Ces mots sont les tiens. Ce que tu entends, c'est ce que tu crois être. Ces peurs, ces doutes, ce sont les chaînes que tu t'es imposées. La montagne ne fait que les amplifier.

Elle pressa légèrement son bras.

— Tu es plus que ce que ces voix te soufflent. Elles n'ont de pouvoir sur toi que si tu les laisses exister. Chasse-les, non pas en les combattant, mais en te souvenant de qui tu es réellement.

Les voix dissonantes continuaient de marteler l'esprit d'Ignisiel et étouffaient presque les paroles d'Eludia. Il n'arrivait pas à se concentrer sur ce qu'elle essayait de lui dire et se laissa entrainer dans l'abime de ces voix sombres.

« Crois-tu vraiment qu'elle s'intéressera un jour à toi ? Tu ne lui arriveras jamais à la cheville. » « Tu n'es qu'un orphelin qui détruit tout ce qu'il touche. »

Une chaleur douce envahit soudain son l'être. Il sentit une intrusion dans sa tête. Les voix perdirent de leur intensité et s'éloignèrent légèrement, comme étouffées par une présence bienveillante. Puis, au milieu de ce tumulte, une voix s'éleva, claire et apaisante : celle d'Eludia.

« Ignisiel, écoute-moi attentivement. Les voix que tu entends sont le reflet de ce que tu penses de toi, ce n'est pas la réalité, mais les ombres que tu crains d'être. La montagne ne te juge pas, elle te montre simplement ce qui n'est pas en accord. Tu dois te montrer tel que tu es réellement. Accepte-toi, regarde ce que tu as accompli. Dis-le à la montagne, ainsi qu'à toi-même. »

Sa voix s'estompa, laissant place à un silence fragile… puis les murmures reprirent, plus féroces que jamais. Il reprit la tête dans ses mains et se balança d'avant en arrière. Il devait se concentrer. Il ne pouvait pas se laisser abattre.

- 61 -

Avec difficulté, Ignisiel se leva. Il répéta les paroles d'Eludia dans son esprit et essaya d'ignorer les voix omniprésentes dans sa tête. Cette fois ci, il ne se recroquevilla pas. Il inspira profondément, puis redressa les épaules.

Assez.

— Je suis un prêtre apprenti de l'Ordre de la Cité des Temples, déclara-t-il d'une voix forte. J'ai choisi ce chemin pour honorer les Dieux et œuvrer pour le bien. Je ne suis pas parfait, mais je travaille à devenir meilleur. Chaque jour, je progresse, petit pas par petit pas. Je suis en route vers la compréhension et je ne reculerai pas.

Il ressentit la vérité de ses paroles au plus profond de lui. Les voix se turent une à une, telles des flammes privées d'oxygène. Puis, un son s'éleva. Une mélodie cristalline, douce et envoûtante qui vint remplacer le tumulte pour alléger son esprit d'une paix qu'il n'avait jamais connue.

Sans un mot, il reprit son ascension, porté par cet appel irrésistible. Il escalada la dernière paroi avec une aisance surréaliste, guidé par une force invisible. Derrière lui, Eludia le suivait en silence.

La musique grandissait à mesure qu'il approchait du sommet, enveloppant chaque pierre, chaque souffle de vent. Il se hissa sur la dernière roche et s'immobilisa.

Ils étaient au-dessus des nuages.

Là-haut, tout semblait appartenir à un autre monde. L'horizon, peint de teintes pourpres et dorées, s'étendait à l'infini. Le soleil amorçait sa descente et teintait le ciel de nuances changeantes qui illuminait la mer de nuages sous leurs pieds. C'était une beauté à couper le souffle.

Ignisiel, submergé par l'émotion, laissa la mélodie l'imprégner jusqu'à ce qu'elle s'estompe lentement, ne laissant derrière elle qu'une sérénité profonde. Il se tourna alors vers Eludia. Ses prunelles brillaient du même apaisement. Elle lui sourit.

— La montagne t'a accepté parce que tu lui as montré qui tu es vraiment. Ce n'est pas donné à tout le monde. Beaucoup abandonnent face à cette épreuve.

Le jeune homme, encore bouleversé par l'expérience, répondit humblement :

— Je n'aurais jamais réussi sans toi, Eludia. C'est grâce à ton aide. D'ailleurs… comment as-tu fait cela ?

Un léger trouble passa sur le visage de la prêtresse. Elle détourna les yeux, ses joues rosirent imperceptiblement.

— Tout le monde possède des facultés psychiques, mais j'ai appris à maîtriser celle-ci après des années d'entraînement. Ce n'est ni courant ni bien vu… alors je préférerais que tu gardes cela pour toi. Je n'interviens jamais de cette manière, sauf en dernier recours. Mais… te voir souffrir ainsi m'était insupportable.

Elle baissa légèrement la tête, visiblement gênée par cet aveu. Ignisiel, perçut son malaise, esquissa un sourire et choisit de ne pas insister.

— Merci. Ne t'en fais pas, je n'en parlerai à personne.

Il marqua une pause, puis ajouta :

— Mais j'imagine que ce n'était que la première étape… Alors, que dois-je faire ensuite ?

Eludia retrouva son assurance habituelle et, d'un ton empreint d'ironie, répondit :

— Tu commences à comprendre le fonctionnement de ces épreuves, à ce que je vois.

Elle jeta un regard circulaire autour d'eux avant d'ajouter :

— La suite de ta formation se déroulera ici. J'ai tout prévu pour que l'on puisse y rester un certain temps. J'espère que tu es prêt à passer tes prochaines nuits sur ce sommet.

Devant eux un monument se dressait sous le ciel dégagé : L'autel du Feu.

Autour de lui, quatre colonnes de pierre finement sculptées s'élevaient, ornées de gravures. Majestueux et immuables, ces piliers soutenaient un toit gravé de motifs complexes et d'icônes sacrées. Au centre, une table taillée dans une pierre rouge aux reflets ardents, captait les dernières lueurs du soleil, donnant l'illusion d'une flamme pétrifiée par le temps. Sa surface, marquée par la suie et les braises des rituels passés, portait les stigmates des mages qui, depuis des siècles, y avaient façonné leur maîtrise. L'air lui-même était chargé d'une senteur persistante de cendres et de fumée.

Ignisiel contempla l'autel avec un respect teinté d'humilité. Il savait qu'il se tenait à l'aube d'un tournant décisif. Cette épreuve, plus encore que les précédentes, scellerait son lien avec les éléments et déterminerait son avenir.

Avant qu'ils ne s'avancent davantage, Eludia prit la parole d'une voix posée :

— Le Feu est une force indomptable, Ignisiel. Il consume tout sur son passage, mais il peut aussi donner naissance. Il réchauffe les foyers, éclaire les ténèbres, forge l'acier, mais peut aussi réduire en cendres des forêts entières. C'est un équilibre fragile. Tu connais déjà la rage du brasier destructeur. Aujourd'hui, je veux t'enseigner le feu créateur, celui qui nourrit et protège.

Ignisiel écoutait attentivement. Malgré son affinité avec cet élément, il comprenait qu'il lui restait encore beaucoup à apprendre.

— Es-tu prêt ? demanda-t-elle, sondant son regard avec sérieux.

Il hocha la tête, résolu, alors elle continua.

— Le Feu est unique parmi les éléments. Il ne vit que si on l'entretient. Contrairement à la Terre, l'Eau et l'Air, il ne subsiste pas seul dans la nature. Il a besoin d'un catalyseur, d'un souffle pour naître, d'un entretien constant pour perdurer. Nous allons en allumer un sur cet autel, et ta tâche sera de le maintenir en équilibre. Ni trop faible, ni trop puissant. Apprends à sentir son besoin, à répondre à ses exigences. Écoute-le, laisse-le t'apprivoiser autant que tu cherches à le comprendre.

Ils commencèrent à disposer les branches. Le bois sec était brun et rugueux. Chaque morceau était choisi avec soin, disposé méthodiquement pour former un foyer harmonieux.

D'un geste fluide, Eludia tendit sa paume devant elle. Une flamme surgit aussitôt et s'éleva au-dessus du bois sec. Ignisiel observa, fasciné par la facilité avec laquelle elle invoquait l'élément. Les reflets du brasier se réfléchissaient dans ses orbes pourpres et leur donnaient une intensité surnaturelle.

— Dans toute obscurité, il faut savoir préserver la lumière, murmura-t-elle, son regard fixé sur le feu. Concentre-toi dessus, ressens son énergie. Il a un message à te transmettre. À la fin de ta formation, tu devras être capable de l'invoquer sans réduire la montagne en cendres.

Ils échangèrent un sourire complice avant de plonger dans un silence contemplatif, laissant la danse des étincelles les envelopper dans son envoûtant crépitement.

Hypnotisé par la chorégraphie de lumière ambré, Ignisiel nourrissait patiemment le nid de braises, ajoutant du bois au bon moment pour le maintenir vif, attentif à chaque frémissement.

La nuit s'étira, rythmée par le crépitement du feu et le souffle régulier de leurs respirations. Malgré la fatigue, Ignisiel restait éveillé, captivé par la gestuelle des flammes. Il percevait une énergie grandissante entre lui et les volutes en fusion, une compréhension qui ne demandait qu'à éclore. Mais il fallait du temps.

Les jours passèrent, et l'apprenti veillait toujours le volcan lumineux sur l'autel. Lorsqu'il dormait, Eludia prenait le relais, mais son engagement et son ardeur le maintenaient éveillé bien plus longtemps que de raison.

Le quatrième jour, alors qu'il tentait d'influencer la taille des flammes par sa seule volonté, quelque chose lui échappa. Une pulsation incontrôlée naquit dans son esprit. Il repensa au dernier incident qu'il avait causé, lorsqu'il avait brulé la boutique de son patron. Il se rappela l'impuissance qu'il avait ressenti à l'époque et cela le remplit de colère. Le feu réagit immédiatement. Une langue incandescente jaillit soudainement de l'autel et dévora l'air avec avidité. En une fraction de seconde, elle s'étendit hors du foyer, lécha le sol et menaça de se propager aux alentours.

Ignisiel se concentra pour ordonner au brasier de se calmer et de s'apaiser, mais cela ne fit qu'augmenter la puissance du torrent brulant. Pris de panique, il recula brusquement, les mains tremblantes.

— Eludia ! Je… Je n'arrive pas à l'arrêter !

Sa respiration était courte, son cœur battait à tout rompre alors qu'il voyait le sabre ardent s'étendre dangereusement.

La Grande Prêtresse réagit aussitôt. D'un geste précis, elle tendit les bras vers la marée enflammée et ferma les yeux. Une onde invisible sembla se dégager d'elle, et aussitôt, le feu vacilla, hésita, avant de s'apaiser. En quelques secondes, le déluge flamboyant se calma pour ne laisser que des braises rougeoyantes sur l'autel.

Le jeune homme fixa l'herbe cramé, le souffle coupé, encore sous le choc de son échec.

— Je… J'ai perdu le contrôle, murmura-t-il, les poings serrés.

Eludia s'approcha et posa une main sur son épaule. Son regard, porteur de douceur et de compréhension, se plongea dans le sien.

— C'est normal, Ignisiel. Le feu répond à tes émotions. Tu as voulu le contrôler par la force lorsqu'il y a eu des complications, mais il ne fonctionne pas ainsi. Il ne se domine pas, il s'apprivoise. Ce n'est pas une bataille, mais une danse.

— Et si ça recommence ? Si je mets tout le monde en

danger ?

— Alors tu apprendras à écouter, à ressentir. C'est un processus. Regarde-moi. Je suis là, et je ne te laisserai pas échouer.

Il inspira profondément pour tenter de calmer les battements affolés de son cœur. Il observa l'autel, les cendres encore fumantes, et comprit. Il devait abandonner l'idée de contrôle. Il devait embrasser le feu pour ce qu'il était : une énergie vivante et libre.

Une semaine était passée, et Ignisiel, toujours dans une concentration absolue, sentait qu'il se rapprochait de l'essence même du Feu. Il se sentait plus en confiance avec l'élément et avait l'impression de devenir un avec lui. Eludia sembla avoir fait le même constat car un soir elle décida d'approfondir son apprentissage.

— Visualise des flammes naissant en toi, déclara-t-elle d'une voix calme. Une dans ton ventre, représentant ta volonté d'agir. Une autre dans ton cœur, symbole de pureté, d'authenticité et de sincérité. Enfin, une au sommet de ta tête, porteuse de clarté et de sagesse. Observe-les grandir, nourris-les d'amour, de droiture et de douceur… Puis, fais-les converger en une seule. C'est cette flamme unique que tu devras apprendre à maîtriser.

Ignisiel ferma les yeux et plongea dans un état de concentration profonde. Il s'imprégna de chaque étape et avança avec patience et rigueur. Son souffle s'harmonisa au rythme de sa méditation, chaque inspiration l'ancrait un peu plus dans l'instant.

Lorsqu'il atteignit la dernière phase, celle de l'unification, l'image s'imposa à lui avec une netteté saisissante. Trois flammes distinctes, dansaient à leur propre cadence avant de fusionner lentement en un brasier unique. Ce feu éclatant semblait irradier d'une énergie bienveillante, à l'image d'un soleil miniature suspendu dans le centre de son cœur. Guidé par cette vision, il ouvrit lentement les mains, paumes vers le ciel, comme pour offrir cette lumière naissante à l'univers.

Lorsqu'il rouvrit les paupières, il eut un léger sursaut de stupeur. Une flamme flottait au-dessus de ses mains. Petite mais vive, d'un orange lumineux. Elle ondulait avec douceur et émettait une chaleur agréable et rassurante, sans le bruler.

Ignisiel resta un instant interdit, fasciné par cette création née de sa volonté. Un sourire se dessina sur ses lèvres alors qu'il observait la lueur timide se mouvoir.

Les paroles d'Eludia résonnèrent en lui. Cette fois, il ne s'était pas connecté par la rage ou la peur, mais avec amour.

Il leva les yeux vers son mentor. La jeune femme le fixait avec un air empreint de fierté.

— Tu l'as fait, Ignisiel. Tu as réussi à maîtriser le feu.

Il hocha la tête, son attention toujours rivée sur la flammèche. Pour la première fois, il sentait une connexion profonde avec cet élément, comme s'il avait enfin trouvé sa juste place.

Les jours suivants, il s'entraîna sans relâche pour perfectionner son contrôle. Il apprit à moduler la taille et l'intensité de la flamme, à la faire disparaître et renaître à volonté. Il la fit tourbillonner, danser, éclater en pluie d'étincelles. Chaque exercice affinait sa maîtrise, et chaque progrès renforçait sa confiance.

Eludia, l'observait évoluer chaque jour et dans ses yeux il voyait se refléter une admiration face au talent de son apprenti, qui ne le serait bientôt plus.

Le dernier jour arriva. Debout devant l'autel du Feu, Ignisiel contempla l'éclat d'ambre dans sa main.

Il était prêt.

Il avait travaillé dur. Il avait appris. Il avait écouté.

Il avait respecté chaque élément, les avait compris et maîtrisés.

Il était temps de franchir la dernière étape.

- 62 -

Après une semaine d'attente interminable, Isaïs avait reçu une lettre stipulant que la réunion de la résistance était enfin prévue pour ce soir, dans la taverne de la T'Air de Feu. Le moment venu, elle commença à se préparer. Elle ajusta sa perruque brune avec soin pour dissimuler ses cheveux argentés. La cape qu'elle noua autour de ses épaules la rendait méconnaissable et lui conférait l'anonymat dont elle avait besoin pour arpenter les rues sans attirer l'attention.

Alors qu'elle s'apprêtait à quitter ses appartements, une petite silhouette surgit dans l'entrebâillement de la porte. Elias l'observa avec des yeux emplis d'inquiétude.

— Ne pars pas, Isaïs, supplia-t-il en s'accrochant à sa manche.

Son ton lui serra le cœur. Son jeune frère semblait pressentir un danger, comme seuls les enfants savent le faire.

— Tout ira bien, Elias, je serai rentrée avant l'aube, promit-elle en caressant tendrement ses cheveux.

— J'ai un mauvais pressentiment… souffla-t-il. Promets-moi que tu feras attention à toi.

— Je te le jure, répondit-elle, déposant un baiser sur son front avant de l'emmener jusqu'à son lit. Tu n'as qu'à rester ici pour attendre mon retour. Maintenant, dors. Demain matin, tout sera comme avant.

Il hocha la tête à contrecœur, et Isaïs quitta la pièce sur la pointe des pieds. Son regard s'attarda un instant sur l'horloge antique du salon adjacent. Minuit et demi. Elle était terriblement en retard.

Elle salua rapidement Sire Laurence avant de parcourir les couloirs du palais jusqu'à la bibliothèque et d'emprunter le passage secret dissimulé. L'air nocturne s'engouffra sous sa cape dès qu'elle émergea dans la ruelle. Le château se dressait derrière elle, ses hautes tours illuminées par la lueur blafarde de la lune. Elle longea les murs de pierre pour éviter les faisceaux des torches, puis s'engagea dans un labyrinthe de venelles étroites.

La ville dormait. Seuls quelques chuchotements portés par le vent troublaient le silence. Le craquement lointain d'une porte, une silhouette fugace qui disparaissait derrière un volet… Autant de détails insignifiants en apparence, mais qui la maintenaient sur le qui-vive.

Elle connaissait par cœur les rondes des patrouilles royales et profita d'un angle mort pour traverser une artère plus large. Les ombres des bâtisses délabrées lui offraient une couverture suffisante. Après une quinzaine de minutes de marche prudente, elle était enfin à deux rues de la taverne.

Mais quelque chose clochait.

Habituellement, l'endroit vibrait au son des rires et des conversations animées, alors que ce soir, un silence inhabituel régnait. Isaïs ralentit, ses muscles se tendirent sous l'instinct.

Danger.

Un bruit de métal qui s'entrechoque.

Un cri, semblable à un grognement.

— Lachez-moi, bon sang !

Elle accéléra le pas. Arrivée à l'angle de la dernière ruelle, elle fut saisie d'effroi.

Un groupe d'une dizaine de gardes encerclait l'entrée de la taverne. Leurs armures luisaient sous la lumière des torches et projetaient des éclats inquiétants sur la route. Deux d'entre eux, plantés dans une posture droite et rigide, bloquaient l'entrée principale.

Elle retint son souffle et se glissa derrière un tonneau abandonné, tapis dans l'ombre. De là, elle pouvait observer la scène sans être vue.

L'un après l'autre, des résistants étaient arrachés à l'intérieur et jetés dans la rue avec brutalité. Certains luttaient, d'autres, hébétés, se laissaient traîner sans opposer de résistance. Les gardes ne faisaient preuve d'aucune clémence, leurs gestes empreints d'une froideur mécanique.

Puis, son cœur se figea.

Théophane.

Elle l'aurait reconnu entre mille, malgré ses cheveux en bataille et sa chemise blanche maculée de terre et de sang, qui prouvait qu'il s'était visiblement battu. Deux soldats le maintenaient avec violence, leurs poignes de fer enserraient ses bras comme des chaînes. Il tituba sous la pression, mais son regard, brûlant de défi, ne vacilla pas.

Isaïs sentit une vague de panique l'envahir. Son esprit hurlait de fuir, mais son cœur refusait d'abandonner. Elle agrippa le rebord du tonneau, ses ongles s'y enfoncèrent sous l'intensité de son angoisse.

Théophane était entre leurs mains.

Et elle ne pouvait rien faire.

La terreur lui noua l'estomac. Un étau invisible comprima sa poitrine à mesure que la scène se déroulait sous ses yeux. Chaque battement de cœur sonnait tel un tambour de guerre dans ses tempes et rendait sa respiration difficile et douloureuse. Chaque inspiration devenait un effort, mais elle s'efforça de calmer le tumulte qui menaçait de l'engloutir. Elle ferma brièvement les paupières et se força à écouter, à capter le moindre mot qui échappait aux lèvres des gardes.

Les rires moqueurs des soldats brisaient le silence de la nuit et résonnaient contre les murs de la ruelle à la manière d'un écho cruel. Il y avait dans leur amusement quelque chose de profondément dérangeant, une jubilation perverse teintée de mépris. Leurs voix rauques, chargées d'arrogance, transpercèrent Isaïs comme autant de poignards invisibles.

Cette haine.

Brutale. Injuste.

Elle serra les poings pour tenter de contenir les vagues d'émotions qui la submergeaient. De la colère, de l'effroi, et surtout, un désespoir grandissant face à son impuissance. Elle sentit les larmes lui brûler les yeux, mais elle les ravala. Ce n'était ni le moment ni l'endroit pour flancher.

Elle se concentra de nouveau sur la scène.

— Eh bien, encore toi ? N'as-tu donc rien appris la dernière fois que tu as été emprisonné pour le même crime ? lança l'un des gardes d'un ton goguenard.

Il projeta le jeune résistant sans ménagement. Son corps s'étala dans un bruit sourd. Un nuage de poussière s'éleva autour de lui avant de retomber lentement. Théophane était à terre, le visage écrasé contre les pavés froids et souillés. Isaïs déglutit avec peine en le voyant ainsi, vulnérable, exposé à la cruauté de ses geôliers.

Puis, dans la pénombre, elle reconnut celui qui se tenait devant lui.

Le chef des patrouilleurs.

Un homme dont la réputation d'impitoyable précédait même son nom. Son uniforme impeccablement ajusté accentuait l'aura menaçante qui émanait de lui. Ses traits sculptés dans la dureté du commandement, son regard perçant et froid comme l'acier, tout en lui inspirait l'autorité absolue, celle d'un prédateur qui jouait avec sa proie avant de la dévorer.

Et Théophane, malgré la douleur, malgré la menace évidente, osa sourire. Un rictus moqueur ourla ses lèvres ensanglantées tandis qu'il levait lentement les yeux vers l'officier.

— Je comprends vite, mais il faut m'expliquer longtemps, lança-t-il avec ce sarcasme insolent qui lui était propre.

Même dans l'adversité, il restait fidèle à lui-même. Pourtant, cette bravade n'amusa pas son tortionnaire. Sans un mot, l'officier leva son pied et l'écrasa violemment sur sa mâchoire. Le choc fit basculer la tête de Théophane en arrière, son corps s'affaissa dans un craquement sinistre. L'impact résonna comme un coup de massue. Son corps s'étala sur la chaussée, inerte, son visage tourné vers les étoiles.

Isaïs porta une main tremblante à sa bouche pour étouffer le cri qui menaçait de s'échapper. Son cœur battait si fort qu'elle avait l'impression qu'il allait briser sa cage thoracique. L'image de Théophane, étendu là, inanimé, lui était insupportable.

Puis, une voix brisa le silence.

— Chef, on les emmène dans les geôles du palais ?

Le garde qui venait de parler était plus petit que son supérieur, mais sa carrure et son ton glacial ne laissaient aucun doute sur son autorité.

L'officier marqua une pause et balaya du regard les prisonniers et leurs bourreaux. Puis, lentement, un rictus cruel étira ses lèvres.

— Celui-là est un récidiviste. Mettez-le dans les cachots annexés au palais. Ce sera plus proche de son lieu d'exécution.

Isaïs sentit le sol se dérober sous ses pieds.

L'exécution de Théophane ?

L'information la frappa tel un coup de poignard en plein cœur.

Non.

Non, ce n'était pas possible.

Son esprit refusait de l'accepter, de concevoir l'impensable.

Elle sentit ses jambes faiblir sous elle. Un vertige la prit, mais elle planta ses ongles dans la paume de sa main pour se forcer à rester ancrée dans la réalité. Elle n'avait pas le droit de se laisser envahir par la panique. Pas maintenant.

Le souffle court, elle vit les soldats soulever le corps inerte de Théophane, l'empoignant sans égard comme un vulgaire sac de grains. Le voir ainsi, entre leurs griffes, lui donna la nausée.

Elle n'avait plus le temps d'avoir peur.

Sans réfléchir davantage, Isaïs pivota et s'élança dans l'obscurité.

Ses pieds frappèrent le sol avec une hâte frénétique. Chaque pas la propulsait plus loin, plus vite, vers le palais. Elle connaissait les rues par cœur, chaque détour, chaque recoin où elle pouvait se dissimuler si nécessaire. Mais ce soir, il n'était pas question de se cacher.

Elle devait sauver Théophane.

Coûte que coûte.

- 63 -

Isaïs devait trouver un moyen d'empêcher l'exécution de Théophane. Mais l'urgence de la situation se heurtait à une réalité implacable : elle ignorait tout des cachots annexés au palais, ces prisons souterraines où l'espoir s'éteignait comme une bougie privée d'oxygène.

Et pire encore…

La résistance n'existait plus.

Le réseau qui représentait la seule opposition au régime venait d'être anéanti. Avait-il été totalement démantelé ? Ses membres avaient-ils tous été arrêtés, jetés dans ces geôles obscures ? Certains avaient-ils réussi à s'échapper ?

Elle n'en savait rien.

Ce qu'elle savait, en revanche, c'était qu'ils n'apparaîtraient pas de sitôt. Selon leurs protocoles, en cas d'attaque de cette ampleur, ceux qui parvenaient à fuir devaient disparaître, rester tapis dans l'ombre jusqu'à ce que la tempête passe. Ils ne risqueraient pas de compromettre davantage ce qu'il restait de leur cause.

Et cela signifiait une chose : elle était seule.

Seule pour sauver Théophane.

Son cœur battait à un rythme effréné, semblable aux coups de marteau d'un forgeron qui frappait le métal incandescent. L'image du corps inanimé de son ami, traîné sur la chaussée froide hantait son esprit.

Ses pas martelaient les rues désertes alors qu'elle courait à perdre haleine vers le palais. L'air s'engouffrait dans ses poumons, glacial et tranchant, mais elle ne ralentit pas. Chaque seconde qui passait rapprochait Théophane de son funeste destin.

Des larmes brûlantes roulaient sur ses joues et se mêlaient au vent qui sifflait à ses oreilles. La douleur dans sa poitrine n'était pas uniquement due à l'effort : c'était l'angoisse, le désespoir, la colère sourde qui lui broyaient les entrailles.

Elle ne pouvait pas accepter cette réalité.

Pas après tout ce qu'ils avaient traversé.

Quand elle atteignit enfin les couloirs feutrés du palais, un frisson de soulagement la parcourut. Elle leva les yeux et croisa le regard de Sire Laurence, toujours à son poste devant ses appartements. Son expression changea aussitôt. Son visage, d'ordinaire impassible, se ferma à la vue de l'état de la princesse.

Il ne dit rien, se contentant de l'observer avec attention. Elle baissa le regard. Ses vêtements pendaient en loques ; un pan de sa robe de domestique s'était accroché à une pierre saillante du tunnel, mais elle n'avait pas pris la peine de le libérer afin de ne pas ralentir sa course. Qu'importait son apparence, après tout. Les cheveux bruns qui dissimulaient sa véritable chevelure argentée, s'emmêlaient en mèches folles sur sa tête, tel un témoin muet de sa fuite précipitée. Et ses yeux…

Rouges. Gonflés d'avoir trop pleuré.

Un masque de détresse.

— Que vous est-il arrivé, princesse ? demanda-t-il d'une voix grave.

Isaïs ouvrit la bouche, mais aucun son ne franchit ses lèvres. Un sanglot la prit de court, et ses jambes lâchèrent sous elle.

Elle s'effondra.

Avant qu'elle ne heurte le sol, Sire Laurence l'attrapa

et la retint fermement contre lui. Son étreinte était à la fois protectrice et rassurante, un ancrage dans la tempête qui menaçait de la submerger.

Sans un mot, il la souleva avec douceur et la porta à l'intérieur de ses appartements. Il referma la porte d'un coup de pied discret avant de l'installer sur le canapé du petit salon.

Isaïs s'accrocha à lui avec une force désespérée, refusant de lâcher prise.

Alors, au lieu de s'éloigner, il s'assit à ses côtés et resserra son étreinte pour lui offrir un refuge au sein du chaos.

Les minutes s'égrenèrent dans un flot ininterrompu de sanglots. Chaque spasme qui secouait le corps d'Isaïs témoignait de la terreur qui l'habitait. Son chagrin coulait librement, incontrôlable, dévastateur. Sire Laurence ne dit rien. Il se contenta de lui caresser lentement le dos, dans un geste à la fois paternel et réconfortant.

Lorsque ses pleurs s'apaisèrent, il parla enfin.

— Dites-moi ce qu'il s'est passé, princesse.

Elle se dégagea légèrement de son étreinte et leva des yeux noyés de larmes vers lui.

Elle renifla, puis essuya d'un revers de manche les dernières traces de sel et de morve sur son visage. *Elégant pour une princesse*, se dit-elle, mais elle se fichait bien de son allure à cet instant.

— Ils… ils les ont tous arrêtés… souffla-t-elle d'une voix brisée.

Les traits du garde se durcirent aussitôt. Ses iris sombres se teintèrent d'une lueur dangereuse.

— Qui ça ?

— Toute la résistance…

Elle vit ses muscles se contracter, sa mâchoire se serrer, comme s'il se battait pour contenir sa propre rage.

— Vous ont-ils vue ? demanda-t-il enfin.

— Non… Je… Je me suis cachée… J'ai observé… et je suis rentrée ici directement…

Il hocha la tête, visiblement soulagé.

Mais Isaïs n'avait pas terminé.

Elle inspira profondément, cherchant à retrouver une contenance, puis lâcha la dernière vérité qui l'écrasait sous son poids.

— Ils l'ont battu… assommé… et ensuite… ensuite ils ont dit qu'il allait être exécuté…

Sa voix se brisa sur le dernier mot.

Elle vit Sire Laurence pâlir légèrement.

Il resta immobile quelques secondes, le regard fixé sur un point invisible. Puis, dans un mouvement calculé, il expira lentement avant de poser une main ferme sur l'épaule d'Isaïs.

— De qui parlez-vous ?

Elle hésita.

— D'un… ami.

Son silence en disait long.

Le garde l'observa un instant. Ses yeux fouillaient les siens comme s'il cherchait à en extraire la vérité. Mais au lieu de la questionner davantage, il hocha lentement la tête.

— Vous devriez vous reposer, déclara-t-il d'un ton calme mais sans appel. Cette nuit a été éprouvante. Je vais me renseigner sur ce qu'il s'est passé et reviendrai vers vous dès que j'aurai des informations.

Isaïs ouvrit la bouche pour protester, pour lui dire qu'elle ne pouvait pas simplement dormir pendant que Théophane risquait sa vie… mais le regard inébranlable de Sire Laurence la coupa net.

— Je vous promets de revenir vite, insista-t-il. Mais en attendant, vous devez reprendre des forces.

Elle hocha la tête à contrecœur.

Se lever lui demanda un effort surhumain. Ses jambes tremblaient encore sous le choc, la fatigue et l'émotion. Titubant légèrement, elle se dirigea vers sa chambre, le corps vidé d'énergie, l'esprit encore en proie à la tourmente. Elle ouvrit la porte et fronça les sourcils. La lampe à huile, posée sur la petite table de chevet, était encore allumé.

C'est alors qu'elle distingua une silhouette assise au milieu de son lit.

Elle fut d'abord surprise de voir Elias, puis elle se

rappela qu'elle lui avait proposé de rester ici. Pourtant, il devrait au moins être profondément endormi.

Le jeune garçon avait les jambes repliées contre son torse, les bras enroulés autour de ses genoux comme pour se protéger d'un danger invisible. Son regard d'un bleu profond, reflet parfait de celui d'Isaïs et héritage de leur défunte mère, trahissait une inquiétude qui semblait bien trop lourde pour un enfant de son âge.

— Tu es enfin rentrée, souffla-t-il, soulagé. J'avais peur qu'ils t'attrapent toi aussi.

Isaïs sentit son cœur se serrer.

— T'inquiète pas, j'ai rien dit à personne. J'ai juste attendu pour voir si tu allais bien.

Sa voix, bien que douce, était empreinte d'un sérieux troublant.

— Comment savais-tu ? murmura-t-elle en s'approchant.

Il baissa légèrement la tête avant de relever ses yeux implorants vers elle.

— Je l'ai vu dans mon rêve, confessa-t-il. Ça m'a fait peur… Je veux pas qu'il t'arrive quelque chose... Parce que je t'aime.

Isaïs sentit ses dernières forces l'abandonner.

Elle s'assit lourdement sur le bord du lit, le souffle court, comme si ces simples mots avaient suffi à briser la digue fragile qui retenait son chagrin. Ses épaules frêles se mirent à trembler, et avant même qu'elle ne puisse les contenir, des larmes roulèrent à nouveau sur ses joues.

Son cœur était une plaie béante.

L'image de Théophane, brutalement traîné dans la poussière, l'horreur de cette nuit, tout se superposait en un torrent d'émotions qu'elle n'arrivait pas à refouler.

Un sanglot lui échappa, brisant le silence de la pièce.

Elias n'hésita pas une seconde.

Il se redressa et s'approcha avec la délicatesse de quelqu'un conscient de la douleur de l'autre. Sans un mot, il posa ses petites mains sur les épaules de sa sœur et la poussa légèrement pour l'inciter à s'allonger. Son geste était doux, presque instinctif, guidé par un amour pur et inconditionnel.

— Allonge-toi, Isaïs.

Elle se laissa faire, trop épuisée pour protester.

Avec une minutie touchante, Elias tira la couverture et la rabattit sur elle avec précaution, veillant à bien recouvrir ses épaules. Ses gestes étaient ceux d'un enfant qui tentait de prendre soin d'un adulte, maladroits mais empreints d'une tendresse sincère. Puis il s'allongea à ses côtés. Sa petite main trouva celle d'Isaïs sous les plis du drap et il s'y accrocha fermement, comme si ce simple contact suffisait à éloigner la peur. La princesse sentit la chaleur réconfortante du corps de son frère contre elle et le poids de l'angoisse qui lui enserrait la poitrine se fit un peu moins oppressant.

Ils restèrent ainsi, l'un contre l'autre, unis dans le silence de la nuit. Petit à petit, leurs respirations s'accordèrent, s'apaisèrent. Tandis que la lune dessinait des éclats d'argent sur le sol, Isaïs comprit qu'en dépit de tout, elle n'était pas seule.

Elias était là.

Et tant qu'il y aurait un espoir, elle ne laisserait pas Théophane mourir.

- 64 -

Eludia arpentait les rues de la Cité des Temples d'un pas décidé. Cela faisait quelque jours qu'Ignisiel avait terminé sa formation des éléments. Ce matin-là, La Grande Prêtresse avait décidé de se rendre chez lui pour discuter des événements à venir. Pourtant, à son arrivée, une étrange impression de calme l'enveloppa. La maison paraissait inerte, comme si personne ne s'était encore levé. Fronçant les sourcils, elle jeta un œil au cadran suspendu au mur du quartier : neuf heures. Une heure tardive pour que la demeure du novice soit encore plongée dans le silence.

Une brève hésitation la saisit, puis elle frappa à la porte. Aucune réponse. Son regard s'attarda sur l'ouverture infime entre le battant et l'encadrement. Ignisiel n'était pas du genre à oublier de fermer sa porte... Intriguée, elle poussa le panneau de bois et entra, sur le qui-vive.

Dès qu'elle franchit le seuil, un bruit sourd et régulier lui parvint. Des ronflements.

Ignisiel dormait encore.

Un sourire amusé étira ses lèvres alors qu'elle s'approchait de la chambre. Les rideaux filtraient la lumière du matin et plongeaient l'endroit dans une douce pénombre. Le jeune homme était allongé sur le dos, une couverture à moitié rejetée, ses cheveux bruns en pagaille, étalés comme une auréole désordonnée autour de sa tête.

Eludia ne perdit pas une seconde. Elle saisit un verre d'eau posé sur la table de chevet et versa le contenu sur la figure du dormeur tout en lui lançant ses vêtements.

— Debout, paresseux, il est grand temps d'émerger !

Il sursauta dans un hoquet étouffé et se redressa brusquement. Les habits qu'elle venait de lui lancer glissèrent mollement au sol. Il ouvrit des yeux encore embrumés par le sommeil, cligna plusieurs fois en cherchant à reprendre ses esprits.

— Eludia ?! Mais… qu'est-ce que tu fais là ? grogna-t-il d'une voix rauque. Quelle heure est-il ?

Il se laissa retomber sur son lit et attrapa son oreiller pour le mettre par-dessus sa tête avec un grognement. La jeune femme rit face à son attitude.

— Neuf heures. Et je pensais qu'un futur prêtre de l'Ordre aurait déjà commencé sa journée.

Elle s'installa sur le bord du lit et esquiva de justesse le coussin qu'il lui lança. Elle l'observa. Le désordre de ses cheveux, l'expression juvénile de son visage assoupi… Il était incroyablement charmant dans cet instant de vulnérabilité.

— J'aimerais que l'on discute.

— Tu veux discuter… maintenant ? Ici ? râla-t-il en passant une main dans ses mèches en bataille.

Eludia soutint son regard, une moue indéchiffrable flotta sur ses lèvres.

— Oui, maintenant.

Au fil des semaines, leur relation avait évolué et s'était teintée d'une complicité grandissante. La Grande Prêtresse s'était laissée aller à une aisance nouvelle en sa présence, une proximité qu'elle n'aurait pas imaginée au début de son apprentissage. Bien qu'elle s'efforçait de masquer encore certaines émotions, elle ne pouvait ignorer le changement dans leur dynamique. Quant au jeune homme, s'il avait perçu cette évolution, il n'en disait rien, mais l'accueillait avec une satisfaction discrète.

— Ignisiel, dit-elle doucement. Es-tu prêt à passer

l'initiation ?

Le jeune homme releva les yeux vers elle, son visage se durcit légèrement sous l'effet de la concentration. Puis, un sourire confiant se dessina sur ses lèvres.

— Je le suis.

Elle hocha la tête et une lueur de fierté illumina ses prunelles.

— Bien. La prochaine session d'initiation aura lieu dans deux semaines. Si tu souhaites t'y présenter, je validerai ton choix. En attendant, tu es libre de poursuivre ton entraînement sur les différents sites… ou de te reposer un peu. Tu as l'air d'en avoir grandement besoin.

Un éclat malicieux brilla dans les pupilles d'Ignisiel alors qu'il s'étirait lentement et qu'une mèche rebelle retombait sur son front.

— Tu crois ça ? Mon instructeur attitré ne m'a pas ménagé si tu veux tout savoir.

Elle arqua un sourcil, s'efforçant de conserver un air sérieux malgré le pli amusé qui se dessinait à la commissure de ses lèvres. Le jeune homme passa une main nonchalante dans sa crinière, faisant glisser un peu plus le drap et révélant la ligne ferme de son torse. Le regard d'Eludia s'y attarda plus longtemps qu'elle ne l'aurait voulu et lorsqu'elle releva enfin les yeux, il lui offrit un sourire charmeur, teinté d'une étincelle de défi.

La pièce sembla s'échauffer imperceptiblement sous cette tension muette. Elle se redressa, cherchant à dissimuler la chaleur soudaine qui l'envahissait. À cet instant précis, elle fût reconnaissante que les rideaux soient encore tirés, et qu'Ignisiel ne puisse distinguer la coloration ses joues.

— Je te laisse te préparer, on se retrouve plus tard dans la journée.

*

Ignisiel observa Eludia partir sans un mot. Elle tourna les talons, sa robe rouge virevolta derrière elle. Avec sa démarche assurée, elle quitta la pièce et traversa l'espace avec cette élégance naturelle qui lui était propre. Juste avant de disparaître par la porte, elle se retourna une dernière fois. Ses yeux brillèrent d'un éclat mystérieux et elle lui offrit un sourire enjôleur.

Un sourire qui resta gravé dans l'esprit du jeune homme bien après qu'elle eut quitté la pièce.

Ignisiel passa la majeure partie de la journée, plongé dans ses études à la bibliothèque. Lorsqu'il en sortit, il remarqua que le soleil déclinait déjà, peignant le ciel de teintes orangées et pourpres. Il se rappela alors du mot que lui avait laissé Eludia lorsqu'il était repassé par chez lui à midi : elle devait se rendre au Jardin des Lumières en fin de journée. Ne voulant pas la manquer, il accéléra le pas.

L'air du soir était doux, chargé d'une senteur florale subtile. En approchant du jardin, il ralentit et prit un instant pour reprendre son souffle. Devant lui, la nature offrait un spectacle envoûtant : les plantes bioluminescentes s'illuminaient peu à peu et créaient une constellation terrestre qui vibrait au rythme du crépuscule.

Eludia était assise sur un banc de pierre, le dos droit, les mains posées sur ses genoux. La mousse qui recouvrait légèrement l'assise témoignait du passage du temps et contrastait avec la présence élégante de la Grande Prêtresse. Ignisiel s'approcha et s'installa à ses côtés.

Autour d'eux, le spectacle des lucioles commençait. Les minuscules insectes s'élevaient lentement, traçant des arabesques lumineuses dans l'air. Leur ballet suspendu dans le temps, capturait la magie de l'instant.

Ignisiel tourna légèrement la tête vers Eludia.

— Je ne pourrai jamais assez te remercier pour tout ce que tu as fait pour moi, murmura-t-il. Tu m'as sorti de la rue, tu m'as donné la chance d'apprendre à contrôler mes émotions et mon pouvoir… Un pouvoir qui m'a longtemps terrifié. Depuis l'accident, j'ai toujours eu peur de blesser à nouveau ceux qui m'entourent. Mais aujourd'hui, cette peur ne me paralyse plus. Et c'est en grande partie grâce à toi.

Elle tourna son attention vers lui. Un éclat de surprise passa avant qu'elle ne détourne légèrement les yeux. Elle semblait gênée par sa déclaration, mais elle se reprit rapidement.

— C'est moi qui devrais te remercier, répondit-elle doucement. Ta conviction m'a impressionnée… et d'une certaine manière, tu m'as inspirée.

Elle marqua une pause, un rictus amusé effleura ses lèvres.

— En ce qui concerne la maîtrise de tes émotions, je doute d'avoir joué un rôle si crucial. Je ne suis pas experte en la matière, ajouta-t-elle avec une pointe de légèreté.

L'expression du jeune homme prit une teinte de nostalgie.

— Mais… de quel accident parles-tu ? demanda Eludia après un instant. Tu ne m'en as jamais parlé.

Le sourire d'Ignisiel s'effaça légèrement, remplacé par une ombre fugace. Il baissa les yeux et son visage se durcit imperceptiblement. Les souvenirs refoulés refirent surface et s'insinuèrent dans son esprit tels des spectres du passé. Son souffle se fit plus court, sa mâchoire se contracta.

Finalement, dans un soupir à peine audible, il se lança. Il lui parla de Loukas, de son ami disparu trop tôt, de cette joie insouciante qu'ils partageaient, balayée en un instant par une tragédie qu'il n'avait jamais pu oublier. Il lui raconta la culpabilité qui le rongeait, le poids des années passées à se haïr pour ce qu'il considérait comme une faute impardonnable. Chaque souvenir était ravivé avec douleur, à l'image d'une plaie que l'on rouvre après trop d'années à l'étouffer.

Eludia l'écouta, son regard posé sur lui, absorbant chacune de ses paroles. Elle ne l'interrompit pas. Elle le laissa vider son cœur, sans jugement ni précipitation. Puis, délicatement, elle posa une main sur son bras. Sa paume était chaude contre sa peau, et ce contact dissipa une part de la tempête qui grondait en lui.

Il leva les yeux vers elle. Elle n'avait rien dit, mais il

sut à cet instant qu'elle comprenait. Et pour la première fois depuis des années, le poids de ce souvenir lui sembla un peu moins lourd à porter.

— Et toi, Eludia… Quelle est ton histoire ? demanda-t-il avec précaution. Je sais que tu es arrivée très jeune à la Cité des Temples et que, comme moi, tu es orpheline. Mais… qu'est-ce qu'il s'est réellement passé pour toi ?

La jeune femme détourna la tête et laissa son attention se perdre dans le ballet hypnotique des lucioles, qui projetaient des éclats dorés sur son visage pensif. Elle prit une profonde inspiration comme pour y puiser le courage de rouvrir une porte scellée depuis longtemps.

— Ce n'est pas un sujet sur lequel j'aime m'attarder… même avec les rares personnes en qui j'ai confiance, murmura-t-elle.

Elle baissa la figure vers ses mains, jouant inconsciemment avec l'un des anneaux qu'elle portait à son doigt. Un silence s'installa. Ignisiel ne la pressa pas. Il savait que certaines blessures nécessitaient du temps avant de pouvoir être mises en mots. Finalement, après une longue pause, elle reprit, sa voix plus ferme, bien que teintée d'une retenue douloureuse.

— Mais… je fais des efforts pour ne plus me cacher derrière des barrières afin de ne pas affronter mes émotions. Alors je vais te le raconter. Une seule fois. Ensuite, je ne veux plus jamais en reparler.

Il hocha la tête sans un mot. Son regard exprimait une certaine compréhension afin de lui offrir l'espace nécessaire.

Eludia ferma les paupières, comme pour puiser la force de remonter le fil du passé.

— Je n'ai que de vagues souvenirs de cette nuit-là… J'étais trop jeune. Trois ans, peut-être moins. Nous vivions dans un quartier modeste d'Alendulire avec mes parents. Une existence simple, paisible… Jusqu'à ce que tout bascule.

Sa voix se brisa légèrement, mais elle continua.

— Un jour, sans raison apparente, mes pouvoirs se sont éveillés. Je n'avais pas conscience de ce que je faisais, et mes parents n'étaient pas préparés. Un enfant de cet âge ne devrait pas manier le feu…

Elle s'arrêta et ses doigts se crispèrent sur le tissu de sa robe.

— L'incendie s'est propagé en un instant. J'imagine que mes émotions d'enfant ont nourri les flammes, les rendant incontrôlables. Notre maison a été réduite en cendres… et mes parents…

Elle s'interrompit. Une larme solitaire roula lentement sur sa joue et scintilla sous la lumière diffuse du jardin.

— Ils n'ont pas survécu, finit-elle dans un souffle.

Un silence poignant s'installa entre eux. Ignisiel sentit son cœur se serrer.

— C'est Lituriel qui m'a retrouvée, reprit-elle d'une voix tremblante. J'étais cachée dans un placard, recroquevillée dans l'obscurité, incapable de comprendre ce qui venait de se passer. Il m'a sortie de là et m'a amenée à la Cité des Temples. C'est lui qui m'a expliqué la vérité quand j'étais en âge de la comprendre.

Elle tourna lentement son regard vers l'anneau qu'elle portait à son doigt. L'or poli reflétait la lumière environnante, mettant en valeur l'améthyste qui y était sertie.

— Je ne me souviens pas vraiment de leurs visages. J'ai cette bague, qui appartenait à ma mère, et une unique photo. C'est tout ce qu'il me reste d'eux. Je connais leurs noms… Amara et Puros.

Ignisiel écoutait et ressentait le poids de cette révélation, cette douleur muette qu'elle portait en elle depuis tant d'années.

Dans un geste spontané, il posa doucement sa main sur la sienne et serra ses doigts. Un contact simple, mais empli de chaleur.

— Est-ce que… ton père était le Prêtre Puros ? demanda-t-il après un moment.

Eludia releva la tête, visiblement surprise par la question.

— Oui. Pourquoi ?

— C'est le premier livre que j'ai lu ici. La traduction du

Livre Premier. Le texte était signé de son nom.

Un silence s'étira entre eux, le coin de la bouche d'Eludia se releva légèrement.

— Quand je suis arrivée ici, j'empruntais souvent ce livre, avoua-t-elle. Je l'imaginais me raconter une histoire à travers ses mots.

Ignisiel sentit sa poitrine se comprimer à ces paroles. Il voyait en elle une enfant brisée qui cherchait désespérément un lien avec son passé et s'accrochait aux fragments d'un père qu'elle n'avait jamais eu l'occasion de connaître.

— Eludia… Je suis désolé, souffla-t-il avec une douceur infinie. Porter un tel poids est une épreuve que personne ne devrait endurer. Mais sache que tu n'es pas seule.

Elle releva lentement les yeux vers lui. Une brise légère souleva quelques mèches de ses cheveux blonds, et dans son regard, il put lire un mélange de gratitude et de soulagement.

Elle ne répondit pas tout de suite. À la place, elle lui adressa un sourire. Un vrai sourire, sans réserve, sans masque, qui disait tout ce que les mots ne pouvaient exprimer.

Ils restèrent là, côte à côte, dans la lumière douce des lucioles qui continuaient leur danse silencieuse. Au loin, la Cité des Temples scintillait comme un mirage suspendu dans la nuit.

Un instant hors du temps.

Un instant au-delà des cicatrices du passé, où il n'y avait que leur présence l'un pour l'autre.

- 65 -

Isaïs se réveilla en sursaut, le souffle court. Son cœur battait à un rythme affolé. L'écho d'un cauchemar encore vif la hantait : des images de Théophane agenouillé sur l'échafaud, son regard rivé au sien avec un dernier sourire bravache alors que la lame s'abattait sur lui. Elle porta une main tremblante à sa poitrine pour tenter de calmer la vague de panique qui menaçait de l'engloutir.

Les premières lueurs de l'aube filtraient à travers les lourds rideaux de sa chambre. Dehors, le grondement lointain des machines industrielles troublait le silence, un rappel constant du régime technologique dans lequel ils vivaient.

Après un dernier coup d'œil sur son petit frère encore endormi, elle se leva et se dirigea vers la fenêtre. La brise matinale effleura son visage, mais le froid mordant n'apaisa en rien l'angoisse qui lui étreignait le cœur. Elle ferma les yeux un instant, cherchant à rassembler ses pensées.

Il fallait qu'elle trouve une solution.

Son esprit s'embrasa d'une fièvre calculatrice. Elle analysa les options, pesa chaque risque, cherchant désespérément un moyen de le sauver. Mais plus elle tentait d'élaborer un plan, plus elle réalisait l'ampleur de la mission.

Puis, des souvenirs s'imposèrent à elle : Le rictus insolent de Théophane, même sous la menace. La lueur de défi lorsqu'il lui avait promis, quelques semaines plus tôt, qu'il ne laisserait jamais personne décider de son sort.

Elle serra les poings.

Elle ne pouvait pas le laisser mourir.

Un coup retentit à la porte. Elle sursauta, ramenée brutalement à la réalité.

— Princesse ? Puis-je entrer ?

La voix de Sire Laurence.

Isaïs se précipita pour ouvrir, et l'expression qu'elle lut sur les traits du garde lui glaça le sang. L'ombre qui obscurcissait ses pupilles lui coupa presque le souffle. Il referma le battant derrière lui, mais ne se retourna pas immédiatement, comme s'il n'arrivait pas à lui faire face. Il semblait hésiter, les muscles tendus, et cette absence sonore ne fit qu'accroître l'angoisse de la jeune femme.

Lorsqu'il la regarda enfin, ses iris se teintèrent d'une infinie tristesse.

— Je suis navré, murmura-t-il d'une voix rauque.

Isaïs sentit une brûlure aiguë derrière ses paupières. Non… Elle n'eut pas besoin qu'il poursuive. Elle savait, mais il continua.

— Le jeune résistant capturé pour récidive… Son exécution est prévue dans deux jours.

Deux jours.

Elle manqua d'air.

Le monde sembla vaciller autour d'elle.

Deux jours.

Comment pouvait-elle organiser son sauvetage en si peu de temps ?

Sa gorge se serra. Sa poitrine lui faisait si mal, qu'elle avait l'impression d'avoir une main invisible qui l'écrasait sans relâche.

— Pourquoi si rapidement ? souffla-t-elle d'une voix brisée.

— Ils veulent en faire un exemple, répondit Sire Laurence avec amertume.

Il laissa échapper un soupir et passa nerveusement les

doigts dans ses cheveux.

— Mais… ils n'ont pas attrapé leur chef.

Un éclat d'espoir traversa Isaïs. Alaric avait réussi à s'échapper. Bien. Mais cela signifiait aussi qu'il s'était probablement replié dans l'ombre, suivant le protocole en cas d'arrestation massive. Il resterait caché jusqu'à ce que la situation se stabilise.

Elle ne pouvait pas compter sur lui.

Elle était seule.

Sire Laurence observa son visage, comme s'il y cherchait un signe de faiblesse, mais ce qu'il y trouva fut tout autre.

Isaïs ravala ses larmes. Sa détresse laissa place à une colère froide et tranchante. Un feu incandescent brûla dans ses veines, chassant l'impuissance.

— La prison est hautement sécurisée depuis la fuite des derniers détenus, princesse. Une évasion serait un échec assuré, chuchota le garde qui semblait s'inquiéter des idées naissantes dans l'esprit de la jeune femme.

Elle soutint son regard et redressa les épaules.

— Alors je vais devoir trouver une autre approche.

Sa voix n'avait plus rien de tremblant. Elle ne pouvait pas attaquer la prison de front. Pas seule. Mais il lui restait un dernier recours. Elle prit une inspiration profonde et déclara, d'un ton qui ne laissait aucune place au doute :

— Je vais parler à mon père.

Sire Laurence ne répondit pas immédiatement. Elle remarqua un muscle se contracter dans sa mâchoire et un silence s'étendit entre eux, avant qu'il ne murmure dans un soupir :

— Vous savez que c'est risqué.

— J'en suis consciente, répliqua-t-elle, un éclat sévère dans les yeux.

Elle savait. Mais elle n'avait plus le luxe de tergiverser. Chaque seconde qui passait rapprochait Théophane de la mort. Et cela, elle ne pouvait pas l'accepter. Le garde la fixa un instant, cherchant à évaluer sa détermination. Puis, lentement, il hocha la tête avant de partir.

Isaïs enfila rapidement l'une de ses robes princières, et avec une détermination brûlante, s'engagea dans le couloir qui menait aux appartements de son père. Chaque pas résonnait dans son esprit tel le tic-tac d'un compte à rebours funeste.

Elle s'arrêta à un carrefour. Elle savait que le roi passerait par-là dans exactement deux minutes pour rejoindre ses conseillers dans la salle du trône. Il ne lui accordait plus d'audience depuis longtemps, mais elle devait forcer cette rencontre, quitte à braver le protocole.

C'était sa seule chance.

Lorsque les pas lourds et mesurés du roi retentirent dans le couloir, elle sentit son cœur s'accélérer. La haute silhouette apparut, drapée dans une cape d'un noir profond, sa couronne d'or scintillant sous la lumière des torches.

Isaïs prit une inspiration et s'élança.

— Père ! J'ai entendu parler des arrestations d'hier soir et je dois vous parler.

Le roi s'arrêta net. Ses yeux d'acier se posèrent sur elle avec une froideur qui la gela jusqu'aux os.

— Je t'avais interdit de me déranger, répliqua-t-il sèchement. Tu embrouilles mon esprit avec tes discours inutiles. Tu n'as pas l'intelligence de ta mère pour les affaires du royaume.

Les mots frappèrent Isaïs comme une gifle, mais elle refusa de vaciller.

— Père, exécuter ce jeune homme est une erreur, insista-t-elle tout en essayant de contrôler les tremblements de sa voix. Ce genre d'acte pourrait provoquer un soulèvement. Le peuple supporte déjà mal votre règne. Vous devez faire preuve de discernement, adopter une posture de roi juste et…

Le roi leva une main autoritaire, son regard flamboyait d'impatience.

— Ça suffit, Isaïs ! tonna-t-il. J'en ai assez de tes jérémiades. Si je le souhaite, j'exterminerai jusqu'au dernier rebelle de cette cité !

Un silence glacial s'abattit entre eux. Il s'approcha

lentement et domina sa fille de toute sa hauteur.

— La dernière fois, j'ai écouté tes supplications pour ce même homme. Résultat ? Il a repris ses activités clandestines, prêchant la rébellion dans MON royaume. Il doit mourir. Un point, c'est tout.

Isaïs serra les poings, tremblante de rage.

L'homme devant elle… Était-il encore son père ? Où était passé le roi qu'elle admirait enfant ? Celui qui lui racontait des histoires avant de s'endormir, qui caressait les cheveux de sa mère avec tendresse ? Tout ce qui lui restait, c'était ce tyran, ce monstre sans cœur.

Elle perdit ses moyens et sa voix claqua tel un fouet.

— Vous êtes en train de sombrer dans la folie ! Mère aurait eu honte de vous !

Elle regretta aussitôt ses paroles. Le visage du roi se déforma sous l'effet de la fureur. Son bras se leva brutalement. Elle reçut le premier coup sur la joue, mais sa fierté lui interdisait de montrer le moindre signe de faiblesse. Puis un deuxième coup arriva comme au ralenti. Pourtant, avant qu'il ne puisse s'abattre sur elle, une rafale de vent surgit, tournoyant autour de son bras tel un serpent invisible.

Le roi, figé, tenta de se libérer, mais l'air resserra son étreinte et l'immobilisa. Puis, dans un souffle impétueux, il fut projeté en arrière, son corps vint heurter violemment le mur de pierre dans un bruit sourd. Les traits de la princesse s'écarquillèrent d'effrois, ne comprenant pas ce qui était en train de se passer. Un gouffre muet s'abattit dans le couloir. Puis une voix enfantine s'éleva, pleine d'émotion.

— Ne fais pas de mal à Isaïs.

Elle se retourna lentement, les yeux ronds comme des soucoupes.

Elias se tenait là, sa frêle silhouette raidie par la tension. Son bras tendu tremblait légèrement, et pourtant, son regard était chargé d'une détermination farouche. Son petit frère maîtrisait l'Air.

Le souffle d'Isaïs se bloqua. Leur père aussi l'avait vu.

Elle aurait tout donné pour éviter ce moment. Elle

avait redouté cet instant, espéré qu'il n'arriverait jamais. Mais c'était trop tard. Ses paupières se fermèrent de désespoir.

Les yeux du roi, écartés par la surprise, se plissèrent lentement pour laisser place à une lueur avide.

— Elias… murmura-t-il d'une voix mielleuse.

Isaïs sentit son ventre se nouer.

— Mon fils, c'est merveilleux. Ton don s'est enfin éveillé. Tu seras un roi digne de ce nom, un successeur à ma hauteur.

Sa voix s'adoucit, devenant presque caressante.

— Relâche-moi, Elias. Nous allons discuter, toi et moi.

Le petit garçon hésita.

— Tu promets de ne plus faire de mal à Isaïs ?

— Je te le promets, mon garçon.

Isaïs voulut crier.

Elle voulait lui dire de ne pas l'écouter, de ne jamais croire aux promesses de cet homme.

Mais Elias était encore un enfant.

Alors il le relâcha.

L'air s'apaisa autour du roi qui se redressa lentement et dépoussiéra sa cape d'un geste mesuré. Un sourire satisfait s'étira sur ses lèvres. Il s'approcha d'Elias et posa une main sur son épaule.

— Tu es un garçon exceptionnel, Elias. Viens avec moi.

Isaïs sentit son sang se glacer.

— Non…

Le roi tourna son attention vers elle, un rictus cruel déforma ses traits.

— Isaïs, retourne à tes appartements. Tu resteras enfermée jusqu'à l'exécution. Si tu désobéis, ce n'est pas toi qui en paieras le prix… mais lui.

Son regard désigna Elias et un frisson d'horreur la parcourut.

— Père, non…

— Gardes ! tonna-t-il. Raccompagnez la princesse dans ses quartiers et dite à Sire Laurence qu'elle n'en sorte sous aucun prétexte.

Deux hommes en armure apparurent derrière elle. Elle voulut lutter, mais l'un d'eux lui saisit le bras avec fermeté.

— Non ! Laissez-moi avec Elias !

Elle tenta de s'élancer vers son frère, mais la poigne du soldat la retint.

Elias la fixa, la peur brillait dans ses grands yeux bleus.

— Isaïs…

— Ne le touche pas ! cria-t-elle.

Le roi ignora sa détresse et entraîna Elias à sa suite, une grimace de triomphe gravé sur son visage. Les portes du couloir se refermèrent derrière eux.

Isaïs lutta, mais les gardes la maintinrent fermement pour la forcer à rebrousser chemin.

Elle avait perdu.

Théophane était condamné.

Elias était désormais entre les griffes de leur père.

Et elle… Elle était impuissante.

Les soldats la traînèrent sans ménagement à travers les couloirs du palais. Leurs mains se refermaient sur ses bras comme des étaux, mais Isaïs refusa de leur faciliter la tâche. Elle laissa délibérément ses jambes se dérober sous elle pour rendre leur progression plus laborieuse.

Leurs grognements agacés ne lui procurèrent aucun réconfort, mais c'était sa seule façon d'exprimer la rage glacée qui grondait en elle. Son regard s'assombrit à mesure que l'humiliation s'abattait sur elle. Chaque avancé résonnait telle une sentence, chaque murmure de domestique choqué dans son sillage nourrissait sa frustration.

Lorsqu'ils arrivèrent à ses appartements, elle aperçut Sire Laurence, droit comme un roc devant l'entrée. L'espace d'un instant, une lueur de panique traversa son visage, mais il reprit immédiatement son masque d'impassibilité. Il hocha la tête avec gravité en réponse à l'ordre du roi, feignant l'indifférence.

Le battant en bois se referma derrière elle. L'air de la pièce lui sembla étouffant. Une chape de plomb s'abattit sur ses épaules. La colère enfla en elle à l'image d'une tempête incontrôlable. D'un geste, elle attrapa le premier objet à sa portée : un vase en céramique posé sur un buffet près de l'entrée. Avec toute la force de sa frustration, elle le lança violemment contre le mur.

L'impact brisa le silence et résonna tel un cri de rage. Le récipient se fracassa en une pluie d'éclats épars, projetant de fins morceaux sur le sol marbré.

La porte s'ouvrit brusquement.

- 66 -

Sire Laurence, l'épée déjà dégainée, scrutait la pièce, prêt à affronter une menace. Son regard s'adoucit instantanément lorsqu'il comprit que ce n'était qu'un accès de rage de la princesse. Il rengaina son arme et referma la porte derrière lui.

— Je suppose qu'il est inutile de vous demander comment s'est passée l'entrevue avec votre père…

Isaïs lui jeta une œillade noire, mais ce n'était pas contre lui que sa fureur était dirigée.

— Cet homme n'est pas mon père, cracha-t-elle.

Sire Laurence ne répondit pas, mais l'ombre de compassion qui traversa ses traits lui fit comprendre qu'il partageait en partie son chagrin.

Elle serra les poings, ses ongles s'enfoncèrent dans ses paumes. L'image d'Elias, emporté par leur père comme un trophée, hantait son esprit. Elle aurait dû l'en empêcher. Elle aurait dû faire quelque chose. Mais elle ne pouvait pas risquer la vie de son frère.

Et maintenant, Théophane allait mourir.

L'idée qu'il puisse passer ses dernières heures seul, sans espoir, lui était insupportable.

Elle devait le voir.

Si c'était la dernière fois, alors elle devait lui dire adieu.

Peut-être aurait-il une idée, un plan, une échappatoire qu'elle n'avait pas envisagée. Elle leva les yeux vers le garde, la gorge nouée, sa fierté piétinée par le poids du désespoir.

— Sire Laurence…

Sa voix vacilla. Elle inspira profondément, tentant de contenir l'émotion qui menaçait de la submerger.

— Je sais que votre mission est de me garder ici, mais…

Elle s'interrompit, sa poitrine se souleva sous l'effort. Puis elle planta des pupilles suppliantes dans ceux du soldat.

— Je vous en prie… J'ai besoin de voir le prisonnier.

Elle réprima un sanglot et serra les dents pour ne pas se briser totalement. Pourtant, elle savait que Sire Laurence avait perçu la fissure dans son masque. Il détourna un instant le regard, les muscles crispés, visiblement en proie à un dilemme.

Quand il revint vers elle, son expression s'était adoucie. Un sourire triste étira ses lèvres.

— Je vais voir ce que je peux faire, princesse.

Et pour la première fois depuis son retour du palais, Isaïs sentit une étincelle d'espoir illuminer son cœur.

Une heure plus tard, Sire Laurence revint en hâte, les traits graves mais déterminés. Il lui expliqua rapidement qu'il avait réussi à lui obtenir un court créneau lors d'un changement de garde imminent. Il avait discrètement fait passer un message aux soldats par l'intermédiaire d'un domestique, qui risquait sans doute une sévère réprimande, mais cela lui offrait une dizaine de précieuses minutes.

Isaïs n'hésita pas une seconde.

Elle n'avait pas le temps de se changer. Sans plus attendre, elle quitta ses appartements et s'élança dans les couloirs du palais, le cœur battant à tout rompre.

L'air frais du sous-sol s'insinua sous sa robe lorsqu'elle arriva devant la lourde entrée de fer qui menait aux cachots annexes. L'endroit était sinistre. Elle posa une main tremblante sur le battant de métal froid.

Comme prévu, l'officier n'était pas encore là.

C'était son unique chance.

— Je reste là au cas où, l'informa Sire Laurence.

La princesse hocha la tête. D'un geste rapide, elle poussa la porte et s'engouffra dans l'obscurité oppressante. L'humidité lui colla instantanément à la peau. Une odeur âcre de moisissure et de pierre mouillée emplit ses narines, lui soulevant presque le cœur. Chaque goutte d'eau qui suintait le long des parois résonnait en un écho sinistre et le couinement lointain des rats ajoutait une touche macabre à l'endroit.

Isaïs avança prudemment, sa respiration saccadée se mêla aux murmures fantomatiques des prisonniers. Les cellules s'alignaient le long du couloir sombre. À l'intérieur, des silhouettes amaigries se mouvaient à peine derrière les barreaux rouillés. Elle croisa des regards éteints, des figures marquées par la souffrance et l'abandon.

Son estomac se serra.

Combien d'innocents pourrissaient ici sans que personne ne se soucie de leur sort ?

Elle ne pouvait pas sauver tout le monde, mais elle sauverait Théophane.

Enfin, elle l'aperçut.

Il était recroquevillé dans un coin de sa cellule, la tête appuyée contre le mur, le visage faiblement éclairé par la lumière pâle qui filtrait à travers les montants de la fenêtre. Son teint était livide, sa chemise déchirée et souillée par la saleté. Lorsqu'il la vit, son expression se durcit aussitôt. Il tenta de masquer sa surprise, mais dans l'éclat furtif de ses yeux, elle discerna une lueur d'espoir qu'il ne parvenait pas à éteindre.

— Isaïs ! Qu'est-ce que tu fais ici ? C'est insensé, tu dois partir, siffla-t-il d'une voix rauque, abîmée par la fatigue et la douleur.

— Je ne peux pas t'abandonner, Théophane. Je vais te sortir de là.

Elle s'accrocha aux barreaux, la gorge nouée par l'émotion.

— Mon frère… Il est tombé aux mains de mon père.

Et maintenant, le roi veut faire de toi un exemple. Je ne peux pas vous perdre tous les deux…

Sa voix se brisa sur la fin. Elle détourna un instant le regard, submergée par l'impuissance et la peur. Elle glissa une main tremblante dans sa poche et en sortit le petit kit de crochetage que Théophane lui avait offert il y a longtemps. Elle devait essayer. Ses doigts étaient pris de soubresaut alors qu'elle tentait d'insérer un crochet dans la serrure.

— Isaïs, arrête.

La douceur dans le timbre de Théophane la fit frémir.

— Il n'y a pas d'échappatoire ici, et tu le sais.

Il s'approcha de la grille et s'accrocha à celle-ci. Puis il posa délicatement sa paume sur le bras de la princesse pour qu'elle s'arrête.

— Raconte-moi ce qu'il s'est passé avec Elias.

Un sanglot menaça de remonter dans sa gorge. Elle inspira profondément avant de lui répondre d'une voix brisée.

— Elias… Il a manifesté son don aujourd'hui.

Elle marqua une pause, hésitant avant de poursuivre.

— Mon père allait me frapper. Et… il l'a arrêté en maîtrisant l'élément Air.

Les mots s'effilochaient sous le poids de l'émotion.

— Il a projeté le roi contre un mur… Comme si c'était la chose la plus naturelle au monde.

Théophane resta silencieux un instant pour assimiler la nouvelle. Puis son attention tomba sur sa pommette, où l'ecchymose violacée trahissait le coup qu'elle avait reçu. Il ferma les paupières et serra la mâchoire.

— C'est lui qui t'a fait ça ?

Son timbre était bas et vibrait d'une colère contenue.

— Parce que tu lui as demandé de me sauver ?

Elle hocha la tête, incapable de parler. Théophane expira lentement. Il tentait visiblement de canaliser la rage qui montait en lui.

— Et maintenant ?

— Si je retourne le voir avant ton exécution, il s'en prendra à Elias.

Elle resserra son emprise sur les barreaux, couvrant les mains abimées de Théophane des siennes

— Je dois trouver une autre solution. Tu as peut-être une idée ?

Le jeune homme la fixa un long moment, puis, à la grande surprise d'Isaïs, un sourire étira lentement ses lèvres.

— Cette robe te va mieux que les haillons que tu portes habituellement.

La jeune femme cligna des yeux, déconcertée.

— Tu ressembles réellement à la princesse que tu es.

Elle baissa instinctivement la tête pour examiner sa tenue, comme si elle la voyait pour la première fois. Le tissu riche ondulait autour d'elle, jouant entre des teintes de bleu nuit, ciel et de blanc. Le corset soulignait sa silhouette élancée qui contrastait avec la rudesse de l'endroit où elle se trouvait.

Elle releva la tête pour croiser le regard tendre et amusé de Théophane à travers la grille. Un frisson parcourut son dos lorsqu'il tendit la main pour enrouler une mèche de ses cheveux argenté autour de son doigt.

— Aussi incroyable que je les avais imaginés.

Elle ne comprenait pas son changement soudain de conversation. Se moquait-il d'elle ? Pourtant une attention sincère brillait dans son expression, ce qui la déconcerta. Elle secoua la tête pour sortir de cette rêverie, puis une exaspération brûlante monta en elle face à son attitude détachée alors que l'urgence leur hurlait de réagir.

— On n'a pas le temps de plaisanter, Théophane ! s'emporta-t-elle, sa voix brisée par l'angoisse. Dis-moi ce que je dois faire ! Explique-moi comment ouvrir cette foutue serrure, et je te sors d'ici tout de suite !

Il la fixa avec une intensité qui la déstabilisa.

Son sourire n'avait rien d'amusé. C'était un sourire triste, fataliste, résigné.

Isaïs sentit son cœur se serrer.

— Non… non, non, Théophane, murmura-t-elle, paniquée. Tu ne peux pas abandonner. Tu ne peux pas me laisser…

Ses mains s'agrippèrent aux barreaux comme si elle pouvait le retenir par sa seule force.

Une voix retentit non loin.

— Princesse, il faut partir. Maintenant.

Le timbre grave de Sire Laurence fendit l'air, mais elle l'ignora, incapable de détourner son attention du prisonnier. Les pas du garde résonnèrent derrière elle. Il s'approchait à grandes enjambées, mais elle ne bougea pas.

D'un geste lent, le jeune résistent attrapa ses poignets tremblants. Puis, discrètement, il glissa quelque chose de froid dans sa paume. Surprise, elle baissa les yeux. Le souffle lui manqua. Un éclat bleuté scintillait au creux de sa main.

Son collier.

Son pendentif en aigue-marine.

L'héritage de sa mère.

— Je l'ai retrouvé, souffla-t-il doucement. Un soldat saoul l'avait sur lui à la taverne. J'ai pu lui subtiliser lorsqu'il s'est endormi sur la table après un verre de trop. Je comptais te le rendre hier soir…

Le poids du bijou entre ses doigts fit vaciller son monde.

Elle leva ses orbes bleus vers Théophane, bouleversée par ce qu'il venait de lui offrir. Il l'avait retrouvé. Il avait pris soin de le récupérer, sachant combien cet objet comptait pour elle.

Mais la réalité les rattrapa trop vite.

Les pas d'un nouveau garde retentirent dans l'escalier qui menait aux cellules. Isaïs paniqua et resserra ses phalanges autour de celles de Théophane.

— Je vais te sortir d'ici. Je te le promets.

Elle ne savait pas comment, ni avec quels moyens, mais elle le ferait.

Théophane leva un bras et essuya une larme solitaire sur sa joue du bout des doigts.

— Isaïs…

Sa voix était douce, résignée, presque irréelle.

— Tu es la femme la plus courageuse que j'ai jamais connue. Les brefs moments que j'ai partagés avec toi m'ont comblé pour une vie. Tu as été le jour de ma nuit.

Il caressa sa joue du dos de la main avec une infinie tendresse, ce qui arracha un sanglot refoulé à Isaïs. Puis avec une grande douceur, il attrapa son menton pour relever son visage et plongea ses prunelles dans les siennes avec une gravité qui glaça le sang de la princesse.

— Maintenant, écoute-moi attentivement. Tu vas partir. Tu vas quitter cette ville. Prends Elias si tu le peux, et ne reviens jamais.

Elle secoua frénétiquement la tête, refusant d'entendre ces mots.

— Non.

— Promets-le-moi.

— Je ne peux pas, je ne peux pas te laisser mourir !

Les pas de l'officier se rapprochaient dangereusement.

Derrière elle, Sire Laurence échangea une œillade entendue avec Théophane avant d'agir. D'un mouvement rapide, il attrapa la princesse par la taille et la hissa sur son épaule, avant de partir du côté opposé d'où arrivait le soldat.

Isaïs hurla, se débattit telle une furie, griffait, frappait, tentait de s'extirper de son emprise.

— Lâchez-moi ! LÂCHEZ-MOI !

Mais Sire Laurence ne flancha pas.

Théophane l'observa s'éloigner, son expression tordue par une douleur muette.

— Promets-le-moi ! cria-t-il, sa voix résonnant sur la pierre humide des cachots.

Elle lutta jusqu'au bout, mais la poigne du garde était implacable.

Avant que la porte ne se referme sur eux, elle leva la tête. Son regard croisa celui de Théophane une dernière fois. Il attendait sa réponse. Alors, dans un souffle, alors qu'elle disparaissait de son champ de vision, elle la lui donna.

— Je te le promets, Théophane…

Puis le battant se referma, les enfermant chacun dans leur propre enfer.

Isaïs fut ramenée de force dans ses appartements. Même si elle lui en voulait de l'avoir ainsi arraché à Théophane, elle savait que Sire Laurence avait agit comme il le fallait. Si elle s'était fait prendre, les répercussions sur son frère aurait pu finir de la briser.

Dès que la serrure claqua derrière elle, ses jambes cédèrent.

Elle s'effondra sur le sol, tremblante, vidée de toute force. Les larmes vinrent. Un torrent incontrôlable, déchirant tout sur son passage. Un cri muet s'étouffa dans sa gorge et sa poitrine se souleva sous le poids de son désespoir. Elle se sentait si impuissante.

Que pouvait-elle faire, maintenant ? Allait-elle simplement rester là, prisonnière, tandis qu'on lui arrachait les deux êtres qui comptaient le plus pour elle ?

Non.

Elle ne pouvait pas.

Elle devait trouver une solution.

Ses yeux s'illuminèrent. Elle se releva d'un bond et sécha rageusement ses larmes du revers de la main. Ses doigts s'accrochèrent à son collier retrouvé, son talisman, sa promesse.

Elle savait ce qu'elle devait faire. Elle s'installa à son bureau, prit une plume, trempa la pointe dans l'encre noire. Et elle écrivit. Chaque mot était une déclaration de guerre. Une supplique. Un cri de détresse. Une prière déguisée en stratégie.

Si elle ne pouvait pas agir seule pour arrêter son père… Alors elle trouverait de l'aide.

- 67 -

A la Cité des Temples, Ignisiel et Eludia passèrent beaucoup de temps ensemble, savourant la simplicité de ces moments partagés. Une complicité naturelle s'était installée entre eux et rendait chaque échange plus fluide.

Mais ce jour-là, Eludia était absente.

Le jeune homme ne l'avait aperçu nulle part, et son absence inhabituelle brisa le rythme qu'ils avaient inconsciemment adopté. Au début, il tenta de ne pas s'inquiéter. Elle devait sûrement être absorbée par ses obligations de Grande Prêtresse. Pourtant, une sensation désagréable qu'il ne pouvait ignorer s'insinua en lui. Quelque chose clochait.

Après plusieurs heures d'attente vaine, l'appréhension prit le dessus. Il se mit en route et se dirigea vers sa demeure, espérant l'y trouver.

Il traversa les ruelles de la Cité, baignée par la douce lumière de l'après-midi. Lorsqu'il arriva enfin devant la maison de la jeune femme, il s'arrêta un instant. Son regard se posa sur la bâtisse de pierre claire, partiellement dissimulée derrière des jardins luxuriants. Jasmin, lavande et lys sauvages y croissaient en parfaite harmonie.

C'est alors qu'il la vit.

Assise sur un parterre fleuri, légèrement en retrait,

Eludia tenait un document entre ses mains, les yeux rivés sur les lignes tracées à l'encre. Elle ne semblait pas avoir remarqué sa présence.

Ignisiel s'approcha lentement et observa son visage. L'expression sereine qu'elle arborait ces derniers jours était marquée par une crispation inhabituelle. Ses sourcils étaient froncés, son front plissé, sa mâchoire contractée. Il n'avait jamais vu une telle contrariété la traverser. Ce qu'elle lisait avait l'air de la bouleverser. Il hésita un instant, mais finit par s'accroupir à ses côtés.

— Eludia, tout va bien ? demanda-t-il d'une voix douce, tentant de capter son attention.

Elle ne répondit pas immédiatement. Ses yeux continuaient à parcourir le parchemin, comme si elle cherchait à y déceler quelque chose de plus, à trouver une explication dans ces mots qui la troublaient tant. Le jeune homme constata qu'il s'agissait d'une lettre manuscrite. L'écriture était soignée, mais le papier légèrement froissé trahissait la tension de ses doigts.

— Eludia… ?

Il perçut le tremblement subtil de ses lèvres avant qu'elle ne relève lentement la tête vers lui. Ses traits étaient empreints d'une colère contenue, mais derrière cette façade d'irritation se dissimulait autre chose. De la tristesse ?

— J'ai reçu de mauvaises nouvelles, souffla-t-elle finalement, sa voix plus rauque qu'à l'accoutumée.

Son regard s'égara dans le vide, comme si elle hésitait à en dire davantage. Puis, en un battement de cils, elle se recomposa, cachant son trouble sous un masque d'impassibilité.

— Mais tu ne dois pas t'en soucier, reprit-elle avec plus de fermeté. Ta priorité est ton initiation. Elle approche, et tu dois te concentrer sur ce qui t'attend.

Ignisiel n'était pas dupe. Il voyait bien qu'elle essayait de le tenir à distance. Elle était en train de reconstruire les murs qu'elle avait érigé autour d'elle et qu'il avait mis tant de temps à percer. Cela inquiéta le jeune homme. Il ne voulait pas qu'elle se renferme à nouveau.

— Si je peux faire quoi que ce soit…

Elle replia brutalement le document et se redressa.

— Concentre-toi sur ton épreuve, insista-t-elle. C'est bien plus important.

Le ton n'était pas dur, mais il ne laissait aucune place à la discussion. Il ouvrit la bouche pour insister, mais elle ne lui en laissa pas le temps. Ses yeux brillaient de férocité. Dans un geste rapide, elle rangea la missive sous les plis de sa robe.

— Je dois parler à Lituriel.

Sans un mot de plus, elle s'éloigna d'un pas rapide. Ignisiel resta figé un instant et l'observa disparaître parmi les allées du jardin. Il savait qu'elle lui cachait quelque chose. Son instinct lui soufflait que cette lettre portait des nouvelles bien plus graves qu'elle ne voulait l'admettre. Mais Eludia venait de revêtir son masque de Grande Prêtresse, et derrière cette façade inébranlable, elle lui refusait l'accès à ce qu'elle ressentait réellement. Il serra les poings, partagé entre frustration et respect de son intimité. Pour l'instant, il ne pouvait rien faire.

Alors, malgré l'inquiétude qui lui nouait l'estomac, il fit ce qu'elle lui avait demandé. Il refoula ses questions et décida de se concentrer sur la préparation de son initiation. Pourtant, au fond de lui, il savait qu'il ne laisserait pas cette affaire sans réponse.

*

Eludia marcha d'un pas rapide vers le bureau de son mentor. Une colère brûlante lui nouait la gorge et attisait un feu qu'elle peinait à contenir. À mesure qu'elle approchait du bâtiment elle constata une légère fumée qui s'échappait de la cheminée. Il était là. Sans ralentir, elle gravit les marches, ouvrit la porte d'un mouvement sec et pénétra à l'intérieur sans s'annoncer.

— Lituriel ! Tu étais au courant ?

Sa voix claqua dans la pièce, tranchante et implacable.

Les quelques mages présents s'immobilisèrent, puis, voyant l'expression féroce de la Grande Prêtresse, se hâtèrent de quitter la salle. L'un d'eux referma la porte derrière lui dans une épaisseur muette, laissant les deux Grands Prêtres du Feu seule face à face.

Ce dernier, assis derrière son bureau encombré de parchemins et de documents, resta impassible. Il ajusta ses petites lunettes rondes sur son nez aquilin et leva vers elle un regard où se mêlaient lassitude et une pointe d'agacement.

— Tu étais au courant ? répéta-t-elle, les poings crispés le long de son corps. Tu savais ce qui se passait à Andran ?

Lituriel soupira profondément, à l'image d'un professeur fatigué face à une élève trop fougueuse.

— Il y a bien des choses que je sais et que tu ignores, jeune fille.

Eludia serra les dents. Il la traitait encore comme une enfant. Comme si elle ne pouvait pas comprendre l'ampleur de la situation. Elle le fixa avec dureté, et, d'un geste brusque, posa sur son bureau la missive qu'elle tenait entre ses doigts.

— Lis ça.

Il haussa un sourcil, mais prit tout de même le parchemin. Il le déplia avec soin et parcourut les lignes tracées d'une écriture élégante et pressée.

« Chère *Eludia,*

Excuse-moi de ne pas avoir répondu à ta dernière lettre. Les récents événements à Andran m'ont complètement accaparée et ont rendu toute correspondance impossible.

Cependant, si je t'écris aujourd'hui, c'est que je n'ai pas d'autre solution. La situation à la capitale est plus que catastrophique.

Mon Père, le roi, est parti dans une folie meurtrière.

Il exécute sans pitié ceux qui s'opposent à lui, laissant derrière lui une traînée de mort et de désespoir. Il ne reste plus rien du roi bienveillant et équitable qu'il était autrefois. Il n'est plus guidé que par la peur, la colère et une soif de pouvoir insatiable.

Théophane, mon ami, est en danger de mort. Il est actuellement enfermé dans les cachots du palais, attendant une exécution imminente. Mon père veut faire de lui un exemple pour ceux qui osent s'opposer au régime.

Je ne peux et je ne veux pas le laisser mourir. Il est l'espoir de notre peuple, la voix de la résistance, qui veut maintenir les anciennes traditions et les cultes des quatre éléments, comme à la cité des Temples. Sans lui, tout est perdu.

De plus, mon petit frère Elias a manifesté son don devant notre père. Il a le pouvoir de contrôler l'Air, un don qui pourrait être utilisé à des fins malveillantes si le roi parvient à le manipuler. Elias est encore jeune et impressionnable, je crains qu'il ne soit pas en mesure de résister à l'influence de notre père. Je dois le protéger.

J'ai besoin de ton aide, Eludia. J'ai besoin de ton soutien et de tes conseils. Tu as toujours été une source d'inspiration pour moi, une amie de confiance sur laquelle je peux compter. Je t'en supplie, aide-moi à sauver Théophane et Elias. Aide-moi à sauver Andran.

Avec toute mon amitié,
Isaïs »

Lituriel referma lentement la lettre. Il laissa le silence s'installer un instant et tapota du bout des doigts le document comme pour en peser chaque mot. Eludia sentit son impatience monter en flèche.

— Lituriel, dis-moi ce qu'il se passe !

— La situation est… pire que je ne l'imaginais, concéda-t-il enfin, son ton plus grave que d'ordinaire.

Le vieil homme se leva avec précaution, s'appuyant légèrement sur les accoudoirs de son fauteuil. Il se dirigea vers une étagère couverte de rouleaux et de missives entassées et en extirpa un document avant de revenir vers Eludia.

— Tiens. Lis ça.

Elle s'empara du parchemin d'un geste rude. Un sceau royal y était apposé. En parcourant les lignes, une étrange sensation d'alarme s'installa en elle.

« Demande royale :

Cher Ordre de la Prêtrise,

Votre roi bien-aimé et Grand Prêtre de la cité d'Andran sollicite votre aide. Nous manquons de membres de l'Ordre au sein de la capitale et avons drastiquement besoin de mages supplémentaires pour assurer nos cultes. Merci de missionner au minimum huit prêtres, hommes et femmes, de chaque élément.

En vous remerciant d'avance pour votre service.

Votre roi, Soach Ier »

Eludia releva la tête, les sourcils froncés.

— Cette lettre… elle date d'il y a deux semaines. Le même jour que celle d'Isaïs.

— Oui, et ce n'est pas la première.

Lituriel croisa les bras, son visage marqué par l'inquiétude.

— C'est la troisième demande de ce genre que je reçois cette année. J'ai déjà envoyé douze prêtres à Andran. Et depuis, silence total. Aucun d'eux n'a donné signe de vie.

Le sang quitta le visage de la jeune femme.

— Tu plaisantes ? Et tu n'as rien fait ?!

— Que veux-tu que je fasse ? rétorqua son mentor en haussant la voix. Tu crois que j'ignore le danger ? Tu crois que je ne m'en soucie pas ? Mais je ne peux pas envoyer plus de monde sans savoir ce qu'il se passe réellement !

Eludia fulminait.

— On va attendre qu'ils soient tous morts pour intervenir ?!

— Ta fougue est mal placée, trancha Lituriel. Nous ne pouvons pas nous précipiter sans informations fiables.

— Alors laisse-moi y aller ! Je peux…

— Non.

Le ton était sans appel.

— Je t'interdis formellement de te rendre à Andran. Peu importe l'indignation que tu ressens, peu importe ton lien avec Isaïs.

Elle ouvrit la bouche pour protester, mais Lituriel la coupa d'un geste sec.

— Nous devons rester discrets. Tant que nous n'avons pas de preuves concrètes, alerter l'Ordre serait une erreur. Je prendrai les décisions nécessaires quand le moment sera venu.

Elle serra les poings, tremblante de rage.

— La discussion est close, conclut-il, catégorique. Je te tiendrai informé en temps voulu.

Avec un calme désarmant, il lui fit signe de quitter la pièce.

Eludia le foudroya du regard. Si des yeux pouvait brûler, alors son mentor aurait été réduit en cendres à cet instant précis. Mais il ne cilla pas. Il connaissait trop bien son tempérament pour s'en émouvoir.

La mâchoire serrée, la Grande Prêtresse tourna les talons et sortit en claquant la porte derrière elle.

Lituriel lui avait interdit d'y aller.

Mais il ne lui avait pas interdit de chercher des réponses.

S'il refusait d'agir, elle, en revanche, ne resterait pas les bras croisés. Elle mènerait sa propre enquête pour découvrir la vérité sur ce qu'il se passait à Andran.

Epilogue

Lituriel prit sa tête dans ses mains et inspira longuement, laissant échapper un soupir de fatigue. Comment avait-il pu élever une jeune femme aussi bornée et impulsive ? Il se rappelait de ses débuts, la voir grandir avec un tel potentiel, et maintenant, elle était une énigme indomptable.

Son regard se posa sur le tiroir de son bureau, toujours fermé à clé. Il l'ouvrit avec une certaine appréhension. À l'intérieur se trouvait une petite boîte en bois, sans serrure visible mais pourtant scellée. Le vieux prêtre alluma une flamme dans sa main. Lorsqu'il l'approcha de la boîte, celle-ci se déverrouilla avec un léger cliquetis. Ce type de cachette extrêmement rare pouvait être calibré par son propriétaire pour qu'elle ne puisse s'ouvrir qu'en fonction de la signature énergétique de la personne et de son pouvoir. Lituriel admira un instant le mécanisme complexe avant de saisir la grosse clé en fer forgé qu'elle contenait. Il soupira de nouveau, sentant le poids des ans et des secrets sur ses épaules, puis sortit de son bureau.

La nuit était tombée sur la Cité du Temple, un voile étoilé enveloppait les bâtiments sacrés. Le silence était seulement interrompu par le bruissement des feuilles et les cris lointains des oiseaux nocturnes.

Le Grand Prêtre du Feu sortit du quartier des habitations

et entama son ascension. Le sentier de la montagne adjacente au Grand Temple des Eléments se déroulait devant lui comme un serpent de pierre et de poussière. Ses pas résonnaient faiblement, chaque mouvement rendu difficile par son âge avancé.

La montée était laborieuse. Ses jambes protestaient à chaque pas, mais il continua. Après un certain temps, il atteignit le plateau du cadran solaire annuel. L'endroit offrait une vue spectaculaire sur la vallée en contrebas. La Cité des Temples, illuminée par des lanternes, semblait flotter dans l'obscurité. Il regarda un instant les quatre stèles du cadran, imposantes silhouettes de pierre qui gardaient ce lieu depuis des siècles. Cela faisait longtemps qu'il ne s'était pas rendu ici, et les souvenirs déferlèrent en lui à l'image d'une vague.

Il se retourna vers la Cité des Temples et repensa à Eludia. Trop caractérielle, trop sous l'emprise de ses émotions. Elle n'était pas encore prête à recevoir ce lourd secret. Pourtant, il savait que le temps lui était compté et qu'il ne pourrait plus retarder ce moment crucial. Le vent frais de la nuit caressait son visage, apportant avec lui des effluves de pin et de terre humide, ce qui lui rappela les moments où il était lui-même un jeune mage fougueux, avide de connaissance et de mystères.

Le vent s'intensifia, glissant sur sa peau avec une morsure glacée. Il détourna son regard de la vallée et s'avança vers le centre du cadran. Repoussant les hautes herbes qui avaient envahi le lieu, il dévoila une plaque de marbre lisse, sans la moindre inscription visible.

Sans hésiter, il invoqua une flamme dans sa paume et la plaça contre la pierre. Aussitôt, un carré gravé au centre de la dalle s'éleva lentement, laissant apparaître une boîte ancienne, ornée de motifs datant des premiers âges.

Lituriel inspira profondément et inséra la clé dans la serrure. Un grincement discret s'éleva lorsque le verrou céda. Le secret qu'il détenait était une vérité ancienne voyageant à travers les âges. Il savait qu'il devrait très prochainement transmettre ce flambeau, une tâche qu'il n'avait jamais imaginé devoir accomplir si tôt.

Il ouvrit délicatement la boîte. À l'intérieur, se trouvait un morceau de parchemin enroulé, témoignage d'une époque révolue. Le Grand Prêtre du Feu le prit avec précaution, sentant sous ses doigts la texture rugueuse et fragile du papier. Il le déroula et lut une énième fois le texte inscrit en langue ancienne, ses yeux parcourant chaque mot avec une révérence solennelle.

« Lorsque la dernière feuille sera tombée, la neige aura fondu, le bourgeon aura fleurit et le fruit sera tombé de l'arbre six mille trois cent fois, l'Humanité se retrouvera de nouveau devant le choix entre Chaos et Harmonie. Quand les Huit seront dans la faiblesse et que le Un aura chuté, deux chemins seront possibles à emprunter. Si les Quatre sont réunis, ils pourront l'emporter, mais l'un devra se sacrifier pour rétablir l'Harmonie. Si le Un vainc les Quatre, il devra alors tous les sacrifier pour la naissance du Chaos. »

Les mots résonnaient dans son esprit, lourds de signification. Le vent se leva, créant un murmure inquiétant à travers les arbres. Lituriel savait que le moment approchait. Le choix devait être fait, et Eludia devait être prête. Il se redressa, remit le parchemin de la prophétie dans la boîte et referma le mécanisme. Puis il repartit en direction de la Cité des Temples, déterminé à préparer la jeune femme, quoi qu'il en coûte.

A Suivre...

Remerciements

Avant toute chose, je tiens à vous remercier vous, lecteurs et lectrices, car sans vous, ce livre n'existerait pas. Votre curiosité, votre confiance et votre présence donnent vie aux mots couchés sur le papier. C'est pour vous — et grâce à vous — que cette aventure peut exister.

Je souhaite également adresser ma profonde gratitude à ma famille et à mes amis. Votre soutien indéfectible, vos encouragements, vos conseils (souvent très justes !) m'ont été précieux tout au long de l'écriture de ce premier tome. Merci d'avoir cru en ce projet, même quand moi-même je doutais. Merci aussi d'avoir accepté de lire ces premières pages, malgré ma nervosité à l'idée de vous dévoiler ce roman pour la première fois.

Un merci tout particulier à **Marie**, de @lantredugnome, sans qui ce livre n'aurait probablement pas vu le jour sous cette forme. Merci d'avoir été là dès les premières lignes, d'avoir lu mon premier jet avec bienveillance, d'avoir su pointer les faiblesses avec tact et encourager les forces avec enthousiasme. Tes retours m'ont permis de grandir, d'affiner mon style et de faire évoluer cette histoire vers ce qu'elle est aujourd'hui. Tu as suivi chaque étape de ce projet, et ton aide précieuse dans la promotion et la publication a été un véritable pilier. Merci, du fond du cœur.

Enfin, je veux aussi remercier mes personnages, ces compagnons d'encre et de silence, qui ont accepté de se laisser découvrir, de me surprendre parfois, de me mener là où je ne pensais pas aller. Ce sont eux qui font battre le cœur de cette histoire, et j'espère qu'ils continueront à vivre longtemps dans votre imagination.

À très bientôt pour la suite de l'aventure…

Un mot sur l'autrice

Enchantée, moi c'est Cloé. Amoureuse des mondes de l'imaginaire, des tasses de café trop pleines et des carnets à moitié gribouillés, j'ai toujours eu la tête remplie d'histoires. Depuis l'enfance, elles m'accompagnent, me bercent, me font voyager… jusqu'au jour où je me suis dit : « Et si je les partageais ? »

De ce petit pas a germé une grande aventure : l'écriture de ma première trilogie.

Si vous tenez ce livre entre vos mains, c'est que vous avez plongé avec moi dans cet univers. J'espère de tout cœur que cette lecture vous a fait vibrer, sourire, rêver, et que les personnages ont trouvé une petite place dans votre mémoire — et pourquoi pas, dans votre cœur.

Mais ce n'est que le début. Le chemin continue, et je serais ravie de vous retrouver pour la suite, le tome 2, et toutes les histoires encore à venir.

En attendant, vous pouvez me retrouver et suivre mes aventures sur Instagram : **@cloecabusat_autrice.**

Merci d'avoir tourné ces pages. Merci d'avoir voyagé avec moi. Et surtout… à très bientôt dans le prochain chapitre.

www.ingramcontent.com/pod-product-compliance
Lightning Source LLC
LaVergne TN
LVHW090546110826
845146LV00001B/39

* 9 7 9 1 0 9 8 1 4 4 6 0 8 *